땅의 노래

조태일의 시세계

엮은이

이동순(李東順, Lee, Dong-soon, 조선대 자유전공학부 교수)_전남대학교에서 「조태일 시 연구」로 박사학위를 받았다. 저서로 『움직이는 시와 상상력』, 『광주전남의 숨은 작가들』이 있으며, 편저로 『조태일 전집』, 『박흡 문학전집』, 『목일신 전집』, 『목일신 동요곡집』, 『정태병 전집』, 『정태병 동화집』이 있다.

글쓴이

이문구(李文求, Lee, Mun-Gu, 소설가, 작고)
김우창(金禹昌, Kim, U-Chang, 평론가, 고려대 석좌교수)
박석무(朴錫武, Park, Suk-moo, 다산연구소 이사장)
이동순(李東洵, Lee, Dong-soon, 영남대 국문과 교수)
임동확(林東確, Lim, Dong-hwak, 시인, 한신대 초빙교수)
유종호(柳宗鎬, Yu, Jong-ho, 대한민국 예술원 회장)
염무웅(廉武雄, Yom, Moo-ung, 평론가, 영남대 명예교수)
박덕규(朴德奎, Park, Duk-kyu, 단국대 문창과 교수)
이은봉(李殷鳳, Lee, Eun-Bong, 광주대 문창과 교수)
오태호(吳太鎬, Oh, Tae-ho, 경희대 후마니타스 칼리지 객원교수)
신경림(申庚林, Sin, Kyeong-lim, 시인, 동국대 석좌교수)
유성호(柳成浩, Yoo, Sung-ho, 한양대 국문과 교수)
손택수(孫宅洙, Son, Taek-su, 시인)
김준태(金準泰, Kim, Joon-tai, 시인, 조선대 문창과 초빙교수)
최현식(崔賢植, Choi, Hyun-sik, 인하대 국문과 교수)
구모룡(具謨龍, Gu, Mo-ryong, 한국해양대 교수)
박몽구(朴夢九, Park, Mong-Gu, 시인, 『시와 문화』 발행인)
김수이(金壽伊, Kim, Su-yi, 경희대 후마니타스 칼리지 교수)
이동순(李東順, Lee, Dong-soon, 조선대 자유전공학부 교수)

땅의 노래─조태일의 시세계

초판인쇄 2015년 10월 10일 **초판발행** 2015년 10월 20일
엮은이 이동순 **기획** 죽형 조태일 기념사업회 **펴낸이** 박성모 **펴낸곳** 소명출판
출판등록 제13-522호 **주소** 서울시 서초구 서초중앙로6길 15, 1층
전화 02-585-7840 **팩스** 02-585-7848 **전자우편** somyong@korea.com **홈페이지** www.somyong.co.kr

값 24,000원
ISBN 979-11-5905-006-0 03810
ⓒ 이동순, 2015

땅의 노래

SONGS OF THE LAND
POETIC WORLD OF JO TAE-IL

이 문 구
김 우 창
박 석 무
이 동 순
임 동 확
유 종 호
박 무 웅
오 덕 규
신 이 봉
유 은 호
손 태 림
김 경 호
최 성 수
구 택 태
박 준 식
김 현 룡
이 모 구
　 몽 이
　 수 순
　 동

조태일
의
시세계

이동순 엮음

소명출판

일러두기

- 전체적인 통일성을 고려하여 인용된 시는 제목만 넣었고, 시인의 생몰연대도 생략하였다.
- 연작시의 숫자 표기는 통일하였다.
- 한자는 한글로 바꾸었고, 한자와 병기한 것은 한자를 삭제하였다.
- 시집의 출판사와 출판년도는 모두 생략하였다.
- 본 저서에서 언급된 조태일 시집의 서지사항은 다음과 같다.

  『아침선박』, 선명문화사, 1965.
  『식칼론』, 시인사, 1970.
  『국토』, 창작과비평사, 1975.
  『가거도』, 창작과비평사, 1983.
  『자유가 시인더러』, 창작과비평사, 1987.
  『산속에서 꽃속에서』, 창작과비평사, 1991.
  『풀꽃은 꺾이지 않는다』, 창작과비평사, 1995.
  『혼자 타오르고 있었네』, 창작과비평사, 1999.

- 이 책의 글들은 필자들에게 동의를 구하였고, 각 글의 저작권은 필자들에게 있다.

책머리에

    시로 시대와 함께 온몸을 불태웠던 시인 조태일의 16주기를 맞았다. 그는 1941년 태어나 경희대 재학시절인 1964년 『경향신문』 신춘문예를 통해 등단하여 1999년 9월 9일 세상을 떠날 때까지 35년간 8권의 시집을 발간하는 역동적인 활동을 펼쳤다. 그래서 그의 작품은 한국시문학사를 빛나게 한 역작들로 기억된다. "나라를 근심하는 내용이 아니면 시가 아니고, 시대를 아파하고 세속을 분개하는 내용이 아니면 시가 될 수 없으며, 아름다운 것을 아름답다 하고 미운 것을 밉다 하며 선을 권장하고 악을 징계하는 뜻이 담기지 않은 시는 시라고 할 수 없"다는 정약용의 시론은 '움직이는 시'를 쓴 조태일의 시론이기도 했다.

    조태일 시인을 일컬어 '국토의 시인', '눈물의 시인', '강골의 시인'이라고 한다. 그는 분명 온몸으로 국토를 사랑했던 '국토의 시인'이고, 시대와 정면으로 싸우는 내내 속으로 울었던 '눈물의 시인'이며 어디서든 당당했던 '강골의 시인'이다. 그 시인이 그리워 올 봄에 '죽형 조태일 기념사업회'가 출범하였다. 조태일 시인의 문학정신을 계승하고 현재화하기 위하여 뜻을 함께했던 벗들과 후배, 후학들이 머리를 맞댄 것이다. '죽형 조태일 기념사업회' 이사장은 박석무, 부이사장에는 시인 나종영과 이도윤이 맡아 조태일 시인의 문학정신을 계승하고 발전시키기 위한 첫걸음을 놓았다.

이 책은 조태일 시인의 16주기에 즈음하여 조태일의 작품세계를 평가하고 연구한 기록을 한 자리에 모아 온몸으로 시대를 살았던 그의 뜻을 기리기 위해서다. 이 책은 읽는 독자들의 편의를 고려하여 글이 발표된 순서로 구성하였는데 특별한 뜻이 있었다기보다는 글이 발표되었던 시간들 안에서 조태일을, 그리고 조태일의 작품세계를 어떻게 이해하고 평가하고 있는지를 비교적 선명하게 드러낼 수 있을 것이라는 판단 때문이다. 여기에 싣지 못한 많은 평론과 연구논문이 다수 있음에도 불구하고 분량이 많아서 다음으로 미룰 수밖에 없었음을 밝힌다. 이 책이 아무쪼록 조태일 시인의 작품 읽기와 연구에 활용될 수 있기를 바란다.

조태일 시인의 16주기에 즈음하여 간행하는 이 책에 조태일의 삶과 문학정신을 계승하는데 기꺼이 동참해주시고 원고를 허락해주신 여러 선생님들께 깊이 감사드린다. 시인의 아내로 노심초사하고 계신 조태일 시인의 미망인 진정순 여사님, 출판시장의 어려움에도 불구하고 뜻을 함께 해주신 소명출판의 박성모 사장님과 소명출판 식구들께도 감사드린다. '죽형 조태일기념사업회'가 조태일의 삶과 시정신을 계승할 수 있도록 많은 분들의 동참과 격려를 기다린다.

2015년 9월
무등산 자락에서
엮은이 이동순

차례

책머리에   3

흙의 웃음과 고집불통의 시인   이문구   7

조태일의 현실적 낭만주의   김우창   21
　- 참여시의 한 양상

곰과 죽형인 태일이   박석무   45
　- 긴긴 만남과 동행의 이야기

눈물, 그 황홀한 범람의 시학   이동순   61
　- 조태일론

넘을 수 없는 거대한 산같은   임동확   89

소소한 것에 대한 경의   유종호   101

자유정신으로 이슬로 벼려진 칼빛 언어   염무웅   113

국토에서 나서 국토로 치솟고 국토로 스며들고   박덕규   135

조태일 시의 의식지향   이은봉   151

'눈물'로 벼린 참여적 서정의 세계   오태호   179
　- 『국토』, 『가거도』를 중심으로

크고도 다감한 시, 남성적이면서 섬세한   신경림   197

조태일 시 연구   유성호   209
 - 저항성과 친진성의 시학

대지의 향기, 꽃속에서 터진말   손택수   231
 - 조태일론

갈라진 '국토'의 곳곳, 온몸으로 노래한 통일운동과
민족문학의 순정한 큰 일꾼   김준태   257

민족과 국토, 그리고 미   최현식   267
 - 조태일의 「국토」의 경우

생명의지와 행위의 은유   구모룡   293
 - 조태일론

탈식민주의 관점에서 본 조태일의 시세계   박몽구   317

노래가 된 시, 노래가 된 시인   김수이   349
 - 조태일의 시세계

조태일 시에 나타난 '태안사'의 의미화 양상   이동순   369

초출일람   397

흙의 웃음과 고집불통의 시인

이문구

근래에 무슨 일로 국립 공주박물관을 다시 들러 오게 되었다. 공주 박물관은 1971년 7월에 우연히 발견된 백제 제25대 무령왕 무덤에서 나온 유물들로 진열장이 채워져 있으므로 백제의 과거를 일부나마 어루더듬을 수 있도록 돕는 곳이었다.

무령왕릉의 발굴은 학술적인 가치와 역사적인 의미가 전례에 비길 일이 아니라 하여 '한국 발굴사상 최대의 경사'라고 일러온 터였다. 무령왕릉은 3천여 점의 부장품들이 애초에 생긴 그대로 수습됨으로써, 삼국 중에서 가장 적은 자료를 남겨 처음부터 뒷전에 밀려나 있던 백제사 자체를 마침내 다시 쓰지 않으면 아니 되게 하였고, 연대가 명문으로 밝혀진 묘지석은 고대문화 연구의 숙제였던 편년적인 문제들을 해결하는 기준이 될 뿐 아니라, 『삼국사기』의 문헌적인 가치를 높여주고 여러 가지 새로운 그리고 확실한 자료를 제공했다는 데에 사계의 전문가들로 하여금 흥분을 가누지 못하게 했던 것이다.

그러나 이런 문외한에게까지 은근한 감동을 준 것은 각종 금은패옥의 장식품들보다도 무덤의 연도에 놓여 있었던 진묘수라 불리는 석물과 묘지석의 의미였다. 능지기의 직분에 착실하여 천추오백춘을 헤아리는 동안 부동의 자세로 불침번을 섰던 진묘수는 그 성실한 근무 태도 덕분에 후세의 인간들과 가장 먼저 만날 수가 있었다. 이 이름 모를 짐승은 이마에 용의 뿔과 비스름한 철제 뿔을 달고 있어 일명 '일각수'라고도 기록되어 있거니와, 돈공과 촌수가 갈린 듯한 뭉툭한 토와, 입이 반만 열린 숫티 어린 미소로 하여 더욱 정이 가는 물건이었다. 몸에 조각된 구름 모양의 도안은 접어둔 날개를, 등에 갈기털처럼 두드러진 부분은 남성적인 힘과 용기를 상징한 듯하였다. 하지만 이 짐승은 공격적인 사나운 성질이나 무불통지의 신통력을 써서 외부의 침입을 무찌르겠다는 공갈형의 인상이 아니라, 능침을 넘보는 음계의 잡귀들마저도 온화한 미소로써 능히 말릴 수 있다는, 얼핏 보아 어수룩하면서도 여유작작한 대륙풍을 보이는 것이었다. 이는 다른 허다한 장식품들이 한결같이 꽃송이나 나뭇잎을 본떠서 만들어진 사실과 더불어 화해와 평화를 사랑했던 남녀의 기질과, 그리하여 흙의 문화를 낳을 수밖에 없었던 질박하고 유연한 체질을 뜻하는지도 모르는 일이었다.

그것은 묘지석도 마찬가지였다. 한 꿰미의 엽전과 함께 놓여 있었던 묘지석은 일반적인 묘지석과 달리 매지권이라는 데에 더한 매력이 있었다. 그 내용은 무령왕이 토왕과 토백과 토부모 및 지하의 여러 관원들에게 입주를 기별하고, 1만 문의 돈으로 동남향의 토지를 사들여 무덤을 쓰면서 이 증서를 만드는 바이니, 이로부터 이 묘역은 어떠한 법률에도 구속받지 아니한다는 것이었다. 이는 토지지신과 동등한 위치에서 영토를 거라하고 서로 우호적인 불가침의 조약을 맺었다는 증거를 남긴 것이니, 살아생전에 천승으로 만경을 경영했던 영화도 드디어 유명을 달리할 때에는 한 줌의 흙일 수밖에 없다는 이치를 따르되, 그 넓은 저승에서도 옛원히 자존하고자 하는 의지를 지금까지 지니고 있었던 것이다.

조자의 새로운 시집 막장에 하다 만 객담 몇 마디를 덧붙이려 하니 우선 떠오르던 것이 위에서 말한 백제의 유물이요, 이윽고 그것들과 혈통이 같은 백제 후예들의 초상이었다. 조자의 위인이 진작 묵은 사람이니 그의 시편들 또한 오랜 야생에서 거둬진 뿌리 깊은 토산품이 아닐 수도 없지만 여러 사람이 의논하여 역작이라 일러온 『국토』가 간행되기 전후의 작품들도 거의가 흙냄새를 자아내지 않는 물건이 드물었다. 백제의 문화가 흙의 문화라는 것은 일찍이 민간에서 이루어진 공론이었다. 흙의 아름다움은 여러 소리 할 것 없이 만물이 저마다 제자리에 있게 하는 너그러움과, 돌이나 쇠붙이 따위의 충격에도 흔들리지 않고 견디어낼뿐더러 드디어는 그것들마저도 한 줌의 흙 보탬으로 그치고 말게 하는 무한한 땅심, 그리고 뭇 발길에 밟히고 짓이겨질수록 더욱 차져가기 마련인 타고난 끈기인 것이다. 그 같은 흙의 문화가 바탕이 되어주지 않았던들 양호를 석권하였던 백제 부흥운동의 치열한 저항정신이 어디에 토착하여, 국호가 바뀌기 이미 한두 번이 아닌 터에 오히려 면면이 이어져 후대에까지 유전될 기미가 보이겠는가. 조자를 본 사람은 그의 시업이나 치취보다도 일견 물렁해 보이는 황소웃음에서 먼저 무엇인가를 느끼게 되지 않을까 싶다. 그만큼 그의 웃음은 그를 스쳐간 세월조차도 교정을 포기해버려 세련미가 결여된 천성의 것이지만, 마치 1500년간이나 유계의 잡귀와 명계의 검은 손들을 조용히 물리쳐온 일각수의 미소처럼, 십여 년에 걸쳐 그를 성가시게 했던 여러 사건들을 비교적 무난히 진압해온 이력이 난 웃음인 것이다.

그 이력 속에는 결식을 별식 먹듯 하며 경황없이 허덕였던 시절의 후유증으로 지금도 점심값을 셈할 때 동전 한 닢이라도 챙겨 절약을 정당화시키는 핑계가 섞여 있는가 하면, 국내외 정세가 성질에 맞지 않는다 하여 토요일 오후의 잔업을 소주로 대신하고, 그 자리의 입가심 맥주가 늦어져 일요일 자정까지 특근의 내용이 되었던 청진동 시절의 본병이 도지어, 한 달치 예산을 한 자리의 물값으로 결산하고도 언필칭 경제 불황을 논설하던 무작정파의 속성이 근절되지 않을 빌미도 엮이어 있는 것이다.

돌이켜보면 자기 살 생각은 어디로 갔든 무턱대고 남의 걱정이 먼저였던 이십대에 상종을 시작하여 어느덧 남의 고질보다 자기 고뿔이 더 급하게 된 불혹이 넘도록 서로 이맛살 한 번을 찌푸려본 적이 없었다. 그동안 숨 돌릴 겨를도 없이 스스로 차례를 정하고 덤벼들던 하고많은 곡적들이 거의가 비슷한 성질의 것들이었기 때문이었을까. 아마 그것이 아닐 것이다. 그의 무던하고 쓸 만한 그릇이 나의 행티를 눌러 참고 그냥 받자해준 덕분일 것이었다. 하기는 당초에 틀어질 거리가 없기도 했다. 피차가 건달 출신이매 흉허물이 없었고, 바깥의 대소사로부터 문단의 내분에 이르기까지 발이 맞지 않은 적이 없었으니 일부러 소 닭 보듯 하려 해도 그럴 기회가 돌아오지 않았을 거였다. 심지어는 장기, 바둑, 화투, 트럼프 따위 잡기마저 나란히 동문수학을 했으나 번번이 더도 아닌 꼭 한 수씩 그가 앞서가고 있었으니 매양 갑을의 관계가 지속될 수밖에 없었다. 더욱이 오래 전에 일가를 이룬 안하무인의 고집불통과 무작정의 뚝심에는 그의 맞수가 드문 터인즉, 일찌감치 숙여주는 것이 속편한 일이었다.

조자를 처음 본 것은 벌써 15년 전인 1968년 섣달 어름이었다. 그는 그때까지 오라는 데가 없었으므로 오다가다 걸리는 푼돈을 기화로 여기며 개뜸으로 끼니 에우듯 근근이 지탱해가는 눈치였다. 땟물 안 벗은 의표는 제대군인의 뒷모습과 구별할 만한 물증이 나타나지 않았고, 세상 사람들이 다 자기 마음 같은 줄 알던 외고집은 그럭저럭 환갑이 지나도록 요지부동일 듯하였다. 그의 능력을 인정해주어 자주 어울리던 문단의 선배라고는 처지가 한 치 건너 두 치 상관이었던 구자운, 김관식, 박봉우, 천상병, 신경림, 심재언 씨 정도였고, 그 자신이 남의 식객이 되어도 먹거나 말거나 할 형편에, 그가 아니면 때를 건너기 십상인 그만 못한 결꾼들이 무시로 찾아다니며 복잡하게 하고 있었다. 그는 그런 와중에서도 늘 웃었다. 소위 황소웃음을 자처하기 시작한 것도 그 무렵의 일이었다. 그는 그렇게 만날 직업도 산업도 없이 송구영신을 거듭하였다. 그러나 놀면서도 쉬지 않았고 쉬면서도 놀지 않았다. 생기는 것 없이 부지런하였고 알아줌이 없어도 한갓진 날이 없었다. 그의 두 번째 시집 『식칼론』에 편집된 「요강」, 「된장」, 「보리밥」 등의 초기시들이 그즈음에 씌어지기도 했지만, 그가 몸 주고 마음 바쳐 하나에서 열까지 혼자 좌우했던 시 전문 월간지 『시인』의 창간 내지 경영은, 이십 청춘의 열정을 순정의 등불처럼 불태운 선업이었다. 월간지 『시인』이, 아니 『시인』의 주간이었던 조자가 한국문학에 이바지한 바는, 1970년대의 연표를 번거로이 늘어놓을 필요도 없이 방명사해의 장본인인 김지하, 양성우 및 김준태의 지면이 『시인』에서 비롯되었다는 사실 하나만으로도 문학사적인 의무 부여가 마땅할 것이었다.

조자의 행적은 「원달리의 아버지」와 「친구들」의 행간에서 초장의 연보를 읽을 수가 있다.

모든 소리들 죽은 듯 잠든
전남 곡성군 죽곡면 원달리

구산의 하나인 동리산 속
태안사의 중으로
서른다섯 나이에 열일곱 나이 처녀를 얻어

깊은 산골의 바람이나 구름
멧돼지나 노루 사슴 곰 따위
혹은 호랑이 이리 날짐승들과 함께
오순도순 놀며 살아라고
칠남매를 낳으시고

—「원달리의 아버지」 부분

그의 태실이었던 동리산 태안사는 서기 742년(경덕왕 1년) 신라의 혜철선사가 창건하여 거금 1200여 년이 흘러온 고찰로서, 그 후 구산선문의 동리산파 개조인 혜철국사가 주석을 하고부터 산세를 떨친 남녘의 소림이었다.

산문에서 보낸 유년 시절은 온갖 축생들과 한가지로 원시적인 경험을 누렸으나, 여순사건의 반란군 등쌀에 "어둠 속에서 두근거리는 가슴 조이며 / 한밤내 대창 부딪는 소리 들으며 / 친구들 생각에 밤잠 설치고"(「친구들」) 하던 풍운의 조짐에 조숙할 기틀이 잡히기도 하였다. 그 후 그는 "땅뙈기 세간 고스란히 놓아둔 채 / 처자식 주렁주렁 달고 / 새벽에 고향을 버리시던 아버지"(「원달리의 아버지」)를 따라 광주시의 광천동으로 무대를 옮겨 동네에서 쓸만한 아이로 성장하였고, 차츰 굵어가면서 남이 지은 가사에 두서너 줄의 차운을 해 버릇한 것이 취미가 되어 "에미도 모르는 소리 끄적여서 / 어디다 쓰느냐 돈 나온다더냐 / 시 쓰는 것 겨우겨우 꾸짖으시고"(「어머니」) 하던 노모의 만류를 뿌리치고 기어이 뜻을 얻어, 만원사례를 떠든 지 오래인 시단에서도 주소가 분명한 일원이 되었다.

월간 『시인』은 그가 바야흐로, '시에 붙들린 사람'이 되어갈 무렵의 소산이었다. 『시인』은 한국문학 발전에 한몫을 거들려는 갸륵한 독지가가 나타나 뒷바라지를 해준 것이 아니라, 자비 출판하는 시집 혹은 교지 등의 일감을 물어다 달라는 조건으로 모 인쇄소에서 인쇄를 맡아준 것뿐이었다. 그러므로 그에게 무료 원고의 수집과 편집, 교정, 제작 등의 노고만이 줄지어 있었을 뿐이요, 경제를 도울만한 명색은 끝내 종무소식이었다. 나는 어서 손을 떼라고 보는 족족 말렸다. 구두 한 켤레로 이태를 견디어내는 주제에 그 무슨 되다 만 수작인가 싶어서였다. 하지만 그는 그 소문난 고집불통에 '문단의 혁신'이란 명제를 추가하여 헌신적인 봉사를 하였다. 그러나 무작정 저돌형의 우직성만이 그의 전모는 아니었다. 그는 넉넉한 그릇이었다. 설익는 풋것은 담아 줄망정 오종종하거나 좀상스러운 완성을 한눈에 능멸하였고, 드러난 흠집은 애써 감싸 주되 감추어진 변덕은 함께 하늘을 이지 못할 적의를 대하듯이 모질게 미워하였으니, 그의 그릇은 한데에서의 풍마우세에는 능히 무표정으로 견디어내면서도 송곳 끄트머리만한 인간의 장난에는 당장 열 조각의 사금파리로 깨어질 것도 무릅쓰던 둔중한 질항아리였다. 이 질항아리에게 는 황토와 양회 간의 본질적인 불화 탓인지 서너 가지의 허점이 있었다. 첫째는 언제 들여다보아도 바닥이 드러나듯이 처세에 별로 비밀이 없다 는 점이요, 둘째는 온갖 잡기에 두루 등록을 했음에도 오락으로 성공한 예가 없듯이 소싯적에 놀았다고 흰소리해봤자 기껏 화류춘몽의 경력밖 에 없다는 것이다. 질항아리에 백자도요에서 나온 월색이 격에 걸맞을 리도 없지만 화병은 고사하고 저 닮은 투가리 하나도 뒷전에 여투어두 지 못한 것은 그의 결벽증이었다. 그리고 그 결벽증이 남들의 미칠 바가 아닌 까닭에 그의 시업에는 아류가 없는 것이었다.

각설하고, 염무웅 씨는 그를 품평하여 "덩치에 비해 적게 먹고 손이 규수의 손결처럼 부드러우며" 운운한 적이 있거니와, 평소 가까이 지낸 사이의 한마디 언급에도 절반밖에 맞지 않음을 보면 누가 누구를 품제 한다는 일이 얼마나 무모한 셈인가를 새삼 깨닫게 된다. 그의 소식은 염 씨가 바로 본 것이 틀림없으나 손에 관해서는 살갗만 알았을 뿐이요, 정 작 솜씨에 대해서는 아직도 멀었다는 것이다. 조자는 『시인』지가 뻔히 아는 사정에 따라 하릴없이 문이 닫히자 그날부터 『월간문학』지의 편집 실에서 죽치는 과객이 되었다. 때가 되어도 가룻것 한 그릇 변변히 대접 하는 이가 없건만 출근이 간부보다 이르고 퇴근은 말단보다 늦은 열성 적인 문협 회원이 된 거였다. 오면 오나 보다 하고 안 보이면 갔나 보다

할 정도로 손님 접대에 부실했던 것은 그 시절 문협 사무실이 문단 실직자들의 복덕방이 되어 일 없는 문인들이 무시로 출몰했기 때문이었다.

그 후 명함을 박아 다녀봤자 아무짝에도 쓸모없는 허름한 직장에 취직하게 되니 그의 문협 출근도 야간으로 바뀌게 되었다. 해만 설핏하면 바둑판과 장기판이 남북으로 차려지고 화투패와 트럼프패가 동서에서 자리를 잡게 하던 것이 그 시절의 문협이 벌인 회원 복지사업이었던 것이다. 그는 판판이 발군의 솜씨를 발휘하기 시작하였고, 장기에서 바둑, 화투, 트럼프로 이어지는 외도를 파죽지세로 돌파하며 며칠 후에는 그가 빠지면 판이 안 되는 요로에 승진하게 되었다. 그렇지만 들여다보면 바로 바닥과 마주치는 질항아리의 속성대로 쉬쉬하게 무슨 엄청난 비결이 있던 것은 아니었다. 다만 돈 놓고 돈 먹기에는 그저 물량 공세만한 것이 없다는 자본주의의 변칙에 이의가 없었을 뿐이었다. 체력은 저력인지라 마수걸이가 웬만하면 날이 새도록 끗발이 올랐고, 그럴 때에는 일쑤 지갑째 꺼내어 쌓인 판돈 위에 내던져 거는 일방 손바닥으로 자기 이마부터 한 대 딱! 치고 나서 사정없이 자웅을 겨루는 것이었다. 가위 70년대의 쫄때기판을 휩쓸던 큰손이었다.

바깥이 점점 어지러워지자 그도 취미와 오락을 더 이상 붙들고 있을 수가 없었다. 자유실천문인협의회의 발족은 뒷날 한국문학사에 있어서 획기적인 전환점으로 정리될 것이지만, 그는 그날로부터 간사의 직책을 맡아 종횡으로 분주하기 시작하였고, 그것이 알려진 바가 되어 여러 포도청과 문턱 높은 관식을 축내더니, 나중에는 의금주의 당상과 마주앉아 갑설을론을 교환하는 사태에 진입하기도 하였다. 이 청진동 시설의 본말은 때가 되면 반드시 누군가가 체계적으로 엮을 터이매 짐짓 비켜

함부로 집적이는 것을 삼가거니와, 대의와 평행할 수가 없어 어느 결에
희생되어버리고 만 사사로운 일들과, 인생의 가운데 토막인 삼십대의
성수기가 장마에 유실된 징검다리처럼 기억조차 뚜렷치 않은 것은, 그
와 그 동료들의 연대보증적인 부채가 아닐 수 없는 것이다.

> 눈보라치는 날이든
>
> 장마가 끊이지 않는 날이든
>
> 작은 몸들을 서로 부둥켜안고
>
> 지는 해 뜨는 달
>
> 가슴으로 받아 반짝이며
>
>
> 무슨 소문은 없나
>
> 꿈이라도 좋겠네
>
> ―「깨알들」 부분

고르지 않은 기압골에 누구인들 우울하고 답답하지 않겠는가. 더욱이
그와 함께 사랑하던 친구 김지하는 풍편의 추측만을 자아낼 뿐이어서
시름의 무게를 나날이 더하게 하였다. "달은 떠서 / 우리들은 마음도 떠
서 아직껏 돌아오지 못하는 사연을 / 비추누나 // 보고 싶은 얼굴들 일
어나서 / 달빛타고 오르누나"(「원주의 달」). 무릇 밝을수록 시인의 서글
픈 심회를 우려내는 것이 달빛임은 당송 이래의 압운이었지만, 어두운
시대의 달은 대낮의 중천보다도 밝을 때가 이루 느끼지 못할 만큼 잦았
다. "마셔도 취해도 목은 말라 / 뜨거움에 씻긴 맑은 마음이로다. // 치

악산어 걸린 달아 / 원주에 가득 찬 달아 / 서대문에 뜨는 달아"(「원주의 달」). 그는 달이 밝으면 모름지기 술을 불렀다. 취생몽사는 그의 뜻이 아니로되, 경계가 분명치 않은 우리 속의 이 야생은 어쩔 수 없이 하룻밤의 수면제로서, 응어리를 잊어보려는 진통제로서, 아니면 "도대체 시가 무엇이길래 / 나라 앞에서 초개처럼 / 하나뿐인 목숨까지 열어놓고 바치는가"(「시를 생각하며」)를 해부하고픈 마취제로서, 오장육부가 젓갈이 다 되도록 운수를 숫제 술에 맡기다시피 하였다. 그렇지만 술은 언제나 즐거웠다. 본래부터 주객의 소질을 타고난 덕분이었다. 그가 마시는 자리에는 노상 내가 있었고 내가 마시는 자리에는 으레 그가 있었다. 1년 365일을 거르지 않고 마신 것이 내가 경기도에 내려가 산 5년을 제하고도 자못 7년에 이르니, 그 사이 권커니 잣거니 한 것은 도대체 몇만 잔인가. 서울 한복판에서 단둘이 2박 3일씩 주야장취를 한 것만도 여남은 번이 넘는데, 이 방면의 대선배인 변수주의 표현을 빌리면 언제나 "장쾌하게 먹그 창쾌하게 마신" 것뿐이요, 뒤탈 한 번이 없었다.

남들이 평생 마실 것을 초장에 다 해치운 터라 그도 이제는 근신을 하여, 동뫼산 기슭의 고향을 찾아 어린 시절의 맨발자국을 되짚어보기도 한다. 그리하여 "가다 가다 더위에 지치고 / 몰아치는 어린 시절이 숨가빠서 / 옷 벗어 바위에 던지고 / 동뫼천에 뛰어들어 금세 얼어붙는 성년을 덜덜 떨며 / 머리 위로 구름 스치는 소리 / 물고기 맨살 간질이는 소리"(「동행」)를 비로소 알게 되었다.

표제의 '가거도'는 그가 주석한 바와 같이 태풍과 파도가 야합하여 낳은 최서남단의 절도로서, 아이들은 물결 소리에 자라고 성인들은 풍랑에 나브껴 늙어가는 곳이었다. 송기숙 씨가 인솔한 일행은 홍도와 흑산도를 거쳐 가거도에 닿았고, 열대의 원색보다 짙은 원추리꽃이 하늘색의 하늘과 물색의 물 사이에서 눈부시게 반짝이는 가운데 원주민의 추장 겸인 고의숙 씨의 융숭한 대접을 받았다. 고씨의 자상한 보살핌은 가던 날부터 세실호 태풍에 묶여 십여 일을 지내는 동안 나날이 쌓여갔다.

> 낯선 사람 찾아오면 죄 많은 사람 찾아오면
> 태풍 세실을 불러다가
> 겁도 주고 달래보고 묶어보고 풀어주는
> 바람 바람 바람섬,
> 파도 파도 파도섬.
>
> ―「가거도」 부분

바람은 섬을 날라다가 육지의 한구석에 부려놓을 듯이 주야로 휩쓸었다. 물결의 파장은 수십 미터에 달하고 높이도 5층짜리 빌딩을 넘나들 만큼 처음 보는 것들이었다. 전에 어떤 주민이 앓는 아비를 목포의 병원에 입원시킨 뒤 치료비를 마련하러 들어왔다가 바람에 발이 묶이게 되었는데, 50일 만에 배가 떠서 가보니 병원에서 장사지내준 아비의 무덤에 풀이 이미 우북했더라는 막연한 섬. 그래도 가히 살 만하다 하여 가거도란 이름을 얻었다는 적소 같은 섬. 그러나 가거도 출장소 앞에 서 있는 4·19혁명의 순의비는 모든 외래인들을 감동시키고도 남음이 있었다.

> 자식 길러 가르치고
> 배운 자식 뭍으로 보내

나라 걱정, 나라 위해

목숨도 걸 줄 아는

멋있는 사람들이 사는

살 만한 땅.

—「가거도」 부분

　시에 무식한 나는 이 「가거도」와 그의 문단 데뷔작인 「아침 선박」의 거리가 몇몇 해리나 되는지 알지 못한다. 다만 그가 동리산 기슭을 둘러본 뒤로 고향의 의미를 다시금 음미하게 되었고, 그로부터 계속된 주말의 등산이나 이때의 가거도행으로써 청산과 벽해를 이은 자연과의 친화감이 1980년대에 접어든 그의 행적에 가장 두드러진 현상이란 짐작만이 있을 뿐이다. 그는 과연 어떤 변모를 보일 것인가.

　나는 가거도에서 그와 한 방에 갇혀 지내는 동안 서로 한 일 년 발걸음을 끊더라도 그리울 리가 만무하도록 넌더리가 나서 피차 외면을 하다시피 하였는데, 어느 날 갑갑증에 못 견뎌하던 황석영 씨가 느닷없이 허리를 잡으며 요절복통을 하는 것이었다. 이야기인즉 조자가 가거도에 와서까지 명언을 남기게 되었으니, 황씨가 들끓는 파리떼를 쫓으며 "웬 파리가 이렇게 많지?" 하고 투덜거리자 조자가 곁에서 되받아 "내버려 둬, 묶인 섬인데 파린들 갈 데가 있겠어?" 하고 일축했다는 것이었다. 고집불통의 질항아리에게서나 들을 수 있는 투박하고도 느긋한 반응이었다. 그러면서도 그의 변모는 수시로 눈에 띄었다. 황씨 말마따나 '지리산 곰이 도토리 줍는 모양새'로 해변가를 다 뒤져 강낭콩만한 조약돌을 예쁜 것으로 골라 두어 됫박이나 배낭에 담는 모습이 그러하였고, 고씨가 준 맥문동 한 뿌리를 무슨 진귀한 야생란이나 되는 양 고이 간수해 가지고 상륙한 것이 그러하였다. 귀로에 흑산도에 들렀을 때 생선궤짝에 무더기로 담아놓고 파는 석란 두 묶음을 사서 나에게 나누어준 것도, 그가 30년 만에 동리산 기슭의 고향을 다녀오고부터 나타나는 증상이었다.

어느 인생인들 글로 묘사하면 한 권의 소설이 아니 될 것인가. 하물며 조자는 한 벌의 덧옷을 나와 나누어 걸치고 15년 풍우를 함께 견디어온 막역지간이다. 그러나 아름다운 이야기는 좀 더 두고 본 뒤에 모아서 쓸 일이요, 이 글은 붓이 무디다는 이유로 사양을 고집하기에는 이미 때가 늦은지라 수만 잔의 술을 나누고도 미처 못다 한 객담으로 지면의 여분을 줄이고자 한 것뿐이다.

조태일의 현실적 낭만주의

참여시의 한 양상

김우창

1

참여시라고 하면, 대체로 어떤 이념적 입장에 관점을 고정시킨 시라고 생각된다. 물론 이러한 생각이 전혀 틀린 것이라고 할 수는 없지만, 이것 자체가 하나의 고정 관념일 경우가 많다. 참여시라고 말하여지는 시들이, 그렇지 않는 경우보다 관심의 일정 방향을 보여 주고, 그러면서 그것이 하나의 집념이 되는 경우는 많지만, 이것을 하나의 이념적 입장에 입각한 것이라고 말하는 것은 옳지 않다. 60년대와 70년대의 이른바 참여시를 보면, 사실 그것은 인간과 사회에 대한 선입견적 판단보다는 인간에 대한 낭만주의적 접근의 여러 가지 표현이라는 인상을 준다. 그리고 이 낭만주의도 한 가지가 아니라 시인에 따라서 여러 가지의 다양한 형태의 낭만주의이다.

물론 어떤 종류의 낭만주의와 정치의식이 반드시 서로 대립되어야 하는 개념이 되는 것은 아니다. 낭만적 혁명가라든가 혁명적 낭만주의라는 말도 있거니와, 이러한 말들은 정치적 관심도 그 행동적 표현의 단계에서 낭만적 정열의 에너지를 가지게 된다는 것을 말하여 준다. 사르트르는 정치 행동의 언어는 근본적으로 산문일 수밖에 없다고 말한 일이 있다. 그것은 사회 정세 속에서 억압된 계층이 객관적 위치를 정확히 파악하고, 정세를 변혁하는 데 필요한 행동적 지침을 작성하는 데 관계되는 언어이기 때문이다. 이에 대하여 시는 주관의 언어이며 주관의 내면적 모순에서 나오는 언어인데, 시가 나타내는 주관성은 이러한 정세 분석과 행동 지침의 전달에 방해가 될 뿐이라는 것이다(「검은 오르페」 참조).

물론 이러한 진단은 지나치게 단순한 것이다. 어느 경우에나 정치적 관심의 단초와 그 행동적 이행의 밑바닥에 들어있는 것은, 단순히 산문적 이성으로 자극될 수 없는 파토스이다. 이것은 사르트르의 위의 말이 나오는 그 스스로의 흑인시의 분석에서도 시사되는 것이다. 여기에서 중요한 것은 정치적 참여의 의식에는 이 두 가지 계기 — 행동적 정열과 이성적 현실 분석의 두 면이 있다는 것이다. 이 두 가지 계기는 서로 모순을 일으키기도 하고 또 합치기도 한다. 이상적인 상태에서, 정치적 관심은 단순히 낭만적 정열의 분출이 아니라 사회적 생존의 객관적 상황에 대한 인식에 의하여 테두리 지워지고, 객관적 인식은 언제나 행동적 의지에 의하여, 뿐만 아니라 더 나아가 낭만적 분출로 표현되는 삶의 원시적 힘에 의하여 테두리 지워지고 수정되는 것이어서 마땅할 것이다. 이러한 이상적 합일이 현실 속에서 가능한 것인가? 아마 그것은 조화된 합일보다는 우연적인 일치와 갈등 속에 있는 것이 보통일는지 모른다.

그런데 시에 있어서도 정치의식의 두 계기에 비슷한 계기를 생각할 수 있다. 그러나 이 두 계기는 좀 더 쉽게 하나의 합일에 이를 수 있다. 말할 것도 없이, 시는 주관성과 불가분의 것이다. 그러면서도 그것은 하나의 대상적 인식이라는 면을 갖는다. 다만 이 대상적 인식은 추상적이고 이론적이기보다는 시인의 감각, 느낌, 생각들과 복합적으로 상호작용하는 가운데 이루어지는 인식이다. 그것은 대상화의 한 표현이면서 자아 과정의 한 표현이다. 시가 언어로 쓰인다는 것 자체가 이러한 사실의 단적인 증거이다. 시인의 주관은 시 속에서 언어화된다. 이것은 달리 말하면 체험의 직접성이 전달 가능한 보편성 속으로 지양된다는 이야기이다. 이 언어는 그러니만큼 객관적 질서이다. 그러면서 그것은 거의 사람의 주관 속에 내재하는 듯한 객관적 질서인 것이다. 그리하여 이상적 상태에서 시적 언어는 대상의 모사이면서 주관의 표현이다. 그것은 외부 세계에 대한 적절한 정도의 정보를 제시하면서 동시에 그 정보 자체가 주관의 표현이 된다. 또는 그것은 주관성의 표현이면서, 그것이 조직화하는 외부 세계의 형상에 대한 정보를 제공해 준다.

그런데 하나의 객관적 인식이면서 주관적 표현이 되고, 나의 느낌의 표현이면서 동시에 그것이 외부 사물에 대한 새로운 발견이 되는 상태 ― 이러한 상태를 나타내는 언어는 개인적 노력에 의하여서 성립한다기보다는 역사적 진전을 통하여 형성되는 것이다. 이러한 언어는 한편으로 외부 세계와 사회에 대한 포괄적이고 자세한 정보의 퇴적을 전제로 하고 다른 한편으로는 이러한 정보를 흡수하여 이를 새로운 인식의 모험으로 전환시킬 수 있는, 훈련된 감성을 전제로 한다. 다시 말하여 그것은 그 통일성과 활력을 잃지 않은 문화 전통과 개인의 살아있는 창조력의 접합으로써 가능한 것이다.

그러나 이러한 조화되고 원숙한 경지의 언어가 필요로 하는 것은 혁명적 정치 행동과는 인연이 먼 것이다. 사사로운 생활의 공적인 승화로서의 정치 무대는 장엄하고 화려한 수사학을 요구한다. 그러나 그것은 격정적 언어를 필요로 하는 것은 아니다. 혁명적 정치의 언어, 격정적 정치의 언어는 바로 공적인 의미와 개인적 표현의 조화와 긴장이 깨어진 곳에 등장한다. 또는 혁명적 행동은 객관적 질서와 주관적 체험의 균열 속에 그것을 접합하려는 폭발적 에너지로 성립하는 것이다. 따라서 혁명적 행동과 언어는 개인과 사회 간에 수립되어 있는 관습적 관계를 깨뜨리고 전통적 인문적 교양의 언어를 폭파하여 객관적 상황의 산문과 주관적 정열의 시로서 갈라놓는다. 여기의 객관과 주관의 조화가 없는 상황과 언어는 갈등과 모순에 찬 것이 된다. 그러나 말할 것도 없이 이 갈등과 모순은 새로운 조화와 균형을 추구하는 작업의 한 면에 불과하다. 그리고 새로운 정치, 새로운 언어는 이 작업의 완성과 더불어 비로소 그 스스로의 진리에 이르게 된다.

참여시가 보여주는 낭만주의는 이러한 맥락에서 설명될 수 있는 것일는지 모른다. 그것은 그 본질적 표현에 있어서 객관적 상황의 분석이나 이해보다도 사람의 주관성 속에 감추어 있는 원초적 생명력에 근접해 가기를 원한다. 그러면서 벌거벗은 주관성이 그럴 수밖에 없듯이(우리의 참여시에 가장 빈번히 보는 심상의 하나는 벌거벗은 몸, 알몸, 아무런 외적 보호 없이 상황에 부딪치는 육체의 심상이다) 그것이 사회학적이라기보다는 오히려 세계성 또는 사회성에 빈약한 것은 불가피하다. 그 대신 많이 보는 것은 주관적 의지의 주장, 원초적 감정의 주장이다. 참여시에서 우리가 어떤 이념적 고정성을 느낀다면 그것은 실제에 있어서는 낭만적 주관의 자기주장이 주는 협소한 고정성인 것이다. 흔히 말해지는 "목소리만 드높다"는 느낌은 비교적 정확히 어떤 종류의 참여시의 특성을 나타낸 것이다.

또한 우리는 참여시의 감상성을 지적할 수도 있다. 그것은 낭만주의에서 흔히 발견되는 속성이다. 그러나 이러한 모든 약점에도 불구하고, 이미 비친 바와 같이, 또 그것은 최상의 경우에 우리에게 어떤 원초적 생명의 약동 같은 것을 느끼게 하는 것일 수 있다. 그것이 세련된 조화의 시에서 보는 바와 같은 세계성 또는 사물성을 결여하고 있다면, 그것은 그것이 그만큼 원초적 생명의 소리에 가까이 있기 때문이다. 어떻게 보면 모든 원초적인 시는 이와 같은 빈약성과 마적인 힘을 결합하여 가지고 있다. 가령 우리의 전설문학의 단초에 있는 "거북아 거북아 머리를 내밀지 않으면 구워 먹으리라" 하는 구지가 같은 노래는 객관적 사정을 전혀 생략해 버린 주관적 발언의 주술적 신비로 우리를 수수께끼의 수렁으로 끌어들이는 것이다.

모든 정치의식의 시, 특히 저항적 참여시가 그러는 것은 아니겠으나 60년대에서 70년대를 거쳐 오늘에 이르는 참여시의 한 가닥이 이러한 원초적 생명력 또는 그 반발력을 그 영감의 원천으로 하고 있는 것은 사실이다. 이것은 김지하, 이성부, 김준태, 김남주 등의 시에서 한 중요한 요인되어 있다. 그중에도 조태일은 이러한 특징을 가장 집약적으로 나타내고 있는 것으로 생각된다.

2

　조태일이 정치의식의 시인으로서의 그의 입장을 최초로 분명히 한 것
은 『식칼론』에 실린 시들에서부터이다. 이 시집의 시들에서 비로소 그
는, 젊은 관능의 고뇌를 추상적인 언어로 읊던 스타일을 버리고 직절적
정치의식의 시를 쓰기 시작한 것이다.

　그러나 사실 여기에서 발견하는 것은 정치적 상황에 대한 언급이나 분
석 또는 묘사보다는 억압적 상황 속에서의 불굴의 것으로 다짐되는 저항
에의 의지일 뿐이다. 「식칼론」의 연작시들이 다짐하는 의지는, "창틈으
로 당당히 걸어오는 / 햇빛으로 달구"고 "가장 타당한 말씀으로 벼"린 것
인데, 어떤 외부적인 것이라기보다는 "늘 본관의 심장 가까이 있고 / 늘
제군의 심장 가까이 있"는 것이다. 의지가 대항하여 싸워야 하는 "적은
육법전서에 대부분 누워 있고 / (…중략…) 유형무형의 전부"이다.

　"식칼"이 하나의 행동적 의지를 나타내고 있음은 그 자체의 상징으로
도 분명하지만, 여기에서 아울러 주목할 것은 그것이 가지고 있는 다른
연상들이다. 그것은 날카로운 것이며 날카로움의 대상이 되는 것은 법
제도에 숨어 있는 사악이며 그 이외의 일체의 것이다. 그러면서 그것은
햇빛과 말씀과 심장을 꿰뚫어 있는 것, 즉 자연과 인간의 심성과 논리를
일관하고 있는 원리이다. 이것이 저항적 의지의 근간이 되는 것이다.
「식칼론 2」에서 계속 이야기하고 있는 것에 따르면, 식칼의 원리는 눈
물이나 사랑 또 육체의 온전함과도 관계있는 것이다.

뼉다귀와 살도 없이 혼도 없이
너희가 뱉은 천 마디의 말들을
단 한 방울의 눈물로 쓰러뜨리고
앞질러 당당히 걷는 내 얼굴은
굳센 짝사랑으로 얼룩져 있고
미움으로도 얼룩져 있고

　"식칼"의 원리는 뼉다귀, 살, 혼과 같은 온전한 육체에서 나오며, 뒤틀리고 억눌린 정서가 아니라, 절실한 눈물을 흘릴 줄 아는 사람의 것이며, 또 그것은 세상의 반응에 관계 없이 세상을 굳게 사랑하기도 하고 미워하기도 하는 원리이다.

　「식칼론 3」에 의하면, "식칼"의 의지는 여전히 "어진 피로 날을 갈고" 가는, 즉 자연스러운 육체의 삶에서 나오는 것인데, 그것은 사람의 마음 속에 숨어 있는 것이면서, 공간적으로 시간적으로 세계에 확대될 수 있는 힘이다. 그것은 "내 가슴살을 뚫고 나와서 / 한반도의 내 땅을 두루두루 날아서는," "아버지의 무덤 속 빛", 숨어 있는 전통과 이어지고, "어머님 빛", 즉 오늘의 고난과 사랑과 이어지고, 또 "내 남근 속의 미지의 아들 딸의 빛", 즉 미래의 세대의 희망과도 이어지는 것이다. 그러면서 무엇보다도, 그것은, 「식칼론 4」가 선언하듯이, 오늘의 안팎으로 퍼져 있는 어둠을 가르는 빛이다.

　나 가슴 속의 어린 어둠 앞에서도
한번 꼿꼿이 서더니 퍼런 빛을 사방으로 쏟으면서

그 어린 어둠을 한칼에 비집고 나와서

정정당당하게 어디고 누구나 보이게 운다.

그리고 그 "식칼"은 오늘의 부자유와 침묵을 꿰뚫어 마땅하다. 그것은,

자유가 끝나는 저쪽에도 능히 보이게

목소리가 못 닿는 저쪽에도 능히 들리게

한 번 번뜩이고 한 번 울고

낮과 밤을 동시에 동등하게 울리고

과거와 현재와 까마득한 미래까지를

단 한 번에 울리고 칼끝이 뛴다.

되풀이하건대, 조태일에 있어서 저항적 의지는 자연의 원초적 심상과
또 온전한 육체적 삶에 관계되어 있는데, 이것은 대체로 60년대와 70년
대에 있어서 널리 볼 수 있는 발상법이다. 겨울, 얼어붙은 땅, 헐벗은 나
무, 봄, 꽃피는 일, 천둥, 벼락 — 이러한 심상들은 어디에서나 볼 수 있
는 것이다. 즉 이러한 이미지들이 나타내는 자연의 영고성쇠는 정치적
상황에 연결되어 비유적 언어가 되는 것이다. 이것은 일단 수긍할 수 있
는 연결이지만, 너무 많이 쓰임으로써 상투화되고 또 구체적이어야 할
상황들을 추상화해 버리는 결과를 가져오기가 쉽다. 조태일의 경우에도
그러한 혐의가 없는 것은 아니지만, 그의 시를 자세히 검토해 볼 때, 그
의 자연적 삶에 대한 연관은 비유적 상투화를 넘어서는 직절성을 갖는
것으로 보인다(시는 비유를 그 언어로 하지만, 그것은 매우 조심스럽게 사용되어

야 하는 도구로서, 어떤 경우에는 직절적인 진술이 더 시적인 진실에 가까이 갈 수 있다. 이 사실은 흔히 잊히는 일의 하나이다).

조태일에 있어서의 정치와 자연의 결합이 조금 더 분명한 사실적 관련을 가지고 있다는 것은 그의 삶을 통하여서도 쉽게 추측할 수 있는 일이다.

조태일에 대하여 이야기하는 사람들이 잊지 않고 언급하는 것은, 그의 큰 키와 체구인데, 이 점은 너무 강조될 수는 없는 일이지만, 중요한 사실임에는 틀림없다. 그 자신 이 사실을 의식하고 있어서, 그것은 그의 시나 산문의 여기저기에 표현되어 있다. 대상화된 자신의 이미지가 마음의 자유에 굴레가 되는 일은 흔한 것이지만, 어쨌든 조태일에 있어서, 그의 건강한 육체는 중요한 것이다. 마치 하나의 추문처럼 감추려 하는 우리의 육체가 생존과 의식의 기본이 되는 것임을 우리는 여기에서도 다시 한 번 확인하게 된다.

그러나 조태일의 육체의식을 개인적 자긍심 이상이 되게 하는 것은 육체의 근원적인 의미에 대한 자각이다. 또 이 자각이란 결국 삶의 근본 원리로서의 육체에 대한 자각인데, 이것은 그것이 하나의 폭넓은 삶의 원리가 될 수 있다는 것을 그가 실제로 느끼고 경험할 수 있었기 때문에 굳건한 것이 될 것이다. 그리하여 조태일에게 고향에서 보낸 어린 시절은 매우 중요한 삶의 원천이 된다. 이 점은 김화영이 그의 탁월한 조태일론에서 지적한 바 있다. 김화영은 조태일에 있어서의 정치와 체구와 고향의 연결을 다음과 같이 말하였다.

(그는) 그의 거구보다도 더 억센 분노를 모국어의 영혼 속에 폭발시킨다. 이것은 바꾸어 말해서 이 분노의 목소리가 너무나 격렬하여서 얼른 보기엔

시정의 우리네가 접근하지 못할 지사일 것만 같은 그 목소리 뒤에는 깊고 외로운 지리산 산골에서 아무도 같이 놀아 줄 친구 하나 없이 혼자 골짜기의 멧돼지들과 나무들과 새들과 엄청나게 저 혼자 큰 물고기들과 더불어 자라온 이 기이한 시인의 소년시절이 잠겨 있다는 뜻이다.[1]

또 김화영은 조태일에 있어서, 어린시절의 자연 체험이 삶을 하나의 격렬한 힘으로서 느끼게 한 관련을 다음과 같이 말하였다.

엄청나게 큰 돌을 집어들고 밤나무 등치를 후려치면 잘 익은 알밤이 떨어지며 머리와 어깨와 등을 두드리던 그 산골 시절의 경험이 그에게 제공한 것은 잔잔하고 어여쁜 서정시의 소도구들이 아니다. 그 뿌리에 잠겨 있는 힘과 격렬함, 무엇보다도 대담한 열정과 원초적인 고집인 것 같다.

조태일에게 어린 시절의 자연 속의 삶을 말한 시들이 있다. 그보다도 어린 시절의 의미는, 이미 김화영의 평문이 지적하고 있듯이, "힘과 격렬함, 무엇보다도 대담한 열정과 원초적인 고집"에 대한 구체적인 바탕을 제공한 데 있고, 더 중요하게는, 그의 정치 참여의식에 경험적인 내용을 준 데 있다. 가령, 그가 식칼을 빛나게 하고 번개로, 천둥으로 그의 힘을 폭발시킬 때, 겨울이 가고 얼음이 녹고 봄이 오기를 간절히 원한다고 할 때, 그가 생각하는 삶은 어떤 종류의 삶인가? 이렇게 물었을 때, 조태일에게 적어도 그것은 구체적인 농촌의 삶을 나타내는 것이다. 가

---

1 김화영, 「식칼과 눈물의 시학」, 『서울평론』, 1975.

령 「뙤약볕이 참여하는 밥상 앞에서」가 이야기하는 건강하고 굳건하게
살아가는 농민적 삶의 심상이 그러한 답변이라고 할 수 있는 것이다.

  폭우도 멀리 떠나 버렸고
  습기까지 죽어 말라 붙은 여름 근처
  끼니마다 알몸으로 내외는 마주앉네.

  무릎 꿇고 온몸으로 앉는 밥상 위
  지난 몇 해 굶주린 남도평야
  그릇마다 뜨겁게 넘쳐나고.

「뙤약볕이 참여하는 밥상 앞에서」가 표현하고 있는 것은 농촌적 삶,
민중적 삶에 대한 강한 긍정이다. 그러나 그것은 결코 단순한 긍정이 아
니다.

위의 구절에서 두 내외가 받고 앉아 있는 밥상 위 "그릇마다 뜨겁게
넘쳐나고" 있는 것은 무엇인가. 그것은 "몇 해 굶주린 남도평야"이다. 그
것은 빈궁의 현실이다. 그러나 이들은 이것을 한탄하지도 부정하지도
않으며, 뜨겁게 넘쳐나는 것으로 받아들이는 것이다. 그러니까 이 시의
내외가 받아들이는 것은, 있는 그대로의 농촌의 삶이다. 그것은 눌리고
가난한 것이다. 그러나 그것은 그들의 굳은 결의 앞에 넘쳐나는 잔칫상
같을 수도 있는 것이다.

「농주」는 조금 더 부분적인 관점에서 또 조금 더 단순한 긍정 속에서
농촌적인 삶을 받아들이고 있다.

아하, 예부터 우리의 농주 속에는
더위란 아예 없었나부다.
울퉁불퉁한 팔뚝의 심줄을
무슨 무슨 산맥처럼 뽐내며,
서울의 냉막걸리가 아닌 투박한 農酒를
사발로 사발로 마셔보면 알지.

깊은 산 속의 옹달샘 위에서나 산다든지
북극의 얼음 위에서나 겨우 살아가는
그런 싸늘한 바람도 어느 틈에 왔는지
내 입술을 사알짝 스쳐서
그 건강한 農酒를 찰랑이다가
이내 친근한 일꾼처럼 취해버리지.

농주와 같은 전형적인 농촌 음식은 여기에서 "잔잔하고 어여쁜 서정
시의 소도구"가 아니며, 관광효과를 높이는 민속 음식도 아니다. 그것은
산 속의 옹달샘, 북극의 얼음, 싸늘한 바람과 같은 활달하고 시원한 자
연의 힘이, 노동에 굵어진 팔뚝을 가진 사람의 삶에 합일되는 하나의 매
듭이 되는 것이다.

「된장」은 조태일이 생각하는 건강한 농촌적 삶을 수수께끼적 상징과
가장 일상적인 현실을 기묘하게 혼합하여 이야기하고 있는 시이다. 된
장은 농주와 마찬가지로 전통적 농경사회를 가장 잘 나타내 주는 음식
이다. 이것을 조태일은 이 시에서 농촌적 삶의 긍정을 위한 하나의 기괴

한 상징으로까지 밀고 가는 것이다.

님아,
너의 썩은 얼굴에 침
아니고 콩을 붙인다.

환자질이랑 탄수화물을 붙이고
물도 군기름도 붙이고
비타민을 붙인다 소금을 붙인다

한많은 찌꺼기를
정 도타운 부부를 붙인다
아아, 현명한 된장을 붙인다

님아,
너의 썩은 얼굴에 미움
아니고 새로운 머리카락을 붙인다

눈썹이랑 눈을 붙이고
코도 입도 붙이고
턱을 붙인다 귀를 붙인다

희고 억센 이빨을

거칠은 살결을 붙인다

아아, 뜨거운 목소리를 붙인다.

시여,

나의 얼굴을

너에게 붙인다.

　된장을 비롯한 많은 음식물 찌꺼기와 우리의 심정의 찌꺼기들을 붙여 만들어내는 우상은 어떤 토속적 신앙의 토우와 비슷하다. 이것은 적절한 일이다. 왜냐하면, 조태일에게 전통적 농촌의 삶의 중심적 신앙은 물활론적인 것이기 때문이다. 여기에서 모든 것은 지저분한 일상의 현실이면서, 그대로 자연의 신령스러운 삶을 나타낸 것이다.

3

　위에 든 예들에서 보듯이, 조태일에 있어서 정치적 의지와 자연의 삶은 구체적인 생활 환경 속에 연결된다. 그러나 다른 참여시들의 경우에서처럼 자연은 시대의 어둠과 이에 저항하는 의지를 위한 막연하고 추상적 비유로 머물기도 한다. 행동이 막혀 있는 육체는 수용하지 못하는 대지의 힘을 느낀다.

쓰러진 피를 잠든 고요를 일으켜다오,

는 부릅뜨고 입 벌려

내 몸을 어르면서

널판들이 엉엉 운다.

—「대창」 부분

느동자의 육체는 참나무와 같고 그 눈은 이글거리는 불에 차있다.

참나무 숨결이 파도치는 두 어깨며

지나치게 이글대는 두 눈망울,

온몸을 철조망 같은 심줄로 무장하고

—「석탄」 부분

자연이 에너지와 움직임에 차있는 것처럼, 사람도 마땅히 움직임과 소리에 차있어야 하건만, 그렇지 않은 것이 오늘이다.

바람들도 만나면 문풍지를 울리고

갈대들도 만나면 몸을 비벼 서걱거리고

들멩이들도 부딪치면 소리를 지르는데

참말로 이상한 일이다.

으리들은 늘 만나도 소리를 못내니

참말로 이상한 일이다.

—「목소리」 부분

이러한 목소리는 물론 눈보라나 폭풍으로 치솟아 마땅하다. 그러다가 또 내려앉기도 한다.

> 눈보라치는 기세로
> 매서운 폭풍으로
> 헐벗은 나뭇가지를 맴돌다가
> 푸른 하늘이 그리워 치솟았다가
> 보드라운 눈송이로 내려와
> 나뭇가지 위에
> 휴전처럼
> 무덤처럼 앉는다.

—「소리들 분노한다」 부분

이와 같이 자연의 비유는 구체적 상황을 일반화해 버리는 역할을 하지만, 마지막 예에서 보듯이, 반드시 일반화나 상투화에 그치는 것은 아니다. 마지막 예의 자연 현상에 비유된 소리가 눈송이로 연결되는 장면에서, 우리는 그러한 비유가 갑자기 구체적 감각적 체험으로 바뀌는 것을 보는 것이다. 또 이 감각적 영상은 폭풍 일과 후의 고요처럼 정치적 적막의 느낌을, 유추적으로가 아니라 직접적으로 실감하게 한다.

「소나기의 혼」도 기후현상의 구체적 파악보다 유추적 전용으로 시작되는 시이지만, 매우 적절하게 시대에 대한 어떤 이해를 요약하면서, 동시에 비유 자체의 구체적 느낌을 만들어낸다. 인간의 삶은 작은 일상적 일들로서 작게 흩어지게 마련이다 — 이 시는 이렇게 시작한다.

이렇게들 살다가 저렇게들 살다가
사람은 그렇게들 살다가
자손들일랑 땅에 남겨두고
보이지 않는 혼이 되고
혼은 거듭 살아서
하늘로 솟아올랐다가

　일상적 삶의 흩어짐, 거기서 남은 미진한 것들 ― 이러한 것들은 작은
것들이면서 모이고 모였다가, 하나의 응집된 힘으로, 물방울이 구름으
로 모였다가 소나기가 되듯, 쏟아져 나올 수 있는 것이다. 삶의 작고 미
진한 것들은 모여 구름에 끼어 있다가,

벼락 한 방이면 작살날 애들이
번개 한 방이면 눈멀 애들이
꼴도 좋게 육갑지랄들 한다, 어쩌고
한바탕 칭얼대다가 까무라치다가
구름 속에서 그렇게 살다가 보채다가
죽어서 쏜살같이 소나기가 되고
소나기는 거듭 살아서
땅 위에 길게 꽂힌 깃발이 되고
참 오랜만에 듣는 소문이 된다.
믿어 의심치 못할 아우성이 된다.

4

    비유는 우리의 지각과 인식을 실감 있게 하고, 사유의 경로를 간결하게 하지만, 자칫하면, 현실에 맞서는 우리의 인식과 사고의 게으름을 조장해 줄 수 있는 것이다.

    우리의 정치적 상황이 얼어붙은 겨울과 같다고 할 때, 그것은 우리에게 일단의 구체적 느낌을 주고 상황을 요약하여 주는 역할을 한다. 그러나 겨울의 비유에 의한 상황의 요약은 우리가 상황이 인위적 역사적 상황이라는 것을 분명히 인식하고 그에 따라 이를 분석하고 전략을 고안하고 하는 일과는 큰 관계가 없는 일이다. 다만 이 글의 서두에 말하였듯이 비유적 설명은 주관적 정열을 유지해 주는 일에 관계될 수는 있다. 조태일의 경우, 그의 잘 된 시에 있어서, 비유는 비유의 자기탐닉, 또는 비유의 감상주의에 떨어지지 아니하고 현실로 다시 되돌아오게끔 종용된다. 이러한 조작에는 무엇보다도 그의 "힘과 격렬함, (…중략…) 대담한 열정과 원초적인 고집"이 크게 작용하는 것으로 보인다.

    「흐린 날은」도 일련의 비유로 이루어진 시이지만, 이 비유는 현실의 직접적인 파악에 이어져 있다. 또 이것은 그가 격렬한 힘으로 현실을 살아나가려는 의지의 강화에 사용된다.

        꿈과 현실은 항상 가깝게 있다.
        손등에 없으면 손바닥에 있다.
        그러므로 손등에 없거든 손등을 뒤집으라.

이것은 어려운 상황에 있어서의 상황의 가변성 또는 가역성을 잊지 말아야 한다는 지시이다.

> 번개가 친다. 아내야 바싹 다가오렴
> 흐린 눈빛이지만 부딪쳐 보자.
> 천둥이 운다. 아내야 바싹 다가오렴
> 쉰 목소리지만 합쳐서 목청을 뽑자.
> 벼락이 친다. 아내야 바싹 다가오렴
> 四足을 동원해서 맨바닥이라도 치자.
> 우박이 쏟아진다. 아내야 바싹 다가오렴
> 메마른 눈물이라도 곧게 떨구어 보자.

여기에서 자연 현상은 막연한 불만의 심리 상태 또는 소망의 심리를 나타낸 것이 아니라 현실을 살아가는 방법을 일러주는 속기술이 되어 있을 뿐이다.

조태일로 하여금 비유에 말려 들어가지 않게 하는 현실적 의지는 「피」와 같은 시에서도 볼 수 있다. 말할 것도 없이 피는 혁명적 정치행동, 그에 따르는 희생 또는 그것이 요구하는 비장한 결의 등을 표현하는 데 사용된다.

> 피야, 너는 쏟을수록 붉고
> 피야, 너는 쏟을수록 아름다우므로
> 내 너를 무덤까지는

데리고 갈 생각은 없다만,

너를 그냥은 내보이지 않겠다.

　이와 같이 조태일은 무조건 숭고한 희생을 떠받드는 피의 상투적 상
징을 거부하는 것이다. 이것은,

　自由를 위해서

　飛翔하여본 일이 있는

　사람이면 알지

　…………

　어째서 자유에는

　피의 냄새가 섞여있는가를

하는 감상주의의 말보다 얼마나 단단한 현실주의를 담고 있는가. 그렇
다고 하여, 여기에 표명된 투쟁적 의지가 더 약한 것이 아님은 말할 것도
없다.

　마찬가지로, 조태일이 낭만적 정열, 낭만주의를 포기하는 것은 아니
다. 또 그러니만큼 그가 자연으로부터의 비유를 버리는 것도 아니다. 다
만 그는 이것을 현실적 인식의 테두리 속에 비끄러매어 놓으려고 할 뿐
이다. 그럼으로 하여 오히려 그의 낭만주의는 더 분방한 것이 된다고 할
수도 있다. 「눈보라가 치는 날」에서 그는 바로 이러한 입장을 스스로 천
명하고 있다. 눈보라치는 날은 술을 마셔서 기운을 내고 낭만을 지킬 필
요가 있다. ─ 그는 이렇게 말한다.

눈보라가 치는 날은 술을 마시자
술을 마시되 체온을 생각해서 마시자
눈보라가 치는 날은 술을 마시자
술을 마시되 약간의 낭만을 위해서
국경선을 떠올리며 마시자.
눈보라가 치는 날은 술을 마시자
술을 마시되 失語症을 염려해서
두근거리는 가슴 열고 홀로라도
열심히 말을 하며 마시자.

  그러나 이러한 정도의 흥분과 낭만이 유지될 수 있는 처지가 안 되면
어떻게 할 것인가? 그런 경우에도 그것은 억지로라도, 인위적으로라도
유지되어야 한다. ─ 시인은 이렇게 말한다.

눈보라가 치는 날 술이 없으면 어찌하나.
눈보라가 치는 날 국경선이 안 떠오르면 어찌하나.
눈보라가 치는 날 두근거리는 가슴 없으면 어찌하나.
신문지 위에나 헌 교과서 위에다가
술잔을 그리고 새끼줄이라도 칠 일이다.
앵무새 입부리도 그리고
ㄱㄴㄷㄹㅁㅂㅅㅇㅈㅊㅋㅌㅍㅎ.
이런 子音이라도 열심히 그릴 일이다.
신문이나 교과서의 글씨가 안 보일 때까지

눈이 침침할 때까지, 뒤집힐 때까지
그리고 또 그릴 일이다.

5

    이와 같이 조태일의 낭만주의는 자의식이 있는 낭만주의이다. 그것은 현실을 파악하고 그것에 맞서가는 방법으로서 억지로라도 요청되는 낭만주의인 것이다. 이미 말한 바와 같이, 조태일의 시가 되풀이하여 다짐하고자 하는 것은 원초적 생명의 힘을 그대로 집중하여 폭발시킬 수 있는 의지이다. 이것이 그의 시로 하여금 끊임없이 자연과 일기의 비유를 쓰게 하는 이유이다(원초적 생명에의 연결이 그의 비유의 힘을 보장해 준다). 그러나 그가 다짐하는 의지는 막혀 있는 현실 상황에 대결하는 힘으로써 환기되는 것이다. 그러한 한도에 있어서, 그의 시는 끊임없이 우리의 정치적 상황으로 돌아가는 시, 정치시이며, 참여시이다. 그렇다는 것은, 그의 시가 오늘에 쓰이는 많은 참여시의 경우나 마찬가지로 정치 또는 사회 체험을 구체적으로 기술하고 이를 분석하여 이해케 하는 종류의 정치시는 아니라는 말이기도 하다. 말할 것도 없이 그의 시에는 당대적 정치적 상황에 대한 언급이 끊임없이 행해지고 있고 또 그의 시의 영감이 거기에서 나오는 것임에는 틀림이 없지만, 그의 시는 근본적으로 주관성의 표현인 것이다. 물론 「옹기점 풍경」 같은 시는 하나의 객관적 상황분석을 담고 있다.

> 한반도의 모든 바람은 물론
> 세계의 모든 바람들도 함께 섞여
> 멋모르는 마음들은 마음 놓고
> 밤낮없이 여기 와서 논다.

온갖 곳에서 불어와서 제멋대로 노는 사슬에 옹기점의 옹기가 견디어 낼 수 없는 것과 같은 것이 오늘날의 우리의 국토의 현황이라는 것을 이와 같이 적절한 비유로 요약하기는 쉽지 않은 일이다. 그러나 이 뛰어난 시를 충분히 현상 분석적이라고 하기에는 그것은 너무나 좁게 옹기점의 비유에 사로잡혀 있다. 그러나 이 비유를 넘어 시가 성립할 수 있겠는가? 아마 우리가 결론적으로 이야기할 수 있는 것은 비유를 발견하는 것 이상의 시가 오늘날 있기 어려운지도 모른다는 것이다. 그리고 유감스러운 것은 조태일 씨의 시에서도 이만 정도의 비유로 포착한 객관적 상황의 시도 많지 않다는 것이다. 그것이 그의 시를 단조롭게 한다. 머리에 언급한 「검은 오르페」라는 글에서, 오늘의 노동자 계층은, "세계만방의 노동자들이여, 단결하라!" 하는 말 이 외에 사회적이며 시적인 언어를 아즈 발견하지 못했다고 사르트르는 말했다. 우리의 경우에도, 시는 시인의 의도에 관계없이, 여전히 원시적 생명의 낭만주의에서만 나오는 것인 듯하다.

곰과 죽형인 태일이

긴긴 만남과 동행의 이야기

박석무

내가 어떻게 태일의 시를 이야기할 수 있으랴. 이 나이 되도록 단 한 편의 시를 써본 적도 없고, 시에 대하여 진지한 관심도 기울여본 적이 없는 문외한으로, 감히 어느 누구의 시를 논한단 말인가? 그런데다 시 이외의 사람 됨됨이나 고집스런 성격까지도 이미 세상에 다 알려져 숨겨진 것'이라고는 거의 없는 당대의 명사인 그를 또다시 이야기함도 부질없는 것이고 보면, 이런 난감한 일이 어디 있는가? 하나 우리의 사귐과 만남이 한두 번의 일이고, 친구로 여기고 살았던 세월이 그냥 뭉개버리고 말 허망한 햇수이던가? 꽃다운 나이 17, 8세에 죽마고우로 만나 이제 불혹의 중반을 넘도록 허구하고 장구한 세월을, 우리가 결코 묻어버리거나 덮어버릴 수 없는 인정과 애환, 서러움과 고통, 역사의 질곡과 비탄의 세상이 점철되어져, 눅진눅진하고 짜릿짜릿한 만남의 철학과 논리가 듬뿍 담겨져 있으니 말이다.

계륵처럼 만나기도 안 만기도 어렵게 어중간한 만남인 반면에, 서러운 핍박의 세월을 견디고 참아내기 위해서는 언제라도 만남이 있어야 할 필요불가결의 사귐이었기에, 그러던 무렵에 있었던 짜증 많던 사연, 힘과 용기로 승화되었던, 살을 비비며 날이 새도록 함께 마시고 함께 잠을 자고 함께 여행을 해야 했던 그 순간들을, 어떻게 망각의 늪으로 덮어두겠는가?

1959년 초봄이었다. 그때만 해도 초롱초롱하던 우리가 광주고등학생 신입생으로 같은 반에서 만나면서 역사(?)는 시작되었다고 할까. 어떤 사정 때문에 입학식에 참가하지 못한 나는 입학식이 지난 이틀 뒤에야 학급에 들어가, 키가 제일 크고 똑똑해 보인다는 이유로 임시급장이 되어 호기에 차있던 태일을 만났는데, 입학 성적이 내게 뒤진 태일은 그날로 급장의 목이 떨리고 내가 급장으로 지명되어 나의 지배하에 놓이고 마는 서러운 신세가 되었던 것이다. 학급 수석이던 내게 급장이 지명됨은 당시의 관행이던 터라, 쓴맛을 다시며 영웅의 꿈을 버려야 했던 태일은 이틀 반나절의 아쉬운 급장 시절을 지금도 말하고 한다.

4·19에 환호하고 5·16에 짓밟히면서도 신분(성적)의 차이를 넘어 우리는 떨어질 줄 모르고 붙어 다녔다. 그의 시에 가끔 나오는 광천동이 그때 그의 자택이 있던 곳인데, 변두리의 초가삼간 그의 집은 자취방을 전전해야 하는 내 신세로서는 부러운 곳이 아닐 수 없었다. 자택을 자랑이나 하려는 듯, 시골아이에게 기를 죽이기라도 하려는 듯, 변두리의 알량한 그의 초가집으로 나를 자주 데리고 가서, 곰팡내음 퀴퀴하던 방에 장시간 가둬두고 이것저것 싸울대던 모습이 선연하다. 꺽다리처럼 키만 크던 그는 권투, 태권도, 봉술 따위의 운동을 배우러 다니다가 3학년 때

에는 늑각염인가를 앓고 있어 생기 없는 모습이었지만 우리 둘은 늘 붙어 다녔었다.

3학년 어느 날, 그의 시가 학교신문에 실려 있었다. 입학 당시부터 급우들은 모두 그의 별명을 '조시인'이라 불러서 이름이야 벌써 얻은 시인인데, 참으로 시인이 되기는 꽤 늦은 편이었다. 「백록담」인가 하는 제목이었는데 그의 생김이나 몸매에는 걸맞지 않게 매우 곱고 아름다운 시어들이어서 내가 깜짝 놀라며 칭찬해 준 기억이 있다. 임형택군이 소설로 이름을 날리고, 나도 기행문 따위로 벌써 이름이 있었으나 시인 태일은 훨씬 늦었는데, 지금의 나나 형택은 문단에 발도 끼지 못하니 타고난 분수는 따로 있기 마련인가?

시골아이들이 많던 학교에서, 명문 서중학교를 나온 태일은 제법 도시놈 행세를 했었다. 그러면서도 그는 딴 아이들과 달리 인정이 있어 보였다. 지금과는 달리 추석이나 설이 휴일이 아니던 때여서 시골에 집이 있던 나는 명절에 고향으로 가지 못하는 경우가 많았는데, 태일은 그럴 때마다 그 예의 알량한 초가집으로 날 데리고 가서 쑥떡 송편 몇 개쯤은 먹여주던 기억이 있다. 고맙기 그지없는 일이었다. 그 시절만 해도 그는 여러 가지 면으로 내게 눌려 지냈지만 고집불통이던 그는 대소사에 대해 단 한 번도 나를 직접 칭찬해 준 적이 없었는데, 그 점은 지금까지도 전혀 변함이 없으며, 더구나 '국중의 시인'이 되어 있는 오늘에도 한 치의 양보 없이 더더욱 고집을 부릴 때가 많아만 간다. 그렇지만 내 생각으로는 '병아리 때 눌린 닭인데'라고 하면서 귀엽게 봐주는 때가 많다. 30년이 다되는 우리의 만남 동안 우리의 날이라고는 있어본 적이 없었고, 햇볕 한번 쨍하고 뜬 날도 없고 말았으니, 나야 내 잘남을 자랑할 겨를도 없었고, 그의 고집을 탓할 틈도 없이 늘 한뜻이 되어 시대고를 겪어야 하는 참담한 세월로 줄달음치고 말았다.

내가 시골의 대학에서 법학을 한답시고 한일회담 반대나 외치고 있을 때, 그는 서울의 대학에서 국문학을 한다면서 시를 쓰고 있었으나, 우리는 결코 헤어지지 않은 채 서러운 젊음을 키우고 있었다. 굴욕외교에 항거하다가 내가 쫓기거나 잡혀갔을 때에도 그는 다른 염사 없이 줄곧 시를 써대더니, 끝내는 신춘문예에 당당히 당선되어 나를 또 한번 놀라게 해주었다.

그 시절의 문학이 그러했듯, 독기 오른 젊은이들의 시선을 끌지 못했던 데다 시 따위야 안중에도 없던 터라, 그의 시가 나에게 먹혀들지는 않았으나, 그가 일약 알아주는 시인이 되었다는 탓으로 나는 신문을 보지 못한 친구들에게까지 태일을 자랑하곤 했었다. 친구 자랑이 나의 자랑이나 되듯이.

대학시절 어느 때에 내가 찾았던 태일의 자취방이 떠오른다. 겨울이었는데, 이층집의 방 한가운데에 연탄난로를 피우고 난방과 취사용 부엌을 겸하면서 방 둘레에는 뺑 둘러 소주병이 쭉 이어져 있었다. 그는 그때 매일 장취, 밤낮으로 술이나 마시고 있어서 걱정스럽게 여겨졌었다. 그 무렵부터 그이 생각이 변하고 있었던 징조를 내가 그 뒤 그의 시에서 발견하면서 이전까지의 그의 문학에 대한 무관심이나 그의 인품 및 됨됨이에 대한 무관심을 수정하게 되는 계기가 왔다. 대학을 퇴학당하고 강제로 군에 끌려가 한가한 제대 말년을 보내던 67년엔가, 그가 모 잡지에 실은 「모처녀전상서」라는 시와 「여름군대」라는 시를 읽으면서 그가 나의 동지임을 확인하게 되었고, 그가 왜 대학시절에 그렇게 술만들이켰던가를 이해하게 되었다.

나는 제대하여 재입학으로 남은 대학생활을 하고, 그도 제대하여 취직은 걱정도 않고 『시인』이라는 월간 시전문지를 창간·주재하면서 꼭꼭 그것을 보내주었는데, 벌써 그의 문학에 관심을 두고 있던 터여서 나는 착실히 그의 작품을 탐독하고 그를 규정지을 '곰'과 '대나무'도 발견하기 시작했었다. 「식칼론」이 터져나오던 때 민주나 자유가 찢겨나가고 민중과 민족이 파열되던 3선 개헌 무렵이었는데, 그의 시들은 그동안의 나의 행적을 뺨치게 시대정신을 혼자서 지고 나가는 나의 친구 조태일로 그의 자리를 굳혀가고 있었다.

그 후에, 나는 대학원에 적을 두면서 나 살길도 챙겨야겠다며 몸을 움츠리고 있을 때인데, 그는 그 무렵 「국토」라는 연작시를 쓰면서 내가 아찔하도록 높이높이 올라가 매섭고 무거운 톤으로 조국과 민족이 당하는 기막히고 서러운 현실을 예리하게 뚫어보며 비장한 가락을 거침없이 토하고 있었다. 그렇게 마시던 술이 이제야 술기운을 발휘하나 싶어, 내심 무섭기도 하고 겁이 나기도 했었다.

그럴 무렵 우리의 구체적인 만남이 다시 한 번 이루어진다. 케케묵은 역사적인 옛 이야기나 들먹인다고 언제나 나를 비양거렸고, 구식쟁이라고 늘 업신여기던 그가 민족의 저항사에 관심을 두면서 겉으로는 예의 고집으로 그렇지 않은 척하면서도, 동학이나 의병사의 역사적 사실에 진즉부터 관심을 지녔던 나에게 한발짝 더 가까이 오려는 내심을 보이고 있었다. 1970년 8월 15일, 서울에서 갑자기 내려온 그가 나의 사정을 묻지도 않고, 늘 하던 대로 고집을 앞세워 나를 모시고(저야 언제나 나를 차거나 데리고 다닌다 하지만) 동학혁명의 격전지를 찾아나서는 혁명지 순례여행을 떠났던 일이다. 8월 폭염 아래 우리는 황토현, 백산, 고부, 무장, 정읍, 전주 등지의 혁명의 옛터를 찾아가서, 3선 개헌으로 말미암은 시대적 상황의 비통함을 그런 곳에서 술을 마시며 달래고 있었다. 노시인 신석정 선생님을 전주에서 찾아뵙고 다가산 공원에 함께 올라 가람시비를 맴돌며 민족과 나라의 서러운 사연들을 애타도록 토로한 것도 그때의 일이다. 한벽당 앞 냇가에서 오모가리탕에 밤늦도록 소주를 기울이며 미국이 문제라던 노시인의 이야기에 귀를 기울이기도 했었다.

　그 뒤로, 거듭나는 사람처럼, 「국토」의 톤은 더욱 높아지면서, 태일은 예의 그 다문 입을 열지 않은 채, 곰처럼 우직하게 대나무처럼 청청하게 나라와 민족, 민중과 백성이 당하는 처절한 아픔을 읊고 있었다. 혁명의 옛터를 찾아본 뒤와 그 이전의 태일의 시가 어떻게 바뀌었는가는 전문가들이 구색할 일이라서 그냥 두기로 한다. 역사는 소용돌이치며 유신의 도깨비가 우리를 짓누르자, 유신의 첫 희생자로 나는 국가보안법으로 묶여버려 1년여 감옥에 처박히자 그와의 소식도 끊겼었다. 74, 75년경에는 만나면 또 술이나 퍼마시고 말았다. 『국토』가 출간되자마자 판금으로 묶이던 것도 그 무렵이었다.

　뜸하던 태일이가 무슨 생각에서였던지, 광주로 내려와 나의 처지도 생각 않고 다짜고짜로 제 고향이라는 곡성군 죽곡면 원달리의 태안사를 찾아가자 한 것이 77년의 일이었다. 땡볕이 쨍쨍 내리쬐던 8월의 어느 날이다. 사전에 구체적인 약속도 없이 불현 듯 찾아와 제 고집으로 우겨대던 것은 늘 하던 대로인데, 그때 나는 빵잽이로서 유신치하의 나날은 바쁘지 않은 날이 없었는데, 마음 약한 내가 못이기는 듯 그를 따라 나섰더니, "착한 짐승 거느리듯 / 친구 석무를 뒤에 거느리고"(「동행」)라고 시에 쓰고 있었다. 허허로운 빈 산천으로 변한 태안사 앞 뜨락이 저의 귀빠진 곳이었다고 천방지축으로 날뛰던 모습은, 그렇게 오래도록 지켜본 나로서도 처음 보는 일이었다. 신들린 사람처럼, 넋 잃은 사람처럼 이리 번쩍 저리 번쩍 뛰면서 저의 집터와 저의 집 감나무가 섰던 자리를 찾노라고, 이제는 황무지로 변하여 인간이 살았던 집이 있던 흔적이라고는 깡그리 없어진 황량한 언덕배기를 풀쩍풀쩍 뛰고 있지 않겠는가. 굼뜨고 침착해서 그런 모습을 상상조차 못할 곰 태일이가 하던 일로서는 너무 가당찮은 일이어서, 나는 멀찍이 서서 히죽히죽 웃고만 있었다. 뒤에 보았더니 그는 그때 일들을 매끄러운 시로도 써냈고, 그의 문학선인 『연가』(나남, 1985)의 서문에서 자세한 기록을 남겼기에 나의 췌언은 줄인다.

한 가지 부언하자면 30년 만에 찾은 그의 고향이 얼마나 감격적이었는지 바위 하나, 나무 하나, 집 하나, 논배미 하나까지 모두 기억된다고 손으로 가리키며 지껄이고 온갖 너스레를 떨었으니, 무관한 내가 참으로 견디기 어렵던 '동행'이었음을 말하지 않을 수 없다. 그러나 그후 『겨울공화국』 발간사건으로 연루되어 고은 선생과 함께 고생하였고 나까지 서울로 압송되어 수사를 받아야 했던 것으로 보아 난리를 예감한 고향 방문 같아서 새삼스러운 느낌이 있기도 했다.

70년 혁명지 순례 이후로 씌어진 『국토』와 77년 고향 방문이후의 『가거도』의 시적 변모는 그러한 사연이 있음을 알고 읽어야 된다는 것이 옆에서 지켜보았던 나의 생각이다. 1948년 여수·순천에서 일어난 사건 이후, 고향을 떠나 광주에서 살면서 6·25를 거치고, 고등학교를 마친 후 서울에서 살다가 30년이 지난 뒤에야 7, 8세까지 살았던 그의 태생지이자 유년시절의 꿈이 어렸던 그의 고향 태안사의 빈터들을 방문

한 일은 그의 시를 변모시키는 중대한 계기가 되었음에 의문의 여지가 없으리라.

『국토』, 『가거도』를 내고, 주로 그 이후에 씌어진 이번의 시집 『자유가 시인더러』의 시들은, 80년대라는 상황인식도 깊게 담겨 있지만 역시 77년 이후 몇 차례 찾았던 고향의 충격을 그대로 담고 있음을 나만은 알 만하다.

> 비록 우리의 마음은
> 스스로 빛나보지 못했지만
> 그렇게 스스로 길들여왔지만
> 1980년대엔
> 우리의 마음을 갖자.
>
> ─「1980년대의 마음들」 부분

라고, 열려 있는 마음이 되자고, 새로운 마음을 갖자고 주장하면서 '우리의 마음을 갖자'고 선언한(『가거도』) 그는 고향을 되찾은 오늘에야 우리것에로의 회전을 본질적으로 실현하기에 이르렀다. 그놈의 한문, 그놈의 옛날 역사, 그놈의 우리나라 전통이라 하며 늘 반발하던 그는 천성적으로 생겨먹은 조선사람 모습으로 돌아와, 우리것에의 애착과 자기의 발견에 한껏 가까이 다가오고 있다.

태일의 시에 대해서야 오래 전부터 전문가들의 평들이 이미 정평으로 자리잡아 있으니 무슨 보탬말이 필요하리요만, 요순은 땔나무꾼에게도 의견을 물었다 했으니, 이제 땔나무꾼 이야기도 곁들여 보련다.

천년을 피었다 지고

단년을 피었다 져도

다소곳이 보여만 줄 뿐!

말없이 뿜어대는

너의 빛깔은 어찌 그려내리

너의 한껏 부푼 모습을

가까이서 고개 들어 어찌 보리

—「꽃사태」 부분

천년만년이 지나더라도 제 잘남은 절대로 말하지 않을 저의 센 고집이 옴소롬히 담겨져 있다. 자기보다 앞서 가고 자기보다 훌륭하게 살아가는 삶에의 외경스러움과 자신의 겸손을 잃지 않는 그는, 자기는 미치지 못한다고 머리 숙이며, 그려낼 수도 내놓고도 볼 수도 없다고 수긍하고 만다. 흐드러지게 피어난 꽃을 보고 자기의 말수 적은 성격과 잘하는 남에의 외경심을 솔직히 토로할 줄 아는 태일을 보면서, 글은 바로 사람이라는 말에 승복하게 된다.

「오늘 나의 문학을 말한다」(시론집 『고여 있는 시와 움직이는 시』)에서 자기가 시를 쓰면서 잊지 못하던 핵심적인 관심이 바로 자유·민주·헌법·노동·민중·언론 등이었다 했고, 그 뒤에 씌어진 시 「이제야 개달았다」에서는 분단·전쟁·폭력·독재·타율·식민 등은 타기하고 통일·평화·화해·민주·자율·독립 등에 관심이 기울어졌음을 보여준다. 전후의 관심사가 용어는 달라도 내용이야 일치하는 바이니, 그가 추구하고 그리워하는 핵심은 곧 우리 사회와 이 시대가 안은 거대한 아픔임을 증명해준다. 그의 그리움이 어느 정도인가를 보자.

어떤 일로
헐벗은 우리의 사랑은 이리 더디 올꼬?
어떤 일로 검은 먹구름은
한 세대를 저리 어둡게 할꼬?

타는 가슴으로
눈을 뜨면
밤하늘은 온통 불바다.

타는 가슴으로
눈을 감으면
몸은 들끓는 불항아리.

타는 가슴으로
길을 가면
아스팔트 위에서도
새 움이 돋듯
잊혀졌던 모든 것들
애처로이 돋아나고,

구석으로 구석으로

밀리고 밀렸던 모든 것들

날개 퍼덕이며 솟아오르고,

겨우내 떨며 불안해하며

그래도 꼿꼿이 이 땅속 깊이

뿌리를 내리는 것들을.

타는 가슴으로 문지르면

어느덧 그들도 봄을 피워대누나.

사랑아, 모든 이의 사랑아,

타는 그리움아, 타는 그리움아.

―「타는 가슴으로」 전문

　불항아리처럼 불이 달고 열이 올라 애태우면서, 시대적 해결점을 타는 그리움으로, 목마른 아픔으로 불러대고 애원하는 호소는 우리 모두의 간절한 그리움이다. 그와 내가 만남의 기간인 '한 세대'를 어둡게 깔고 있는 '먹구름'을 헤치자는 주장에도 우리 모두는 동의해야 한다.

　서울만 가면 나의 숙소가 됐던 태일의 집이었기에, 그의 부인 진여사도 내가 잘 안다. 그가 세검정 산꼭대기쯤에 신혼살림을 차리고, 밥상하나 없이 신문지 위에 차려준 아침밥도 먹어본 나였다. 72년 세모 무렵에 만난 진여사는, 그즈음 폭음을 계속하면서 잠자리에서도 잠을 못 이루고 끙끙 앓으며 자기까지 애태우게 한다는 태일의 걱정을 한 적이 있다. 괴물 유신이 불뚝 솟아나, 불항아리가 된 그가 보리밥(?)이라고 아내를 부르며 괴롭히던 모습을 나는 이해한다. 어느 시기는 밤마다 장독대에 올라가 나라님에게 욕을 퍼붓다가 주민의 신고로 몇 주간을 정보과에 시달린 적도 있었다.

아스팔트 위에서 새 움이 돋아날 만큼 온갖 분노와 그리움이 솟아나던 태일은, 모두가 숨을 죽이고 고개를 떨군 채 굴종과 맹종으로의 암흑에 길들여질 때, 그만은 '꼿꼿이 이 땅속 깊이 뿌리를 내리는' 하늘 향해 부끄럼 없는 푸른 빛 대나무로 사시장철 살고 있었기에, 대나무의 상징은 걸맞지 않을 수 없다.

> 풀잎들은 밤에도 눕지 못한다.
> 눕기는커녕 밤새도록 몸을 뒤척인다.
> 수많은 새끼들을 껴안거나
> 어루만지며 자장가를 불러도
> 풀새끼들은 에미와 애비를 따라
> 밤새도록 누울 줄을 모른다.
>
> —「밤에 쓴 시」 부분

진여사의 말대로 '뒤척이며' 잠 못 이루는 그의 고통이 우리 시대의 고통이 아니던가? 석 달 만에 만나도, 1년, 2년 만에 만나도, 다정하게 인사 말 한마디 나누지 못하는 무뚝뚝하기만 한 그가, 어찌하여 그리도 고운 시어들을 나열할 수 있는 건가? 곰처럼 느리고 굼떠서 만사가 귀찮은 그. 오랜만에 만나도 제가 싫거나 마음에 마땅치 못한 사람은 질타한다. 제 자랑은커녕 나의 아픔도 단 한 차례도 위로할 줄 모르는 그자. 그런데도 나는 왜 그를 멀리하지 못하고 그가 모시는 대로 응해야만 했던가? 교언영색이 아닌, 시에서 제 뜻을 보여주고 행동이 낳은 결과가 우리의 믿음을 채워주는 때문이리라.

그의 선장께서 항렬까지 무시하고 지어주셨던 이름이 태일(泰一)이라고 하던서 태(泰)와 일(一)의 뜻까지 제 나름대로 풀이한 적이 있는데, 곰·죽형(竹兄)·태일(泰一)이 합해져서 시와 행동이 일치하는 결과를 가져와 신뢰는 받게 되는 것이겠다.

소설가 송기숙 교수가 78년에 청주교도소에서 고생하고 있을 때, 나와 송교수의 사모님을 모시고 청주까지 안내하며 면회 가던 일, 송교수의 하 많은 재판 동안에 한 차례 빠짐없이 서울에서 광주까지 내려오던 일, 김지하와 양성우의 옥살이를 자기의 옥살이처럼 아파서 못견디던 그 모습, 내가 상무대 영창에 있을 때 부부 동반하여 광주로 와서 나의 내자를 위로해주고, 교도소에 있을 때 나의 내자와 함께 와서 면회해주던 그의 인정들을 잊을 수는 없으리라. 그러나 긴긴 옥살이 끝에 모처럼 만나면 한마디 위로의 말 없이, "왜 벌써 나왔어?"라는 퉁명스러우며 얄미운 그의 말투. 나의 80년도의 옥살이 동안, 저도 얼마쯤 감옥에 있었으면서도, 그때의 이야기는 좀체로 꺼낼 줄 모르는 과묵한 그.

「오동도」에서 시누대를 보고서 화살을 만들자던 그가, 아직 봄이 이르니 "들어가서 옷을 더 껴입고 나오려무나"(「봄소문」)라는 지혜를 가진 그의 시 논리가 하나로 일치하였듯이, 그의 곰·대나무·태일은 하나일 수밖에 딴 도리가 없다.

만나면 말없이 웅크리고나 있는 그지만, 나를 만나면 밥을 사고 술을 사며 잠자리를 보아주고 차표를 끊어줄 줄 아는 인정과 우정에 메마르지 않으며, 「참외」를 보고 "누우런 주먹들이 운다"고 제 주먹의 울음을 터뜨리면서 「우는 마음들」에서는 "나도 울고 여러분도 운"다는, 눈물이 인색하지 않은 그인데, 겉으로는 울지도 않고 너무 무뚝뚝한 탓으로, 창자 짧은 몇몇은 속까지 그러는 줄 알고 가끔을 오해를 하기도 하는가보다.

다산(茶山)은 시를 간림(諫林)이라고 하여 착함도 읊고 악함도 읊어서 군주에게 감발(感發)과 징창(懲創)의 효과를 낳게 하는 거라 하면서, 시의 포폄(褒貶)은 『춘추』보다 엄하기 때문에 시가 임금을 두렵게 해준다고 하였다. 그래서 시가 역사 즉 당대 군주의 잘잘못을 기록하는 것이니, 시가 없어지고서 『춘추』라는 저작이 나왔음을 긍정하였다. 풍자로서 간(諫)하기도 하고 직언(直言)인 정언(正言)으로써 간하는 것이 시라고 정의를 내렸었다.

직언과 풍자를 제대로 배합하여 당대 현실의 표상적인 면들을 훌륭히 고발했던 태일의 『국토』는 임금(?)을 두렵게 하는 역할을 충분히 하였기에 판금의 딱지를 멋있게 받고 말았었다.

그러나 그의 시에도 아쉬움이 없지 않다. 70년대에서 80년대로 들어와 우리는 엄청난 시대적 변화를 경험하였다. 이러한 변화에 상응하는 자기변혁을 두드러지게 보여주지는 못했다는 점이다. 그러면서도 갈수록 읽기 쉽고, 알아보기 쉬운 태일의 시는 좋기만 하다. 시에 무식한 나에게까지 그의 시적 긴장이 충격으로 전달되어져, 통쾌하고 즐거우며 기쁘기도 하여 그의 시를 계속 읽지 않을 수 없다. 독재와 반민주, 폭력과 억압으로 언론까지 막혀버린 오늘의 세상에서, 통렬한 질타를 그만큼 운치 있게 토로하는 시인이 몇이나 될까? 이름인 '태일(泰一)' 사상을 계속 끌어가고 고향인 죽곡을 딴 '죽형(竹兄)'의 아호를 쓰면서 곰처럼 우직하고 변함없이 밀면서도 또 다른 변화를 시도한다면, 시의 지평은 훨씬 넓고 우람하게 펼쳐지리라.

이제는 뒤지고 처진 나와의 또 다른 '동행'을 위하여 나를 계속하여 끌어주고 채찍질해주면서, 술을 조금 줄여서 건강한 심신으로 청청한 삶을 되찾아주게나. 아무리 고운 시어나 훌륭한 시의식도 그의 사람 됨됨이에는 미치지 못하는 나의 친구 태일이여!

눈물, 그 황홀한 범람의 시학

조태일론

이동순

1

눈물이란 무엇인가? 인간의 삶에서 눈물은 단지 누선(淚腺)에서 나오는 분비물에 지나지 않는 것인가? 한 방울의 눈물 속에는 아주 적은 양의 염분과 단백질, 당류 외에 살균작용을 하는 라이써자임(lysozyme)이라는 효소도 들어 있다고 한다. 그러나 우리는 눈물 속에 우리가 잘 알지 못하는 신비하고도 불가해한 힘이 반드시 들어 있다고 믿는다. 만약 눈물에 힘이 있다면 그 힘은 어떤 것인가? 참으로 하찮게 여겨지는 이런 의문들이 우리의 뇌리를 줄곧 떠나지 않는 경우가 있다. 특히 작품을 읽을 때 이런 경험을 자주 하게 된다. 그것은 눈물이 각종 자극이나 정신적 감동에 대단히 약하다는 사실의 이해뿐만 아니라, 눈물이 문학작품의 생산과 전달 및 수용의 전 과정에서 매우 놀라운 역할을 담당하고 있다는 사실을 깨닫게 될 때 더욱 그러하다. 눈에서 눈물이 나오는 현상을 우리는 '운다'라고 말한다. 인간의 삶에서 그 울음은 대개 슬픔과 고통의 과정에서 생겨난다. 더러는 슬픔과 고통보다도 상대적으로 그 횟수가 훨씬 적은 감격과 기쁨에서 형성되기도 한다. 문학작품에 유난히 눈물과 관련된 어휘나 상황이 많이 전개되는 것은 문학이 주로 우리들 삶의 슬픔과 고통 또는 감격이나 기쁨을 다루고 있기 때문이다. 그것은 작품을 다루는 작가나 시인의 개인적 기질이나 품성과 관련된 문제이기 때문에 유별나게 눈물을 끼고 사는 사람이 있는가 하면, 아예 눈물이나 슬픔 따위를 일부러 멀리하고 자신의 작품 표면에서 완전히 방축해버리는 사람도 있다. 하지만 그런 것은 대체로 자신의 창작방법이나 태도를 나타내는 것이지 그 자신이 비극적인 삶과 무관하다는 것은 결코 아니다. 그만큼 인간은 슬픔이나 눈물을 피하여 선택적으로 다른 삶을 살아갈 수는 없도록 마련되었다. 이런 까닭에 한 시인이나 작가가 평소 눈물에 대하여 얼마나 또 어떤 관심을 갖고 있느냐에 따라 그의 문학적 성격이 결정되기까지 한다.

2

우리 시사(詩史)를 두루 살펴볼 때 슬픔의 대명사인 눈물의 일반성에 대하여 특별히 적극적인 사람들은 주로 낭만주의적 기질을 가진 시인들이었다. 왜냐하면 눈물은 감정의 가장 핵심에 놓여 있는 현상이기 때문이다. 이 때문에 주지주의자들은 일부러라도 눈물에 짐짓 반발하는 자세를 갖지 않으면 안 되었던 것이다. 그들은 흔히 눈물을 과장된 슬픔으로 규정하면서 이른바 객관적 상관물로 대신하여 눈물을 비켜가려 하였다. 그만큼 눈물의 작용은 시인들에게 있어서 반드시 겪지 않으면 안 되는 엄숙한 통과 과정이었다. 눈물을 소재로 쓴 역대 한국시에서 최고의 절창이라고 일컬어지는 다음 작품을 보자.

더러는
옥토에 떨어지는 작은 생명이고저……

흠도 티도,
금가지 않은

나의 전체는 오직 이뿐!

더욱 값진 것으로
드리라 하올 제,

나의 가장 나아종 지닌 것도 오직 이뿐!

아름다운 나무의 꽃이 시듦을 보시고
열개를 맺게 하신 당신은

나의 웃음을 만드신 후에

새로이 나의 눈물을 지어주시다.

— 김현승, 「눈물」 전문

　'옥토에 떨어지는 작은 생명'은 다름 아닌 한 알의 종자이다. 한 알의 작은 종자가 지닌 가능성과 생명력은 참으로 무궁한 것이다. 번성과 결실을 예비하는 종자와 눈물을 등가물로 비견한 이 탁월한 시는 눈물의 창조적 기능을 직관한 것에 다름 아니다. 눈물은 그 어떤 상처도 입지 않은 가장 고귀한 것으로, 인간이 신에게 바칠 수 있는 맨 마지막 소유물이며, 또 원래 신으로부터 부여받은 참으로 소중한 기능이라는 사실을 우리는 이 시를 통하여 비로소 확연히 깨달을 수 있다. 이 아름다운 한 편의 절창은 눈물이 어떻게 시가 되는가를 보여주는 하나의 표본이다.

　한국시에 나타난 눈물의 전개과정은 시대의 변화와 정치적 환경, 혹은 경제적 여건에 따라서 그 표현 양상이 달라진다. 애국계몽기 의병들의 시가에 나타난 눈물은 서러움·비탄·애국충정이 그 주조를 이루었고, 1920년대 만해의 시작품에 이르러 눈물은 드디어 사랑과 헌신, 창조의 의미로 승화된다.

　나는 나의 그림자가 나의 몸을 떠날 때까지 님을 위하야 眞珠 눈물을 흘리겠습니다

　나의 눈물은 백천줄기라도 방울방울이 創造입니다.

— 한용운, 「눈물」 부분

심훈의 시 「그날이 오면」에 나타나는 눈물은 극진한 감격의 눈물이요, 이상화·박세영의 시에 맺혀 있는 눈물은 피울음을 자아내는 억색의 눈물이다. 반면에 정지용의 시는 번번이 눈물의 습기를 저만치 비켜가고 있다. 어쩌다 맞닥뜨린 경우에도 "서러울 리 없는 눈물을 소녀처럼 짓자"(「해협」)는 식의 센티멘털리즘이 고작이다. "눈물은 새우잠의 팔굽베개요"라고 사랑과 이별의 눈물을 주로 노래한 김소월을 위시하여 노자영·유춘섭·김영랑·서정주의 시에 나타난 눈물도 거의 동궤에 놓이는 것으로 분류할 수밖에 없다. 얼마나 눈물의 의미에 둔한했으면 "까닭도 이유도 모르고 나는 우노라"라고 흰소리를 해댄 것일까? 이런 과정을 거쳐서 1930년대 후반 백석과 같은 시인은 「여승」, 「팔원」 등에서 개인의 눈물이 결코 개인의 것이 아니라 역사로 말미암은 것임을 일깨우며, 그 눈물에 은근한 동참을 호소하고 있다.

해방 직후의 시작품들에 나타난 눈물은 해방의 감격과는 무관하게 현실의 처절한 비극성을 꽤 풍성히 함축하고 있었다. 홍벽초의 「눈물 섞인 노래」는 회한과 감격이 교차된 애달픈 눈물로 젖어 있고, 김동석의 「나는 울었다. 학병 영전에서」는 민족이 겪는 고통과 서러움을 대신 울어주는 고급비의 정신이 들어 있다. 김상완의 눈물은 욕된 운명을 느끼게 하는 눈물이요, 유진오·여상현·조남령의 시에 나타난 눈물은 새로운 위기의 도래를 예고하는 처참한 눈물의 성격을 보여준다. 이처럼 우리 민족문학은 눈물로부터 한시도 벗어날 때가 없었다. 참된 문학은 "바람보다 먼저 눕고 바람보다 먼저 일어나는" 김수영의 기민했던 「풀」처럼 슬픔보다 먼저 눈물을 거두어서 민중들의 고달픈 심사를 쓰다듬고 위무했던 것이다. 이제 우리가 다시금 확신을 가지고 말할 수 있는 것은 시인이 자기 시대를 살아가면서 눈물에 대응하는 태도가 어떠한가를 보여주는 것이 곧 그의 문학성을 결정한다는 사실이다.

우리가 대체로 알고 있는 바처럼 시는 모든 사물을 독특하게 변용함으로써 얻어지는 또 다른 세계의 경험이다. 눈물이 시가 되는 과정도 이 다양한 변용의 기능에 전적으로 의존하며, 그 표현되는 경험세계는 무한히 확대된다. 그렇게도 많은 시인들이 동서고금을 통하여 눈물을 소재로 시를 써왔음에도 불구하고 우리는 아직도 그 눈물에 진력이 나지 않았고, 현대의 시인들은 지금도 눈물의 시를 써가고 있질 않은가? 눈물은 시 속에서 거의 원석 그대로 사용되기도 하지만 대개의 경우는 다른 형태나 성질로 변용된다. 그 변용의 결과는 우리들 사람의 양상처럼 참으로 다양하고 복잡하기까지 하다. 눈물이 작품 속에서 변용된 또다른 결과들을 두루 일별해보면 다음과 같다.

사랑, 그리움, 분노, 절규, 비탄, 노호, 생명, 회한, 감격, 감동, 공포, 고독, 적막, 전율, 서러움, 이별, 죽음, 원한, 반성, 참회, 고통, 고뇌, 추억, 연민, 자의식 과잉, 창조, 헌신, 생존, 습관, 운명, 애국충정, 배반, 방랑

그런데 문제는 이런 변용의 결과들이 관념의 원석 상태 그대로라는 점이다. 이러한 관념의 원석이 시적으로 효과를 거두기 위해서는 아무래도 특정한 삶의 상황이 구체적으로 전개되는 관념의 극화(劇化)를 거치지 않으면 안 되었다. 눈물이라는 관념을 적절한 장면으로 극화시켜내지 못하게 되면 한낱 우울하고 쓸쓸한 느낌만이 맴도는 감정의 얼룩으로 머물게 된다. 그러나 이 극화의 과정을 제대로 거쳤을 때 눈물을 포

함한 디부분의 관념들은 이전의 모습과는 전혀 다른 광채나는 보석으로 되살아난다. 눈물을 시로 만들었을 때 그 눈물은 과연 어떤 힘을 발휘하는가?

조태일의 일곱 번째 시집 『풀꽃은 꺾이지 않는다』를 전반적으로 통괄하고 있는 힘은 시적 대상인 사물에 대한 시인 자신의 따뜻한 연민이다. 작고 여린 것, 가냘프고 소외된 것들에 대하여 불쌍하고 가엾게 생각하는 이 연민의 과정에는 반드시 시인의 눈물이 수반되어 있다. 이때 눈물은 시인의 감성적 정황을 그대로 반영하는 표상이다.

> 단 한 방울의 눈물은
> 너 유년시절 즐겨 옷 벗던 실개천이었다가
> 들판을 굽이치는 강물이었다가
> 바다였다가,
>
> 그 아무도 모를 일,
> 가뭄에 목타는 모든 풍경들 위에 쏟아지는
> 소나기가 되어
> 지쳐 누워 있는 산들을 일으키다가
> 엎어진 들판을 다시 뒤집다가
>
> ─「단 한 방울의 눈물」 부분

작품의 표제부터가 '눈물'일 뿐만 아니라 눈물의 멋진 변용 과정을 보여준다. 조태일의 시에서 눈물이 연민으로 변용되는 과정에는 대개의 경우 반드시 어린 시절의 경험공간이 추억의 실루엣으로 개입하고 있다. 물론 이런 세계는 그의 여섯 번째 시집 『자유가 시인더러』에 실린 「나의 눈물 속에는」에 나타난 유년체험과 그대로 연결되는 것이지만, 더욱 거슬러 올라가서는 그의 데뷔시절의 「물동이 환상」(1965)에서부터 이미 발단되고 있었다는 점을 우리는 주목할 필요가 있다.

> 내 다시 깨진 물동이를 내려다 보았는데
> 山말은 들리지 아니하고 말이다
> 하늘 그림자만 넘쳐 흐르고
> 아까보다 더 많은 것이 고였는데 말이다
> 아베 눈물인가 어매 눈물인가 내 눈물인가
> 정말 정말 몰라.
>
> ―「물동이 幻想」 부분

몇 가지 자료에 나타난 조태일의 유년체험은 당시 대다수 민중들의 삶이 그러했듯이 어둡고 우울하다. 그의 자전적 술회의 한 대목은 이렇다.

> 나의 가족들은 고향 곡성에서 여순반란 사건을 만나 죽을 고비를 수십 차례씩이나 겪으며 살다가 가산을 다 팽개치고 광주시내로 피난 와서 살았습니다. 6·25를 만나서도 고생을 했습니다. 아버지께서는 화병으로 돌아가셨고, 어머님은 35세의 나이로 홀몸이 되어 7남매를 먹여 살리느라 별 고생을[1]

---

1 조태일, 『고여 있는 시와 움직이는 시』, 시인사, 1980, 247면.

우리나라에서 해방 직후의 혼란과정이나 6·25전후의 격동 속에서 고통을 겪지 않은 가족이 어디 있으랴만 조태일의 가족이 겪은 고통은 유달리 혹심했던 것으로 보인다. 여순사건의 참혹한 현장, 동족상잔, 더욱이 어린 아들이 혼자서 지킨 아버지의 임종 등등, 그의 시 도처에는 당시에 겪었던 고통의 편린들이 서술되고 있다. 그만큼 그는 과거의 유년체험으로부터 부자유스럽다. 바꿔 말하면 그의 시세계에서 중요한 감성적 자질인 연민의 근원은 모두 이 불행했던 유년체험의 공간에서 분출되고 있는 것이다. 유년기의 고통이야말로 조태일 시의 감성적 지층을 이루고 있다. 첫 시집 『아침 선박』 시절의 작품인 「밤에 흐느끼는 내 육체를」은 어쩔 수 없이 운명처럼 따라다니는 눈물과 연민의 시법을 의식하고 미상불 그것을 수용하는 시인의 어눌한 표정이 잘 드러나 있는 시다. 말하자면 생활과 생존으로서의 필연적인 눈물, 또는 눈물의 자기화 과정이 정리되고 있는 것이다. 이 시에서부터 눈물은 이미 '고향'이미지 쪽으로 무한히 회귀해나갈 조짐을 보이고 있었다. 시인이 원하지 않는 시간에도 '고향'은 자꾸만 눈물과 더불어 말 그대로 '방정맞게' 환기되고 있었던 것이다.

누가 알아?
일상을 사로잡는 육중한 가난에
던져진 눈물을,
눈물에 스민 內亂, 방정맞게 기어오는 고향을

— 「밤에 흐느끼는 내 육체를」 부분

울어야 할 때 울지 못하고 만상이 다 잠든 밤에 홀로 깨어나 비로소 흐느끼는 시인의 처지는 지난날 일제강점기의 시인 오장환의 『헌사』(1939)에 실린 시 「싸느란 화단」에서 "짐승들의 울음이로라 / 잠결에서야 / 저도 모르게 느끼는 울음이로라"의 처절한 분위기와 너무도 방불하다. 이처럼 고통의 극치를 경험한 시인의 표현은 시공을 달리해서 서로 닮기 마련인 것이다. 사실 첫 시집 『아침 선박』 무렵의 시세계에서도 눈물의 변용은 이미 조태일만의 전유물처럼 다각적으로 나타나고 있었다. "서울의 가슴을 울어줄 문풍지"가 되겠다는 표현을 통해 시인적 자각을 나타내 보인 「서울의 가로수는」, "이 슬픈 조직위에서 / 나의 핏줄아 흐느껴다오"라는 대목을 통해 절규와 비탄의 과정을 겪으며 역사의식에 점차 눈떠가는 「여름 군대」, 자의식과 분별·눈물의 지성적 조절을 배워가는 「연습 1」, 「연습 2」 등이 바로 그것이다. 시대에 지치지 않고, 쓰러진 시간들을 하나씩 깨워 일으키는 예지와 끈기의 시간에 충실히 복무하다가도 때때로 시적 대상에 대한 연민, 혹은 유년시절 고통의 기억을 되새기며 우는 울음이 조태일의 초기시를 형성하는 주조였던 것이다.

한편 『식칼론』 시절의 눈물 이미지는 어떠하였던가?

① 뼈다귀와 살도 없이 혼도 없이
　너희가 뱉는 천마디의 말들을
　단 한 방울의 눈물로 쓰러뜨리고

—「식칼론 2」 부분

② 한번 꼿꼿이 서더니 퍼런 빛을 사방에 쏟으면서

(…중략…)

정정당당하게 어디고 누구나 보이게 운다

(…중략…)

한번 번뜩이고 한 번 울고

―「식칼론 4」 부분

③ 내 몸을 어르면서

벌판들이 엉엉 운다.

(…중략…)

불씨들이 엉엉 운다

―「대창」 부분

④ 어린 날의 눈물이 후두둑 후두둑 치면

―「뙤약볕이 참여하는 밥상 앞에서」 부분

이 시기의 특징은 시인으로서의 분명한 자아인식을 하게 된다는 점이다. ①에서 사용한 '단 한 방울의 눈물'이란 구절은 1995년에 나온 『풀꽃은 꺾이지 않는다』에서 독립된 작품의 제목으로까지 발전된다. 서로 구별되는 점이라면 앞의 것이 상대방을 제압하는 공격적 무기로서의 성격이요, 나중 것은 자연과의 친화력과 그 변용의 다양성으로 확대되어 있다는 것이다. 『풀꽃은 꺾이지 않는다』를 가득 채우고 있는 자연과의 친화력은 『식칼론』 시절의 「젊은 아지랑이」에서부터 이미 형성되고 있었던 것으로 보인다. 대체로 위의 인용들에 나타난 눈물의 성격은 자기 표현의 확고함, 선언적 어투, 일종의 자기 과시, 시위, 각성의 촉구 따위이다. 일종의 사회의식・현실의식이 강하게 담보된 느낌이 짙다. 그런 가운데서도 ④의 경우처럼 눈물 이미지가 서러웠던 유년체험을 환기하고 촉발시키는 하나의 자극소로서 여전히 작용하고 있기도 하다. 사회적 자아로서의 시인을 분명히 의식하고 그것을 더욱 심화해나가는 작업과 유년시절의 추억에 대한 연민을 은근히 드러내는 동시적 작업은『국토』시절을 거쳐『가거도』,『자유가 시인더러』,『산속에서 꽃속에서』의 시기까지 줄곧 변함없이 지속되는 것으로 보인다. 말하자면 강렬한 사회의식과 유년시절 추억의 교직은 조태일의 작품세계에서 서로의 입지를 갉아먹는 상호모순이나 갈등의 관계일 수가 있다. 일관된 사회의식 쪽을 선호하며 확고한 선명성을 요구하는 독자들은 걸핏하면 고향 추억에 빠지기를 좋아하는 그의 눈물이나 연민에 식상해할 것이다. 어쩌면 서로 다른 지향을 갖는 이 두 세계가 한 시인의 의식 속에서 양립되기 어려운, 말하자면 '정처 없는' 떠돌이의 성격을 지니는 것으로 보일 수도 있다.

> 헐벗은 눈물과 눈물들이
> 소리없이 만나고 쉴새없이 부딪쳐서
> 정처없는 눈물들을 소생시킨다
>
> (…중략…)
>
> 오오, 이 황홀한 범람을

하염없이 바라만 보아도

나 몸도 거칠게 출렁이는 눈물이 된다.

—「꿈속에서 보는 눈물」 부분

하지만 조태일의 시가 일면 묵중하고 딱딱한 느낌을 독자들에게 주었다면 그 묵중한 느낌을 어느 정도 이완시켜준 세계가 오히려 고향 이미지를 조극적으로 수용한 작품들이었다는 점에도 우리는 주목할 필요가 있다. 이 서로 다른 두 성격의 교직이 조화로움과 일치를 보일 때 우리는 일단 그것을 이 시에서의 표현처럼 '황홀한 범람'이라고 명시해 두자. 시인이 지향하는 세계는 분명 이러한 눈물의 경지이다. 하지만 그것이 늘 성공하지는 않는다.

『국토』의 그 강경한 세계에서도 「발바닥 밑에」서 슬쩍슬쩍 보이는 "어린 시절에 내가 부러뜨린 / 누님의 머리핀" "어메의 옷핀"의 기억들을 떠올리며, 「산에서」 들려오는 시인의 어린 시절 활활 타오르던 아버님의 목소리를 떠올리며 눈물짓는 모습이 있다(시인은 태안사의 승려였던 아버지더러 '아버지'라고 한번 불러보지도 못한 채 아버지를 여의었다고 한다). 「석탄」에서 시인은 '꿈틀거리는 석탄이 되어서 꺼멓게 울고 있는' 착각에 빠진다. 이 시기 그의 '울음'은 사방으로 자신의 울음소리가 퍼져나가기를 기대하는 일종의 확산지향적 성격을 드러낸다.

다 문을 넘어 이웃까지 들리라고

어린 놈도 울고 어른도 운다.

—「베란다 위에서」 부분

이러한 세계는 『가거도』 시절에도 계속된다. 이 시기의 눈물은 주로 비극적 사회현실에 대한 비탄이나 절규, 노호, 불의에 대한 질타, 진실한 고뇌 등으로 변용된다.

① 침묵말고
　　차라리 울음이라도 달라!

　　사람 허물 꾸짖어
　　홀로 우는 짐승.

—「바위」 부분

② 겨울더러 겨울이라 말하고
　　울음더러 울음이라 말하고

　　차가운 하늘
　　아래서
　　키 큰 전봇대는 몸으로 울었다.
　　휘잉휘잉 이 겨울을 울었다.

—「통곡」 부분

③ 어머니의 마음보다 더 강하게
　　아롱아롱 맺히는 눈물은

—「황혼」 부분

④ 그 소식 영 들리지 않고

젖은 산들만

눈 속에 가득 고여

—「빗속에서」 부분

①과 ②에서의 중심적 사물인 바위와 전봇대는 다름 아닌 시인 자신의 표상이다. 가혹한 시기를 꿋꿋하게 버티어나가는 모습을 당당하게 나타내 보여주는 광경은 김우창이 말한 이른바 '식칼의 원리'와도 그대로 결부된다. 그것은 온전한 육체에서만 나오는 것으로서 뒤틀리고 억눌린 정서가 아니라 절실한 눈물을 흘릴 줄 아는 사람의 것이며, 세상을 굳게 사랑하고 미워하기도 하는 원리이다(김우창, 「조태일의 현실적 낭만주의」). 『가거도』의 작품세계도 앞의 시집들과 마찬가지로 서로 다른 두 지향의 교직을 그대로 보여준다. 하지만 이 시집에서 「원달리의 아버지」, 「친구들」을 통하여 고향마을의 황폐와 적막, 어린 시절의 동리산 기슭으로 자꾸만 회귀하는 시인의 사랑과 그리움, 추억과 연민의 감정은 점차 강렬한 기세로 나타나는 조짐이 엿보인다.

한편 이 무렵까지 조태일은 연작시 형태에 각별한 선호를 보였다. 「연습」, 「식칼론」, 「국토」 등 일련의 시리즈 형태로 일일이 번호를 달아서 길게 이어간 것이 그것이다. 시인이 연작시를 쓰는 목적은 우선 하나의 중심 테마를 집중적으로 다루어감으로써 시정신의 일관된 집중을 확보하고, 주체와 관련된 자신의 모든 표현 역량을 지속적인 공간 속에 결집시키려는 것일 터이다. 한국의 시에서 연작시를 시도한 사례는 더러 있었으나 성공한 경우는 그다지 많지 않다. 그에 비해 조태일의 연작시는 비교적 성공한 사례라 할 수 있겠다. 자신의 시 제목에 대하여 시인은 이렇게 말한다.

지금 생각해보니 내 시 제목들이 보여주는 것은 그런 환경으로 하여금 얻어진 체험들의 소산이 아닌가 여겨진다. 사랑도 맺혀 있고, 한도 맺혀 있고, 미움도 맺혀 범벅이 된 내 시들을 읽을 때마다 나는 걷잡을 수 없는 흥분을 못 감당하고 만다. 때로는 야성적이고 때로는 원초적이고 때로는 여성적 세계로 바뀌면서 죽어가는 사람들의 모습으로 사는 것이 아니고, 펄펄 살아있는 사람의 모습으로 살면서 앞으로 더 독한 시들을 써가리라.[2]

환경과 체험이 바탕이 된 시적 변용의 경과를 잘 설명해주는 부분이다. 조태일의 시를 조금이라도 주의해서 살펴본 독자라면 사회의식을 다룬 작품이건 고향의식을 다룬 작품이건 간에 두 세계가 어김없이 눈물 이미지로 연결·통합되어 있음을 볼 수 있다. 그러므로 위의 인용문에 나타난 사랑·한·미움 따위의 정서들이 일견 서로 갈등상태에 놓인 듯하다가도 결국은 삶에 대한 연민이라는 하나의 주제로 복귀하게 되는 것이다. 조태일의 일곱 권 시집은 거의 모두 '눈물'이라는 시어가 작품의 중심소재가 되거나 또는 작품의 표제로까지 등장한다. 『자유가 시인더러』에는 이런 현상이 더욱 두드러져서 「눈물」, 「운다」, 「우느냐?」, 「우는 마음들」, 「흐느끼는 활자들」, 「나의 눈물 속에는」 등의 모델들도 보인다. 말하자면 곤고한 시대가 계속될수록 추억이나 연민, 유년시절에 관한 애착이 오히려 강화되어가는 것을 보여주는 증좌이다. 이 시기의 눈물 이

---

2   위의 책, 214~5면.

미지는 서러움·분노를 표현한 것이 많은데 이미 눈물은 생활 및 생존
그 자체로서의 일정한 방식이 되고 있는 듯 하다. "이슬이여, / 이젠 그만
풀잎 끝에서 떠나다오"(「눈물」)에 보이는 눈물과의 결별 지향이라든가
"아침에 일어나면서 울고 / 저녁에 자면서도 운다"(「운다」)에서의 일상적
삶의 거의 모든 것이 눈물과 결부되어 있다는 인식이 시선을 끈다. 특히
돋보이는 것은 추억과 연민을 담뿍 담아내고 있는 다음 작품이다.

> 나의 눈물 속에는
> 동리산 태안사 밑에 붙어 있던
> 초가집들이 어른거립니다
>
> (…중략…)
>
> 초가집도 죽창도 옛 친구들의 허벅다리도
> 아아, 누나의 옷고름도
> 소리내어 울고 있습니다.

—「나의 눈물 속에는」 부분

고향 쪽에서 들려오는 울음소리의 커다란 환청을 시인은 못내 뿌리
치지 못할 뿐 아니라 오히려 소리가 들려오는 방향으로 돌아앉는 포즈
를 택하게 된다. 이 작품을 하나의 분기점으로 해서 그는 유년시절의 고
향체험에 관한 추억과 연민, 혹은 그것과 결부된 자연친화력을 더욱 키
워가게 된다.

3

    가장 최근에 나온 시집『풀꽃은 꺾이지 않는다』를 지배하고 있는 전반적 세계는 바로 이러한 주제의식과 관심이 확대된 공간이다. 신경림 시인이 시집의 발문에서 조태일 시의 밑그림을 일컬어 자연의 아름다움, 자연의 경이로움에 대한 새로운 눈뜸으로 형성되어 있다고 말하면서, 이것을 이른바 '황홀한 눈뜸'이라는 압축된 언어로 규정한 것은 매우 적절한 지적이다. 신경림은 좌절과 체념의 정서가 있었기에 조태일의 시가 오히려 한 단계 더 진전된 세계를 이룩할 수 있었던 것으로 보고 있다.

    ① 아니야, 한 오십여년 흘린 피눈물이리.

—「홍시들」 부분

    ② 봄기운에 흐물거리던 피라미떼들도
      광주의 내 눈에 가득 넘치네.

—「봄이 오는 소리」 부분

    ③ 어린 짐승새끼
      어미 잃고 집 잃어 밤새 울어쌀 때
      동리산 품 같은 어머니 가슴 파고들며
      속으로 꺼이꺼이 울며

나도 밤을 샜다.

— 「동리산에서」 부분

④ 달빛 속에서 흐느껴본 이들은 안다.

　어째서 달빛은 서러운 사람들을 위해
　밤에만 그렇게 쏟아지는지를.

— 「달빛」 부분

⑤ 이슬처럼,
　이슬처럼,
　밤새껏 울고 울어서
　보석을 만들 수만 있다면

　내 평생토록 흘렸던 눈물을
　무덤에 들 때까지 흘려야 할 눈물을
　한데 모아
　이 세상을 파도치리라.

— 「이슬처럼」 부분

⑥ 새벽 속의 헤매는
　나의 이 울부짖음을
　누가 슬픔이라 했는가.

—「아침 산보」 부분

⑦ 단 한 방울의 눈물은

내 유년시절 즐겨 옷 벗던 실개천이었다가

들판을 굽이치는 강물이었다가

바다였다가,

—「단 한 방울의 눈물」 부분

　여기까지 읽노라면 조태일이 확실히 '눈물의 시인'이라는 사실을 깨닫게 된다. 그에게 있어서 눈물은 고향이고, 거기에 언제까지나 그대로 현존해 계시는 부모님의 영상이며, 자신의 삶에서 만나게 되는 그 모든 존재들의 애틋한 실루엣으로 자리 잡고 있다. ①의 표현처럼 시인은 이제 오십년이 넘는 긴 시간을 살아와서 드디어 지천명(知天命)의 경지에 접어든 것이다. 지금까지 평범하게 대해오던 뭇 사물들의 형성 원리와 실체가 비로소 시야에 투명하게 들어오기 시작하는 것이다. 작품 속에 나타나고 있는 이러한 사물들은 주로 자연현상이나 그 대상물들로서 홍시, 피라미떼, 어린 짐승새끼, 달빛, 이슬, 실개천, 강물, 바다 등이 바로 그것이다. 사람은 나이가 들수록 점차 눈물이 메말라 가고 인정에 인색해진다는데, 시를 쓰는 시인이 오히려 세월이 갈수록 따뜻한 눈물이 풍성해진다는 사실은 그의 문학을 위하여 반갑기 그지없는 일이다. 조태일이 흔치않은 '눈물의 시인'이라는 것을 일찍부터 발견한 비평가가 김화영이다. 그는 조태일의 인간과 시를 논한 「식칼과 눈물의 시학」이라는 글에서 "조태일은 보기 드문 —아이러니컬하게도— 눈물의 시인이다. (…중략…) 눈물에 생명력을 준다는 것은 참으로 어려운 일이다"
(『서울評論』, 1975)라고 하면서 그것이 결코 손의 재주가 아니라 영혼의
힘이라고까지 규정한다. 『풀꽃은 꺾이지 않는다』에서는 그의 지금까지
의 다른 시집들과는 달리 심적으로 매우 안정되어 있는 차분한 숨결을
느끼게 한다.

> 풀씨가 날아다니다
> 멈출 곳 없어 언제까지나 떠다니는 길목,
> 그곳이면 어떠리.
> 그곳이 나의 고향,
> 그곳에 묻히리.
>
> —「풀씨」 부분

　방랑의 흐름 위에 있지만 퍽 안정된 여유가 느껴지는 작품이다. 이러한
여유는 마치 지난 1920년대의 방랑시인 공초 오상순이 노래했던 "흐름
우에 보금자리 친 / 흐름 우에 보금자리 친 나의 혼"(「방랑의 혼」)에서의 아
늑한 방랑의식을 계승한 것으로 보아도 좋겠다. 「떠난 사람」, 「내 말의 행
방」, 「시인의 방랑」 등의 작품에 일관된 것은 방랑의식이다. 하지만 그의
방랑의식은 한번 떠나서 다시는 돌아오지 않는 방랑이 아니요 정착을 위
한 떠남이며, 동시에 정착은 새로운 떠남을 예비하는 정착이다. 방랑과
정착의 이러한 관계는 우주의 생성 및 그 원리와도 같다. 무엇이 시인으
로 하여금 현실적 초조와 긴장을 벗어나서 그러한 여유와 배포를 갖도록
한 것일까? 그것은 아마도 수십 년 만의 귀향이 가져다준 감격일 것이다.

시 「봄이 오는 소리」는 작품 전체가 온통 형언할 수 없는 감격으로 휩싸여 있다. 시인이 어린 시절에 뛰놀던 원달리 동리산 태안사 그 언저리를 완보하는 감격과 두근거림이 바탕에 깊게 깔려 있다. "그곳을 향해 / 모든 일 젖혀놓고 눈을 감"는 일을 거의 일상적 습관처럼 하다시피 해 지금 시인의 모든 시적 지향은 고향 쪽으로 열려 있다. 「겨울바다에서」, 「황홀」, 「홍시들」, 「노을」 등의 작품에 나타난 공통된 정서는 한마디로 감격이다. "저 노을 좀 봐" "환장하겠다, 이 봄!" 등의 어투에서 바로 그러한 감격의 전형을 직시할 수 있다. 그는 드디어 고향 주변에 머물면서 「태안사 가는 길」, 「가을 자장가」, 「홀로 있을 때」, 「아침 밥상머리에서」, 「야반, 갈대밭을 지나며」, 「노을 속의 사람」, 「겨울산」, 「아침 산보」 등의 안정된 작품세계와 만나게 된다. 객지를 홀로 떠돌며 시인이 얼마나 몽매에도 그리워한 고향이었던가? 이 계열의 과거 작품으로는 「원달리의 아버지」, 「친구들」 등이 있고, 그밖에도 일일이 예를 들자면 적지 않다. 하지만 시인은 막상 고향에 돌아와서도 적막과 공허한 심정에 젖어 있다. 고향은 이미 예전의 고향이 아니기 때문이다. 시집 『풀꽃은 꺾이지 않는다』에는 동일한 발상구조로 구성된 세 편의 작품이 눈길을 끈다.

> ① 그 빨치산들 다 어디 갔나
> 그 어린 짐승 자라서 다 어디 갔나
> 그 죽순 자라서 어디 갔나
> 그 홍시 다 어디 갔나
> 그 남순이 어디 갔나.
>
> —「동리산에서」 부분

② 그 따발총들은 어디 갔나.

　그 뙤뙤뙤들은 어디 갔나.

—「청보리밭에서」 부분

③ 어렸을 적 저 동무들 다 어디 갔나.

　그 활달했던 팔다리들 다 어디로 숨었나.

　그 부끄럼 많던 계집애들 다 어디로 갔나.

—「골목을 누비며」 부분

　시인은 옛 고향에 돌아왔지만 다만 지난날의 추억과 연민에 사로 잡혀 있는 것이다. 여러 작품들에서 이처럼 너무 자주 '다 어디 갔나'라고 중얼거리며 추억의 장소를 자꾸만 더듬고 다니는 것은 결코 바람직스럽지 않다. 과거시간의 회고는 현재와 미래 시간의 튼튼한 축조를 위해서만 필요하다. 그러한 회고가 아닌 단순회고에만 집착하는 것은 종생을 준비하는 늙은이의 행위와 무엇이 다르랴? 우리는 믿는다, 시인 조태일이 결코 단순회고에 집착하지 않으리란 것을. 앞에서 우리는 시인이 삶의 온갖 오열, 서러움, 반성 따위를 달빛이라는 자연현상과 너무도 눈물겨운 아름다움으로 합일시키는 작업에 성공함으로써 「달빛」이라는 절창을 낳은 것을 보았다. 「물과 함께」의 1연과 2연은 일상적 삶의 시간이 지녀야 할 완급의 적절한 조절을 일깨워주는 경구적인 대목이다. 그 적절성이란 무엇인가? 있어야 할 곳과 있지 않아야 할 곳의 분별, 바로 이것이 삶의 지혜로움이요, 적절성이 아닐까?

　시집 『풀꽃은 꺾이지 않는다』에서 확인되는 또 하나의 강점은 시인의 미세한 관찰이 특히 돋보인다는 점이다. 무릇 작고 여린 것에 대한 연민, 현실의 표면에서 감추인 곳, 소외된 지역과 그곳의 사물에 관한 따뜻한 마음 내기가 시인의 기본자세라고 할 때 조태일이 이번 시집에서 보인 자연친화력은 무슨 특별한 기술이나 경지의 개발이 아니라 창작의 정도를 밟아간 것에 다름 아니다. 실제로 이번 시집에서 '산에 올라 가만히 살펴보면'이나 '바다에 나가 가만히 들여다보면'과 같은 대목이 나오는 것도 이 미세한 관찰의 자세를 알려주는 한 자료로 볼 수 있다. 조태일의 시가 대체로 성공을 거두는 형태는 짧은 소품의 형식이다. 가장 작은 분량의 언어적 구조물 속에 가장 풍성한 부피의 농축된 정서를 채워 넣는 일이 어디 그렇게 쉬운 일인가? 소품형식이라도 「대추들」의 후반부처럼 강력한 긴장으로 전반부를 받쳐주지 못하는 경우도 있다. 잘 익은 대추들을 "하늘의 별떼들"로 표현한 부분도 어딘지 상투적이고 허전한 느낌이 든다. 「해남 땅끝의 깻잎 향기」도 앞뒤의 이미지가 부드러운 결합을 이루지 못하고 있다. 이번 시집에 작품세계의 결 고른 균형을 깨뜨리는 부분이 있음을 간과해선 안 되겠다. 조금 더 지적을 해보면 「동백꽃 소식」, 「어느 새색시 시인의 고민」, 「십자가만 보면」, 「힘없는 시」 등은 너무 사적인 사연에서 벗어나지 못하고 있으며, 경박한 느낌을 준다. 「사투리 천지」에서는 도처에서 들려오는 특정지역의 사투리(아마도 경상도 방언인 듯)에 대한 혐오감의 표시가 보인다. 이는 한갓 짜증스러움의 표시이지 결코 우리 시대 민족시인의 넉넉한 자세가 아니다. 무릇 큰 시인은 그 혐오의 대상까지도 너그러운 국량으로 끌어안아야 하는 것이다. 「달동네」는 주제를 담보해내지 못하는 안일성이 엿보이고, 「삼백예순, 다섯, 날」에는 너무도 빈번한 동어반복이 거슬린다. 어딘가 고정된 듯한 어투, 너무 과도하게 느껴지는 말의 분량이 낡은 느낌이 있다. 「서편제」는 소설을 대본으로 만든 영화를 다시 시로 쓴 작품인데 절실성이 떨어진다. 「소나기를 바라보며」에서는 여전히 개인적 취향을 극복하지 못하고 있으며, 「대선 이후」, 「대선이 끝나고」 등을 읽을 때는 이런 계열의 작품이 이번 시집의 전체적 균형에 상당한 손상을 끼치고 있다는 생각마저 들었다. 시인이 작품 속에서 '대선' 따위에 집착할 필요가 어디 있는가? (물론 이 말은 시인이 대선에 무관심해야 한다는 말은 결코 아니다.) '대선'의 결과에 관심은 가질지언정 그것을 냉소적이고 풍자적인 시로까지 쓸 필요가 있을까? 텔레비전에서 일기예보를 하는 특정 기상요원의 이름까지 떠올리면서 냉소와 풍자를 시도하는데 이것이 몹시 어색하고 부자연스러울 뿐 아니라 전혀 풍자가 느껴지지 않는다. 시집 4부의 후반부 「수평선」, 「바위들이 함성을 내지른다면」 등의 계열은 아마도 이번 시집 이전의 세계인 듯하다.

4

이런 아쉬움들이 있음에도 불구하고 이번 시집은 조태일 시의 새로운 진경으로 보아도 좋을 만큼 선명한 인상을 독자들에게 준다. 그것은 무엇 때문인가? 눈물을 시로 만들려는 시인의 일관된 의지가 결실을 거두어 이만큼의 놀라운 효과를 얻었다. 다양한 시적 변용을 통하여 직접 체득한 눈물이 시가 되는 과정을 적극적으로 보여주었다. 조태일은 그동안 사회의식과 현실의식에 깊이 경도된 시절을 겪었고, 그런 가운데서도 고향과 유년에 대한 추억과 연민을 통해서 언제나 떠돌이 의식을 이겨왔다. 그리하여 그는 자연과의 친화력을 더욱 높이고 미세한 관찰과 사물에 대한 투시력을 통해 지금까지 도달하지 못한 투명한 시의 세계에 도달하였다. 이 모든 과정에서 바로 보석과도 같은 시인의 눈물이 생성된 것이다. 이제 조태일은 문학적 '한 소식'을 얻었다고 볼 수 있다. 그 깨달음은 무엇인가? 그것은 바로 다음 시구에서 보듯 그가 지금까지 굴리고 가꾸어온 문학적 보편주의를 앞으로 더욱 강화해갈 수밖에 없다는 진실이다.

마른 강을 적셔주고
막힌 바위, 엎드린 돌멩이들 흔들어주고
어둠이 더욱 어둠이게 하고,
달이 더욱 달이게 하고,
별들이 더욱 별들이게 하고,
전 국토의 아스팔트를 뚫고 샘물 솟도록
너와 나, 우리들 사이를 좁히는 음계가 되도록,
토라져 누운 국토 바로 눕도록,
남녘과 북녘을 동시에 울리도록,
굳을 대로 굳은 역사 풀리도록,

—「노래가 되었다」 부분

어쩌면 이 인용문이 강력히 환기하는 내용들은 우울한 세기말의 긴 터널을 힘겹게 빠져나가고 있는 동시대의 모든 사람에게 부과된 과제일지도 도른다. 이 과제를 우리가 어떻게 하나씩 해결하고 실천해 가느냐에 따라서 안정과 평화의 새로운 세기를 보장받게 될 것이다. 이제 시인은 우리보다 한 걸음 앞서서 이 벅찬 과제를 스스로 떠맡으려하고 있다. 마땅히 눈물이 있어야 할 곳에 눈물이 사라지고 없는 이 삭막하고 비통한 시대에 우리들 곁에 이처럼 따뜻한 가슴을 지닌 눈물의 시인이 더불어 살고 있다는 사실은 얼마나 가슴 든든하고 미더운 것인가?

넘을 수 없는 거대한 산같은

임동확

털끝만큼 차이 나도 천 리나 어긋난다(差之毫裏失千里).

　조태일 시인을 직접 대면하거나 문득 떠올릴 때마다 생각하는 불가의 말씀 한 구절이다. 누구나 인정하는 바이지만, 그의 일관된 삶의 태도와 바로 거기에서 우러나온 시들을 볼 때 더욱 그렇다. 모두들 지금 언제 그랬냐는 듯 까마득히 잊고 살고들 있지만, 강파랐던 지난 시대에 곧잘 빠져들기 쉬운 삶의 함정들 — 이를테면 이것도 저것도 옳다거나 다 틀려먹었다는 식의 사고에서 비롯되는 가치상대주의나 방임주의에, 그야말로 그는 '털끝' 만큼의 흔들림을 보여주지 않았다는 판단 때문이다. 그리하여 어떠한 진실도 뜨겁게 껴안을 수 없는 마음의 불구자들의 종내 '첫 릿길' 이나 어긋나버린 삶과는 달리, 그럴수록 그는 오히려 주체적이고 자주적인 삶의 태도를 보여주어 왔다는 생각 때문이다. 다시 말해 그는 고도의 처세술 내지 보신주의였을 뿐일 가치중립의 아슬아슬한 낭떠러지에 떨어지지 않았다. 모든 가치들을 무화시키고 도리어 그렇지 않는 자들을 비웃고 조소할 수밖에 없는, 다시는 돌이킬 수 없는 중도의 절벽에 실족해 버린 여타의 시인들과는 다른 삶을 일관되게 보여주어 왔던 것이다.

그러기에 그의 대다수 시가 명료성을 무기로 하는 것은 당연하다. 언제 어디서든 원칙과 기준이 분명한 그의 언행 역시 거기에서 비롯됨을 누구나 쉽게 짐작할 수 있는 바이다. 단적으로 옳은 것은 옳고, 그른 것은 그른 것이었던 것. 하루아침에 자신의 소신과 신념을 이른바 달착지근한 "엿"과 바꿔버린, 적당한 타협이나 안주는 그의 사전엔 없다. 더욱이 권력의 눈치를 살피거나 노골적으로 아부하는 곡학아세란 꿈에서도 불가능한 일. 벌써 그는 그의 데뷔작인 1964년 『경향신문』 신춘문예 당선시 「아침 선박」을 통해 "천둥이 울더라도 흔들리지 않는 / 확고한" 그의 삶을 예시하고 있었다. 마치 선전포고라도 하듯 "시대에 지치지 않고, 처절했던 동반의 때에 / 쓰러진 시간들을 하나씩 깨워 일으키"는 작업에 동참할 것을 암시하고 있었다. 그도 어쩔 수 없는 인간인지라 "타협이 없는 거리를 글쎄, / 걸어갈 수 있을까?" 일말의 회의와 두려움을 내비치고 있는 것도 사실이었지만, "철저한 자유를 부르면서 흐느끼는 심연"의 움직임과 부름에 충실하고자 했다. 당시 "젊은, 우울한 선장"이 바로 그 자신이었을 게 분명한 청년 시인 조태일은, 그리하여 조숙하게도(?) 남북분단으로 인한 "동족을 꺼려하는 쓸쓸한 시선"을 분명히 의식하면서, 그때 이미 "우리의 모국어, / 우리의 손으로 만들어진 나침반을, / 우리의 눈에 맞는 색깔"을 그 대안으로까지 생각하고 있었던 것이다.

제2시집 『식칼론』 역시 그 연속선상에 놓여 있었다. 단지 육사에 진학하기 위해 서중학교에서 관료나 부유층이 주로 다니는 광주일고 대신 택했던 또 하나의 호남 명문 광주고에서 당시 고등학교 2학년 학생 신분으로 맞았던 4·19혁명. 하지만 연이어 다가온 5·16군사쿠데타로 채 피지도 못한 채 꺾여버리고 더럽혀진 4월혁명을 "묻은 처녀막"에 비유하면서, "검은 부정과 불의의 빗줄기가 / 환호처럼 쏟아지는" 제3공화국의 심장부인 "광화문" 거리에서 "불끈"거리는 "주먹"을 쥐어야 했던 것. 그리하여 그의 식칼은 박정권의 강압통치가 강화될수록 "자유가 끝나는 저쪽에도 능히 보이게 / 목소리가 못 닿는 저쪽에도 능히 들리게" 하는 "번뜩이"는 "칼끝"이고자 했던 것이다.

그에 따른 행동적 의지가 직접적으로 표출된 것은 70년 초반의 '민주수호 국민협의회'와 '자유실천문인협의회'의 참여와 결성. 그는 권력욕에 어두워 날로 광폭해 가는 한 개발형 독재자와 맞서기 위해 직접적 행동을 택했다. 전국민을 대상으로 한 노골적인 협박과 위협의 "천 마디 말들을 쓰러뜨리"기 위해, "창틈으로 당당히 걸어오는 햇빛으로 달구"고 "가장 타당한 말씀으로 벼"린 "식칼"을 꺼내 들어야 했던 것. 그 과정에서 그는 긴급조치 9호를 위반했다는 이유로 제3시집 『국토』가 판매금지 당하는 비운을 맞았는가 하면, 드디어 1977년엔 양성우 시집 『겨울공화국』을 발간했다는 이유로 구속되기도 했다. 또 이미 박정권의 주요 감시대상이 된 그는 철옹성 같기만 하던 유신체제가 그 비극적 종말을 맞기 수개월 전인 1979년 4월, 한밤중 자택의 장독대에 올라, "일국의 시인인 조태일이 충고한다. 지금도 늦지 않았다. 박정희! 정치 잘해라. 이 조태일도 어느 놈의 손에 맞아 죽을지 모르지만 나라와 겨레를 위해 외치노니 당장 유신을 철폐하라" 등의 내용으로 연설했다는 이유로 29일간의 구류를 살아야 했다. 어디 그뿐이랴. 고대 하던 '민주화의 봄'도 잠시, 피의 복수를 다짐하고 나선 박정권의 적자들이자 사생아들인 전두환 군사정권에 의해 그는 자유실천문인협의회 임시총회와 관련 그에게 계엄포고령위반죄를 적용하여 징역 2년 집행유예 3년을 선고했다.

비록 그런 와중에서도, 그러나 그는 문단에 새 바람을 일으키겠다는 의욕 하나만으로 『시인』지를 발간하는 모험을 감행했으며, 그 결과로 70년대 주요 시인이자 한국현대시사의 한 획을 그은 김지하·김준태·양성우 시인 등을 배출해 내기도 했다. 또 달구고 두들길수록 단단해지는 무쇠 같은 시심과 열정으로 1975년 제3시집 『국토』를 펴냈다. 반공과 이른바 '모두 잘살 수 있다'는 근대화 이데올로기로 무장한 무소불위의 독재권력과 정면으로 맞서 있는 가운데서도, 그는 "아무런 적의 없이 서로 만나" "어디 양지 바른 지붕 위"나 "산짐승의 윤나는 털 위에서 동침도 하다"가는 "바람" 같은 자유와 민주세상에 대한 염원을 담아냈다. 그의 대표작 가운데 하나라고 할 수 있는 『국토서시』가 증명하고 있는 대로, 그러면 그럴수록 "버려진 땅에 돋아난 풀잎 하나에서부터 / 조용히 발버둥치는 돌멩이 하나에까지 / 이름도 없이 빈 벌판 빈 하늘에 뿌려진 / 저 혼에까지 저 숨결에까지 닿도록 // 우리의 삶을 불지피"고 "우리의 숨결을 보탤" 것을 다짐하고 독려하고자 했던 것이다.

그러나 그 후엔 한동안 긴 침묵. 물경 8년여 만에야 그는 제4시집 『가거도』를 발행했다. 물론 시 쓰기보다 급박하게 돌아가는 현실과 정면으로 맞대응하며, 그를 필요로 하는 곳이면 어디든 달려가야 했던 탓이었다. 그나마 그 사이에 평론집 『고여 있는 시와 움직이는 시』(1981)와 항

일민족 시선집 『아아 내 나라』(1982)의 간행이 그간의 공백을 메워주었다고 할 수 있는데, 한마디로 그 세월은 그에게 있어 "앉아서 침묵을 침묵으로 듣'는 은인자중의 시기였다. 서남해안 남단의 고립된 섬 가운데 하나인 "가거도"로 비유되는 내적 유배의 시절이었다고나 할까. 이전의 전투적이그 호방한 면과는 달리 "안에서 물차오는 소리"는 내면적 침잠의 시기였다. 그리고 그의 대학원 진학도 그 무렵에 이루어졌다. 당시 그는 '시가 안 써지고, 변화의 조짐이 안 보이'는 광기 어린 절망과 강요된 침묵의 시기를 그냥 헛되이 보내려 하지 않았다. 1983년 43세의 나이로 대학원에 들어가 그의 시적·인간적 스승인 「김현승 시연구」, 「김현승 시정신 연구」로 석·박사 학위를 무사히 획득할 수 있었는데, 그의 삶과 시 세계를 새롭게 하고 싶다는 것이 주된 내면적 동기였다.

주지하다시피 이후 그는 광주대 교수로 내려왔다. 여러 대학의 시간강사로 출강하다가 1989년, 지금은 고인이 된 성래운 학장과 함께였다. 그 사이에 시선집 『연가』(1985), 제5시집 『자유가 시인더러』를 간행하기도 했건, 그는 다시 「광주에 와서」란 시를 통해 "한 삼십 년 서울서 떠돌다가 / 뿌리를 거의 내리다가 / 일국의 시인이 교수가 되어서 광주에 왔다"고 토로했다. 그리곤 "어린애 마음으로 꽃들을 사랑하고 / 청년의 마음으로 광주의 흙내음을 맡고 / 중년의 마음으로 국토를 껴안고 / 쉬지 않는 노래로 모든 것을 사랑하리라"선언했다.

그 결실 가운데 하나가 그의 제6시집 『산속에서 꽃속에서』였다. 그는 이 시집 「후기」를 통해, 그의 광주행이 "유년시절의 고향에서 출발하여 전국토의 사물들과 어울리다가 마침내 고향으로 돌아오리라"는 오래된 신념의 결실이었음을 내비쳤다. 거의 뿌리를 내릴 뻔한 서울에서 다시 광주로의 귀향이, 단지 직장관계나 호구지책만이 아닌, '동리산 태안사' 시절로 비견되는 유년기의 '원초적 생명력'의 세계로의 귀환을 의미했던 것. 여전히 그는 치안본부 대공분실에서 물고문으로 죽어간 박종철 군의 죽음에서 오는 대사회적 분노와 울분감을 표시하면서도, 한편으로 그의 고향 곡성으로 떠우는 편지 속에 "그 많던 산짐승들도 다 무사한지"라고 썼다. 그리고 "시를 쓸 때도, 서울 거리를 누빌 때도" "한시도 잊"은 적 없는 "고집이 바위덩어리보다 센 사람들"과 "높푸른 하늘"과 강의 고향이 주는 내적 힘을 통해, 그는 그 동안 중단됐던 연작 「국토」를 다시 쓰기 시작했다. 그러니깐 그에서 있어 「국토」는 확대된 고향일 뿐이었으며, 언제가 되돌아가야 할 마음의 우주였던 것. 그는 그 가운데 하나인 「하늘을 보며 땅을 보며」란 시를 통해, 일생 동안 누구에게나 가장 큰 화두라고 할 수 있는 삶과 죽음마저도, 드디어 이렇게 노래하고 있다.

나는 생각한다
대낮에 살아 움직이는 모든 것들과
그들을 살게 한, 그 자리에 박혀 있는 것들을.

나는 생각한다
밤중에 살아 있는 별들과 달과
그들을 살게 한, 죽어서
캄캄히 걸려 있는 하늘을
지상에 잠자는 모든 것들을.

나는 생각한다

대낮에 살게

죽어 캄캄한 밤하늘을

별빛과 달빛이 살게

저리 순하게 잠자는

지상의 모든 것들을.

나는 생각한다

내가 지금 저들처럼 살아보지도

죽어보지도 못했지만

마음만은 저들처럼이고자 ······

하늘을 보며 땅을 보며.

　마치 사형수가 죽기 전에 마지막으로 "하늘"과 "땅"을 쳐다보는 것 같
은 비장하고 엄숙한 자세가 바로 그렇다. 이제 그는 움직이는 것과 움직
이지 않는 것, 살아 있는 것과 죽어 있는 것 사이의 대립을 인정하기보다
일치에 더 주목한다. 그동안 그의 단호한 시정신과 그를 뒷받침하는 부
동의 신념이 낳았을 법한 풍자와 아이러니, 독설과 반어법의 세계보다
는 대상과 화해하고 교감하려는 태도를 보여준다. 특히 그의 어머니를
대상으로 한 시의 경우가 여기에 해당한다. '생사공장의 여공' 출신으로
대처승이자 교육자였던 아버지와 결혼한 이래 팔남매를 낳아 기르셨던
그의 어머니는 단지 한 개인의 어머니에 그치는 것이 아니라, "누가 거
두어 가건 말건 씨뿌려 먹게" 하는 지극한 모성의 한 상징이다. 지독한

가난 속에서 배고픔에 시달리고 있을 제 자식들에게 주려고 "들고 나온 번데기 한 움큼"조차 생사공장에서 돌아오는 길에 만나는 "다리 밑 거지"에게 건네주었을 만큼 자비로웠던 그의 어머니는, 실상 모든 불신과 부정을 넘어선 포용과 관용의 세계에 그리움의 한 표현이다. 그에게 있어 고향은 바로 어머니를 뜻하며, 또 어머니는 훼손되지 않는 유년의 대자연과 같은 것. 작년에 간행한 제7시집 『풀꽃은 꺾이지 않는다』를 통해, 그는 "풀씨가 날아다니다 멈추는 곳"이면 바로 그곳이 "나의 고향"이라고 선언한다. 굳이 선친과 조부모님들이 묻혀 있는 곡성군 죽곡1리 동리산 태안사 자락만이 그의 고향이 아니라 "멈출 곳 없어 언제까지나 떠다니는" 자신을 붙들어 뿌리 내려줄 "언덕배기"나 "시냇가" "산속"이나 "진흙밭" 등 그 어디든 그의 고향이 될 수 있다는 자세이다. 다시 반복하지만, 그의 데뷔작인 「아침 선박」 속엔 희한하리만큼 현재까지의 시적 역정들을 예시하고 있는 구절들로 채워져 있다. 최근 그의 주요 시적 관심사로 유년기에서 비롯된 고향의식과 대자연관이 "학동들의 꿈길"이나 "아침인사를 받으면서 물러앉은 산"이라는 표현 속에 발아되어 있었다는 점이 그 좋은 예다. 달리 말해, 그 동안의 그의 시적 여정은 「아침 선박」의 확대·심화 과정이라고 봐도 무방할 만큼 무섭고 날카롭게 자신의 운명을 예시하고 있다. 말과 행동을 최대한 일치해 내려 했던 삶. 그 결실이 바로 그의 시세계였고, 그의 문학적 진정성은 이렇게 확보될 수 있었다는 얘기다. 그러한 그는 이제 "꿈이 아"닌 "어머니 같은 벌판을 거닐"고 있는 중이다. 그러면서 한때의 "숨가빴던 노래"가 "녹아 흐르는 노을 속"으로 "부는 바람" "너무 여리어 결코 꺾이지 않는" 어떤 힘의 실체를 지켜보고 있는 중이다. 자신의 체구에 걸맞은 지난 세월의 남성적인 시세계를 뒤로 하고, "원달리 동리산 태안사에 / 봄을 딛는 발자국 소리" "종달새 노래 그쳤어도 / 새싹이 다투어 돋아나는" "그곳을 향해 / 모든 일 젖혀놓고 눈을 감"고 있는 중이다. 그리고 "그곳"은 그의 시적 출발지이자 끝인 유년기의 고향과 훼손되지 않은 대자연일 터. 얼마 전 그는 한 잡지의 기고문을 통해, "내가 시를 쓸 때, 답답하고 일이 꼬일 때, 즐거울 때, 괴로울 때, 또는 어떤 일을 결행하려고 할 때, 배고 플 때, 배부를 때 나는 습관처럼 먼저 고향의 정경들을 끌어안는다. 아니 내가 하는 모든 일의 시작과 끝은 고향에서의 시작이고 고향에로의 끝이라 할 수 있다. 나의 시는 고향정서에서 출발해 고향정서로 끝난다. 다시 말하면 원초적인 힘에서 원초적인 힘으로 끝내고 싶은 것이 나의 일관된 시의 의지이다. 나는 이러한 의지로써 이 역사와 이 시대와 우리 겨레의 한복판에서 시를 써왔고, 쓰고 있고, 쓸 것이다"라고 당당히 밝혔다. 그의 시적 모태와 추동력이 고향에 있었음을 선언하는 더 보탤 것도, 뺄 것도 없는 완벽한 그의 시론이자 세계관인 것이다.

이러한 조태일 시인이 시를 쓰겠다고 작정한 것은 고등학교 1학년 때. 한 집에 살던 누나의 아들인 조카의 죽음에서 비롯됐다. 그는 그 조카를 묻고 온 날 학교 교실에 들어가지 않고 학교 뒷동산의 아카시아숲에 눕고 말았다. 그리고 삶은 무엇이며 또 죽음은 무엇이란 말인가, 영혼은 과연 있는 것인가, 없는 것인가 하는 분분한 상념 끝에 '시인이 되자'는 결심을 했다고 한다. 인간의 희로애락애오욕의 감정을 최고의 경지에서 다스릴 수 있고 표현할 수 있는 방법의 하나로 문학, 그중에서도 시라는 결론에 이르렀다는 것. 그때부터 그는 어릴 적부터 품어왔던 군인의 길을 포기했고, 대신 시인의 길로 들어섰는데 그에 대한 후회는 전혀 없다고 전한다. 시를 통해 많은 생의 위안을 얻었고, 또 인생을 폭넓게 살 수 있었다는 것. 그래서 그는 시인의 길로 들어선 후 겪어야 했던 수많은 아픔들조차 그의 시적 자양이었다고 고백한다. "만일 그게 없었더라면 어떻게 나의 시가 써졌겠느냐"는 입장이다. 오히려 시인이 안됐더라면 그 어디에도 정착하지 못하고 얼마나 방황했겠느냐 반문할 정도인 것이다.

조태일 시인을 방문하던 날, 때마침 중앙일간지 신춘문예 당선자가 포함된 일군의 나이 든 여제자들이 평소 그가 즐겨 찾던 생맥주집으로 그를 불러냈다. 일종의 은사에 대한 보은의 자리로 거기에 눈치 없이 끼어든 꼴이었는데, 그의 진면목은 그 누구의 눈에도 공통적으로 드러난다는 사실을 새삼 깨달을 수 있었다. 그 자리에 참석한 제자들 모두 그의 인간적 매력에 흠뻑 빠져 있음이 저절로 느껴져 왔던 것. 그의 학교생활 모습을 얘기해 달라는 말이 떨어지기가 무섭게 한 제자는 한마디로 "너무 여리다"고 하면서, "끄떡하면 울거나 눈물을 글썽인다"고 전한다. 수업 중에 발표되는 제자들의 시가 좋거나 감동적일 때가 대표적이라는 얘기인데, 연이어 학생들의 분신이 이어지던 때는 "왜 지기들이 죽냐. 그 젊은 나이에 ……" 하면서 체면도 잊은 채 줄줄 눈물을 흘리곤 했다는 것이다. 또 한 제자는 꽃이 시든 화분까지 함부로 버리지 않는 모습에서 그의 심성을 엿볼 수 있다고 전한다. 꽃이 시든 그 화분에 돋아난 풀씨를 위해 물을 주고 있는 것을 보고 있노라면 완전히 천진난만한 어린애를 닮아 있다는 것이다. 그런 만큼 그에 대한 제자들의 애정과 존경을 한몸에 받고 있는 중인데, 나는 불쑥 "왜 선생님은 생맥주만을 즐겨 마시느냐"고 물었다. 그에 대한 그의 대답은 "뭐가 안 들어 있다고 해서"였다. 그 말을 듣는 순간 나는 문득 '잡티 없는 삶'이라는 용어를 떠올렸다. 술 마시는 것 하나에도 전인격적 참여가 들어 있는 것. 전날의 과음에도 불구하고, 갑자기 소녀시절로 돌아간 듯 흥취가 오른 제자들의 간청에 2차 술집으로 향하는 길. 좌석에서 일어서던 제자들이 별다른 거리낌도 없이 남은 음식들을 비닐봉지나 은박지에 주섬주섬 담는다. 음식을 남기면 죄받는다고 강조하며 평소 그가 보여주었던 모습을 그의 제자들이 그대로 따르고 있었던 것이다. …… 아마도 그럴 것이다. 그의 이런 자세가 독재와 맞서 한 점 굽힘 없이 싸울 수 있었던 것은, 이 같은 그의 모성적 요소가 원천적인 힘이었으리라. 굳이 출세와 치부의 길과 거리가 먼 시인의 삶을 자청한 것은, 천부적으로 타고났다고 보여지는 그의 남성성 속의 여성성 때문이었으리라. 밥알 하나라도 소홀히 않으려는 평소의 몸가짐과 풀씨 때문에 꽃이 이미 시든 화분에 조차 물을 주는 것에서 보여주는 도저한 생명주의가, 선이 굵으면서도 따스하고 섬세한 오늘의 그의 시를 낳게 한 참된 원동력이었던 것이다. 어디 그뿐이겠는가. 하지만 조태일 시인을 만나고 돌아온 이후, 난 같은 길을 가는 까마득한 후배의 하나로서 마냥 부끄럽기만 했다. 특히 "새벽 두세시까지 폭음해도 쉰 살이 넘도록 새벽 다섯 시면 어김없이 일어난다"거나 "강의 시간에 늦은 적이 한 번도 없다"는 말 속에서 나는 그가 생활인으로서나 직장인으로서 최선을 다하는 모습에 그만 주눅 들고 말았던 것이다. 변명 같지만, 조태일 선생에 대한 글을 한동안 손조차 대지 못한 이유도 거기에 있다. 넘을 수 없는 거대한 산 같은 어떤 풍모가 나를 시종 압도했던 것이고, 무례하게도 나는 남자가 남자에게 반할 수 있다는 기묘한 체험 속에서 내가 지금껏 쓴 글 가운데 가장 오래 시일을 끌며 가장 많은 몸살을 앓아야 했던 것이다.

조만간에 조태일 선생을 만나면 그 점을 먼저 고백해야겠다. 그러면서 두서없는 이 글에 대한 용서도 빌어야겠다. 아마도 내가 세상사에 매우 지쳐 있거나 그와 달리 천리길이나 어긋나버린 길에 들어서 있는 결과였는지는 몰라도, 그저 머릿속이 텅 빈 것 같은 진공상태를 경험해야 했던 것만은 사실이었던 것. 다만 한 가지 벗어나도 크게 벗어나지 않는 길을 가겠다는 다짐인데, 그러면서 보니 그는 무등산처럼 저만큼 자리하고 있다. 웅장하면서도 결코 위압적이지 않는 산의 모습. 바로 그런 모습으로 그는 내 마음속에 들어와 있다. 그리고 그렇다고 느낄 때, 광주에 사는 것이 그다지 외롭지만은 않다. 그와 함께 마실 생맥주 맛이 다시 그리워진다.

소소한 것에 대한 경의

유종호

아무리 방대한 장편소설이라 하더라도 읽고 나서 독자가 갖게 되는 것은 필경 그 작품에 대한 단일할 이미지라고 아주 오래 전에 한 선구적인 소설론자가 말한 적이 있다. 그렇지만 이것은 소설에 관해서뿐만 아니라 세상 범백사에 적용되는 말이 아닌가 생각된다. 우리가 세계에 대해서 혹은 주변의 인물에 대해서 가지고 있는 것은 대체로 단일한 이미지이다. 우리가 잘 알고 있는 사항에 대해서 우리가 곰곰이 생각할 때 이 단일한 이미지는 복합적인 것으로 변형되고 혹은 중첩되기도 한다. 그러나 그것은 세세히 검토하는 경우의 사정이고 대개의 경우 우리는 주변의 상황과 인물을 단일한 이미지로 대체하면서 임하고 일괄 처리하는 것이 보통이다. 이것은 정신의 나태와 비능률성이기도 하지만 어떻게 생각하면 정신 경제의 불가피한 요구라고도 할 수 있다. 우리는 얼추 큰 형국만을 가리키는 개괄적인 지도로 만족해야지 세세한 오만분지일 지

도로 일일이 세계와 인간에 대처하기 어려운 것이다. 세상에서 말하는
유연한 정신이라는 것은 상대적으로 복합적이고 중첩적인 이미지를 소
유하고 구사하는 경우이며 새로운 정보로 부단히 기존의 이미지에 수정
을 가하는 경우라고 말할 수 있다. 이에 반하여 경직된 정신이라는 것은
다른 요인도 많지만 단일한 이미지에 대한 집착이 강하고 새 정보에 의
한 기성 이미지의 수정이나 갱신에 냉담한 경우라고 말할 수 있다. 새 정
보의 입력에 대해서 저항적이라는 것이 기존 이미지의 특징이지만 그것
이 탄력성을 지닐 때 비로소 부단한 인지 지평의 확대가 가능할 것이다.

　시인 조태일 씨에 대해서 가지고 있는 나의 이미지는 그가 선이 굵고
씩씩한 매우 남성적인 시인이라는 것이다. 그것은 주로 그의 초기 시편
특히 시집 『국토』를 통해서 입수되고 입력된 비교적 단일한 이미지이
다. 「식칼론」, 「나의 처녀막」과 같이 반폭력적이기 때문에 또한 폭력 내
포적이기도 한 도전적인 표제와 함께 예컨대 『국토』의 다음과 같은 시
행의 이미지와 뗄 수 없이 연관된 것이다.

　　나는 늘 홀로였다.
　　싸움은 많았지만 승리는 늘 남의 것이고
　　남는 패배는 늘 내 것이었다.

　　배낭을 벗어 바위 곁에 놓고
　　신발을 벗는다, 양말을 벗는다.
　　좔좔 흐르는 물에 죄많은 손발을 씻어내자
　　시리도록 시리도록 씻어내자.

고량주를 한모금 빤다.

솔직하고 빠르게 폐부를 들쑤신다.

—「산에서」 부분

남성화자의 행동거지가 돋보이는 이러한 시행이 조성하는 정감이 조태일 씨에게만 고유한 것은 아니다. 그렇지만 등산길에 배낭을 벗어놓고 발을 씻으며 고량주를 마시는 모습이 앞서 언급한 부대상황과 어울려 그의 이미지를 고정시켜놓고 있는 것이다. 거기에는 또 사사로운 자유연상이 한몫 가세하고 있음을 실토하지 않을 수 없다. 발음상의 유사성 때문이기도 하지만 시집 『국토』가 한동안 발매금지 처분을 받았다는 사정도 첨가되어 조태일 씨는 내게 전태일을 연상시키고는 하였다. 조태일 씨의 남성적인 이미지에는 자연히 전투적이요 결사적인 투사의 이미지가 은연중 잠입해 들어온 것이다. 다시 한 번 사사로운 자유연상의 작용이지만 조태일 씨에게는 또 일본서 활약 중인 기사 조치훈 구단을 여상케 하는 대목이 있다. 화면을 통해 본 조치훈 구단에게서 조태일 씨의 모습을 연상하는 것은 그를 만나본 사람이면 한번쯤 경험한 일이라고 생각되는데 튼실한 체구나 근성 있는 골똘한 표정이 역시 남성적인 이미지에 기여하는 것이 아닌가 생각한다. 그리하여 선이 굵고 씩씩하고 때로는 뻑뻑하기도 한 남성적인 시인으로서의 이미지는 그가 『풀꽃은 꺾이지 않는다』와 같이 매우 섬세한 시편 모음을 선보인 후에도 계속해서 남아 있다. 그리고 보면 이 시집 표제에서도 꺾이지 않는 불굴의 이미지가 포착되어 있는데 이 또한 굳이 유별을 하자면 여성적이기보다는 남성적이라고 할 수밖에 없다.

아주 당연한 이치이지만 이번 여덟 번째 조태일 시집『혼자 타오르고 있었네』를 읽으면서 시인에 대한 나의 단일한 이미지가 공평하지 못한 매우 편협하고 일면적인 것임을 다시 깨치게 되었다. 우리가 한 대상을 곰곰이 검토하다 보면 으레 경험하는 바이지만 옳든 그르든 최초로 입력된 이미지가 얼마나 완강하고 고집스럽게 버티는 것인가 하는 것을 새삼스레 실감하였다. 됨됨이나 성취의 높낮이와 상관없이 시인과 시집을 징후적으로 드러내는 시편이 있는 법인데 이번 시집에서는 「가을 2」를 그러한 작품의 하나로 들어도 좋지 않을까 생각하게 된다.

시푸른 잎새에 내려와
뒹굴며 놀던 햇빛도
허공중에 아스라이 떠돌고

낮하늘의 별들은 숨어서
맑은 귀 열고
지상의 풀벌레소리 듣는다.

여름의 허물인
이 가을은
밤낮을 안 가리고
나를 가비얍게 들어올리고 있다.
이 지구까지를
가비얍게 들어올리고 있다.

가을이 되어 햇빛이 여려진 것을 다룬 1연이나 천지에 가뜩한 풀벌레소리를 다룬 2연이나 언뜻 범상한 듯하지만 계절의 변화와 특징을 아주 섬세하게 포착하고 있다. 찌는 듯한 무더위가 사라지고 엷어진 햇살과 함께 맛보는 가을의 산뜻한 청량감을 시인은 "여름의 허물"이라는 은유로 표현하고 그렇게 함으로써 그 다음에 이어지는 "가비얍게 들어올리"는 대목과 자연스럽게 이어놓는다. "가비얍게 들어올"려지는 정신과 육체는 그대로 섬세함 자체이다. 이 시집의 시편들은 이렇게 맑고 섬세한 정신이 발견하고 채집한 일상과 주변의 세목들이다. 가을이 지구까지를 가비얍게 들어올리듯이 시인은 일상 주변의 모든 것을 가비얍게 들어올리면서 독자들에게 주목할 것을 촉구한다. 무심히 보아 온 범백사를 세세하게 보고 반응하도록 유도한다. 그리하여 가령 이슬이라는 비근한 자연현상은 시인에 의해서 이렇게 새롭게 발견되고 정의된다.

안간힘을 쓰며
찌푸린 하늘을
떠받치고 있는
저 쬐그만 것들

작아서, 작아서
늘 아름다운 것들,

밑에서 밑에서

늘 서러운 것들.

—「이슬곁에서」 전문

　쬐그만 이슬들이 우주를 떠받치고 있다는 과장어법은 그 자체로서 얼마쯤 허풍스러워 보인다. 그렇지만 마지막 4행 "작아서, 작아서 / 늘 아름다운 것들 // 밑에서 밑에서 / 늘 서러운 것들"이란 섬세하고 아름다운 음율적 시행으로 말미암아 홀연 진정성을 획득하게 되는 것이다. 시편을 살려내는 것은 추상적인 진술이나 검토되지 않은 거대담론의 파편이 아니라 때로 이렇게 음율적으로 섬세하게 포착된 서정적 진실이다. 행여 이 작품에서 우의를 찾아내려 애쓰는 독자들이 있다면 그것은 시인이 전하는 '가비야움'의 원리를 짓누르는 처사가 될 가능성이 많다는 점을 유의해야 할 것이다. 독자의 자유에 대한 내정간섭을 일삼을 심산은 추호도 없지만 설령 우의가 내장되었다 하더라도 그것은 어디까지나 지엽적 · 부수적인 것임을 명심해야 할 것이다. 줏대 되는 것과 지엽적인 것이 전도되어서는 안 된다. 서정적 진실이 일품으로는 이 시집에서 「어머니를 찾아서」가 단연 으뜸이라고 생각한다. 불필요한 것을 모두 걸러낸 과부족 없는 압축과 절제와 여백의 미가 돋보이며 호소적이다.

　이승의
　진달래꽃
　한묶음 꺾어서
　저승 앞에 놓았다.

어머님
편안하시죠?
오냐, 오냐,
편안타, 편안타.

저승이 따로 있지 않다. 돌아간 어머니가 묻혀 있는 곳이 바로 저승이
아닌가? 듣고 보면 과연 그렇지만 무덤이 바로 저승이라고 생각한 사람은
흔하지 않다. 죽은 자의 무덤이 바로 저승이라는 것을 알고 우리는 인지
의 충격을 받게 마련이다. 작품 속에서 이승과 저승의 거리는 멀지 않다.
이승과 저승의 거리를 지척으로 만드는 것은 생각건대 화자의 어머니 그
리는 정이다. 어머니는 세상의 모든 아들들을 유년으로 돌려놓는 막강한
권력을 가지고 있다. 멜로드라마나 소설에서만 그런 것이 아니라 현실에
서 그러하다. 지극히 남성적인 이미지를 발사해온 씩씩하기 짝이 없는 조
태일 씨도 모권 앞에서 속수무책으로 약해진다. 그리하여 그는 어머니 앞
에서 영원히 마음 여린 동자로 남아 있다. 그러기에 서정적 일품인 「어머
니를 찾아서」는 시로 읽힐 뿐 아니라 동시로도 읽힌다. 시와 동시를 겸한
서정시가 세상에는 많은데 조태일 씨가 위에서 보았듯이 한 아름다운 범
례를 추가해준 것이다. 짤막한 「동구나무」는 또 하나의 사례가 될 것이다.

산자락 아래
순하게 순하게 엎드린 마을의 등허리를
언제까지나 토닥거리며 서 있는 동구나무
우리 어머니들이 서 계신 뒷모습을

오래 오래도록 보아서
어머니들을 꼬옥 닮은 동구나무.

　시인이 천진한 동자로 돌아가는 것은 그러나 반드시 어머니 앞에서만
이 아니다. 그가 아끼고 사랑하는 모든 것 앞에서 그는 티없는 동심으로
돌아간다. 어머니 대지라는 말이 있지만 아마도 그에게는 대자연이 그
대로 어머니일 테고 그리하여 그 삼라만상 앞에서 그는 영원한 동자로
남아 있다. 아래에 열거한 시행말고도 동시로 읽히는 작품이 상당한 분
량에 이르는데 그것은 최근의 그의 시세계가 도달한 동심 곧 시심의 경
지를 보여주는 것이라 해도 틀리지 않을 것이다.

달빛이 좋아
처녓적 늘 울멍울멍했던 우리 누나는
풀벌레 밤새 뒤척이는 영남땅에
누워 계신다.

—「달빛과 누나」 부분

바람들은 천상 세 살바기 어린아이다
내 바짓가랭이에, 소맷자락에, 머리카락에
매달려서 보채며 잡아끌며
한시도 가만 있질 못한다.

—「바람과 들꽃」 부분

눈길을 걸으면
눈들은
뽀드득 소곤소곤
뽀드득 소곤소곤

무슨 뜻일까
눈들은 말을 않다가도
밟히면
뽀드득 소곤소곤
뽀드득 소곤소곤

—「눈길」부분

    이러한 삼라만상 앞에서의 다소곳한 무구함을 시인 자신이 「도심에 내리는 눈을 보며」라는 시편 속에서 말하고 있듯이 "얼마나 많은 세월을 떠돌며 / 해찰하며 깜냥하며 / 이 세상을 깜냥깜냥이 떠돌았는가, / 지금에 이르렀는가, / 우리도"라는 도정을 거치면서 도달한 것일 터이다. 우리는 그것이 한편으로 시인의 청장년기의 현실지향과 공적 감정의 토로를 넘어서서 취득된 것임을 주목하게 된다. 「처녀작」이라는 표제의 작품에는 "이승의 내 마음속이나 / 저승의 마음속에 / 영원히 남으리 / 나의 싱그러운 처녀, 처녀인 백록담"이라는 끝대목이 보이는 데 시편의 맥락을 떠나서 최근의 시인의 젊은 날의 시적 지향에 대해서 은은한 애착을 표시하고 있는 것이라고 읽어도 무방할 것이다. 이번 시집 끝자락에 「광주만가」가 놓여 있는 것도 시인의 끝나지 않은 항상적 관심과 집착을 시사한다.

그러나 사회적 자아가 그렇듯이 시인이라고 해서 변화하고 변모하지 말라는 법은 없다. 현실지향이나 공적 감정의 경원과 잠정적 유보를 통해서 얻어진 섬세하고 다소곳한 세계 수용과 자연 관조는 어떻게 설명할 수 있는 것일까? 대범하게 말해서 그것은 시인의 연치와 관련되는 것이 아닐까 하고 생각하게 된다. 나이 육십을 옛사람들은 하수라고 했지만 늙어간다는 것은 지상에서의 나날이 괄목할 만큼 줄어든다는 것을 의미한다. 개인차가 크기는 하지만 지상의 시간이 짧아짐에 따라 사람들은 비로소 자연의 아름다움과 그 오묘한 이치에 눈뜨게 되는 것이 아닐까 한다. 범상하고도 심상한 모든 것이 새로운 모습으로 다가와 새로운 전언을 보내온다. 한편 주체의 육체적 한계의 자각과 함께 그에 비례하여 사회 변혁과 역사 향방에 있어 인간 역할에 어떤 한계를 감지하게 되기도 한다. 신체와 정신의 상관성은 우리가 병약해졌을 때 실감할 수 있는데 육신의 쇠약이 따르게 마련인 노년에 이르러 공적 감정이나 사회적 관심은 상대적으로 약화되는 것이 보통이라고 생각된다. 사람살이의 초입에서 수용했던, 가령 인간 이성에 대한 신뢰나 역사진보의 믿음이 똑같은 강도로 유지되기를 기대하기는 어려운 경우도 있을 것이다. 역사의 진행과 예측할 수 없는 변전의 경험은 성급한 기대가 아니라 참을성 있는 기다림과 개선을 위한 꾸준한 노력이 아무래도 실효성 있는 대처방식임을 시사할 공산이 크다. 이 시집에서 두드러져 보이는 우리 주변의 작은 것에 대한 감탄과 존중을 연치라는 생물학적·문화적 사실과 연관시켜 생각하는 이러한 관점이 매우 사사롭고 주관적인 것임을 구태여 부정하지 않겠다. 지나치게 간과되는 국면을 시험적으로 지적해 보자는 심정이 되었다는 것도 사실이기 때문이다.

나의 시에 운을 맞춘다면 그것은

내게 거의 오만처럼 생각된다.

꽃피는 사과나무에 대한 감동과

엉터리 화가에 대한 경악이

나의 가슴속에서 다투고 있다.

그러나 바로 두 번째 것이

나로 하여금 시를 쓰게 한다.

　새삼 거론하는 것이 쑥스러울 정도로 인구에 회자되는 「서정시를 쓰기 힘든 시대」(김광규 역)에서 브레히트는 이렇게 시편을 끝맺고 있다. 우리는 그의 고민과 선택을 존중하고 그 진정성에 전폭적으로 공명한다. 그렇지만 한편으로 서정시 쓰기에 호적한 시대가 대체 언제 있었냐고 되묻고 싶은 것 또한 사실이다. 엉터리 화가가 아닌 도장공에 대한 경악과 분노를 노래하는 것도 중요하지만 꽃피는 사과나무에 대한 감동을 노래하는 것도 중요하다. 상황에 따라서 사람에 따라서 우선순위에 차이는 있을 수 있겠지만 꽃피는 사과나무의 노래를 배제할 수는 없다. 어떠한 불행과 역경 속에서도 인간은 고통을 기록하고 호소하는 한편으로 삶의 회열을 지치지 않고 노래해왔다. 그러한 사실이 도장공에 대한 경악과 분노를 표현할 수 있는 저력의 기초가 되어왔다고 해도 큰 잘못은 아니다. 우리 삶의 자질구레한 세목에 대한 관심과 존중은 곧 삶의 외경에 대한 긍정의 헌사이기도 하다. 우리는 그 소중함에 동의하면서 한편으로 서정시 쓰기를 힘들게 하는 사회적·역사적 제력에 대해서도 시인이 옛날의 열정을 회복해주기를 바라고 싶어진다. 아마도 그것이 생물적인 쇠약현상의 수용과 그에 대한 저항이라는 두 겹의 대처방안으로 유효하리라는 희망을 가지고 있기 때문이다. 어떻게 생각하면 꽃피는 사과나무의 노래와 고약한 도장공에 대한 분노를 따로 떼어서 생각하는 것 자체가 현실과 얼마쯤 유리된 생각일지도 모른다. 꽃피는 사과나무 때문에 도장공과 그 일당에 대한 전의가 더욱 불타오르는 것이기 때문이다. 우리는 여덟 번째 시집을 내는 시인이 어떤 방향으로든 지속적으로 남성적이면서 동시에 섬세한 촉수의 움직임을 보여주기를 기대한다.

자유정신으로 이슬로 벼려진 칼빛 언어

염무웅

1

이 글을 쓰기 위해 조태일의 시집들을 꺼내놓고 차례로 읽어나가는 동안 그의 정다운 얼굴과 쟁쟁한 목소리가 자꾸 앞을 가려 활자가 제대로 눈에 들어오지 않았다. 살아생전의 그와의 사귐이 여전히 계속되고 있는 것 같고, 그가 이승에 없다는 것이 오히려 꿈속의 일처럼 비현실로 느껴진다. 문단의 친구들 모두가 마찬가지겠지만, 그 건장한 사나이 조태일이 이처럼 황급히 세상을 버릴 줄은 차마 짐작조차 못했다. 큼지막한 덩치에 어울리게 매사에 느긋한 성품인 그가 어째서 자신의 마지막 가는 길만은 이렇게 서둘렀단 말인가.

고인에 대해서는 미담을 말하는 것이 우리네의 오랜 관습이지만, 그런 관습을 떠나서 생각해보더라도 조태일은 실로 진국이었다. 그와 나는 같은 해 같은 신문의 신춘문예 당선자라는 인연으로 맺어져 있고, 따라서 나는 환갑을 다 못 채운 그의 길지 않은 생애의 거의 3분의 2를 그와 동행한 셈인데, 그동안 내가 그에게서 본 것은 그의 완고하다 할 만큼의 시종일관한 자세였고 답답하다 할 만큼의 언행일치한 태도였다. 그는 잔꾀라든가 잔재주 따위를 몰랐을 뿐만 아니라 그런 것들을 앞장서서 미워했다. 그가 늘 의아해하고 이해하기 어려워한 것은 인간의 표리부동성이었다. 그런 점에서 그의 사람됨은 저 동리산 태안사에서, 그 때묻지 않은 자연 속에서, 온갖 산짐승들과 어울려 지낸 유년의 체험 속에서 결정적으로 주조되었는지 모른다. 한 시집의 후기에서 그는 "짧은 유년생활에 일생의 거의 모든 체험을 다 해버린" 듯하다고까지 고백하는데(『산속에서 꽃속에서』) 그의 문학은 그러한 유년적·동심적 유토피아의 언어적 재구성을 성취하기 위한 거듭된 시도인 것으로 보인다.

조태일의 삶과 문학에 대한 이러한 이해방식은 그에 관한 그동안의 일반적인 평가와 얼마간 배치되는 것이다. 왜냐하면 흔히 그는 대단히 남성적이고 씩씩한 어조를 구사하는 저항적인 시인으로 알려져왔기 때문이다. 물론 그가 '저항시인'이 아닌 것은 아니다. 특히 시집 『국토』는 삼선개헌과 유신선포로 이어지던 그 시대의 정치적 암흑에 대하여 누구보다도 선명하고 단호한 비판의 목소리를 발함으로써 청년시인 조태일의 드높은 기개를 보여준 바 있다. 자연관조적이고 동심회귀적인 시풍이 전면화된 90년대에 있어서도 정치현실에 대한 그의 비판적 의식은 아주 사라지지 않는다. 그런 점에서 조태일은 자기부정을 통해서 점층적으로 변화하고 발전하는 시인이 아니라, 외적 관심과 내적 관조가 처음부터 공존하는 가운데 후자가 전자를 압도하고 좀 더 근본적인 충동으로 표면화되어간 시인이다.

2

조태일이 시인으로서 처음 문단에 선을 보인 것은 1964년 『경향신문』 신춘문예에 「아침 선박」이 당선됨으로써이다. 이 당선작을 표제로 하여 30여 편의 시들을 묶은 첫 시집이 1965년 6월 간행되었으니, 그는 아주 이른 나이에 자신의 저서를 가지게 된 셈이다. 그런데 시집 『아침 선박』을 읽어보면 후일의 조태일 문학의 씨앗이라고 느껴지는 요소들이 산자해 있음에도 불구하고 아직 습작기를 벗어나지 못한 듯한 생경한 표현과 설익은 관념들이 안개처럼 덮여 있음을 확인할 수 있다. 가령 「아침 선박」의 첫 부분을 음미해보자.

아침바다는 叡智에 번뜩이는 눈을 뜨고
끈기의 저쪽을 달리면서

ʌ 대에 지치지 않고, 처절했던 同伴의 때에,
쓰러진 時間들을 하나씩 깨워 일으키고,
ス, 넘쳐나는 地坪의 햇살을 보면

淸明한 날에 잠 깨는 出港.

洗手를 일찍 끝낸 女人들은
탄생을 되풀이한 오랜 陣痛에
땀 배인 內衣를 벗어 바다에 던지고,
파이프에 男子들은, 두고온 年代를 열심히 피워 문다.

　어떤 싱싱하고 힘찬 분위기가 조형되고 있음을 어렵지 않게 간취할
수 있다. 예지에 번뜩이는 아침 바다와 햇살이 눈부신 항구의 이미지가
한 시인의 출범을 산뜻하게 예고하는 듯하다. 그러나 그와 동시에 그러
한 시적 활력의 구체적 근거가 매우 불투명하다는 사실 또한 부인 할 수
없다. "쓰러진 시간들을 하나씩 일으키고"라든가 "탄생을 되풀이한 오
랜 진통"같은 구절들이 단지 논리적 선명성을 결하고 있다는 점을 지적
하는 것이 아님은 물론이다. 내 생각에 그러한 구절들은 시인의 독특한
감각 내지 특이한 경험에 관련되어 있다기보다(그래서 독자들이 알아듣기
어려운 것이 아니라) 오히려 젊은 날의 조태일조차도 1960년대 '난해시'의
상투적 수사법에 얼마나 깊이 침윤되어 있는가를 보여주는 예라 할 것
이다. 시인 자신도 자기 시에 관하여 "내가 가야 할 길을 발견도 못하고
그저 남들이 한 번씩 건드려봤던 무의미한 세계에서 괜히 용쓴 것이 아
닌가 하는" 불만을 느낀다고 '후기'에서 고백하고 있다.
　그러나 앞서 언급했듯이 『아침 선박』은 전반적으로 관념의 상투성과
육체의 미망에 사로잡혀 습작의 수준을 뛰어넘지 못한 가운데서도 그러
한 전반적 흐름에 가려질 수 없는 씩씩한 기백을 또한 포함하고 있다. 「아

침 선박」 자체 안에도 그런 기운이 꿈틀거리고 있다고 지적했지만, 가령

四月은 젊음 안에서 눈떴다.
가던 時間은 문든 그들에게 指揮棒을 넘겼다.
골목에서 움츠리던 自由,
가장 靜的인 곳에서 그들은 오늘을 잡았다.

—「四月의 메모」 부분

아아, 내 작은 한줌의 自由, 民主여.
나의 상한 처녀막 근처에 웅성이는
고달픈 아우성을 쫓기던 음성을 듣는가.

—「나의 처녀막은」 부분

이와 같은 시에서는 단순한 청년적 활력 이상의 정치비판적 발언이 비유적으로 또는 직접적으로 드러나고 있다. 이「나의 처녀막」은 제2시집 『식칼톤』에서「나의 처녀막 1」로 재수록된다. 그리고 이제 연작시「나의 처녀막」과「식칼론」이 진행되면서 그의 저항적 정치의식은 점점 더 강화되고 시적 호흡은 더 급박하고 거칠어진다.

피묻은 피묻은 처녀막을 나부끼며
아프고 피비린 냄새를 풍기며
광화문 네거리 한복판에
내가 섰다 내가 섰어.

삼천만 개의 쌍눈을 번뜩이며
삼천만 개의 쌍귀를 세우고
불꽃 튀는 단일화된 외침을 가지고
삼천만의 기념비처럼
내가 섰다 내가 섰어.

—「나의 처녀막 3」 부분

아마 이처럼 격렬하고 거침없는 야생의 목소리를 1960년대의 우리 시단에서 찾기는 어려울 것이다. 이 연작시에서 처녀막의 파열은 4·19적 순결성의 훼손을 뜻하는 비유로 되고 있는데, 시의 화자는 순결의 침탈에 위축되기는커녕 오히려 거꾸로 포효하듯 자기를 주장하며 깃발처럼 네거리 한복판에 자신을 세운다. 이 드높은 자아의식을 가능케 하는 힘은 대체 어디서 발원한 것인가. 「식칼론 3」 전문을 읽어보자.

내 가슴속의 뜬 눈의 그 날카로움의 칼빛은
어진 피로 날을 갈고 갈더니만
드디어 내 가슴살을 뚫고 나와서

한반도의 내 땅을 두루두루 날아서는
대창 앞에서 먼저 가신 아버님의 무덤 속 빛도 만나 뵙고
반장집 바로 옆집에 홀로 계신 남도의 어머님 빛과도 만나 뵙고
흩어진 엄청난 빛을 다 만나 뵙고 모시고 와서
심지어 내 男根 속의 미지의 아들딸의 빛도 만나 뵙고

더욱 뚜렷해진 無敵의 빛인데도, 지혜의 빛인데도
눈이 멀어서, 동물원의 누룩돼지는 눈이 멀어서
흉물스럽게 엉뎅이에 뿔돋친 황소는 눈이 멀어서
동물원의 짐승은 다 눈이 멀어서 이 칼빛을 못 보냐.

생각 같아서는 먼눈 썩은 가슴을 도려 파버리겠다마는,
당장에 우리나라 국어대사전 속의 '改憲'이란
글자까지도 도려 파버리겠다마는

눈 뜨고 가슴 열리게
먼눈 썩은 가슴들 앞에서
번뜩임으로 있겠다! 그 고요함으로 있겠다!
이 칼빛은 워낙 총명해서 관용스러워서.

1969년 동인지 『신춘시』에 발표된 이 작품의 부제는 '헌법을 위하여'
이다. 바로 그해 박정희 정권에 의해 강행된 삼선개헌을 이처럼 강력하
게 규탄한 문건을 찾기는 쉽지 않을 것이다. 그러나 그럼에도 불구하고
이 작품에서 정치적 발언만 읽는다면 그것은 이 작품의 의미를 축소하
는 것이고 따라서 왜곡하는 것이다. 이 시의 서정적 주인공은 '칼빛'이
다. 그것은 칼이자 동시에 빛이다. 즉, 그것은 무적의 힘과 번뜩임으로
표상되기도 하지만, 동시에 지혜와 고요함과 관용을 속성으로 가진다.
그런데 그 칼빛이 원래 있던 곳은 '내 가슴속의 뜬 눈'이다. 그러니까 힘
의 근원은 주체 내부의 각성된 의지이다. 이 「식칼론 3」에서 '동물원의

누룩돼지' '엉덩이에 뿔돋친 황소' 즉 부정적 현실권력에 맞서는 대항적
주체가 단독적 자아의 결연한 의지라면, 같은 해 같은 지면에 발표된 조
태일의 또 다른 걸작 「참외」는 군중적 저항의 영상을 힘차면서도 흥겨
운 가락에 실어 표현한다.

> 누우런 주먹들이 운다.
> 불끈 쥐고 불끈 쥐고 사랑을 불끈 쥐고
> 어느 놈들은 벌판에 홀로 홀로 남아
> 어느 놈들은 청과물시장 멍석 위에서
> 불붙는 살빛 불붙는 서러운 마음씨 부비며
> 누우렇게 허옇게 운다.
>
> 누우런 뙤약볕을
> 오드득 오드득 3·4조 4·4조 가락으로
> 잡아 씹어먹고 씹어먹고
> 엎드려서 등으로 누우렇게 저항하는,
>
> (…중략…)
>
> 저것들은 하느님이다. 얼굴 고운 악마님이다.
> 때 찌든 삼베치마 앞에서 털 앞에서
> 땀나는 가슴 앞에서 콩크리트 앞에서
> 저것들은 하느님이다. 얼굴 고운 악마님이다.

자유가 있느냐, 숨죽여 눈으로 물으면

민주가 돼 있냐, 숨죽여 뼉따귀로 물으면

없다, 안돼 있다, 뚜렷하게 대답하고

엎어졌다 뒤집혔다, 등으로 배꼽으로 뚜렷하게 저항하며

누우렇게 허옇게 운다.

굶주린 이빨 안에서

침들도 그 말 좀 들어보자고

불끈 쥐고 불끈 쥐고 주먹을 불끈 쥐고

왼쪽 오른쪽 귀 앞세우고 솟아난다 솟아난다.

　박정희 파쇼체제의 혹독한 탄압을 겪었던 사람들에게 이 시는 지금 읽어도 30년의 시차를 단숨에 뛰어넘는 현재적 감동으로 다가온다. 조태일은 1978년 자신의 문학을 말하는 한 강연에서 "정치적·권력적 집단이 민중을 억압하는 사회에서는 (…중략…) 민중은 진실과 생명을 옹호하고 지키기 위해 그 생명을 바치면서 저항합니다. 즉 개개인의 개인의식은 공동의식을 형성하여 거대한 민중의식을 낳습니다"라고 갈파한 다음 이 시를 낭독하고 나서 "참외를 민중의 모습으로 쓴 시"라는 주석을 덧붙이고 있다(조태일문학선『연가』). 시인 스스로 자기 시대의 현실과 자신의 문학적 목표에 관해 명확한 인식에 도달해 있음을 알게 되는데, 여기서 우리가 간과하지 말아야 할 것은 그가 말하는 '거대한 민중의식'이『아침 선박』시절의 그것과 같은 추상적인 관념이나 설익은 주장으로서가 아니라 생동하는 미적 형상으로 제시되고 있다는 사실이다. 다시 말해 이 시에서 참외는 '민중'을 가리키기 위한 단순한 알레고리에 불과한 것이 아니다. 그것은 들판에서 또 시장의 멍석 위에서 허옇게 누렇게 배를 드러내고 나뒹구는 참외들의 구체적인 모습을 떠올리게 하면서 그와 더불어 조선 농민의 강건한 이미지를 겹쳐 제시한다. 어떻든 이에 이르러 마침내 조태일은 '참여시' '민중시'라는 명칭으로 흔히 불리는 우리 시의 한 흐름에 진정한 내용을 부여하고 조태일의 이름으로 각인된 하나의 독자적인 전형을 창조한다.

「참외」 같은 작품에 의해 독특한 틀을 획득한 조태일 민중시는 1971년부터 75년까지 발표된 연작시 「국토」 48편에서 활짝 꽃을 피운다. 박정권의 유신선포와 긴급조치, 이에 맞선 민주회복운동과 문인들의 자유실천운동이 민주 대 반민주의 전선을 이루면서 대치한 각박한 시대에 조태일의 「국토」는 민중적 대의와 자유의 정신을 선포한 탁월한 작품으로서 높은 역사적 의의를 성취한다. 이제 한두 편 읽어보기로 하자.

아내와의 모든 접선도 끊어버리고
말 배우는 어린 새끼들과의 대화도 끊어버리고
나를 가르친 모든 책으로부터도
中古가 돼버린 철없는 장난감으로부터도
멍청한 家具들로부터 떠나버리자.

아이고 무서워
아이고 무서워

그림자를 고요히 고요히만 밝혀주는

달빛 별빛으로부터도,

무수히 발바닥을 포개보던

광화문이며 종로며 태평로로부터도

자유다 평등이다 인권이다 민주다 의무다 국민이다

어쩌고 하는 한국적 표준말로부터도 떠나버리자.

아이고 무서워

아이고 무서워

망우리 근처 푸른 하늘 밑의 풀잎들은

그렇게 푸르기만 하며

푸른 하늘 밑의 황토들은

그렇게 붉기만 하며

푸른 하늘 밑의 무덤들은

그렇게 고요히만 누웠냐

아이고 무서워

아이고 무서워

바람 자고 소리 끊겨 고요하기는 해도

끝간 데 없는 푸른 하늘은 저리 답답하단다.

푸른 풀들이 흔들리긴 해도

하늘 밑에 깔린 황토들은 저리 답답하단다.

—「푸른 하늘과 붉은 황토—국토 34」 전문

　　이 시에는 두 개의 목소리가 존재한다. 무대 위에서 객석(독자)을 향해 독백하는 소리가 하나이고, 무대 뒤쪽 관객이 안 보이는 곳에서 비명 지르듯 후렴처럼 되풀이 되는 목소리가 다른 하나이다. 말하자면 이 시에서 독자는 소규모의 1인극적 상황이 전개되는 것을 보는데, 극의 주도적 분위기는 물론 공포이다. 왜 그렇게 무서운가. 무대 위의 주인공 즉 시적 화자의 독백을 통해 우리는 공포감의 실체를 짐작해볼 수밖에 없다. 한마디로 그것은 일상적 삶마저 통제되는, 산천초목조차 숨죽인 듯한 극도의 억압적 현실이다. 배경으로 되어 있는 푸른 하늘, 저 유유장천이야말로 땅위의 질곡을 더없이 선명하게 부각시킨다.

　　꿈과 현실은 항상 가깝게 있다.
　　손등에 없으면 손바닥에 있다.
　　그러므로 손등에 없거든 손등을 뒤집으라.
　　그러므로 손바닥에 없거든 손바닥을 뒤집으라.

　　번개는 꿈속에서만 치는 것이 아니다,
　　천둥은 꿈속에서만 우는 것이 아니다,
　　벼락은 꿈속에서만 치는 것이 아니다,
　　우박은 꿈속에서만 쏟아지는 것이 아니다.

번개가 친다, 아내야 바싹 다가오렴
흐린 눈빛이지만 부딪쳐보자.
천둥이 운다, 아내야 바싹 다가오렴
쉰 목소리지만 합쳐서 목청을 뽑자.
벼락이 친다, 아내야 바싹 다가오렴
四足을 동원해서 맨바닥이라도 치자.
우박이 쏟아진다, 아내야 바싹 다가오렴
메마른 눈물이라도 곧게 떨쿠어보자.

아내야 흐린 날은 서러운 살결이나
축축하게 부비다가
전류가 잘 통하는 피뢰침을
당나귀 귀처럼 머리 위에 꽂고
의좋은 꼭두각시처럼 춤을 추자
높은 데 아니면 벌판이라도 좋다.
피뢰침을 꽂고 춤을 추자.

—「흐린 날은–국토 20」 전문

    이 작품에서 시인이 최종적으로 말하고자 하는 전언은 침묵과 순응주의의 거부일 것이다. 그런데 그 결말에 이르는 과정이 그렇게 선명한 것은 아니다. 우선 제1연은 '꿈'과 '현실'의 근접성 또는 치환 가능성을 말하는 것인가. 흔히 현실이 비현실적으로 느껴질 때 꿈속 같다고 하거니와, 시의 화자는 어쩌면 여기서 그러한 악몽적 현실의 전복을 선언적으로 촉구하고 있는지도 모른다. 제2, 3연에서 '번개'나 '천둥'이 정치현실에 대한 비유적 표현임을 어렵지 않게 알아볼 수 있다.

3

1977년 여름 조태일은 오랜 친구 박석무를 대동하고 30년 만에 고향을 찾는다. 동리산 태안사의 스님이었던 그의 부친은 여순사건 때 가족들을 데리고 광주로 나왔고, 6·25가 끝난 직후 "고향을 떠난 지 30년이 되거든 고향땅을 밟아라"는 유언을 남기고 세상을 떠났던 것이다. 평소 행동이 느리고 굼뜨던 조태일이 이제 폐허로 변한 태안사 앞 뜨락에 이르자 "신들린 사람처럼, 넋 잃은 사람처럼 이리 번쩍 저리 번쩍 뛰면서" 제정신이 아니었다고 박석무는 증언하고 있다(『자유가 시인더러』 발문). 여러 사람들이 지적하듯이 이 30년 만의 고향행을 계기로 조태일의 시세계에는 점진적인 변화가 일어난다. 시인 자신도 "나의 시는 유년 시절 고향에서 출발하여 전국토의 사물들과 어울리다가 마침내 고향으로 돌아오리라는 신념에서 씌어진 시들이다"(『산속에서 꽃속에서』 후기)라고 언명하고 있다.

그러나 시적 변화는 극히 완만하게 진행된다. 시집 『가거도』를 훑어보면 「원달리의 아버지」, 「친구들」 등 유년시절의 기억을 더듬는 두세 편의 작품이 눈에 띌 뿐이고 본질적으로 새로운 세계가 드러나지는 않는다. 어쨌든 이 시집은 『국토』의 폭발적인 힘과 대담한 상상력에 비할 때 어딘가 무기력하고 풀어진 듯한 느낌을 감출 수 없다.

『자유가 시인더러』, 『산속에서 꽃속에서』, 『풀꽃은 꺾이지 않는다』, 그리고 『혼자 타오르고 있었네』—이렇게 4년마다 한 권씩 새 시집이 나오면서 조태일의 시들은 예술적으로 점점 원숙하고 노련해지면서, 그와 더불어 직접적인 정치비판 내지 현실참여적 경향이 감소하는 대신 사색과 관조의 시간이 늘어난다. 1970년대의 그의 시에서 날씨나 자연 풍경이 흔히 정치적 비유였다면, 이제 그것들은 오히려 정치를 포함한 인간세태 전체를 머금어 품에 안는 좀 더 근원적이고 모성적인 존재로 나타난다. 그리하여 개인의 자아의식 같은 대자연의 거대한 섭리 안에 포섭되어야 할 미미하고 겸손함 소품으로 변모하는 것이다.

나는 언제나 무릎꿇고
받았으니라 두 손으로
남도평야를.

잊을 수가 있겠느냐
홍릉에서도,
길음동에서도, 홍은동에서도
안양에서도, 신길동에서도

언제나 무릎꿇고
받았느니라,

오늘 아침도 그렇게 받았느니라.

습관처럼 무릎꿇고 받았느니라.
솟아나는 태양을 받았느니라.
중천에 뜬 태양을 받았느니라.
피어오르는 저녁놀을 받았으니라.

—「밥상 앞에서」 전문

　지난날의 거칠고 야성적인 말투를 기억하는 독자들에게 이 시의 '～받았느니라' 같은 의고전적인 화법은 듣기에 민망하기조차 할 것이다. 비슷한 모티브를 다룬 「뙤약볕이 참여하는 밥상 앞에서」와 비교해보면 두 작품이 각각 수록된 『식칼론』과 『자유가 시인더러』 사이에 실로 격세의 차이가 있음을 깨닫게 된다.

폭우도 멀리 떠나버렸고
습기까지 죽어 말라붙은 여름 근처
끼니마다 알몸으로 내외는 마주 앉네.

무릎 꿇고 온몸으로 앉는 밥상 위
지난 몇해 굶주린 남도평야
그릇마다 뜨겁게 넘쳐나고.

—「뙤약볕이 참여하는 밥상 앞에서」 부분

무릎을 꿇고 근엄하게 밥상을 받는 시적 화자는 아마 동일인일 것이다. 밥상에서 남도평야를 연상하는 방식도 흡사하다. 그러나 앞의 작품에서는 남도평야가 '솟아나는 태양' '피어오르는 저녁놀'과 마찬가지로 거의 종교적인 절대성을 지니는 데 비하여 뒤의 작품에서는 그것이 폭우와 기근에 매개됨으로써 사회화한다. 따라서 뒤의 작품에서는 농민적 생활현실이 핵심적인 문제로 떠오르는 데 비하여 앞의 작품에서는 대자연의 은혜로운 소산으로서의 음식을 대하는 화자의 윤리적 태도가 중요해진다.

그러나 1980년대 후반부터 조태일의 시는 사회적 차원과의 연결이 느슨해지는 대신 어떤 근원적 존재감각이라고 할 만한 심오한 정신성을 획득하기 시작한다. 이제 그는 강제로 떠났던 고향의 산천을 내면 속에 재구성하며 유년시절의 원초적 체험이 제공했던 자연과의 합일을 시 속에서 천천히 복원한다.

나름대로의 길
가을엔 나름대로 돌아가게 하라.
곱게 물든 단풍잎 사이로
가을바람 물들며 지나가듯
지상의 모든 것들 돌아가게 하라.

지난여름엔 유난히도 슬펐어라
폭우와 태풍이 우리들에게 시련을 안겼어도
저 높푸른 하늘을 우러러보라.

누가 저처럼 영롱한 구슬을 뿌렸는가.

누가 마음들을 모조리 쏟아 펼쳤는가.

가을엔 헤어지지 말고 포옹하라.

열매들이 낙엽들이 나뭇가지를 떠남은

이별이 아니라 대지와의 만남이어라.

겨울과의 만남이어라.

봄을 잉태하기 위한 만남이어라.

— 「가을엔」 부분

조태일의 것이라고 믿어지지 않을 만큼 아름다운 시이다. 그러나 다시 보면 여름날의 폭우와 태풍을 겪고 맑은 가을하늘이 나타나듯이 젊은 날의 시련을 올곧게 이겨낸 시인만이 쓸 수 있는 아름답고 지혜로운 시이다. 물론 우리는 이 작품에서 어떤 종류의 교훈을 읽을 수도 있다. 그러나 틀에 박힌 교훈시는 아니다. 따지고 보면 우리는 삼라만상으로부터 교훈을 얻을 수 있다. 또 기쁨을 얻기도 하고 슬픔을 느낄 수도 있다. 그러나 인간들의 슬픔이나 기쁨과는 상관없이 "곱게 물든 단풍잎 사이로 / 가을바람 물들며 지나가듯" 지상의 모든 것들은 다만 제 길을 갈 뿐이다. 마치,

사타구니를 간질이는 햇빛은

그 누구의 것도 아니듯

우리들이 노니는 일 또한

그 누구를 위해서도 아니다.

—「영일만 토끼꼬리에서」 부분

이런 구절이 말해주는 것처럼 세상의 모든 사물들은 일체의 인간적 의미연관에서 벗어날 때 자신의 참모습을 드러내는 것인지도 모른다. 1980년대 후반부터 십여 년 동안의 시에서 조태일은 바로 그런 순수한 눈으로, 의심과 욕심을 벗어던진 순정한 마음으로 보고 느끼고 기록한다. 내 생각에 시집『풀꽃은 꺾이지 않는다』는 우리나라 서정시의 역사에서도 가장 뛰어난 절창들의 모음이다.

4

많은 사람들이 지적하듯이 조태일 문학의 뿌리는 유년시절에 겪은 고향체험이다. 고향에서 쫓겨나듯 떠나 객지에서 학교를 다니고 사회생활을 하는 동안 그 원형은 훼손되고 오염되었다고 시인에게는 여겨진다. 오랜 방황 끝에 마침내 그는 고향적 세계로 귀환하는 데 성공한다. 그러나 그것은 마지막 시집『혼자 타오르고 있었네』에 실린「소멸」,「가을 앞에서」같은 작품들이 보여주듯 거대한 자연의 그림자 안에서 서정적 주체 자신이 사라지고 잊혀지는 것을 의미하기도 한다.

이젠 그만 푸르러야겠다.

이젠 그만 서 있어야겠다.

마른 풀들이 각각의 색깔로

눕고 사라지는 순간인데

나는 쓰러지는 법을 잊어버렸다.

나는 사라지는 법을 잊어버렸다.

높푸른 하늘 속으로 빨려가는 새

물가에 어른거리는 꿈

나는 모든 것을 잊어버렸다.

—「가을 앞에서」 전문

　이 바로 해탈의 경지 아닌가. 온갖 신산고초로 점철된 자신의 일생 전
체를 문득 "높푸른 하늘 속으로 빨려가는 새"를 보듯 바라보고, "마른 풀
들이 각각의 색깔로 / 눕고 사라지는" 종말의 시간이 마침내 자기에게
다가왔음을 깨달으면서 기화요초 난무했던 여름날의 번성을 한낱 "물
가에 어른거리는 꿈"처럼 여길 수 있게 되었다면, 분명 이 시는 임박한
죽음의 예감 속에서 씌어졌을 것이다. "소리도 없이 / 함성으로 / 터졌
던 / 꽃들 (…중략…) 이젠 / 깨끗한 / 침묵으로 / 아문다"고 져가는 꽃
을 노래하고 나서 시인은 그 뒤에 "어머니의 / 임종처럼"(「꽃들이 아문다」)
이라고 덧붙이고 있는데, 이제 나는 거기에 '그리고 시인의 임종처럼'이

라고 또 덧붙일 수밖에 없게 되었다. 오, 그대와의 이승의 인연이 이렇게 허무하게 다할 줄을 참 몰랐다. 깨끗하고 아름다운 조태일의 혼령이여, 부디 왕생극락하라. 나무아미타불!

국토에서 나서 국토로 치솟고 국토로 스며들고

박덕규

1. 엄마 곁에 누운 시인

일찍 찾아온 추석 연휴를 넘기던 날 아침, 전날 전송돼 온 책 한 권을 가방에 넣고 지하철 전동차에 올랐다. 빈 좌석을 차지하기 전부터 서서 꺼내 보게 된 그 책은『추석, 고향가는 길』이라는 이름의, 국정홍보처에서 발행한 아담한 잡지였다. 언젠가 정부 공보처의 간행물제작소에서 추석 때 고향에 내려가게 되는 노동자들이 '추석 귀향'의 의미를 편한 마음으로 생각하며 차를 탈 수 있게 할 만한 책자를 기획 발간할 때 기획위원이 된 바 있는 나였으므로, 그 책에 관심이 없을 수 없었다. 비록 중철 제본의 신국판 크기 64쪽 분량의 작은 책에 불과했지만, 전면 원색 인쇄에 세련된 편집과 다채로운 내용, 화려한 필진을 자랑하고 있는 그

책을 이리 저리 뒤적거리며 대견해 하다가, 나는 어느 한 면에 시선을 두고 거기 게재된 한 편의 시를 입 안으로 소리 내어 읽어 갔다. 그러고는 갑자기 치솟는 눈물을 막기 위해 입을 막고 책을 덮어야 했다.

내 어렸을 적
산 속에서 길을 잃고
엄마야! 엄마야! 엄마야!
울부짖던 그 소리

왼갖 산짐승들 놀라게 하며
왼갖 나뭇잎들 흔들며 나아가던
그 정처없이 무서웠던 소리

건너 산
바윗벼랑에 부딪쳐
어엄마아야아~ 어엄마아야아~ 어엄마아야아~
되돌아오던 그 소리

지금껏 내 귓바퀴에서 서성이며 살다가
이제야 어머님 무덤가에 사시사철 맴돌며 산다.
엄마야, 엄마야, 엄마야,
오냐, 오냐, 오냐……

「메아리」라는 시. 더 설명할 것도 없이 훈훈한 사모곡이니까, 이런 시를 찬찬히 읽다 보면 누구나 제 육친을 떠올리며 눈시울을 적실 일이지만, 지하철 안 내 눈에서 치솟던 눈물은 그 까닭만이 아니었다. 내 눈물은 이 시를 보며 절로 떠올리게 된, 어머니의 무덤 앞에서, 어릴 때 길을 잃고 엄마를 목 놓아 부르던 때의 무서운 시간을 떠올리며 손수건으로 몰래 눈물 닦는, 어깨가 떡 벌어지고, 네모난 큰 얼굴의, 덩치 큰, 겉은 꼭 무지렁이 투박한 농꾼 같은, 중년보다는 더 늙고 노년이라고 하면 아직은 억울하다 여길 나이의 흰머리 희끗희끗한 한 사내의 모습과 관련이 있었다. 시인 조태일. 그의 모친이 작고한 것이 몇 년 전이던가, 나는 그때 광주에 마련된 빈소에 내려가지 못하고, 서울의 지인들에게 이리저리 연락하는 일만 맡았다. 그런데 이제, 그 어머니의 무덤 앞에서 "엄마야, 엄마야, 엄마야"와 "오냐, 오냐, 오냐……"로 화답하는 사모곡을 부르며 동심의 세계, 동심의 시심으로 돌아가 있던 그 시인이 스스로 그 어머니의 무덤 곁에 누웠으니……, 그게 바로 보름 전 일이었던 것이다. 어머니를 묻고 몇 년 후 갑작스레 발병한 간암 소식을 다 전하지도 않다가, "엄마야" "오냐"로 화답하는 그 무덤가에 아예 무덤을 이루어 묻혀버린 그를 우연히 접한 책에서 보았으니, 후배로서는 그와 적지 않게 인연을 쌓아 온 나로서 특별히 그를 떠올리지 않을 수 없었던 것이다.

2. '저항시인'이 내게 준 선물

내가 『식칼론』이라는 무시무시한 이름의 시집과 『국토』라는 우람한 이름의 시집을 낸 시인 조태일을 처음 만난 것은 1979년 겨울이었다. 판매금지 당한 시집의 '불온하기 이를 데 없는' 저자이며 '반체제 문인 단체'인 자유실천문인협회의 맹장으로 투옥 경험을 쌓은 바 있는 민주 투사를 만나러 가던 서울 종로 5가에서 오장동에 이르는 어수선한 노점 거리가 지금도 생각난다. 그는 그곳에서 창제인쇄공사라는 인쇄소를 운영하고 있었다. 대학 2학년생으로 별 까닭도 없이, 학과에서 내는 어문 학회지의 편집 책임자가 된 내가 여기저기서 견적서를 뽑고 어쩌고 하다가 논의 끝에 그곳을 찾게 된 것이었다. 물론 그는 대학의 까마득한 선배였다. 처음부터 주눅이 들 수밖에 없었는데, 후배 문학도인 내가 주눅이 들건 말건 그는 그 진한 광주 사투리로 낯선 남들 대하듯이 투박하게 나를 대했다. 그 뒤로 재학 중에 이런저런 출판물 발간 문제로 그를 찾은 적이 있었는데, 한번은 그가 아래층에 있는 여직원과 전화 통화를 하는 걸 엿듣게 되었다. 그때 그가 "나가 니 애인인 것처럼 싸가지 없이, 니 애인한테 하듯이 입을 요로케 가리고……" 이런 식으로 상소리를 섞어 여직원을 야단치는 말을 내가 과장을 섞어 그럴싸하게 흉내를 내고 다녔으니, "나가 니 애인이여, 이 ✕년아" 하는 이 말이 내가 우리 과 또래 여학생들에게 "시인 조태일이 쓴 표현"이라며 널리 유포시킨 말이다. 사업이고 세상 물정이고 알 길 없는 20대 초반, 염세에 빠지기도 쉽고 횃불 들고 군중 속으로 뛰어들기도 쉬운 나이였지만, 나는 이러지도 저러지도 않았다. 그건 내 성향이었을 것이다. 그리고, 그 무렵부터 나는 조태일 같은 이를 가까이에서 거듭 쳐다보고 있을 수 있었던 행운아였다. 유신과 5공으로 이어지는 암울한 시대를 시의 불꽃을 태우며 견뎌 온 대단한 시인들이 몇 있고 그들의 삶에서뿐 아니라 시에서마저도 잘 녹아 있는 '인간적인 제취'까지 고스란히 신격화해 버리는 많은 군중들이 있어 왔지간, 나는 그런 자리에서 늘 거론되는 이름 조태일을 통해서 무엇보다 투사 이전의 인간, 시 이전의 삶이 어떠한 것인가를 알아 갔고 또 그런 면이 투사적인 삶보다도 또한 시보다도 더욱 중요할 수 있다는 것을 절로 깨닫고 있었는지 모른다.

참나무 숨결이 파도치는 두 어깨며
지나치게 이글대는 두 눈망울,
온몸을 철조망 같은 심줄로 무장하고
도계 탄광서 온 그 사내와 만나던 날
눈에 핀 다래끼여 터져버려라
터져버려라 다래끼여, 폭음을 했다.

—「석탄—국토 15」에서

사람들은 이런 시를 보면 "온몸을 철조망 같은 심줄로 무장"한 민중을 껴안으려는 소위 민중주의 문학의 모범 답안을 떠올리곤 한다. 나 역시 "파도치는" "이글대는" "철조망 같은" "터져버려라" 할 때의 굵직한 남성적 이미지를 예로 들면서 밑바닥의 삶에 대한 경외감을 높이 사는 사람이긴 했다. 그러나, 나는 "눈에 핀 다래끼여 터져버려라"에서 "터져버려라 다래끼여"로 이어지는 반복과 도치, 그리고 그 다음 쉼표를 찍고 곧바로 "폭음을 했다"로 연결되는, 당시 우리 시에서는 흔하지 않은 동적인 운율감을 아주 중시하는 쪽이었으며(의미를 형식화하는 시적 개성을 존중했다는 뜻이다), 한편으로는 특별히 정말로 눈다래끼가 피어 술을 마셔서는 안 되는 육체이면서도 술을 마셔대는, 술을 마시고야 마는 한 인간을 떠올리는 쪽이었다.

하지만 그의 주변에는 『식칼론』의, 『국토』의 동지들과 후배들이 너무 많아서 나는 1980년대 들어 계속된 책 편집 제작 인연으로 그의 주변을 맴돌면서도 그의 '동아리'에 끼지 못했던 편이었다. 투박한 그가 한번 나의 그러한 점을 배려한 적이 있었다. 그는 시인으로뿐 아니라, 저 유명한 김지하를 낳고 김준태, 양성우라는 쟁쟁한 시인을 탄생시킨 편집자로서도 유명한데, 그들의 등단지가 바로 1969년 그가 창간한 시 전문 월간지 『시인』이었다. 불과 일 년 남짓한 단명의 잡지였는데, 조태일은 1980년대 들어 그 잡지를 부활시키고자 했다. 그때는 그가 오장동을 떠나 마포로 인쇄소를 옮기고 '시인사'라는 출판사를 정식으로 출범시킨 때였다. 잡지 등록도 함부로 할 수 없는 때라 무크 형식으로 『시인』을 복간하면서 그 복간호 『움직이는 시』의 특집 좌담자로 민중문학계의 소장파 채광석, 김진경, 김정환 들 사이에 나를 끼워 넣은 것이다. 민중문학이 득세하던 시기에 그 소굴에서 전혀 이질적인 '우주인들의 집단(채광석의 표현)'인 『시운동』의 대표격으로 (선배 조태일을 믿고) 뛰어들었다가 참담한 결과에 맞닥뜨리고 만 내가 곧바로 그 소회를 말했을 때, 그는 "괜찮애, 신경 꺼 버레"로 일축해 버렸다.

그 이후 그는, 내가 먼저 입학해 있던 대학원 석사 과정에 입학해서 동문들과 뒤늦게 인연을 쌓기 시작했다. 그 당시 유행하기 시작한 생맥주 문화의 선두 주자의 한 사람이 그였다. 우리는 "퍽 쳐서 먹는 안주(비닐에 싸진 김)"를 놓고 "딱 한 잔"으로 시작된 그와의 술자리가, "술은 짝수로 마시는 게 아니라 홀수로 마시는 거"라는 술꾼 논리로 점점 무르익어 가는 것을 경험하곤 했다. 나는 당시 모교의 최동호 교수가 기획한 김달진 시선집을 비롯한 여러 권의 시집, 극작가 신봉승 선생의 전 5권짜리『신봉승 TV시나리오 선집』등을 내기 위해 부지런히 시인사를 드나들고 있었다.

내가 한 학기 먼저 석사학위 논문 제출 자격 시험에 해당하는 외국어 종합시험에 응시해서 낙방하는 것을 본 그와 내가 의기투합해서(순전히 그의 정성과 경비로 마련한 교재로) 다음 학기에 함께 치러 턱걸이로 통과한 중국어 시험은 지금도 내가 무용담처럼 떠들고 다니는 이야기의 소재로 자리 잡아 있다. 그해 겨울 입대가 예정돼 있던 나로서는 아마 그때 그 시험을 통과하지 못했으면, 이후 강단과는 거리가 먼 사람이 되었을 것이다. 결국은 석사학위도 같이 받은 셈인데, 그의 인쇄소 덕분에 나는 석사학위 논문집을 활판본으로 내는 영광도 누렸고, 그의 저항시인으로서의 명성을 후광 삼아 석사학위를 받는 여러 귀찮은 과정을 수월하게 통과할 수도 있었다.

3. 국토, 자연과 역사의 변증법

어쨌든 이럴 때까지는, 조태일은 『국토』의 시인이었다. 시 세계로 치면 첫 시집 『아침 선박』이나 『식칼론』, 『국토』뿐 아니라 그 후 『가거도』, 『자유가 시인더러』, 그리고 『산속에서 꽃속에서』로 이어지는 세계가 「국토」연작과 궤를 같이했다고 볼 수 있다. 그 시들은 우리의 이해 범위를 결코 넘어서지 않았다. 그 시들은 대개, 우리가 "국토"라 이름 부를 때 이미 그 속에 담겨 있는 것으로 상정되는 의미들, 즉 자연으로서의 국토라는 의미와 역사로서의 국토라는 의미를 함께 거느리며, 마치 굵은 산맥들을 표나게 드러내는 한편으로 그로부터 바다 쪽으로 때로는 급하고 때로는 완만한 자세를 형성하고 있는 실제 우리의 국토 같은 모습을 띠고 있다.

가령, 「국토」 대장정의 출사표 같은 의미를 띠는 다음과 같은 시를 보자.

야윈 팔다리일망정 한껏 휘저어
슬픔도 기쁨도 한껏 가슴으로 맞대며 우리는
우리의 가락 속을 거닐 수밖에 없는 일이다.

버려진 땅에 돋아난 풀잎 하나에서부터
조용히 발버둥치는 돌멩이 하나에까지
이름도 없이 빈 벌판 빈 하늘에 뿌려진
저 혼에까지 저 숨결에까지 닿도록

우리는 우리의 삶을 불지필 일이다.

우리는 우리의 숨결을 보탤 일이다.

—「국토서시」 부분

여기서 우선, 그가 국토에서 만나게 되는 풀잎과 돌멩이와 "빈벌판 빈 하늘"을 말하는 이유를 생각할 수 있다. 이 점은 그가 국토의 자연에 뿌리박은 삶의 원시적 건강성을 자주 노래한 것과 관련돼 있다. 그는 국토의 자연과 어우러진 삶을 이렇게 노래했다.

긴긴 해를 산짐승 날짐승이랑 함께

가파른 산을 뛰어오르며

가시덤불에 살이 찢겨 흐르는

피를 문질러가며,

산열매로 가득 배를 채우고

찔레꽃 개나리꽃으로 입술 물들이며

짐승들보다 더 빠르게

신나게 뛰던 친구들.

—「친구들」 부분

거침없이 산을 오르내리며 삶의 터전을 가꾸어 온 사람들의 투박하지만 너무 당당한 모습이 거침없이 내뱉어 놓는 듯한 어조와 운율 속에서 빛나고 있는 이 같은 시들은 인간 조태일의 풍모처럼이나 뚜렷하다. 즉

"창 틈으로 당당히 걸어오는 / 햇빛으로 달구었어!"(「식칼론 1」)에서의 단도직입적인 어투에서부터 "낙엽이 내린다 (…중략…) 낙하하는 낙하산처럼 / 당당히 내린다"(「연희동—국토 65」)에서의 거친 이미지의 충동에 이르기까지, "버려진 땅"의 "조용히 발버둥치는 돌멩이"들을 그는 자연으로서의 국토에 대한 애정과 신뢰를 통해 바라보고 있었던 것이다.

그런가 하면, 그는 그로부터 그 국토의 자연들에게서 그 역사적 숨결과 혼을 읽는다. 그는 그것을 "우리의 가락"이라는 추상적인 어휘로 관념화했다. 이는 곧, 우리의 국토의 삶을,

> 뒤안길에서 한 5천 년 살아온
> 우리들은 낮도 그리워하고
> 밤도 함께 그리워하는가.
>
> —「굼벵이—국토 24」부분

에서 보는 "뒤안길에서 한 5천 년"이라고 하는 역사적 삶으로 이해하고 있었다는 뜻이다. 이렇게 되면 그가 "친구야, / 폭우가 쏟아진다 / 폭우 속으로 가자"(「친구야」) 할 때의 "가자"라는 선언이 단순히 자연과의 일체감을 향하는 것이 아님을 알게 된다. "짐승처럼 뛰던 친구들"에서 '폭우 속으로 함께 달릴 친구'로의 변화 안에 조태일의 「국토」가 펼쳐져 있는 셈이다.

다시 말해 보자. 조태일의 시는, 국토의 자연과 어우러진 삶을 주조로 하는 세계(자연으로서의 국토의 세계)와 그런 삶을 지향하고 그것에 의미를 부여하는 세계(역사로서의 국토의 세계)를 함께 아우르면서, 때로는 그 각

각의 세계를 한 편 한 편의 시에서 보여주기도 하고 때로는 그것들을 한 편 시 안에서 통합하는 양상을 통해 커다란 궤적을 그려 왔다. 이를 조금 편하게, 그의 인생 후반에 그와의 연을 깊이 쌓아 같은 대학에서 십수 년을 함께 봉직해 온 문학평론가 신덕룡의 말을 빌려, "시대의 질곡을 질타하는 특유의 거침없는 목소리와 원시적 삶에 기초한 역동적 움직임" (「깨어 있는 정신, 움직이는 시」)이라는 특징으로 설명할 수도 있다. 또는, 다른 비평가들이 흔히 하듯 도식화를 행하면, 수평적 세계(국토의 자연에 스며들어 있는 삶이라는 뜻에서)와 수직적 세계(그것을 이념화하여 시의 궁극적 지향점을 지시한다는 뜻에서)가 변증법적으로 통합되는 세계가 조태일의 '국토'의 세계라 할 수도 있겠다.

따지고 보면 여기까지는 나 아니고도 많은 사람들이 쉽게 살필 수 있고 또 이와 유사하게 의미 부여를 해온 셈이다. 실은 나는 위에 예든 시들에서 나타나는 거친 운율, 꾸미지 않은 듯한 비유를 좋아하고 얼핏 상투적인 것으로 여기면서도 고향의 것들이 서울의 나를 넉넉하게도 하고 반성하게도 한다고 노래할 때(어머니, 친구, 동산 등이 모티프가 된 시들이 특히 그러하다)의 진솔한 어투를 좋아했다. 또 시적 긴장이랄까 하는 것이 거의 느껴지지 않는데도 세상 이치에서 한켠 비켜나 있는 존재들에 대해 노래할 때의 그 여유 있는 분위기가 좋았다. 그가 문우들과 여행을 갔다가 폭풍 때문에 오도 가도 못 하고 갇힌 '가거도'라는 섬에서 얻은 경험을 노래한 시,

낯선 사람 찾아오면 죄 많은 사람 찾아오면
태풍 세실을 불러다가

겁도 주고 달래보고 묶어보고 풀어주는

바람 바람 바람섬,

파도 파도 파도섬.

「가거도」 같은 데서 보여주고 있는 기교 없는 서술이 나를 오래 붙들곤 했다. 「내가 아는 시인 한 사람은」, 「원달리 아버지」 같은 시가 또 그랬다. 그의 시가 조금은 관념적 경향이 강해지고 있는 데 대한 내 나름 불만도 없지 않아서, 그의 시를 자꾸 삶의 체험적 연륜이 느껴지는 쪽으로 잡아 두려는 욕심이 내게 있었던지도 모른다.

별 뚜렷한 목적도 없이 석사학위를 받고 군 생활을 마치고는 바로 생활전선으로 뛰어든 나에 비하면 그는 만학임에도 불구하고 오히려 뚜렷한 계획이 있었던지, 어느새 힘든 박사 과정을 뚫고 나가더니 곧 고향의 한 대학에 뿌리를 내렸다. 그 뒤로는 일 년에 한번 그를 만날 수 있었는데 그게 그의 은사이며 나의 은사이기도 한 시인 조병화 선생의 편운문학상 시상식 때였다(사실, 반체제적인 시인 조태일이 전혀 반체제적이지 않은 시인 조병화 선생을 깍듯이 모신 일은 반체제적인 작가군에 속한 작가 이문구가 전혀 반체제적이지 않은 작가 김동리 선생을 모신 일과 비슷한 점이 있다). 회갑에 가까워지는 그의 머리가 점점 희끗희끗해지고 있었다. 편운문학상 시상식장 앞에서 동창생 작가 조해일이 그의 귀밑 흰수염을 만지며 "허, 이거 봐. 벌써 흰머리 잡수셨어" 하고 놀리던 것이 엊그제 같은데 그게 4년 전인가 그렇다. 그러는 동안 나는 시를 조금씩 떠나갔고, 그의 시를 잘 읽지 못했다.

4. 고향의 품으로 스며들기

지난 5월 중순의 어느 아침에 내가 관련된 낭송시집 제작 건으로 전화를 했을 때 "내 꺼야 니가 잘 알잖아. 알아서 해" 하는 그 소리가 술에 덜 깬 탁한 음색이었다. 그 한마디에 나는 모처럼 그의 주변을 맴돌던 10년간의 일들을 추억 속으로 불러낼 수 있었다. 그렇지, 그와 나 사이는 말하지 않아도 다 아는 사이지. 저 선배가 술김이지만 그렇게 말을 해주다니······, 그런 생각을 하는 사이로 불쑥 저 연세에 아직 저렇게 술을! 하는 말이 치솟았다. 아니나 다를까, 두 달 뒤에 발병 소식이 있었고, 또 두 달 뒤에는 부음이었다. 1999년 9월 7일 밤 11시였다. 1941년 전남 곡성의 태안사에서 대처승의 아들로 태어난 지 쉰여덟 해 되던 때였다. 그가 재직하고 있던 학과가 해마다 신춘문예 당선을 비롯 무수한 등단자를 내자 이를 틈 있을 때마다 칭찬했다는 대통령 명의의 보관문화훈장이. 중진시인의 제단 앞에는 이례적으로 바쳐졌다.

그는 시선집 『다시 산하에게』(미래사, 1991)를 내면서 다음과 같이 '자서'를 써놓은 바 있다.

> 나의 시는 내가 태어난 전남 곡성군 죽곡면 원달리의 동리산 품 안에 안겨 있는 泰安寺에서 출발한다. 그곳에서 겪었던 체험들은 원초적 생명력을 형성하여 내 시의 골격을 이루고 있다.
>
> 멧돼지, 사슴, 노루, 늑대, 여우 등과 동무삼아 지냈던 유년 생활과 여순사건으로 온 집안이 쑥밭이 되어 버렸던 초등학교 2학년 때의 기억들을 소중

히 간직하면서 내 시의 끝도 그 고향에서 멈추리라.

유난히 '국토'에 밀착되어 있던 고향에서 시작해서 고향에서 멈추리라 했던 그의 시가 실제로 그의 말대로 고향에서 멈추고 있었음을 나는 뒤늦게 그의 마지막 시집이 된 『혼자 타오르고 있었네』에서 확인한다. 바로 "엄마야, 엄마야, 엄마야"와 "오냐, 오냐, 오냐"로 화답하는 그 산에 돌아간 그 조용해지고 넓어진 동심의 세계가 그곳에 펼쳐져 있었다.

압축과 절제와 여백의 미를 시의 커다란 미덕이라고 믿는 문학평론가 유종호가 이 시집 해설에서 "지극히 남성적인 이미지를 발산해 온 씩씩하기 짝이 없는 조태일 씨도 모권 앞에서 속수무책으로 약해진다"라고 쓰며 어머니 앞에서 그리고 "아끼고 사랑하는 것 앞에서" "티없는 동심", 곧 "시심의 경지"로 돌아간 조태일의 시적 변모를 유달리 잘 지적해내고 있다. 조태일은 자연의 국토를 터전삼아 더 높이 치솟는 국토를 사랑한다 했지만, 어느새 그 스스로 국토 속으로 스며들어가고 있었으니, 다음과 같은 시는 고향의 품으로 스며드는 그 선연한 징후를 보여준 절창이라고 내가 생각하는 시다.

신새벽 문득 깨어 일어나니
흰꽃들이 유리창에 어른거린다.

지난밤 창 밖의 고향에선
무슨무슨 사연들이 있었길래
이토록 허연 소문으로 피어났느냐

눈부신 창 밖이

보인다, 들린다,

어렸을 적 헤엄치며 놀았던

저 극락강이 얼다 얼다 열이 나 깨어져

성엣장들이 서로의 몸들을 어루만지며

하염없이 떠내려가는 모습이,

성엣장들이 몸들을 부딪치며

강 끝으로 끝으로 떠내려가는 소리가.

—「성에」 전문

조태일 시의 의식지향

이은봉

1. 머리말

시인 조태일은 1964년 『경향신문』 신춘문예로 등단한 이후 지금까지 모두 여덟 권의 시집을 상재한 바 있다. 『아침 선박』, 『식칼론』, 『국토』, 『가거도』, 『자유가 시인더러』, 『산속에서 꽃속에서』, 『풀꽃은 꺾이지 않는다』, 『혼자 타오르고 있었네』가 다름 아닌 그 예이다. 무려 35년에 이르는 긴 시력에 비추어 보면 대략 그는 4년 남짓 만에 한 권씩의 시집을 간행해온 셈이다. 이러한 사실 자체만으로 보면 시인 조태일의 경우 지나칠 정도로 왕성하게 시작행위를 해온 것으로 파악되지는 않는다. 결국 그의 시작과정은 자신의 정신적 보폭에 맞추어 충분한 여유 속에서 이루어져 왔던 셈이다.[1]

조태일의 시와 관련하여 대부분의 독자들은 일종의 선입관 비슷한 것을 지니고 있는 것으로 보인다. 대표적인 참여시이다, 민중시다, 거칠고, 투박하다, 힘차고 씩씩하다 등이 그 구체적인 예이다. 물론 이러한 지적을 가리켜 전적으로 틀린 것이라고 할 수는 없다. 그의 시와 관련하여 많은 사람들이 이러한 선입관을 갖게 된 까닭은 간단하다. 그의 초기의 시집, 즉『아침 선박』,『식칼론』,『국토』등에 대한 막연하고 표피적인 이미지만을 기억하고 있기 때문이다. 그렇다. 이들 시집에 포괄되어 있는 거칠 것 없고 호방한 기개가 그동안 독자 일반에게 자못 강력한 인상을 심어주었던 것은 사실이다. 대부분 독자들이 아직도 이로부터 비롯되는 단편적인 이미지를 그의 시세계 전체를 재단하는 척도로 삼고 있는데, 물론 이에는 문제가 없지 않다.

얼마간 관심을 갖고 살펴보면 조태일의 시세계는 우선 크게 두 개의 기본축을 중심으로 해서 변증, 지양되고 있음을 알 수 있다. 하나는 끊임없이 당대의 현실에 개입하여 발언하는 일이고, 다른 하나는 그러한 현실의 원천적 터전인 대지와 자연에 천착하여 음영하는 일이다. 전자의 특성과 관련하여 많은 사람들이 그를 실천적 참여 시인으로 기억하고 있다는 것은 이미 잘 알려져 있는 사실이다. 그의 시가 보여주는 현실 참여적인 면은 오히려 과도할 정도로 알려져 있어 설득력을 잃고 있을 정도이다. 후자의 특성은 기본적으로 본원적인 생명 충동을 지니는 대지와 자연의 상상력과 관련되어 있다. 조금쯤은 신동엽의 시로부터 영향을 받았을 것으로 추측되는 이러한 면은 특히 제6시집『산속에서 꽃

---

1   조태일 시인은 1999년 9월 7일 오후 11시 23분 간암으로 유명을 달리했다. 그러나 본고의 초고가 완성된 것은 그가 생존해 있던 1999년 6월 하순경이다.

속에서』 이후 제7시집 『풀꽃은 꺾이지 않는다』와 제8시집 『혼자 타오르고 있었네』에 이르러 좀 더 본격화되면서 그의 후기시의 주요 내용을 이룬다.

이러한 입장에서 본고는 무엇보다 조태일의 시세계에 대한 그간의 편견, 즉 잘못된 인상을 불식하는 가운데 논지를 전개하려고 한다. 그러기 위해 여기서는 그의 시세계가 갖는 특징을 3단계의 변주과정을 통해 개괄, 정리하는 방식을 취하려고 하는데, 첫째 초기시－순결 혹은 원초적 정의에의 몸부림, 둘째 중기시－민족 현실의 반영 혹은 눈물과 울음의 세계, 셋째 후기시－대지와 자연 혹은 동심과 모성의 구현이 다름 아닌 그것이다. 물론 본고에서의 이러한 접근이 엄밀한 과학적 체계나 철저한 논리적 틀을 구축하는 방향으로 전개되지는 않을 것이다. 될 수 있는 대로 평이한 언술방식을 통해 조태일의 시세계 전반에 대한 좀 더 섬세한 이해를 돕도록 하는 것이 본고의 또 다른 의도인 셈이다.

2. 원초적 정의 혹은 순결에의 몸부림

시인 조태일이 동시대의 독서계층 일반에 널리 인식되게 된 것은 출간 직후에 곧바로 판매 금지된 제3시집 『국토』에 와서이다. 이 시집의 발문에서 염구웅은 그의 시의 특징에 대해 "그만한 체구를 가진 사람이나 있음직한 튼튼하고 완강하고 우렁찬 것"으로서 "흔히 우리가 시적이라고 생각하기 쉬운 선병질적인 것과는 거리가 멀다"[2]라고 지적하고 있다. 염무웅의 이러한 지적은 시집 『국토』의 세계에만 한정해서 말하면 여전히 옳다. 『아침 선박』과 『식칼론』, 『국토』로 대표되는 그의 초기시의 경우 대부분 "특유의 거침없는 목소리와 원시적 삶에 기초한 역동적 움직임"[3]을 바탕으로 하는 원체험의 육성을 정서적 기초로 삼고 있다. 그런가 하면 이 무렵의 그의 시는 또한 순결하고 순수한 대지적 삶, 곧 신화적 세계에 대한 강한 열망을 바탕으로 하고 있어 주목이 되기도 한다. 김이구가 이 시기의 그의 시와 관련하여 "젊음의 열렬성과 언어의 활달성이 두드러진"[4]다고 말하고 있는 것도 같은 맥락에서 이해해야 할 것이다.

조태일의 초기시가 갖는 이러한 열망은 기본적으로 원초적 정의에 기반한 자유와 민주를 향한 순결한 의지로부터 발현되고 있다. 여기서 말하는 원초적 정의는 초기의 그의 시세계가 '된장'이라든지 '처녀'라든지 '눈깔사탕'이 라든지 '쌀'이라든지 하는 본원적이고도 즉물적인 이미지를 바탕으로 출발되고 있는 것과도 무관하지 않다. 그의 시의 주요한 특징이 독자들을 "동물적 기백과 순발력 넘치는 아찔한 상상력으로 사로잡는"[5]데 있다는 김영무의 지적도 이러한 맥락에서의 이해일 것이다. 그의 시가 보여주는 이와 같은 의식지향, 즉 시원적 자유와 민주를 향한 순결한 정신의 행진은 그의 데뷔작인 「아침 선박」에서부터 이미 잘 드러나 있다. 다음은 그 구체적인 예이다.

---

2   염무웅, 「跋文」, 『국토』, 창작과비평사, 1975, 186면.
3   신덕룡, 「깨어 있는 정신, 움직이는 시」, 『다시 山河에게』, 미래사, 1991, 141면.
4   김이구, 「'풀씨의 고향'에 다다른 '자유'의 시정신」, 『시와사람』, 1996년 가을호, 164면.
5   김영무, 「핵심 껴안기와 꿈 뒤집어 꾸기─조태일과 황동규의 시」, 『시의 언어와 삶의 언어』, 창작과비평사, 1990, 165면.

철저한 자유를 부르면서
흐느끼는 심연 그 움직이는 고요
가파른 정오의 한때를

이해만이 남고 오직 진행이 있을 때
당황하던 파도를
식욕을 거느린 별들이 주워들고 머리 떠났다.
험한 해협엔 그러나
의지를 철썩이는 잔잔한 파도의 무료
밤새워 해변을 지키던 새의 사연은 남고
순수의 깊이에서 일어서는 서적들의 눈부신 항변

아직 침실에 누워 있는 자들도 한 번은 떠날 것이다.
휴식의 때가 오면 패배의 옷자락을 가다듬을 꼭 가다듬을
쓸쓸한 시선들도
한 번은 떠날 것이다.

—「아침 선박」 부분

　　위 인용시에서 가장 먼저 관심을 기울여야 할 구절은 "당황하던 파도를 / 식욕을 거느린 별들이 주워들고 멀리 떠났다"이다. 이 구절의 내포가 무엇보다 당시의 시대상황이나 시인의 의식지향과 관련되어 받아들여지기 때문이다. 필자가 보기에는 여기서의 "당황하던 파도"가 4·19 혁명 이후의 민중을, "식욕을 거느린 별들"이 5·16쿠데타 이후의 주도

세력을 상징하고 있다는 뜻이다.

이처럼 그는 시작의 초기부터 자기 시대의 현실 문제에 매우 깊숙이 개입해온 바 있는 시인이다. 인간에게 본래부터 주어져 있는 무구하고 순결한 정신을 고집불통으로 옹호하는가 하면 다른 한편으로 그것을 불가능하도록 하는 것들에 대한 강한 저항의 정신을 발휘해온 것이 그인 것이다. 그리하여 급기야 그는 「눈깔사탕」 연작에서는 "눈깔사탕을 받아 들자 히히히 호호호 웃"으며 "쫄랑쫄랑 따라 나"서는, "어느 때나 식욕을 느끼고 / 무엇에서나" "맹목적인 처녀들"을, 그리고 "눈깔사탕을 받아 먹"고 "적당히 뜨거운 타액으로 녹아내리"는 사람들을 격렬히 풍자하기도 하고, 「나의 처녀막」 연작에서는 5·16쿠데타에 의해 파괴된 4·19혁명의 정신을 "하루가 지루한 학동들의 상학길에 / 처량하게 처량하게 널려 있는 / 나의, 당신의 상한 처녀막", "파열돼서 부끄러"운 "쪼가리 쪼가리난 처녀막"으로 비유하며 자괴감으로 몸부림을 친 바도 있다. 이 시기의 시인 조태일을 가리켜 염무웅은 예의 발문에서 "강골의 시인이자 동시에 반골의 시인"[6]이라고 하고 있거니와, 돌이켜 보면 자못 합당한 지적이라고 아니할 수 없다.

또한 이 시기의 조태일의 시에는 동시대의 다른 많은 시들이 항용 그렇듯이 모더니즘의 취향에 따른 섣부른 관념과 추상이 짙게 배어 있어 관심을 끈다. 그것들이 만드는 난해한 이미지들이 이리저리 발산하고 있는 점도 이 무렵의 그의 시가 보여주는 또 다른 특징인 것이다. 현학적인 포오즈의 짐작하기 어려운 구절들, 이를테면 "피맺힌 목구멍에 코리

---

6 염무웅, 앞의 글, 186면.

아를 매달고"(「문풍지와 나무와 나와」), "식욕이 부족한 태양"(「처녀귀신전상서」), "두개골 속에서 귀신 옷 갈아입는 듯한"(「간추린 일기」) 등과 같은 구절들은 독자의 손쉬운 접근을 가로막고 있는 것이 사실이다.

하지만 그는 이러한 모더니즘의 폐해, 즉 지적 허세를 1960년대 후반을 거쳐 1970년대 초반에 이르면서 말끔하게 극복하게 한다. 그러한 의미에서 1970년대는 시인 조태일에게 유달리 새롭고도 의미 있는 비전을 제시했던 것으로 보인다. 물론 이에는 시적 발상의 토대로서 그의 '국토'의 발견을 가장 중요하게 파악하는 것은 그것이 그의 시에서 항상 대지적 생명력과 신화적 일체감을 향한 강한 의지로 전화, 분출되고 있기 때문이다. 그것이 그의 시의 "활달한 기상과 튼튼한 체질,"[7] 곧 건강한 정서와 씩씩한 어조의 원천이 되고 있다는 것에 대해서는 새삼스럽게 이 자리에서 강조할 필요가 없다.

그의 시가 함축하고 있는 이러한 특징은 후기의 시들, 특히 제7시집 『풀꽃은 꺾이지 않는다』, 『혼자 타오르고 있었네』 등의 시들에 이르러 훨씬 밀도 있는 모습을 갖는다(이에 대해서는 뒤에 다시 논의할 것이다). 하지만 그와 상관없이 연작시 「국토」의 몇몇 작품들이 보여주는 낙관적 원체험의 추구, 즉 원시적 일체감에의 의지는 그의 시세계 전체를 떠받치는 간과할 수 없는 의식지향으로 자리해 있다. 풀잎이며 돌멩이, 바람이며 햇빛, 꽃이며 물 등의 자연물이 당대의 현실에 대한 시인의 자각과 어우러져 한바탕 굿판을 벌이고 있는 것이 연작시 「국토」의 몇몇 작품들이다. 이러한 점은 약동하는 자연이 이루는 발랄한 생명의 이미지를 핵

---

7   위의 글, 187면.

심적인 구성소로 취하고 있는 「바람」, 「옹기점풍경」 등의 작품에서 익히 확인이 된다.

韓半島의 모든 바람은 물론
세계의 모든 바람들도 함께 섞여
멋모르는 마음들은 마음 놓고
밤낮 없이 여기 와서 논다.

어떤 놈은 풀피리, 버들피리를 불고
어떤 놈은 피리, 퉁소를 불고
어떤 놈은 장구, 북을 치면서 논다.
하, 어떤 놈은
하모니카, 트럼펫, 색소폰을 분다.

한반도의 모든 빛은 물론
세계의 모든 빛들도 함께 섞여
멋모르는 마음들은 마음 놓고
밤낮없이 여기 와서 논다.

어떤 놈은 느릿느릿 양산도 춤을 추고
어떤 놈은 깝쭉깝쭉 보릿대춤을 추고
어떤 놈은 허리 끊어져라 트위스트를 추고
하, 어떤 놈은

고그를 원 없이 춘다.

—「옹기점 풍경」 부분

이 시는 옹기점 근처의 바람과 빛에 대한 힘차고 경쾌한 묘사를 중심 내용으로 하고 있다. 옹기점의 옹기들 위에 쏟아져 내리는 바람과 빛의 활달하고 씩씩한 생명력을 힘찬 어조로 그리고 있는 것이 이 시인 것이다. 이성보다는 감성에 기초한 원초적이고 신화적인 이미지가 힘차고 벅차면서도 무구하고 순수한 정서를 바탕으로 한껏 일렁이고 있는 것이 이 작품임을 알 수 있다.

그의 시는 이처럼 출발기부터 다른 한 측면에서는 건강하고 활기찬 대지와 자연의 상상력에 뿌리를 두고 있다. 원초적 정의, 그리고 순결과 순수에 대한 어린아이와 같은 집착이 만드는 근원적 정서가 그의 시의 또 하나의 저변을 형성하고 있다는 얘기이다.

3. 민족 현실의 반영 혹은 눈물과 울음의 세계

기본적으로 조태일의 초기시는 질풍노도하는 낭만적 정서로부터 발상되고 있다. 누가 뭐라고 해도 들끓는 낭만적 정열로부터 기인하는 자신의 감정에 매우 충실한 시인이 그이다.[8] 그러나 초기시가 지니고 있던 생명력이 넘치는 낭만적 정서도 1970년대 중반을 거쳐 1980년대 초에 이르게 되면서 점차 안정된 서정의 면모를 취하게 된다. 대지와 자연에 대한 원초적 감성의 발현을 여전히 감싸 안고 있기는 하지만 당대의 삶의 문제에 좀 더 예민한 촉수를 들이대는 가운데 서정의 농도를 한층 높여 가는 것이 이 시기, 곧 중기의 그의 시가 갖는 한 특징인 것이다.

이즈음의 그의 시에 이르러 이러한 정서가 산출되는 데는 점차 강화되어 나타나고 있는 눈물이니 울음이니 하는 언표도 중요한 이유로 작용하고 있다. 뿐만 아니라 이에는 시인 조태일의 인간적 성숙도 상당한 역할을 했을 것으로 보인다. 이 무렵이 되면 그도 벌써 귀신이 보인다는 불혹의 나이를 넘겨 어느덧 중년에 이르고 있기 때문이다.

주지하다시피 이즈음은 점차 강화되어 가는 유신 독재로 말미암아 인간이 지니고 있는 근원적인 자유의지마저 하얗게 얼어붙던 시기이다. 따라서 수말처럼 튀어 오르던 그의 젊음과 열정도 거듭되는 엄혹한 탄압에 쫓겨 얼마간은 내성의 시간을 갖지 않을 수 없게 된다. 1970년대 후반에 이르러 그의 몇몇 시가 일종의 알레고리적 표현을 얻게 되는 것도 사실은 이러한 당시의 사회적 상황과 무관하지 않아 보인다.

하늘을 날아가던 새떼들
푸른 자리에 박혀버렸다.

눈보라 속을
그 작은 눈으로 껌벅거리며

---

8   김우창, 「참여시와 현실적 낭만주의」, 『시인의 보석—김우창 전집 3』, 민음사, 1993,
528면.

매운 눈물 흘리며

거기까지 날아갔으나

눈물까지 얼어붙어서

앞을 볼 수가 없단다.

어수선한 하늘을

그 작은 날갯짓으로 파닥거리며

가슴 두근거리며

날으고 날으고 날아갔으나

솜털까지 얼어붙어서

이젠 더 날아갈 수가 없단다.

겨울 밤하늘의 별들이여

그렇게도 목메이게

띄워 올렸던 만세소리여.

쏟아지려무나

우박이라도

새떼라도 좋다

쏟아지려무나.

위의 시 「겨울새」는 『세계의 문학』 1977년 겨울호에 발표된 작품이
다. 제4시집 『가거도』에 실려 있는 이 작품은 정서적으로도 상당히 안

정되어 있지만 일단은 대상인 '겨울새'가 일종의 알레고리로 응용되어 있음을 알 수 있다. 따라서 이 시의 "푸른 자리에 박혀버"린 새떼들, "솜털까지 얼어붙"은 새떼들이 의미하는 바는 자명해진다. 곧바로 강폭한 유신체제로 인해 더 이상 민주주의에로의 의지를 실천할 수 없게 된 당시의 깨어있는 지식인들과 민중들을 의미하기 때문이다.

자기 시대의 현실문제에 대한 즉자적 반응 역시 그의 시세계를 이루는 중요한 의식지향의 하나라는 것은 이미 앞에서도 말한 적이 있다. 그의 시에 내포되어 있는 이러한 의식지향은 당연히 1980년대 초의 사회 상황에 대해서도 예외적일 수 없다. 이와 관련하여 여기서 주목하지 않을 수 없는 것은 그의 고향인 광주에서 일어난 5·18광주민주화운동이다. 이미 그는 1976년에 씌어진 「겨울 소식」에서 "찬바람 속에서 광주는 / 큰 애를 뱄다더라. // 찬눈에 덮여서도 무등산은 / 그렇게 만삭이더라"라고 하여 이 사건을 예언적으로 노래한 바 있다. 1980년 5월 마침내 광주민주화운동이 일어나고, 그로 인해 수많은 사람들이 살육되는 것을 먼발치에서 바라보고 있던 그의 심정에 대해서는 이 자리에서 상론할 필요가 없다. 그렇다고 하더라도 5·18광주민주화운동이 80년대 초·중반 그의 시세계를 결정하는 가장 중요한 동인으로 자리한 것만은 사실이다. 그 역시 이즈음에 이르러서는 5·18광주민주화운동에서 비롯된 민족·민중의 정신, 그리고 역사의 진실 찾기를 창작의 원동력으로 삼게 된다는 것이다.

하지만 그가 이 무렵에 자신의 시적 자양분의 뿌리를 오직 5·18광주민주화운동에만 내리고 있었던 것은 아니다. '국토'의 정신을 더욱 강화하여 그것들의 터전인 대지와 자연의 구석구석이 갖는 의미를 좀 더 구체화해 간 면도 없지 않기 때문이다. 이는 특히 "너무 멀고 험해서 / 오히려 바다 같지 않는 / 거기 / 있는지조차 / 없는지조차 모르던 / 섬"(「가거도」)을 노래하고 있는 작품과, "언제나 그러하듯 흰옷 입고 / 손을 마주 잡고 두리둥실 춤을 추며 / 모래알들 타는 가슴으로 / 슬픈 모가지를 쳐들어 / 당신을 부른다"(「백두산」)라고 읊고 있는 작품 등에서 그 생생한 모습을 살펴볼 수 있다. 한편으로 그는 이처럼 국토의 여러 면면을 살아있는 육체로 노래해 갔던 것이다.

그런가 하면 시인 조태일은 이 시기에 이르러 동일한 의식지향 가운데서도 전혀 다른 정서적 반응을 보여주고 있어 독자들의 시선을 사로잡은 바 있다. 눈물과 울음에의 천착이 바로 그것으로, 이동순에 의하면 이 눈물과 울음은 조태일의 시세계를 이루는 또 하나의 핵심축이기도 하다[9] 사실 그렇다. 시집 『가거도』에 수록되어 있는 「통곡」에서는 "캄캄한 밤하늘 / 아래서 / 키 큰 전봇대는 / 몸을 숨기고 / 종일 울었다"고 고백하기도 하고, 「소나기 울음」에서는 "나의 울음은 언제나 홀로였다. / 군중들의 틈에 끼어서도 / 눈은 늘 젖어 있었고 / 목이 타서 / 홀로 가쁜 숨을 몰아쉬며 / 가슴에 핑그르르 떨어져 / 조용히 고이는 눈물을 / 보는 것이었다"라고 하며 비애에 젖기도 한 것이 그이다.

시인 조태일이 이처럼 슬픔에 겨워했던 정신의 배후에는 무엇보다 유신체제라는 처참한 민족 현실에 대해 능동적으로 대응하지 못하는 그자신의 현존적 자아에 대한 반성적 인식이 자리해 있다. 그의 시세계 전반에서 눈물과 울음의 이미지는 이와 같이 동시대의 구체적인 민족 현실

---

9 이동순, 「눈물, 그 황홀한 범람의 시학—조태일론」, 『시정신을 찾아서』, 영남대 출판부, 1998.

과 관련되어 있어 더욱 주목이 된다.

그의 시에 드러나 있는 눈물과 울음에 대한 천착은 제5시집『자유가 시인더러』에 이르러 더욱 강화되고 있다.[10] 「소리」, 「우는 마음들」, 「황금빛 눈물」, 「소리의 숲」, 「운다」, 「우느냐?」, 「나의 눈물 속에는」, 「우는 풍경」 등의 작품이 그 구체적인 예이다. 80년대 중반기의 작품들을 담고 있는 이 시집에서 눈물과 울음은 좀 더 확실하게 우리 민족이 처한 비극적 현실에 닿고 있음을 알 수 있다. 말하자면 이때의 그것은 1980년 5월 광주민주화운동 이후의 민족 현실이 불러일으키는 눈물과 울음인 것이다. 다음의 시는 당시의 민족 현실이 처한 비극적 현존을 좀 더 노골적으로 드러내고 있는 작품 중의 하나이다.

나도 울고
여러분도 울고
울음에 울음에 울고 울어서
세상은 지금 한창 눈물이고,

서울도 울고
산천도 울고
울음에 울음에 울고 울어서
전국은 지금 한창 눈물이고,

—「우는 마음들」 부분

---

10 이은봉, 「눈물과 울음의 나날들, 죽음을 끌어안고 일어서는 시—조태일 시집『자유가 시인더러』, 정호승 시집『별들은 따뜻하다』」, 『진실의 시학』, 태학사, 1998, 262면 참조.

이 작품에서도 알 수 있듯이 시인 조태일은 자신의 울음과 눈물의 근원을 이 시기 민족·민중의 구체적인 현실로부터 획득하고 있다. 말하자면 그는 나날의 현실이 끌어안고 있는 돌이킬 수 없는 파괴와 분열, 그것에서 비롯된 소외와 불평등을 통해 울음과 눈물을 탐구하고 있는 것이다. 따라서 그의 이러한 탐구는 세상의 모든 울음과 눈물을 자신의 울음과 눈물로 받아들이는 가운데 전개될 수밖에 없게 된다. 세상의 울음과 눈물은 그의 울음과 눈물이 되고, 그의 울음과 눈물은 우리 모두의 울음과 눈물이 되고 있거니와, 그렇다면 그의 울음과 눈물에 대한 탐구는 자못 정성스럽고 미더운 일이라고 아니할 수 없다. 따라서 그가 이 땅의 파괴되고 분열된 민족·민중의 현실을, 나아가 소외되고 일그러진 일상을 무던히 곧추세우려고 노력하고 그러한 노력을 자신의 작품 속에 용해시켜 드러내는 일은 더없이 아름다운 일이라고 해야 마땅하다.

자신의 시와 더불어 이처럼 치열하게 살아온 것이 시인 조태일이지만 그의 시와 삶도 역시 연륜이 쌓이면서 점차 너그러움을 획득하게 된다. 87년의 6월 항쟁, 나아가 90년대를 맞으면서 형식적으로는 다소나마 민주화가 이루어진 것도 그와 그의 시가 일정한 여유를 갖게 된 중요한 원인으로 작용했을 것으로 보인다. 1990년을 기점으로 마침내 그는 자신의 삶과 시에서 당대의 정치적·사회적 사건에 대한 즉자적인 반응을 상당 부분 절제하기 시작한다.

4. 자연과 대지 혹은 모성과 동심

　1990년은 노태우 정권이 막 통치의 중반기를 넘어서던 시기이다. 따라서 아직은 정치적 소용돌이가 계속되고 있던, 미처 안정이 이루어져 있지 않던 지점이다. 하지만 감각의 촉수가 예민한 시인들의 경우 당연히 시대를 앞서 살아가게 마련이고, 그리하여 조태일의 시세계도 이 즈음에 이르게 되면 일정한 변모를 보여주게 된다.

　이러한 점에서 무엇보다 주목의 대상이 되는 시집은 1991년에 간행된 제6시집 『산속에서 꽃속에서』이다. 이 시집은 조태일의 후기시가 함유하는 여러 조짐들을 두루 포괄하고 있어 더욱 관심을 끈다. 비록 방향 전환에 따른 과도기적인 특징을 담고 있고, 시적 성취에 미진한 점이 있다고 하더라도 함부로 재단할 수 없는 중요한 특징을 담고 있는 것이 이 시집이라고 할 수 있다.

　발간 시기가 1991년이니 만큼 당연히 이 시집에는 그때까지의, 즉 80년대 말과 90년대 초까지의 그의 정서적 현존이 담겨 있기 마련이다. 따라서 아직은 당대의 정치·사회적인 문제에 대한 즉자적인 반응을 감추고 있지 않은 작품도 적잖은 것이 이 시집이다. 가령 「짧은 시」·「탁과 억 사이에서」에서 등에는 이른바 박종철 고문치사사건과 관련된 내용이 담겨 있는데, "책상을 손바닥으로 '탁' 치니까 / '억' 하고 쓰러져 숨졌다 / 종철아, / 네가 모른다고 책상을 '탁' 치니까 / 아저씨께선 / '억'하고 쓰러져서 운명하시고 / 너는 이렇게 살아 남았느냐?"(「짧은 시」)가 그 실제의 예이다.

물론 이 시집 『산속에서 꽃속에서』가 보여주는 정작의 특징은 그러한 점에 있지 않다. 우선 먼저 주목해야 할 것은 이 시집에 또 다시 「국토」 연작시가 수록되어 있다는 점이다. 「국토」 연작시와 관련하여 앞에서 필자는 그 특징으로 대지적 생명력과 신화적 일체감, 활달한 기재와 튼실하고 씩씩한 정서, 낙관적 원체험의 추구 등을 제시한 바 있다. 그러고 보면 이는 다소간 모습을 달리하기는 하더라도 그가 또 다시 앞에서 말한 바와 유사한 형태의 상상력을 드러내기 시작했다는 것을 뜻한다.

여기서 간과해서 안 될 것은 이 시집에 이르러 꽃이니 풀이니 나무니 산천이니 들판이니 하는 자연의 사물들이 부쩍 많이 등장하고 있다는 점이다. 그리하여 그는 점차 시를 통해 자연과 대지의 한복판에서나 가능한 원초적인 일치와의 세계, 곧 신화적 통합의 공간을 좀 더 실감 있게 꿈꾸게 된다. 그로서는 이제조금쯤 홀가분해진 마음으로 자기 문학의 원천적 터전인 어머니로서의 대지와 자연, 그 자체의 세계로 돌아오게 된 셈이다.

주지하다시피 1990년대에 이르러 당대의 사회적 상황으로부터 얼마간 눈길을 돌리는 것은 깨어 있는 시인으로서 크게 양심에 어긋나는 일이 아니다. 그렇다고는 하더라도 「국토」 연작시가 갖는 이러한 정신이야말로 그의 시세계 일반이 갖는 또 하나의 근원적 토대라는 점을 유의할 필요가 있다.

시인 조태일이 자연과 대지의 세계로 눈길을 돌리는 데는 이즈음 들어 부쩍 고양된 생태환경 문제에 대한 전국민적 의식의 환기도 한 몫을 했을 것으로 보인다. 자연과 대지에의 천착이 갖는 이러한 점을 생각하면 시인 조태일로서는 한편으로 당시의 현실문제에 대한 시적 대응의

한 형식으로 그러한 경향성을 취했을 것이라고도 할 수 있다. 이 무렵의 그의 시에서 대지와 자연의 사물들이 그 자체로 노래되기보다는 여전히 사람살이의 비유와 알레고리로 노래되고 있다는 점을 주목할 필요가 있다. 시집 『산속에서 꽃속에서』에 실려 있는 「반기는 산」이 그 실제의 예인데, '겨울산'의 이미지를 통해 특정한 어떤 인간이 지니는 넉넉한 품을 노래하고 있기 때문이다.

> 하이얀 살들을 드러내놓고
> 누구나 와서 뒹굴라고
> 겨울산은 말없이 누워 있다.
>
> 세상의 온갖 욕설도 괜찮다고
> 세상의 온갖 권력도 괜찮다고
> 세상의 온갖 가난도 괜찮다고
>
> 혼자라도 좋고
> 여럿이어도 좋다고
> 겨울산은 다만 저렇게 누어서
>
> 하이얗게
> 하이얗게
> 반길 뿐이다.

이 시에서의 '겨울산'이 단지 자연의 일부만을 뜻하지 않는다는 것에 대해서는 길게 덧붙여 말할 필요가 없다. 자연의 일부를 뜻하면서 동시에 특정한 어떤 인간을 뜻하기 때문이다. 특정한 어떤 인간이라고 할 때의 인간은 당연히 드넓은 인격과 튼실한 체격을 지닌 넉넉한 품위의 어떤 존재를 가리킨다. 여기서의 체격은 그 나름의 오랜 육체의식과 맞물려 있는데, 그의 시의 경우 이 육체의식이 삶의 근본원리까지 자각되어 있다는 것에 대해서는 일찍이 김우창도 지적한 바 있다.[11] 이처럼 그는 아직도 자연의 사물들을 통해 사람살이 일반에 대한 자신의 사유를 표출하고 있는 것이다.

시인 조태일의 대지와 자연에 대한 통찰은 많은 경우 고향에 대한 재인식과 연결되어 있다는 점에서도 또한 주의를 요한다. 흔히 대지와 자연으로 상징되는 것이 고향이거니와, 이때의 고향이 어머니의 품안이기도 하고 유년의 공간이기도 하다는 점을 간과해서는 안 된다.[12] 실제로도 그는 자신의 시집 『산속에서 꽃속에서』에 이르러 시적 공간의 대부분을 고향의 산천으로 옮겨온 바 있다(이 무렵에 그가 고향이 광주로 돌아와 그곳 대학교의 교수로 봉직하게 된다는 것을 주목할 필요가 있다). 급기야 1991년에 간행된 시선집 『다시 산하에게』의 서문에서는 자신의 시적 출발이 유년시절 고향에서 겪은 체험들로부터 형성된 원초적 생명력으로부터 비롯되었다고까지 밝히고 있다.

---

11 김우창, 앞의 글, 519면

12 임동확, 「넘을 수 없는 거대한 산 같은―조태일 시인을 찾아서」, 『실천문학』 41, 1996년 봄호, 295면 참조.

나의 시는 내가 태어난 전남 곡성군 죽곡면 원달리의 동리산 품안에 안겨
있는 태안사에서 출발한다. 그곳에서 겪었던 체험들은 원초적 생명력을 형
성하여 내 시의 골격을 이루고 있다.

　　멧돼지, 사슴, 노루, 늑대, 여우 등과 동무 삼아 지냈던 유년생활과 여순사
건으로 온 집안이 쑥밭이 되어버렸던 초등학교 2학년 때의 기억들을 소중히
간직하면서 내 시의 끝도 그 고향에서 멈추리라.

　　위 인용문에서도 알 수 있듯이 시인 조태일은 90년대 들어 한층 더 고
향의 품안에 안겨 작품을 쓰기 시작한다. 그러나 그가 대지와 자연으로
서 고향 그 자체에 몰입하여 심미적 황홀의 순간을 당당하게 시적 형상
으로 포착하기 시작한 것은 제7시집『풀꽃은 꺾이지 않는다』에 와서부
터라고 하는 것이 옳다. 물론 이 시집이라고 해서 당대의 사회 상황에 대
한 즉자적 감정의 표출이 전혀 드러나 있지 않은 것은 아니다. 「대선 이
후」와 같은 작품이 그 구체적인 예라고 할 수 있다. 그럼에도 불구하고
이제 그의 시는 「풀씨」, 「황홀」, 「홍시들」, 「달빛」, 「노을」 등의 작품에
서 알 수 있듯이 대지와 자연의 근원적 상상력에 심취하는 가운데 극단
의 심미적 완결성을 보여주게 된다. 그리고 이러한 심미적 완결성은 그
의 시의 정서적 토대를 이루는 원초적 생명력에 바탕을 두면서도 작품
에 참여하는 모든 존재들이 한데 어우러져 뛰놀며 합궁하는 형상을 갖
는다. 특히 위에서 예로 들은 몇몇 작품에 원시적 자연의 세계에서나 있
을 법한 '놀이'와 '합궁'의 이미지들이 강화되어 있음을 알 수 있다.

　　한 오십여년 남짓 웃은 웃음이리

아니야, 한 오십여년 흘린 피눈물이리.

빠알갛구려, 알알이 밝혔구려,
청사초롱, 홍사초롱.

아아, 눈감으리
까치밥으로 두어 개 남을 때까지
발가벗고 신방 차리는 소리.

청살문을 닫아라
홍살문도 닫아라.

—「홍시들」 전문

이 시에서 홍시의 이미지들은 얼마간의 변주를 거쳐 결국 "발가벗고 신방 차리는 소리"의 이미지를 향해 귀결되고 있다. 이러한 성애의 이미지는 "청살문을 닫아라 / 홍살문도 닫아라"라는 마지막 구절에 이르러 청살문과 홍살문이 상징하는 유교적 전통 윤리를 훌쩍 뛰어넘기까지 한다. 마침내 그것들이 갖는 본원적 생명력을 응축하는 데까지 확산되고 있는 것이다.

물론 시에 이르러 그가 이러한 시적 성취를 보여주게 되는 것은 「가을 날에」 등의 작품에서도 확인할 수 있듯이 무엇보다 대지와 자연의 이(理)를 깨닫는 가운데 무위와 소요로서의 자족한 삶을 실천하고 있기 때문이다.[13] 물론 그가 이러한 삶을 영위하는 데는 50대 후반의 나이에 이르게 되면서 점차 깨달아 가는 여러 지혜도 한 몫을 했을 것이다.

대지와 자연의 이(理)를 따르다 보면 누구라도 모성과 동심으로서의 시원적 사랑의 세계를 살지 않을 수 없기 마련이다. 인간과 자연이 태초부터 근원적으로 맺고 있는 관계가 모성과 동심으로서의 사랑에 초점이 있었다는 것에 대해서는 새삼스럽게 강조할 필요가 없다. 최근의 시집, 즉 1999년 7월에 간행된 『혼자 타오르고 있었네』에 실려 있는 그의 시들에 추구되어 있는 세계가 다름 아닌 이러한 세계, 즉 모성과 동심으로서의 시원적 사랑의 세계라고 할 수 있다. 최근의 시에 이르러 강화되고 있는 이러한 면은 아마도 자연의 삼라만상과 혼연일치가 되어 온몸으로 생명의 아름다움을 향유하고자 하는 절실한 내적 의식지향에서 기인하는 것으로 보인다.[14]

다음의 시는 자연의 구체적 사물인 동구나무를 통해 모성의 따사로움을 발견하고 있는 작품이다.

산자락 아래
순하게 순하게 엎드린 마을의 등허리를
언제까지나 토닥거리며 서 있는 동구나무
우리 어머니들이 서 계신 뒷모습을
오래 오래도록 보아서
어머니들을 꼬옥 닮은 동구나무.

—「동구나무」 전문

---

13 이은봉, 「조태일 시세계—자연, 고향, 사랑 그리고 시」, 『진실의 시학』, 태학사, 1998, 163면.
14 이은봉, 「한국 현대시와 생태적 상상력」, 『민족문학연구소 논문집』 제8집, 광주대 민족문화예술연구소, 1998, 117면.

이 시에서 시적 대상으로 포착되어 있는 동구나무가 모성의 객관상관 물이라는 것은 이론의 여지가 없다. "마을의 등허리를 / 언제까지나 토닥거리며 서 있는" "어머니들을 꼬옥 닮은 동구나무"가 곧바로 이 시의 시적 대상인 것이다. 이처럼 모성을 주제로 선택하고 있는 작품은 그밖에도 「툰꽃씨」, 「붉은 고추」, 「부활절 전야」, 「가을 3」 등을 더 찾아볼 수 있다.[15] 이들 시를 통한 모성에의 탐구는 「메아리」, 「어머니를 찾아서」, 「들깻잎 향기」 등의 시에서도 알 수 있듯이 어머니에 대한 절실하고 깊은 그리움에 깊이 뿌리를 내리고 있어 더욱 주목이 된다.[16]

물론 이들 시의 배후에는 그 스스로도 참다운 모성을 갖고자 하는 의지가 은연중에 자리해 있다. 이때의 모성이 오직 자기 자식에 대한 사랑에만 그쳐 있지 않다는 것에 대해서는 새삼스럽게 덧붙여 말할 필요가 없다. 좀 더 폭넓고 깊이 있는 인간애, 이른바 보편적 사랑의 구현을 추구하고 있는 것이 그의 시에 드러나 있는 모성으로서의 의식지향이라는 뜻이다.

조태일의 제8시집 『혼자서 타오르고 있었네』에 함유되어 있는 또 하나의 의식지향인 동심은 무엇보다 이 시집의 시들이 보여주는 화자와 시적 대상을 주목할 때 확인이 된다. 우선은 「눈사람이랑」과 「눈길」, 「달빛과 누나」 등의 시가 어린아이를 화자로 선택하고 있고, 「바람과 들꽃」, 「도심에 내리는 눈을 보며」, 「메뚜기」 등의 시가 동심 그 자체를 시적 주제로 삼고 있음을 알 수 있다. 해설을 맡은 유종호도 지적하고 있듯

---

15 이들 작품 중에서도 특히 「분꽃씨」에 대해서는 필자의 위의 글 117면~118면에 자세히 논의되어 있음을 밝혀둔다.
16 유종호, 「소소한 것에 대한 경의」, 『혼자 타오르고 있었네』, 창작과비평사, 1999, 106면.

이 이 시집에는 동시라고 해도 지나치지 않을 작품이 상당수 실려 있
다.[17] 위의 시들이 곧 그러한 작품일 것인데, 이들 가운데에도 특히 「바
람과 들꽃」은 바람의 이미지를 통해 아예 동심이 갖는 보편적 특성 그
자체를 형상화 하고 있어 관심을 끈다.

> 바람들은 천상 세살바기 어린아이다
> 내 바짓가랑이에, 소맷자락에, 머리카락에
> 한시도 가만 있질 못한다.
>
> 허리 굽혀 보아도
> 내 작은 눈길에도 가볍게 떨고 마는
> 작고 작은 들꽃에게도
> 바람들은 매달려서 보채며 잡아 끌며
> 한시도 가만 있질 못한다.
>
> 둘러보아라
> 돌멩이들도 거대한 숲도 산도
> 이 바람과 들꽃들의 향연 앞에서는
> 속수무책으로 당하고 있는 것을.

이 시의 중심 이미지를 형성하고 있는 '바람'이 동심을 객관상관물이

---

17 위의 글, 107면.

라는 것은 의심할 바 없는 사실이다. 여기서 시인 조태일은 동심으로서의 '바람'을 "작고 작은 들꽃에게"조차 "매달려서 보채며 잡아끌며 / 한시도 가만 있질 못" 하는 심술 사나운 존재로 그리고 있다. 물론 이처럼 칭얼대고 보채는 일을 특징으로 하는 동심을 가리켜 참다운 의미에서의 사랑이라고 할 수는 없다. 바람이 가하는 이러한 일들이 미처 모성을 지니고 있지 못한 "작은 들꽃"에게는 차마 견딜 수 없는 고통과 짜증으로 다가올 수도 있기 때문이다. 따라서 이러한 면을 갖는 동심이 그동안 시인이 꿈꾸어온 대안적 유토피아의 심성으로 발전하기는 어려울 수밖에 없다.

동심의 내포는 천진난만, 순결, 티 없음, 무구, 깨끗함, 순수 등의 긍정적인 의기를 지니고 있기도 하지만 고집불통, 심통, 억지, 떼쓰기, 보채기, 해찰 등의 부정적인 의미를 지니기도 한다. 따라서 동심과 관련하여 대지와 자연의 깨어 있는 정신을 논의하려면 그것이 갖는 긍정적인 면에 한정해 접근해 해야 마땅하다. 아무리 대지와 자연에 뿌리박은 의식지향이라고 하더라도 이성적 자각과 그 실천이 수반될 때 동심은 비로소 오늘의 삶을 제대로 극복할 수 있는 올바른 의식지향, 즉 올바른 유토피아의 충동으로 자리 잡을 수 있을 것이다.

인간이 자연과 대지의 이로부터 삶의 질서를 배우고 깨닫는 일은 아직도 여전히 중요하다. 사실 인간은 수천 년을 두고 줄기차게 그러한 노력을 계속해온 바 있다. 자연과 대지의 참다운 이를 배우는 가운데 그것과의 참다운 조화를 기해온 것이 전래의 인간이라는 것이다. 물론 인간은 대지나 자연 그 자체가 될 수도 없고, 또 되어서도 안 된다. 대지나 자연 그 자체가 된다는 것은 결국 동식물이 된다는 것인데, 동식물의 본능적 삶이, 곧 약육강식의 삶이 인간의 삶을 대체한다고 생각해 보라. 참으로 끔찍하지 않을 수 없다. 형용할 수 없이 타락해 있는 것이 자본주의적 근대의 삶이라고는 하지만 그곳이 정글의 법칙 그 자체가 아무런 제한 없이 있는 그대로 통용되는 곳은 아니라는 점을 인식할 필요가 있다.

새삼스러운 얘기이기는 하지만 모든 모성과 동심이 곧바로 사랑을 구현해내는 의식지향은 아니다. 어떤 모성과 동심은 넉넉히 사랑을 구현해낼 수 있지만 어떤 모성과 동심은 그렇지 않다는 것이다. 본능적이고 이기적인, 그리하여 지독히 악착같은 모성과 동심도 충분히 있을 수 있기 때문이다. 모성과 동심이 오직 그 자체만으로는 참다운 대안적 근대를 위한 올바른 의식지향으로 자리하기 어려운 까닭이 바로 여기에 있다.

5. 맺음말

이상의 논의에서 필자는 조태일의 시세계 일반을 모두 세 개의 의미망이 이루는 변주의 과정을 통해 살펴본 바 있다. 첫째 초기시—원초적 정의 혹은 순결에의 몸부림, 둘째 중기시—대지와 자연 혹은 동심과 모성의 구현이 다름 아닌 그것이다. 사실 조태일의 시세계에 관한 이러한 의미망의 설정은 다분히 편의적이고 임의적인 규정일 따름이다. 무엇보다 그의 시세계가 여전히 살아 꿈틀거리는 형성과 창조의 과정에 있고, 그의 시정신이 아직도 끊임없이 암중모색을 거듭하고 있기 때문이다.

지금도 '해질녘이면 노을 한 폭씩 / 머리에 이고 이 골목 저 골목에서 / 서성거'(「노을」)리다가 "귀신도 숨죽여 자는 밤"이면 "갈대들 속에서 갈대에 기대어" "옷을 벗"고 "마음의 누더기까지 벗는"(「야밤, 갈대 숲을 지나며」) 사람이 시인 조태일이라는 점을 기억해야 한다. 진정한 삶과 의식 지향이 무엇인지 깨닫기 위해 여전히 자기 자신을 고뇌의 구렁텅이에 몰아넣고 있는 것이 그인 것이다.

그렇다고 하더라도 다시 한 번 정리하여 말하면 민족 현실이 처해 있는 그때 그때의 사회적 상황에 즉자적으로 대응하는 리얼리즘의 정신, 대지와 자연(어머니와 고향)에 뿌리박고 있는 원초적 생명력의 하나인 들끓는 낭만주의 정신, 그리고 그것들이 상호 침투하는 가운데 거침없이 담아내는 활기찬 기개의 정서가 조태일의 시세계를 이루는 핵심내용이라고 할 수 있다. 물론 여기서 말하는 이들 세 가지의 핵심내용은 각기 하나씩의 독립된 중심축을 형성하는 동시에 상호 각축하기도 하고 협력하기도 하는 가운데 창작 당시의 내외적인 상황에 따라 그 자신의 농도를 더해 온 바 있다. 또한 그의 시에서 이것들은 서로 다른 단독자로 분리되는 가운데 별개의 형상으로 표출되기도 하고 상호 침투되고 응축되는 가운데 하나의 형상으로 표출되기도 한다. 결국은 이때의 그것들이 이루는 스펙트럼을 거칠게나마 펼쳐 보이고자 한 것이 본고에서의 주된 의도였던 셈이다.

'눈물'로 벼린 참여적 서정의 세계

『국토』, 『가거도』를 중심으로

오태호

1. '눈물'의 시인 조태일

조태일은 '눈물'의 시인이다. 조태일이 흘리는 시적 눈물에는 현실 속에서 벌어지는 다양한 움직임들에 대한 떨림의 흔적이 새겨져 있다. 따라서 그 '눈물'은 실존적 자각을 향한 성찰의 반응이기도 하고, 타자의 힘겨운 몸짓을 대면한 흐느낌이 되기도 하며, 불의의 세계를 응시하고 내 속에서 우러나와 너와 함께 집단적 움직임을 생성하려는 울림의 성향을 지니기도 한다. 그러므로 독자는 조태일의 시를 통해 당대 현실을 향한 시인의 더듬이가 어디를 향하고 있으며, 무엇을 응시하고자 하는지를 통찰함으로써 우리 시단에서 참여적 서정의 성취가 어느 지점에 와 있는지를 점검하게 된다.

조태일은 1964년 『경향신문』 신춘문예에 「아침 선박」으로 등단한 이래로 마지막 시집인 『혼자 타오르고 있었네』를 상재하기까지 현실 참여적 지향과 존재론적 서정의 길항 관계를 통해 자신의 시 세계를 넓혀온 시인이다. 초기작에서 '처녀막'과 '식칼', '국토'라는 상징적 이미지를 통해 부조리한 현실 세계를 명징한 인식으로 드러낸 부분이 그의 시 세계의 한 축을 이룬다면, 『가거도』 이후에 드러나는 자연 사물에 대한 정서적 환기와 시인으로서의 존재론적 자성의 풍경은 이후 시 세계의 한 축을 이룬다. 그렇게 1960년 이래로 1990년대까지 30여 년에 걸쳐 조태일은 현실 세계를 향한 대결적 자세에서 '소소한 것에 대한 경의'[1]에 이르기까지 참여적 서정의 세계를 열정적이면서도 고요하게 노래한다.

조태일이 활동을 시작한 1960년대 이후의 시에는 4·19혁명의 저항적 성격을 노래하며, 사회·정치적 억압에 대한 비판적 시선이 담긴 현실 참여시들이 다수 등장하게 된다. 4·19혁명으로 인해 넓혀진 정신적 풍요로움과 5·16군사쿠데타로 인해 좁혀진 상상력의 옥죄임이라는 양가적 의미망을 함유하는 1960·70년대 시의 흐름[2] 속에서 조태일은 김수영, 신동엽, 김지하, 신경림, 정희성 등과 더불어 현실 참여시를 지속적으로 천착해온 대표적 시인으로 평가[3]된다.

---

1 유종호, 「소소한 것에 대한 경의」, 조태일, 『혼자 타오르고 있었네』, 창작과비평사, 1999, 100~110면.
2 대부분의 연구자들이 1960·70년대의 시를 전통적인 서정시, 현실 상황에 대한 응전의 시, 인간의 내면의식을 탐구하는 언어적 실험시 등의 세 가지 갈래로 파악한다(최동호, 「1960년대의 시」, 한길문학 편집위원회 편, 『한국근현대문학연구입문』, 한길사, 1999, 227~233면; 이남호, 「70년대 시」, 같은 책, 260~266면).
3 김재홍, 「해방 40년 남북한·시의 한 변모」, 김용직 외, 『한국현대시사의 쟁점』, 시와시학사, 1991, 365~400면.

이 글에서는 1960·70년대에 '눈물'을 매개로 다양한 이미지를 구사하며 현실 참여적 서정의 세계를 확장시켜온 조태일의 시 세계를 통해 참여적 서정의 한 면모를 밝혀보고 그 의미의 되새김을 통해 조태일 시의 현재성을 가늠해 보고자 한다.

2. 순결과 무기로서의 상상적 저항

조태일의 시는 눈물을 응시하고, 눈물로 성찰하며, 눈물로 움직인다. 조태일에게 '눈물(울음)'은 세계를 보는 눈으로 기능하며, 이미 등단작인 「아침 선박」에서 "철저한 자유를 부르면서 / 흐느끼는 深淵 그 움직이는 고요"로 바다를 주목할 때부터 '깊은 흐느낌과 고요한 움직임'이라는 양면성을 예시함으로써, 자유를 향한 '흐느낌'과 '움직임'이라는 정중동의 세계를 표방해왔다. 조태일의 1960년대 시 작업은 순결성의 훼손으로서의 '처녀막'과 반민주·반민중적 현실에 대한 비판과 투쟁의 지로서의 '식칼', 역사에의 사랑과 울분의 집적 공간으로서의 '국토' 등[4]의 연작을 중심으로 평자들에 의해 주목을 받아왔다.

또한 '식칼과 눈물'이라는 상호 모순된 이미지의 결합체[5] '원초적 심

---

[4] 김재홍, 「60년대의 시와 시인」, 김용직 외, 『한국현대시연구』, 민음사, 1989, 365~392면.
[5] 김화영, 「식칼과 눈물의 詩學─조태일의 인간과 시」, 조태일, 『고여 있는 詩와 움직이는 詩』(재수록), 전예원, 1980, 257~269면.

상과 현실 전복적 사유'의 결합[6] '사회의식과 고향의식'이 눈물이미지로 연결·통합되어 삶에 대한 연민으로 주제화[7] '서정성에 감싸인 저항 정신의 힘'[8] '강골(剛骨)과 반골(反骨)의 시인[9] 등의 평가에서도 알 수 있다시피 모순된 심상의 결합적 지향으로서 조태일의 1960년대 시가 자리하고 있음을 확인하게 한다.

1) 순결성의 훼손과 재생에의 몸짓

'처녀막' 연작에서 드러나는 '눈물(울음)'은 「나의 처녀막 1」에서 보이듯, "혁명으로 파열돼서" '부끄럽고도 원통한 큰 울음'의 이미지를 띤다.

　　차라리 진지한 내 홀로의 술잔에서

　　자유의 시간이 잠긴 어느

　　여학교 강의실에서 파열됐다면야

　　덜이나 억울해.

　　사슴이의 뿔이나 부엉이의 입부리나

6　유성호, 「현실 지향의 시 정신과 비판적 주체의 정립—1960년대 리얼리즘시의 전개」, 민족문학사연구소, 『1960년대 문학연구』, 1998, 121~140면.

7　이동순, 「눈물, 그 황홀한 범람의 시학—조태일론」, 『창작과비평』 91, 1996.

8　김종회, 「서정성에 감싸인 저항정신의 힘—조태일의 시 세계」, 『문학과 전환기의 시 대정신』, 민음사, 1997, 357~360면.

9　염무웅, 「跋文」, 조태일, 『국토』, 1975, 186~192면.

독수리의 발톱에나 파열됐다면야
차라리 덜이나 억울해.

오월 내가 누워 있던 잔인한 새벽은
침실은 저 가까운 기억의 바다로 가
크게 생각하라. 크게 생각하라.

물마른 가지 위
마지막 인정처럼 걸려 있는
하루가 지루한 학동들의 상학길에
처량하게 처량하게 널려 있는
나의, 당신의, 상한 처녀막은
혁명으로 파열돼서 부끄러워라.
부끄러워라
당신의 병사의, 시인의 처녀막도
혁명으로 파열돼서 정말 원통해라.
아아. 내 작은 한줌의 자유여. 민주여.
ㄴ의 상한 처녀막 근처에 웅성이는
고달픈 아우성을, 쫓기던 음성을 듣는가.
두덤이 있다면 당신들의 나의 처녀막이 다시 만들어지는
두덤이 있다면
나의 처녀막을 마지막 무사통과하라
저 안타까운 오월의 제왕을 굽어 보라

나의 처녀막은 크게 울고 있어라.

──「나의 처녀막 1」, 강조는 인용자

사랑의 확인으로 소멸되어야 할 '처녀막'임에도 불구하고 나뿐만 아니라 당신과 당신의 병사, 심지어 여린 감수성의 소유자인 시인의 처녀막까지도 혁명에 의해 파열되었다는 점은 온 세상이 이미 집단적 성폭력을 당한 상황임을 드러낸다. 여기에서의 '처녀막'은 개인의 순결성을 넘어 집단(시대)의 순수성과 더불어 '자유와 민주'를 상징하는 4·19혁명의 고결한 정신을 가리키며, 그것을 파열시킨 '혁명'이란 5·16군사쿠데타 이래로 진행된 독재세력의 폭압을 지칭하는 것이라고 할 수 있다. 그러나 '처녀막'의 파열 자체가 '처녀막'의 생명력을 종결시키는 것은 아니다. 따라서 「나의 처녀막 3」에서는 불의적 폭력에 맞선 정당방위로서의 자유와 소생의 몸짓으로 전이되는 것이다. 결국 '처녀막' 연작을 통해 드러나는 '눈물(울음)'은 '통한 → 소생 → 저항'의 궤적을 그리고 있음을 확인할 수 있다.

'처녀막'의 훼손으로 야기된 울분으로서의 '울음'은 "피맺힌 목구멍에 코리아를 매달고 우리 전부 울어"(「門風紙와 나무와 나와」)야 되는 전체적 흐느낌으로 변주되기도 하고, '1960년대의 뜨거운 아우성으로 태양 둘레에 처절히 걸려있는 눈물'(「다시 鋪道에서」)처럼 시대적 아픔을 곱씹어내는 눈부신 눈물의 아우성이 되기도 하는 등 집단적 울분의 발로로서 존재한다. 결국 내 눈물에서 타자의 울음을 거쳐 집단적 통곡의 의미로 확대된 조태일의 '눈물'은 시대의 질곡을 통찰하면서 "우는 땅 붙들고 울어, 거름 뿌리러"(「꽃밭 세종로」)돌아갈 수밖에 없는 시인의 운명적 성정을 보여주는 장치가 된다.

시인은 먼저 울지만 결코 혼자 울려고 하지는 않는다. 그것이 바로 감상주의나 낭만주의에 함몰되지 않으려는 조태일식 울음법인 것이다. 결국 타자의 눈물을 내투사하면서 체화된 화자의 울음은 저항의 몸짓으로 확산되면서 다시 타자의 울음을 촉발시키는 생성의 몸짓으로 전이되는 것이다.

2) '눈물'로 벼린 '상상적 식칼'

'처녀막'을 비롯한 눈물이 정서적 차원의 울분을 통해 시대적 저항의 의미를 환기시켜주는 역할을 했다면, '식칼' 연작에서는 시대 저항을 위한 또 하나의 단단한 상징으로 '눈물(울음)'이 형상화된다.

창틈으로 당당히 걸어오는
햇빛으로 달구었어!
가장 타당한 말씀으로 벼리고요.

신라의 허황한 힘보다야 날카롭고
井邑詞의 몇구절보다는 덜 애절한
ㄴ그럽기는 무등 산 허리에 버금가고
우력은
세계지리부도쯤은 한 칼이지요.

흐르는 피 앞에서는 묵묵하고

숨겨진 영양 앞에서는 날쌔지요.

비장하는 데 신경을 안 세워도 돼,

늘 본관의 심장 가까이 있고

늘 제군의 심장 가까이 있되

밝게만 밝게만 번뜩이면 돼요.

그의 적은

육법전서에 대부분 누워 있고 ……

아니요 아니요

유형무형의 전부요.

— 「식칼론 1」, 강조는 인용자

    인용시에서처럼 화자의 식칼은 "햇빛으로 달구"고 "가장 타당한 말씀으로 벼리"어 만들었기 때문에 '날카로움과 너그러움'을 동시에 지니고 있으며, 유형무형의 적 전부를 늘 응시하는 심장의 무기이다. 하지만 '식칼'은 물질적 실체나 무기가 아니라 구체적 형상이 없는 적들이 뱉어내는 수많은 말들을 제거할 수 있는 "단 한 방울의 눈물"(「식칼론 2 – 허약한 詩人의 턱 밑에다가」)로 기능하며, 나아가 말을 갈고 다듬는 노력 끝에 "늘 뜬 눈"의 날카로움으로 존재한다. 결국 '식칼'이란 무형의 존재까지도 베어낼 수 있도록 언어로 담금질해낸 '단칼의 눈물'이 되는 것이다. 이렇듯 억압적 현실을 향한 시인의 날카로운 응시를 구상화한 화자의 '상상적 식칼'은 "당장에 우리 나라 국어대사전 속의 「改憲」이란 / 글자까지도 도려파 버리"(「식칼론 3 - 憲法을 위하여」)고 싶기도 하지만, "눈 뜨고 가슴 열리게 / 먼눈 썩은 가슴들 앞에서" 총명과 관용의 칼빛을 내뿜으며 '번뜩임과 고요함'으로 자신의 존재감을 부각시키며 벼려져 있게 된다.

또한, 무력보다 더욱 강력한 날카로움과 부드러움을 동시에 지닌 '상상적 식칼'은 과거와 현재, 미래까지도 "단 한 번에" 울리며, "메마른 당 위에 누운 나와 너희들의 國家 위에서 / 아직 오지 않는 미래를 끌어다 놓고 / 더욱 퍼런 빛을 사방에 쏟으면서" "독재보다도 더 매웁게"(「식칼론 4」) 울어댈 수 있는 완강한 이미지로 존재한다. 하지만 '상상적 식칼'은 상상 속의 적만을 만날 수밖에 없다. 설령 시인이 현실의 적을 만난다고 하더라도 무력을 사용할 수는 없기 때문이다. 따라서 '상상적 식칼'은 "내 홀로 여기 서서 / 뜨드득 뜨드득 이빨 갈 듯이 / 내 정신만"(「식칼론 5」)을 갈면서, 외로이 '시간과 칼'을 벼릴 수밖에 없는 시인의 존재론적 한계 상황을 여실히 보여준다. 결국 '단칼의 눈물'로서의 '상상적 식칼'은 시인으로서의 자기 성찰을 보여줌과 동시에 시대의 빛과 그늘을 함께 응시하는 상상적 무기로서만 존재할 수 있는 것이다.

화자의 '눈물'은 주체와 타자, 현실 세계를 성찰하는 내면의 가역 반응이다. '처녀막'이 훼손당한 정치·사회적 억압 구조 아래서 '눈물의 식칼'은 세상을 응시하고 언어로 갈고 다듬어 벼려지지만, '상상적 식칼'이 지닌 현실적 열패감은 화자로 하여금 자성적 토로를 거쳐 '국토'에 이르게 한다.

3. 대지적 상상력과 자성의 목소리

1960년대 조태일의 시 세계가 '눈물'을 매개로 하여 '처녀막'과 '식칼'로 상징되는 시어들 속에서 현실 인식의 첨예한 지점을 형상화시켰다면, 1970년대에는 대지적 포용력의 상징인 '국토'와 자성적 인식을 중심으로 존재론적 서정에의 탐구 작업에 노력을 기울인다. 그리하여 대지를 적시는 울음을 쏟으며 이전과는 다른 방식의 '복수적(複數的) 눈물'로 세상을 움직이고자 한다.

조태일의 1970년대 시적 노력은 '역사·민중·통일'의 세 방향으로 진행된 70년대 민중문학론의 주체적 응전 작업[10] '리얼리즘적 참여시와 주정적 순수시의 합류지점'[11] '버려진 땅에 대한 신념어린 감수성'으로 민중의 현존을 의미화[12] '시대의 질곡을 질타하는 특유의 거침없는 목소리와 원시적 삶에 기초한 역동적 움직임'[13] '흙의 웃음과 자연과 친화감'[14]등으로 평가를 받는다.

---

10 민현기, 「조태일론─현실인식의 의지적 형상화」, 김용직 외, 『한국현대시연구』, 민음사, 1989, 548~557면.

11 조현남, 「근대화의 70년대시」, 김용직 외, 『한국현대시연구』, 민음사, 1989, 643~647면.

12 고정희, 「人間回復과 民衆詩의 전개─조태일·강은교·김정환론」, 『기독교사상』, 1983, 146~160면.

13 신덕룡, 「깨어 있는 정신, 움직이는 시」, 조태일, 『다시 山河에서』, 미래사, 1991, 141~146면.

14 이문구, 「跋文─흙의 웃음과 고집불통의 시인」, 조태일, 『가거도』, 창작과비평사, 1983, 136~148면.

1) 대지적 상상력으로 꾸며낸 눈물의 범람

조태일의 「국토」 연작은 대지적 상상력을 복원하는 공간으로 '국토'를 활용하면서, 그리움과 부끄러움, 황홀경, 연대감 등의 정서를 공동체적 생성의 '복수적(複數的) 눈물(울음)'로 환기시켜 낸다.

참마로 별일이다.
내 꿈속의 어떤 村落에서는
헐벗은 눈물과 눈물들이
소리없이 만나고 쉴새없이 부딪쳐서
정처 없는 눈물들을 소생시킨다.

눈물의 새끼들은 순간식간에 자라서
애무도 맘놓는 정처도 없는 곳에
또 다른 눈물들을 탄생시킨다.

뿐이랴.
어메의 눈물이 아배의 맨살에 닿자
살드 어느덧 눈물이 되고
아배의 눈물이 어메의 맨살에 역습하자
그 살도 또한 눈물이 되는

오으, 이 황홀한 범람을

하염없이 바라만 보아도
내 몸도 거칠게 출렁이는 눈물이 된다.

어차피 피와 살이 한 통속이 되고
뼉따귀와 혼이 한 함성으로 번지는
눈물의 頂點, 頂點,
참말로 별일이다.

—「꿈속에서 보는 눈물」, 강조는 인용자

위 시에서 알 수 있듯, 화자는 꿈속에서 헐벗은 눈물들이 만나서 소생시켜내는 복수 개념으로서의 '눈물들'을 보고, 더불어 거기에서 어메와 아배의 눈물이 황홀하게 범람하며 또 다른 눈물을 탄생시키는 황홀경을 '눈물의 頂點'으로 경험한다. 이렇듯 '눈물'은 피와 살, 뼉따귀와 혼이 결합하는 집합적 생성의 개념이 되어, 개인적 자괴감이나 원한의 개념이 아니라 움직이는 힘을 지닌 '복수적(複數的) 눈물'로 기능하게 되는 것이다.

'복수적 눈물'이 범람해야 할 '국토'에서 포착되는 '모기', '눈물', '풀잎·돌멩이', '발바닥', '바람', '논개양', '흰 뼈', '옹기점 풍경', '호박꽃', '깃발', '석탄', '악몽', '산', '석양', '눈보라', '피', '목소리', '굼벵이', '베란다', '가을', '동정', '일편단심', '비', '달', '씨앗', '얼굴' 등등의 다양한 유정·무정의 자연물들 속에서 화자의 정서적 풍경은 '그리움'과 '부끄러움', '눈물'등으로 집적된다.

이러한 집적 속에서 '국토'의 눈물은 다채롭게 표현된다. 숱한 싸움

속에서 승리는 늘 남에게 빼앗기고 "남는 패배는 늘 내 것이었"(「山에서 –국토 18」)임을 확인하거나 "석탄이 되어 꺼먼 울음"(「석탄–국토 15」)을 쏟아놓게 될 때, 화자는 패배를 선연하게 경험한 뒤 단독자로서의 외로운 눈물을 흘리기도 하지만, 4·19혁명으로 죽어간 이들의 앞에서는 살아남은 자로서의 부끄러움을 환기시켜주는 원한의 "들끓는 눈물"(「난들 어쩌란 말이냐–국토 12」)을 쏟기도 한다. 또한 이미 '복수적 눈물'의 황홀경을 경험한 화자는 심지어 돌을 갓 지난 장남이 "달을 따다가 놈의 발끝에 대달라"는 몸짓을 하며 울음을 터뜨릴 때, 선의든 악의든 지나친 재롱은 "독재이며 蠻勇"(「베란다 위에서–국토 3」)임을 가르쳐주며 함께 울어버리기도 한다. 화자는 이미 '눈물의 민주성'이라는 의미를 절감하고 있기 때문이다.

이러한 '눈물의 민주성'은 소외된 이웃을 향한 시선으로 변주됨으로써, "우리들의 눈은 / 허름한 날품팔이의 일거수일투족에서 / 이 시대의 눈물을 보"(「겨울에 쓴 自由序說–국토 43」)아야 함을 강조하면서 공동체적 정서를 환기하기도 한다. 따라서 '눈물'은 홀로 흘릴 경우 몸과 정신의 상호 작용으로 일어나는 개체적 정서 표출 방식이 되지만, 그러한 눈물이 "네 몸에 닿으면" 폭포가 되는(「깃발이 되더라–국토 14」) 물질적 가역반응을 일으킴으로써 정서적 공감대를 확산시키는 매개체가 된다. 그러므로 연대감을 획득한 '눈물너머'의 세계에서는 "빛깔은 빛깔대로 動作은 動作대로 나뉘어"(「풀잎·돌멩이–국토 3」) 온갖 유정·무정의 사물들이 정상적 기능을 발휘할 가능성이 생기는 것이다.

결국 시인에게 '국토의 눈물'은 '바람 속의 슬픔, 햇빛 속의 기쁨, 땅 속의 물, 땅 위의 바위, 소리치는 말'이자 나와 너의 "가장 소중한 생명

으로 돌아오는" "충만한 울음"(「눈물─국토 44」)으로 귀결된다. 자연적 질
서와 함께 하며 소중한 생명의 느낌을 충만히 전달하는 매개체가 바로
공동체적 생성으로서의 국토의 '복수적 눈물'이 되는 것이다.

2) 고요한 말의 부끄러움

'복수적 눈물'로 '국토'를 응시하던 시인은 좀 더 구체적인 대상으로
서의 자연과 사람을 성찰한다. 나의 그림자로부터 시작하여 어머니와
아버지를 회억하고 고향을 떠오르게 하는 친구들을 거쳐 이웃을 돌아보
며 겨울과 봄을 응시함으로써, 화자는 그리움, 공허감, 외로움, 어지러
움 등의 정서를 환기하게 한다.

정서적 환기 속에서도 '눈물(울음)'은 화자에게 중요한 열쇠개념이 된
다. 1970년대 중반까지 이 시대를 달려오던 "키 큰 전봇대"의 화자는
'하늘, 바람, 겨울, 울음'등의 대상을 어떤 매개도 없이 정직하게 "말하
고" 몸으로 울음을 운다(「통곡」). 정직한 울음을 허용하지 않는 시대에
통곡할 수 있는 상상력의 자유를 통해 시인은 시대를 통곡하며 시대를
움직이고자 하는 것이다. 하지만 이러한 통곡에도 불구하고 "나의 울음
은 언제나 홀로였다"는 시인으로서의 반성적 인식은 언제나 여럿이서
"울부짖는 폭포였"던 '소나기의 울음'이 "나의 울음을 / 일거에 덮어 누
르는" 바위 같은 울음(「소나기의 울음」)이었음을 직시함으로써 공동체적
울음의 의미를 확인하게 한다.

자신과 세계와의 관계 속에서 눈물로 소외된 세계와 자연 풍경을 회

감하던 시인은 이제 시에 대한 본질적 질문을 던지며 반성적 자의식 속
에서 회의와 번민에 빠지게 된다.

도구지 시를 생각할 수 없도록
바삐 돌아가는 세상 속에서
눈을 감고 두근거리는 가슴 열어
이렇게 중얼거려 본다.

도대체 시가 무엇이길래
남들이 그렇게 소중히하는
가정까지를 버리는가.
도대체 시가 무엇이길래
질서를 버리는가.

도무지 시를 사랑할 힘마저 빠져
지쳐 늘어지고 싶은 날엔
살을 꼬집어 아파아파하며
이렇게 중얼걸려 본다.

도대체 시가 무엇이길래
육신과 영혼을 이끌고 지옥까지 들어가는가.
도대체 시가 무엇이길래
나라 앞에서 초개처럼

하나뿐인 목숨까지 열어놓고 바치는가.

시를 안 쓰고는 못 배길 그런 날은
오랫동안 버렸던 펜을 들기 전에
이렇게 중얼거려 본다.

도대체 시가 무엇이길래
목숨 걸고 자기를 주장하는가
속으로 차오르는 말을 풀어놓는가.

시보다 더 자유로운 세계를 찾아서
나는 시를 썼던가. 쓸 것인가.

―「詩를 생각하며」, 강조는 인용자

위 시에서도 드러나듯 '시가 무엇인가'라는 질문은 '나는 어떻게 걸어
왔으며 어디로 걸어갈 것인가'라는 존재론적 질문과 동의적 성격을 띤
다. 시의 개념을 이해하지도 못한 채, 가정도 버리고 질서도 버리고, 영
육의 지옥까지 들어갈 용기를 내며 목숨까지 바쳐 차오르는 말을 풀어
놓았던 것은 "시보다 더 자유로운 세계"를 찾아 떠나온 탐색의 길이었지
만, 그 성과는 측정 불능이고, 앞으로도 예측 불능임을 화자는 탄식한다.
실상 "시보다 더 자유로운 세계"는 불가지적 세계에의 탐구이다. 시의
개념과 범주가 설정되기 어려운 상황 속에서도 그 세계 너머를 희구할
수밖에 없다는 것은 시인의 운명적 성정이지만, 신의 얼굴을 대면한 자

가 살아남을 수 없듯, 시적 진리의 세계는 탐구할 수 있을 뿐이지 도달할 수가 없다는 점에서 시인의 한계상황은 자명한 귀결인 것이다.

그러므로 시인이 '내 펜과 내몸'이 자유 세계를 향해 나부끼지 못함을 자탄하며, "새 움이여, / 솟아나는 대로 내 대신 나부껴다오"(「깃발」)라고 진술하거나, 자신의 자유로운 외침이자 빛의 영혼이기를 바라며 떠나보냈던 말들이 "다시 돌아와 / 내 가슴과 만나 울먹울먹하며"(「내 말의 행방」) 보챌 때, 고요한 말의 부끄러움 속에서 막막함과 답답함을 느낄 수밖에 없는 것이다. 화자가 보여주는 자의식의 풍경은 시인이 자신의 문제에 대해서는 지나칠 정도의 염결성과 결벽성의 잣대를 들이대고 있음을 보여준다. 하지만, 시인 자신에 대한 회의적 질문 속에서도 타자라는 구체적 실체를 만나게 되면 시인은 "기막혀하는 이웃의 잠"과 "슬퍼하는 가족의 꿈"을 위하여 한민족의 손을 잡고, 가슴을 만나는 일(「이웃의 잠을 위하여」)을 도모하거나, "부끄러움은 가릴수록 감출수록 / 더 진실하고 아름답"(「답장-어느 소설 지망생에게」)게 느껴진다는 경구적 진술도 건네게 된다.

이렇듯 자신에게는 준엄한 질책을 통해 '고요한 말의 부끄러움'이라는 자조어린 탄식의 진술을 서슴지 않으면서도, 자신을 제외한 친구와 이웃 등의 타자들에게는 '눈물'을 매개로 공동체적 정서를 환기시켜 저항과 공감의 의미를 확산시켜온 작업이 바로 조태일이 '눈물'로 벼려놓은 참여적 서정의 풍경인 것이다.

4. '눈물'로 벼린 참여적 서정의 세계

　서정은 구체적이어야 한다. 몽상적 서정은 자신의 자리를 무화하며 초월적·형이상학적 세계로의 비상만을 꾀할 우려가 있기 때문이다. 참여적 서정은 구체적 생의 응시와 자의식적 반성에서 길어 올려진다. 조태일이 가꾸어낸 참여적 서정의 세계는 '눈물'을 매개로 하여 대결적 자세로부터 자성적 목소리와 자연적 서정에의 탐구까지 그 진폭을 넓혀왔다. 60년대를 향한 대결과 긴장에의 시적 탐구는 70년대를 거치면서 존재론적 탐구와 자연 서정에의 응시와 외화로 드러난다. 그것은 서정으로의 물러섬이나 나아감이라는 이분법적 독해만으로 재단될 문제가 아니라, 시적 진정성의 변화라는 틀로 바라보아야 할 문제이다.

　조태일의 시가 현실적 어려움과 힘겨움을 외면하지 않고 '눈물'을 벼려 자신과 세계의 조화를 위한 탐색에의 도정에 서있어 왔다는 점은 지금에 와서 더욱 눈여겨보아야 할 대목이다. 현대시가 갈수록 난해시의 길에서 헤어나오지 못함으로써 독자를 견인하지 못하고 있는 것이 사실이라면, 조태일의 참여적 서정 세계는 하나의 대안적 방편으로 작용할 수도 있기 때문이다.

　'눈물'을 매개로 자신을 돌아보고 타자를 응시하고 시대와 함께 울어버리고자 했던 조태일의 시 세계는 2000년대에도 살아있는 울림으로 참여적 서정 세계의 현재적 가능성을 보여준다. 그러므로 조태일은 '혼자 타오르고 있었'던 것이 아니라, 시대와 함께 지금도 울음을 전파하고 있는 시인임에 틀림없다. 그의 눈물은 다른 눈물들과 함께 여전히 울고 있는 것이다.

크고도 다감한 시, 남성적이면서 섬세한

신경림

풀씨가 날아다니다 멈추는 곳

그곳이 나의 고향,

그곳에 묻히리.

햇볕 하염없이 뛰노는 언덕빼기면 어떻고

소나기 쏜살같이 꽂히는 시냇가면 어떠리.

온갖 짐승 제멋에 뛰노는 산속이면 어떻고

노오란 미꾸라지 꾸물대는 진흙밭이면 어떠리

—「풀씨」부분

조태일 시인이 여덟 번째 시집 『혼자 타오르고 있었네』를 냈을 때 나
는 그를 다음 번 기행 대상자로 예정해 놓고 있었다. 그때 느닷없이 그가

입원했다는 소식이 들렸다. 한번 찾아봐야겠다면서도 그 큰 덩치가 병석에 누워 있을 모습이 싫어 차일피일하고 있는데 이번에는 본격적인 요양을 위해 시골로 내려갔다는 소식이 왔다. 들리는 대로 심각한가 보다 해서 전화번호를 알아내어 전화를 했다. 염려와는 달리 전화에 나온 그는 평소나 마찬가지로 "몇 년만 더 살게 해 달라고 부처님한테 빌었더니 십 년은 더 살게 해 주시겠대요" 하고 농부터 했다. 내가 마음 놓고, "죽더라도 내 조시는 약속대로 써 주고 죽어야 돼" 하고 농으로 받으니까 그는 대답했다. "걱정 마세요, 내가 언제 약속 어기는 거 봤습니까!"

한데 며칠 뒤 그가 다시 입원했다는 소식이 오고, 내가 역시 그 병든 얼굴 보기가 겁이 나서 선뜻 찾아가지 못하고 우물쭈물하고 있는데 한 후배로부터 전화가 왔다. 내 근황을 묻기에 한번 오시라고 할까요 했더니, 그 양반 겁이 많아 못 올 거야, 하더란다. 내 속마음을 꿰뚫어보고 있었던 것이다.

그제야 찾아간 나를 그는 몹시 반가워하며, 링거 따위를 팔에 꽂고 누운 채 "참 신기한 일이지요, 지구상의 60억 인구 중 하필 암이란 놈이 나한테 와서 붙다니요. 저도 살겠다고 들어온 걸 괄시할 순 없고, 그래서 살살 달래서 내보내야 할 것 같아요" 하고 남의 얘기하듯 했다. 얼굴은 무척 상해 있었으나 말할 때마다 눈은 아기처럼 웃고 있었다. 또 그는 담담하게 말했다. "수의도 만들어 놨어요. 입어 보니까 잘 맞데요. 영정도 옛날에 찍은 사진이 마음에 드는 게 있어 아이들 시켜 확대해 놨는데 아주 잘 나왔어요. 한번 보실래요?" 내가 눈물이 나올 것 같은 걸 참으며 가까스로, "이 사람이 살 생각을 해야지 무슨 죽는 얘기야?" 하니까 그는 웃으며 "옛날부터 수의 입었다 벗었다, 널 속에 들어갔다 나왔다 하면서 몇십 년 산다지 않아요?" 하고 오히려 나를 위로했다. 닷새 뒤 그는 저세상 사람이 되었다.

"산들과 잠시나마 / 고요히 지내려고 / 산에 오르면 // 산들은 저희들끼리 / 거대한 그림자를 만들어 / 한점 티끌도 안 보이게 / 나를 지운다"(「소멸」) 같은, 마치 죽음을 예감한 것 같은 시들로 가득한 시집 『혼자 타오르고 있었네』를 내놓은 지 꼭 두 달 만에.

생각해 보면 나는 조태일 시인과 꽤 인연이 깊다. 내가 서울 살림을 처음 시작한 김관식 시인 집에서 그도 몇 해 뒤에 서울 살림을 시작했고, 내가 안양 내려가 살 때는 잠시 그도 안양서 셋방살이를 해서, 퇴근길에 동행하면서 술도 꽤나 마셨다. 1970년대 전 기간 중 그리고 1980년대 중반까지, 그와 함께한 술자리가 가장 많았을 것이다. 염무웅 교수, 이미 고인이 된 작가 한남철 등과 함께였다. 한남철과 내가 다 같이 실직해서 갈 데가 없을 때는 조태일의 인쇄소 사무실을 임시 사무실로 썼다. 그는 거의 날마다 점심을 사고 저녁과 술을 사고, 헤어질 때는 또 당부했다. "내일 점심때까지 꼭 나오세요, 점심 같이 합시다." 일이 있어서가 아니라, 우리를 편하게 해 주기 위해서였다. 커다란 체구와 완강한 얼굴과는 달리 그는 따뜻하고 세심한 사람이었던 것이다.

한번은 이런 일이 있었다. 내가 상처를 하고 아이들만 데리고 살고 있을 때였다. 추석을 며칠 앞둔 어느 날, 같이 퇴근하는 길에 그는 느닷없이 시장을 좀 들러 가자고 제의했다. 무심코 따라갔더니 아이들 양말이며 속내의를 한 보따리 샀다. 그가 독실한 불자임을 아는 나는 그가 보육원에라도 가려나 보다 생각했는데, 헤어지면서 그는 그 보따리를 내가 탄 택시 속으로 밀어 넣으며 말했다. "이런 건 쉽게 사지지 않으니까 한

꺼번에 사는 게 좋아요." 그 덕으로 나는 그해 겨울을 아이들 내의며 양말 걱정 하지 않고 났다.

1980년에는 포고령 위반으로 함께 잡혀 들어갔다. 당사자인 검찰관도 무엇 때문에 구속했는지를 몰라, "아마 비례대표로 문단에서 뽑혀 온 것 같다"고 해서 실소하지 않을 수 없었던 사건이다. 큰 덩치의 그와 왜소한 내가 한 수갑에 채여 조사받으러 가면 수사관들은 고목에 매미가 붙은 것 같다면서 웃었는데, 그러면 그는 더 크게 팔을 흔들면서 장난질을 쳐서 수사관들로부터 오히려 주의를 받았다. 도전적인 시에도 불구하고 남을 좋게만 보는 버릇이 있어, 자기는 재수가 좋아 늘 좋은 사람만 만난다면서, "그 사람 참 좋은 사람이에요, 조금 밖에 안 때려요" 하고 자기를 조사한 수사관을 옹호하기도 했지만, 나는 그들이 조태일 시인을 봐준 예를 한 번도 보지 못했다.

『혼자 타오르고 있었네』의 해설에서 유종호 교수는 "시인 조태일 씨에 대해서 가지고 있는 나의 이미지는 그가 선이 굵고 씩씩한 매우 남성적인 시인이라는 것"이라고 말한 바 있지만, 이 점 다른 사람도 크게 다르지 않을 것이다. 이 이미지는 우선 초기 시의 도전적 제목으로부터 만들어진다. 「나의 처녀막」이니 「식칼론」 같은 비시적 제목은 남성적인 배포와 뚝심을 가지지 않고서는 감히 쓰지 못하는 제목이다. 이런 제목 가지고는 좋은 시 대접받기가 쉽지 않은 것이, 정지용 시인조차 윤동주 시집 『하늘과 바람과 별과 시』의 서문에서 "청년 윤동주는 의지가 약하였을 것이다. 그렇기에 서정시에 우수한 것이겠고. 그러나 뼈가 강하였던 것이리라. 그렇기에 일제에게 살을 내던지고 뼈를 차지한 것이 아니었던가"라고 하지 않았던가. 내용은 제목에서 받은 인상을 더욱 강화시킨다. 가령 "나의 , 당신의, 상한 처녀막은 / 혁명으로 파열돼서 부끄러워라. / 부끄러워라. 당신의 병사의, 시인의 처녀막도 / 혁명으로 파열돼서 정말 원통해라"(「나의 처녀막 1」)라든가 "흐르는 피 앞에서는 묵묵하고 / 숨겨진 영양 앞에서는 날쌔지요. / 비장하는 데 신경을 안 세워도 돼, / 늘 본관의 심장 가까이 있고 / 늘 제군의 심장 가까이 있고 / 밝게만 밝게만 번뜩이면 돼요"(「식칼론 1」) 같은 시는 발상 그 자체가 혁명적인 것으로, 선이 굵고 남성적인 시인의 강한 이미지를 얻기에 충분하다. 당시 그가 무슨 생각을 했으며 어떠한 시를 쓰고자 했는가는 앞에 인용한 시에 '허약한 시인의 턱 밑에다가'라는 부제가 붙은 「식칼론 2」만 읽어 보면 분명하다.

뼉따귀와 살도 없이 혼도 없이
너희가 뱉는 천 마디의 말들을
단 한 방울의 눈물로 쓰러뜨리고
앞질러 당당히 걷는 내 얼굴은
굳센 짝사랑으로 얼룩져 있고
미움으로도 얼룩져 있고

(…중략…)

너희의 녹슨 여러 칼을
꾸어 버리며 내 단 한 칼은
후회함이 없을 앞선 심장 안에서

말을 갈고 자르고

그것의 땀도 갈고 자르며

늘 뜬 눈으로 있다

그 날카로움으로 있다.

—「식칼론 2」 부분

　결국 우리들의 순결한 시대는 혁명으로 파괴되었고 그럼에도 불구하고 시는 뼈따귀와 살, 그리고 혼도 없는 것이 되어 버렸다는 것이 시의 내용이다. '나의 처녀막'은 회복하지 않으면 안 될 시대의 순결성을, '식칼'은 그 방법을 상징한다고 말할 수 있다. 혁명에 의해 파열된 이 시대의 순결성을 그의 시는 식칼이 되어서 회복하겠다는 메시지를 이 연작시들은 가지고 있다. 이 처녀막이라는 상황 인식과 식칼이라는 방법은 1970년대에 들어서서 국토의 개념으로 발전, 저항과 외침의 포즈가 사랑과 포옹의 그것으로 바뀌면서 그의 시 세계는 깊어진다. 50여 편의 연작시 '국토'의 첫 작품인 「모기를 생각하며」와 5년 뒤에 썼으면서도 「국토서시」란 제목으로 『국토』의 처음에 실린 서시를 함께 읽는 일이 조태일 시로 다가가는 지름길이 될 터이다.

　내가 딛는 땅은 내 땅이 아니다.

　내가 읽는 글은 내 글이 아니다.

　내가 하는 말은 내 말이 아니다.

　내가 하는 노래는 내 노래가 아니다.

내가 눕히는 아내는 내 아내가 아니다.

(…중략…)

모기야, 네 입술 네 음성만이
텅 킨 내 귓가며 눈 언저리에
부러울 것 없이 무성히 자란다.

—「모기를 생각하며-국토 1」 부분

발바닥이 다 닳아 새 살이 돋도록 우리는
우리의 땅을 밟을 수밖에 없는 일이다.

숨결이 다 타올라 새 숨결이 열리도록 우리는
우리의 하늘 밑을 서성일 수밖에 없는 일이다.

야윈 팔다리일망정 한껏 휘저어
슬픔도 기쁨도 한껏 가슴으로 맞대며 우리는
우리의 가락 속을 거닐 수밖에 없는 일이다.

버려진 땅에 돋아난 풀잎 하나에서부터
조용히 발버둥치는 돌멩이 하나에까지
이름도 없이 빈 벌판 빈 하늘에 뿌려진
저 혼에까지 저 숨결에까지 닿도록

우리는 우리의 삶을 불지필 일이다.

우리는 우리의 숨결을 보탤 일이다.

일렁이는 피와 다 닳아진 살결과

허연 뼈까지를 통째로 보탤 일이다.

—「국토서시」 전문

이 서시에 보이는 이 땅과 이 땅 위에 생겨나고 있는 모든 것들에 대한 간절한 사랑, 비록 하찮고 보잘것없는 것까지도 보듬어 안지 않고는 못 견딜 뜨거운 눈물은 '나의 처녀막'이나 '식칼론'에는 말할 것도 없고 『국토』의 초기 작품에도 드러나지 않고 있던 정서들이다. 한편 이 서시 가 박태순의 기행 문집 『국토기행』과 더불어 그때부터 유행하기 시작 지금까지도 시들지 않고 있는 국토 기행의 전 국민적인 관심의 신호탄 이 되기도 했다는 점, 다시 돌아볼 필요가 있다.

「태안사 가는 길 1」에서 조태일 시인은 아내와 어린아이들 셋을 데리 고 "고향 떠난 지 삼십년 만에 / 내가 태어났던 태안사를" 처음으로 찾았 다고 전제한 다음, 두 번째로 팔십을 바라보는 어머님을 모시고 아내와 아이들과 함께 태안사를 찾았을 때는 "백골이 진토 된 / 증조부와 조부 와 아버님이 / 청화 큰스님이랑 함께 / 껄껄껄 웃으시며 / 우리들을 맞 았다"고 노래하고 있지만, 그에게 있어 그가 태어나고(그의 부친은 그곳 주 지 스님이었다), 이곳까지 불어 닥친 해방 정국의 혼란을 견디지 못하고 광주로 이사하기까지, 자라고 학교를 다닌 태안사보다 더 큰 시적 모티 프는 없었을 것이다. 직접 태안사를 다룬 또 한 편의 시가 그의 시 중 가 장 빼어난 서정시의 하나가 되고 있는 것은 결코 우연이 아니다.

반야교를 지나며
어머니,
오오냐아.

해탈교를 지나며
어더니,
오으냐아, 오오냐아.

금강문을 지나며
어머니,
오오냐아, 오오냐아, 오오냐아.

(…중략…)

대웅전을 들어서며
어머니!
오냐.

부처님 앞에서
어머니!
……

지장보살

지장보오살

지이장보오살

지이자앙보오사알, 지이자앙보오사알······

—「태안사 가는 길 2」 부분

이 시는 어머니를 저승으로 보내며 쓴 시다. 큰 멋을 부리지 않고도 음의 장단과 고저와 강약의 적절한 활용, 감정의 절제를 통한 이미지의 반복, 쉼표, 마침표, 느낌표의 효과적인 사용 등에 의해서 시의 기능을 극한까지 살린 이 시를 읽은 감동을 나는 그에게 직접, "이 사람, 죽어서 태안사로 갈 생각이 있는 모양이지?" 하고 말한 일이 있다. 그는 "그럼요" 하고 주저 않고 대답했는데, 실제로 그는 지금 어머니를 따라 태안사에 가 쉬고 있다. 이 시에서 알 수 있듯 그의 시가 모두 강인하고 남성적인 선이 굵은 것만은 아니다. 특히 근래의 시들은 너무 섬세하고 아름다워, 그의 초기의 시에 낯익어 있는 독자들을 놀라게 한다. 큰 체구와 완강한 얼굴, 그리고 그에 어울리지 않는 예민하고 따뜻한 감정의 두 측면이 이렇게 시로 나타나고 있는지도 모르지만, 이런 징후는 이미 후기 『국토』에서도 나타나고 있었다. 그러나 더 중요한 것은 이런 변화가 그의 사물과 자연에의 새로운 발견과 무관하지 않다는 사실이다. 근래의 두 시집의 후기에서 그가 "이 천지간에는 큰 것보다는 작은 것들이, 인위적인 것보다는 자연스런 것들이, 보이는 것보다는 안 보이는 것들이 더 많이 존재함을 다시 한 번 확인했다"(『혼자 타오르고 있었네』)라고 한 말을 곰곰이 새겨 읽을 필요가 있을 것이다. 근래의 아름답고 섬세한 그의

시 두 편을 더 읽으면서, 그가 어떻게 작은 것, 보이지 않는 것에 애정을
표시하고 있으며, 그의 시가 삶과 죽음의 문제와는 어떻게 이어져 있는
가 살펴보자.

풀씨가 날아다니다 멈추는 곳
그곳이 나의 고향,
그곳에 묻히리.

햇볕 하염없이 뛰노는 언덕배기면 어떻고
소나기 쏜살같이 꽂히는 시냇가면 어떠리.
온갖 짐승 제멋에 뛰노는 산속이면 어떻고
노오란 미꾸라지 꾸물대는 진흙밭이면 어떠리.

풀씨가 날아다니다
멈출 곳 없어 언제까지나 떠다니는 길목
그곳이면 어떠리.
그곳이 나의 고향,
그곳에 묻히리.

—「풀씨」 전문

이승의
진달래꽃
한묶음 꺾어서

저승 앞에 놓았다.

어머님

편안하시죠?

편안타. 편안타.

—「어머니를 찾아서」 전문

조태일 시 연구

저항성과 친진성의 시학

유성호

1. 들어가며

조태일은 민중적 생명력에 대한 일관된 긍정과 자연 사물에 대한 섬세한 관찰을 통해, 단절과 억압의 역사 속에서 낙관적이고 근원 지향적인 시적 사유를 완성해간 우리 시대의 탁월한 서정시인이다. 그가 우리에게 남긴 강렬한 남성적 음역과 선 굵은 시적 생애는, 1960년대 이후 펼쳐진 억압의 근대사와 서정시의 미학이 얼마나 긴밀하게 조응할 수 있는가를 선명하게 보여준 뜻 깊은 표지라고 할 수 있다.

우리의 기억에 1970년대 벽두에 시인 김지하가 「풍자냐 자살이냐」(『시인』, 1970)라는 글에서 일갈한 "민중의 거대한 힘을 믿고 민중으로서의 자기 긍정에 이르러야 할 것"이라는 요청은, 당시의 억압적 현실에 대해 시인들로 하여금 불굴의 의지와 신념을 가져야 한다는 잠언으로 다가왔다. 말하자면 이러한 의지와 신념에 대한 요청은 당대의 보편적 언어로서 일정한 규정력을 발휘하였고, 한시대의 구조적 동인에 대한 자각과 시인으로서의 실존적 각성 그리고 윤리적 감각으로서의 자기 검색에 이르기까지 당대의 시적 주체들에게 최소한도로 요구되었던 것은 시인으로서의 치열성과 신념이었던 것이다. 조태일 시인은 이러한 시인적 입지를 누구보다도 그 명분과 실제에서 잘 구현한 시인이라고 할 수 있다.

조태일 시인은 1960년대의 등단 이후 36년 동안 줄곧 시를 썼다. 특별한 슬럼프나 침묵 기간 없이 그는 1999년 타계할 때까지 모두 여덟 권의 시집을 세상에 내놓았고, 그 세계 안에서 일관된 지속성과 커다란 변이 양상을 동시에 보여주었다. 가령 생명(성)에 대한 갈망과 추구가 그의 시학이 가진 일관된 지속성의 기율이었다면, 민중적 삶을 직접적 소재로 삼던 데서 자연 사물로 시선을 돌린 것이 변이 양상의 핵심이라고 할 수 있다. 그러나 무엇보다도 중요한 것은, 그의 시세계에 끊임없이 관류하는 시적 에너지는 그가 남다르게 지닌 '저항성'과 '천진성'이라는 사실이다.

언뜻 보아 서로 어울릴 것 같지 않은 '저항성(반골 정신)'과 '천진성(동심)'은 훼손되지 않은 세계에 대한 낭만적 동경과 강렬한 실천 의지에 의해 그의 시에서 공존하고 한편으로는 길항하게 된다. 그 공존과 길항이 때로는 생명에 대한 강렬한 옹호로 나타나기도 하고, 그것을 해치는 세력에 대한 적의로 표출되기도 하고, 종국에는 동심의 이미지 속에서 사물들의 원융한 세계를 노래하는 것으로 나타나게 된다. 그래서 그의 시를 두고 "그는 한결같이 상황과의 거리를 만드는 미학을 배격하면서 상황과 응전효과를 높이는 단순화의 전략을 구사한다"[1]는 평가가 가능해지지만, 우리는 '상황'을 중시하는 시학의 중심을 유지하면서도 보편적 실존의 문제를 천진성의 눈으로 수렴하고 표현하는 각별한 시선을 그가 아울러 견지했던 것을 놓치면 안 될 것이다. 이 점에서 조태일 시는 단층적 변모보다는 지속적 일관성을 더 강하게 지닌 세계였다고 말할 수 있을 것이다.

2. 초기 시편 — 원초적 심상과 현실 전복적 사유

"시대에 지치지 않고, 처절했던 동반의 때"(「아침 선박」, 『아침 선박』, 1965)로 스스로 기억하고 있는 1960년대에 조태일 시인은 활달한 기백과 거친 음색으로 다량의 작품을 산출하였다. 1965년 『경향신문』 신춘문예로 등단한 이래 꾸준히 왕성한 시작을 지속하여, 그는 1960년대에 이미 『아침 선박』과 『식칼론』이라는 두 권의 시집을 상재한다. 1960년대 시단의 주류를 점했던 모더니즘 취향의 난해성이 일정 부분 침투하기는 했지만, 그의 초기 시편에서 그것은 창백한 애수의 이미지가 아니라 새로운 세계에 대한 열망 혹은 기백으로 나타나고 있다. 그래서 그의

---

1   구모룡, 「생명의지와 행위의 은유 — 조태일론」, 최원식 외편, 『4월혁명과 한국문학』, 창작과비평사, 2002, 166면.

시는 1970년대에 뚜렷한 개화를 보여주는 민중적 서정시의 한 원형을
1960년대에 예비했다고 할 수 있다.

피묻은 피묻은 처녀막을 나부끼며
아프고 피비린 냄새를 풍기며
광화문 네거리 한복판에
내가 섰다 내가 섰어.

삼천만 개의 쌍눈을 번뜩이며
삼천만 개의 쌍귀를 세우고
삼천만 개의 가슴을 비며
불꽃 튀는 단일화된 외침을 가지고
삼천만의 기념비처럼
내가 섰다 내가 섰어.

—「나의 처녀막 3」 부분

이 이채로운 제목의 작품은 조태일 시학이 견지하고 있는 여러 속성들을
두루 잘 보여 준다. '처녀막'은 두 번이나 반복되듯이 "피묻은" 채로 나부끼
고 있다. 시적 주체가 처녀막을 나부끼며 눈을 부릅뜨고 있는 이 엽기적
형상은 물론 사실적이라기보다는 우의적인 설정이라고 할 수 있다. 따라
서 이 시는 시적 묘사보다는 주체의 의지가 표면에 두드러진 작품이다.
이 작품은 현실적 억압이 가치의 훼손 또는 정신의 불모성을 초래하
고 있음을 상정하고, 그것을 "쌍눈을 번뜩이며 / 쌍귀를 세우고 / 불꽃

튀는 외침을 가지고"서 있는 결연한 시적 주체의 의지로 극복해보려는 일종의 '맞섬'과 '겨룸'의 형상으로 짜여져 있다. "아아, 내 작은 한줌의 '자유'여, '민주'여, / 나의 상한 처녀막 근처에 웅성이는/고달픈 아우성을, 쫓기던 음성을 듣는가"(「나의 처녀막 1」)라면서 '자유'와 '민주'의 절멸 상황을 비판했던 그의 시각이 '삼천만의 기념비처럼" 발화되는 "불꽃 튀는 단일화된 외침"으로 나타나고 있는 것이다. 이처럼 우의적인 상황 설정과 시적 주체의 강인한 의지는 조태일 초기 시편을 관류하는 특성 중 가장 지배적인 것이다.

하지만 우리는 이 작품 안에 이 시인을 근본적으로 움직이는 또 하나의 시적 에너지가 숨겨져 있음을 발견할 수 있다. 그것은 원초적 생명으로서의 '리비도'이다. '리비도(libido)'는 기성화된 문화는 물론 삶의 자족성이나 안위까지도 거부하는 원초적 심상과 또 온전한 육체적 삶과 관계되어 있는 것[2]이고, 그만큼 리비도는 이 시인이 가지는 비판적이고 저항적인 부정(negation)의 사유를 가능케 하는 원초적 심상의 수원이 되고 있다.

이처럼 한결같은 우의적 작법과 리비도의 외현이라는 특성 때문에, 조태일 시에는 이야기의 압축적 제시 같은 서사 지향성이나 사물을 사실적이고 세부적으로 묘사하는 모습 등은 좀처럼 나타나지 않는다. 그는 오히려 한 시대의 서사적 맥락을 시적 주체의 목소리 안에 담아서 그것을 '반역'과 '전복'의 에너지로 표출하고 있을 뿐이다. 이와 같이 시대적 맥락을 집약하고 그것을 서정적 주체 내부에서 내연시키는 것을 동

---

2   김우창, 「조태일의 현실적 낭만주의」, 『연가』, 나남, 1985, 423면.

시에 수행하는 목소리, 대상에 대한 풍자와 독설까지 겸하고 있는 그의
목소리는 그의 시로 하여금 현실적이면서 동시에 낭만적이게끔 하는 주
요 원인이 되고 있다.

> 뼈다귀와 살도 없이 혼도 없이
> 너희가 뱉는 천 마디의 말들을
> 단 한 방울의 눈물로 쓰러뜨리고
> 앞질러 당당히 걷는 내 얼굴은
> 굳센 짝사랑으로 얼룩져 있고
>
> 버려진 골목 어귀
> 허술하게 놓인 휴지의 귀퉁이에서나
> 맥없이 우는 세월이나 딛고서
> 파리똥이나 쑤시고 자르는
>
> 너희의 녹슨 여러 칼을 꺾어버리며 내 단 한 칼은
> 후회함이 없을 앞선 심장 앞에서
> 말을 갈고 자르고
>
> 그것의 땀도 갈고 자르며
> 늘 뜬눈으로 있다
> 그 날카로움으로 있다.

—「식칼론 2」 전문

이 작품 역시 서정적 주체의 의지가 선명하게 부각되어 있는 작품으로서, 시인의 현실 전복적 상상력이 특유의 대립항을 통해 형상화되어 있는 경우이다. 이 시의 대립항은 "너희가 뱉는 천 마디의 말"과 시인의 "단 한 방울의 눈물" 그리고 "너희의 녹슨 칼"과 시인의 "단 한 칼"의 설정에서 비롯된다. 서정적 주체는 "늘 뜬눈"으로 날카로움을 벼리면서 실체가 불분명한 어떤 힘과 힘겹게 대항하고 있다. 그러나 그 힘겨움은 '당당함'으로 바뀌면서 시 안에 긍정적 전망을 가져오는데, 이는 자신을 둘러싸고 있는 세계를 명명하고 그 관계에서 자기 동일성을 확보하는 자기 언어를 그가 가지고 있었음을 말해준다.[3]

> 내 가슴 속의 어린 어둠 앞에서도
> 한켠 꼿꼿이 서더니 퍼런 빛을 사방에 쏟으면서
> 그 어린 어둠을 한 칼에 비집고 나와서
> 정정당당하게 어디고 누구나 보이게 운다.
> 자유가 끝나는 저쪽에도 능히 보이게
> 목소리가 못 닿는 저쪽에도 능히 들리게
> 한 번 번뜩이고 한 번 울고
> 번개다! 빨리 여러 번 번뜩이고
> 천둥이다! 크게 한 번 울고

3　"조태일은 자신이 살고 있는 현실의 제반 상황을 투철하게 인식하고 그것을 특유의 의지적 언어를 통해 리얼하게 형상화하는 시인이다. 그는 진실이 왜곡되는 어두운 시대일수록 작가의 책무가 더욱 막중하다는 믿음을 견지하고 있으며, 때문에 그가 쓴 대부분의 작품들은 모순된 현실 구조를 뚜렷이 드러내는 동시에 인간의 자유로운 삶을 억압하는 정치 사회적 폭력의 실체를 상세히 밝혀내고 있다"는 평가가 같은 시각을 보여준다. 민현기, 「조태일론」, 김용직 외, 『한국현대시연구』, 민음사, 1989, 556면.

낮과 밤을 동시에 동등하게 울리고
과거와 현재와 까마득한 미래까지를
단 한 번에 울리고 칼끝이 뛴다.
만나지 않는 내 가슴과 너희들의
벼랑을 건너 뛰는 이 無敵의 달빛은
나와 너희들의 가슴과 정신을
단 한 번에 꿰뚫어 한 줄로 꿰서 쓰러뜨렸다가
다시 일으키고 쓰러뜨리고 다시 일으키고
메마른 땅 위에 누운 나와 너희들의 國家 위에서
아직 오지 않은 미래를 끌어다 놓고
더욱 퍼런 빛을 사방에 쏟으면서
천둥보다 번개보다 더 신나게 운다
독재보다도 더 매웁게 운다.

—「식칼론 4」 전문

원래 '관념'이란 현실(객관적 실재)을 반영하는 인간의 사유 형식 중에
서 가장 고도의 추상적 단계를 말한다. 시인들은 대개 자신의 궁극적인
시적 메시지인 '관념'을 노래하는 데 그에 부합하는 은유적 상관물을 설
정하고 정서적 육화를 시도한다. 하지만 조태일은 대립적 타자를 시 안
에 설정하고 그 타자를 넘어서 자기 자신까지 극복의 대상으로 삼는 가
파른 경사를 줄곧 택하고 있다. 그만큼 조태일의 시는 관념을 정서적으
로 육화할 겨를도 없이 그대로 노출하는 속성을 띠게 된다.

이 시에서도 역시 서정 주체는 "정정당당"하게 "無敵의 칼빛"을 휘두

른다. 그것은 "나와 너희들의 가슴과 정신"을 베고 이기고 바르고 치유함으로써 한 시대의 정신적 방향이 나아갈 바를 강한 파토스로 일깨우는 역할을 한다. 그러나 세련된 은유적 매개가 존재하지 않고 다분히 직절적인 목소리가 부당한 현실을 질타하고 있기 때문에 현실의 객관적 파악보다는 주체의 관념과 의지가 전면에 나서는 결과를 빚고 있다. 그의 이 같은 파토스는 궁극적으로 현실적 억압의 가장 밑바닥에 부조리하고 거대한 권력 체계가 있음을 목도하고 그것을 "너희들의 國家"로 명명한 후 그에 저항하는 민중들의 더욱 거대한 힘을 역설적으로 그리고 있는 것이다.[4]

현실 권력으로부터 눈을 돌려 자신의 언어 안에 미적 가상의 세계를 창조하건서 행하는 또 다른 권력 비판의 시들과 조태일 시의 권력 비판은 이처럼 매우 다른 형상으로 나타난다. 그것은 한층 직접적이고 낭만적인 것이다. 따라서 그의 시를 '식칼과 눈물의 시학'으로 명명하고 행동적 열정 밑에 범상치 않은 원초적 심상과 낭만적 영혼의 힘이 담겨 있다고 본 한 논자의 시각[5]은 매우 적절한 것이 된다. 이처럼 조태일 초기 시편의 세계는 원초적 심상과 현실 전복적 사유를 통해 낭만적이고 열정적인 현실 부정의 세계를 그리고 있다고 할 수 있다.

---

4 "문학인은 현실 속의 모든 비리나 허위의식 같은 것을 없애고 보다 나은 미래를 창조하려는 의지의 창조인이고, 권력은 될 수만 있으면 모든 의식을 잠재우고 있는 현실을 그대로 감추어 유지해나가려는 속성을 가지고 있기 때문입니다. 문학이 있는 한 양심이 있는 한 현실적 권력과 참삶을 살리는 문학인 사이에 이런 마찰은 없어지지 않을 것입니다"와 같은 그의 발언은 이 같은 사유의 일단을 드러낸다. 조태일, 「오늘의 나의 문학을 말한다.」, 『연가』, 나남, 1985, 401면.
5 김화영, 「식칼과 눈물의 시학」, 조태일, 『고여 있는 시와 움직이는 시』, 전예원, 1980, 26 ~265면.

3. 중기 시편 — 구체적 현실 인식과 민중적 숨결의 복원

1970년을 넘어서면서 조태일의 시는 좀 더 심화된 본격적 역사 의식의 세계로 나아간다. 이는 그의 시가 막연한 현실 부정의 에너지 표출에서 분단 현실과 권위주의적 독재 체제 극복이라는 구체적인 근대적 과제로 목소리의 중심을 잡아갔음을 의미한다. 그래서 조태일의 중기 시편들은 강렬하게 내연하는 주체의 정열을 이성적 성찰과 결합시키는 쪽으로 자신의 육체를 형성해간다. 시대적 한계로부터 끼쳐올 법도 한 허무 의식을 떨쳐버리고, 사실적 구체와 경험적 진실에 입각하여 그는 참담한 세월을 견뎌간 것이다.

그동안 우리가 살핀 조태일 초기 시편들이 주체와 타자의 목소리가 융합되는 풍경보다는 비판적 주체의 의지가 승한 편향을 보인 반면 1970~80년대에 창작된 그의 중기 시편들부터는 타자의 몫을 배려하고 주체의 목소리를 지양하면서 시 안에 매우 진전된 구체성을 얻게 된다. 시집 『국토』는 그의 시인적 천분인 낭만적 정열의 에너지가 이 같은 날카로운 이성적 현실 분석과 결합하여 한시대의 파토스로 나타나게 된 탁월한 사례이다. 하지만 그 같은 구체적 현실 인식에도 불구하고, 그것은 핍진한 묘사보다는 시인의 정열에 의해 떠받쳐져 있는 세계이다. 그 정열에는 시대의 고뇌와 새로운 시대에 대한 열망이 함께 실려 있다.

물과 물은 소리없이 만나서
흔적없이 섞인다.

차가운 대로 혹은 뜨거운 대로 섞인다.

바람과 바람도 소리없이 만나서
흔적없이 섞인다.
세찬 대로 혹은 보드라운 대로 섞인다.

빛과 빛도 소리없이 만나서
흔적없이 섞인다.
쏜살같이 혹은 느릿느릿 섞인다.

한 핏줄끼리는 그렇게 만나고 섞이는데
한 핏줄의 땅을 딛고서도

사람은 사람을 만날 수가 없구나
사람이면서 나는 사람을 만날 수가 없구나.

—「물·바람·빛—국토 11」 전문

　"물과 물은 소리없이 만나서", 그리고 '바람과 바람', '빛과 빛'은 "흔적없이" 섞이며 하나가 되는데 '사람'과 '사람'은 온갖 인위적 금기와 억압 때문에 만날 수가 없다. 자연은 내남없이 차갑고 뜨겁고 세차고 부드럽고 빠르고 느린 형상으로 서로를 탐하면서 하나로 응집하는데, 한 핏줄을 타고났으면서도 너와 나는 만날 수가 없다. 이는 말할 것도 없이, 자연의 완전한 질서와 우리의 불완전한 분단 현실을 대비시키려는 시인의 욕망이 반영된 대칭적 구도이다. 우리를 짓누르고 있는 온갖 폭력의 진원지를 시인은 '분단'으로 보고 있는데, 이 시가 우리 민족의 대표적 비가 가운데 하나가 될 수 있는 것도 이 같은 시인의 근원적인 현실 인식 때문이다.

조태일은 이 시기에 「국토」 연작에 남다른 열정을 바쳤다. 원래 '연작' 이란 그 하나하나를 떼어놓아도 독립된 단위의 작품이 된다. 그런 작품들이 한 주제나 제목 아래 모여 한 의미군을 이루고 그 덩어리가 새로운 미적 실체가 되면 일단 연작시의 시도는 성공적이 된다. 그런데 이런 전제를 토대로 하는 연작시는 그 성격으로 보아 두 가지로 나눌 수 있다. 그 하나는 형태나 내용이 비슷한 가운데 조금씩 변하고 그것으로 한 작품을 이루는 경우이다. 이런 성격의 작품에는 어조가 고르다든지 내용의 흐름이 일정해서 독자가 손쉽게 이해할 수 있다는 편의가 주어진다. 하지만 그와 함께 평면적이라는 인상이 빚어내는 부작용도 막아낼 수밖에 없게 되는 난점이 있다. 한편 다른 또 하나의 유형은 이질적 요소들을 포괄한 복합적 작품을 생각해볼 수 있다. 물론 이 경우에도 연작시의 근본 전제가 되는 주제 의식은 작품의 깊은 밑바닥에 엄연히 확보된다. 그러나 이 경우 그 형태라든지 작품 하나하나가 간직하는 내용은 상당한 차이를 가지면서 씌어진다. 그리고 언뜻 보면 그 서로는 모순, 충돌하는 것처럼 보일 수도 있다. 그러나 전체적으로 그들은 하나의 구조 속에 포괄되어 조화, 종합되어 유기적인 형태를 이룬다. 조태일의 연작시는 현저하게 후자적 특성을 견지한 채 전개된다. 그것은 전체 연작이 하나의 상징적 목소리를 띠게끔 하는 시적 장치를 말하는데, 조태일에게 그것은 원초적 심상의 건강성에 바탕을 둔 민중적 숨결의 복원 의지로 나타난다.

조태일은 초기 시편부터 일관되게 '자연'의 완전한 질서에 반하는 인간 세계의 폭력성을 비판하고 그에 저항하는 시를 써왔다. 또한 거기에는 억압의 현실을 원초적 충동과 에너지로 돌파하려는 남성적 숨결이 가득 담겨 있다. 그래서 조태일은 숨죽임이나 흐느낌 같은 소극적 자기표현보다는 거칠고 급박한 '숨결'의 시인임을 자임하고 있는 것이다. 다음 작품은 이 시인의 '숨결'이 생명(성)에 대한 남다른 긍정에서 발원하는 것임을 잘 보여준다.

발바닥이 다 닳아 새 살이 돋도록 우리는
우리의 땅을 밟을 수밖에 없는 일이다.

숨결이 다 타올라 새 숨결이 열리도록 우리는
우리의 하늘 밑을 서성일 수밖에 없는 일이다.

야윈 팔다리일망정 한껏 휘저어
슬픔도 기쁨도 한껏 가슴으로 맞대며 우리는
우리의 가락 속을 거닐 수밖에 없는 일이다.

버려진 땅에 돋아난 풀잎 하나에서부터
조용히 발버둥치는 돌멩이 하나에까지

이름도 없이 빈 벌 판 빈 하늘에 뿌려진
저 혼에까지 저 숨결에까지 닿도록

우리는 우리의 삶을 불지필 일이다.

우리는 우리의 숨결을 보탤 일이다.

일렁이는 피와 다 닳아진 살결과

허연 뼈까지를 통째로 보탤 일이다.

— 「국토서시」 전문

    모든 생명의 가능성이 위축되고 한 시대의 정치적 이상이 심각하게 훼손되었을 때 "숨결이 다 타올라 새 숨결이 열리도록" 노래 부르는 시인의 열정은 자못 거칠고 격렬하다. 이처럼 질식할 것만 같은 시대적 상황을 예시하고 그에 대하여 뜨거운 불꽃 같은 저항을 시인이 보여준 것은, 한 시대가 추구해야 할 가치의 방향을 상징적으로 드러낸 것으로 평가할 수 있다. 조태일에게 이러한 저항의 '숨결'은 자연의 원초적 심상과 현실 전복에 대한 강렬한 욕망으로 나타나고 있다. 그래서 시인은 "버려진 땅에 돋아난 풀잎 하나에서부터 / 조용히 발버둥치는 돌멩이 하나에까지 / 이름도 없이 빈 벌판 빈 하늘에 뿌려진 / 저 혼에까지 저 숨결에까지 닿도록 // 우리는 우리의 삶을 불지필 일이다. / 우리는 우리의 숨결을 보탤 일이다"라고 노래함으로써 '숨결'의 되살림이야말로 우리가 힘을 쏟아야 할 일임을 재삼 강조하고 있는 것이다.

    『국토』 이후 펴낸 네 번째 시집 『가거도』와 다섯 번째 시집 『자유가 시인더러』에는 이러한 성격이 더욱 심화되어 나타나고 있다. 그것은 '국토'로 호명되는 조국 현실에 대한 구체적 인식과 그것의 회복에 대한 열망을 '숨결'로 노래하는 것을 말한다. 이 같은 '숨결'의 본격적 천착과 복원 의지는 그의 후기 시편에서 집중적으로 그리고 새로운 발화 방식인 '천진성'과 결합하는 모습으로 나타나게 된다.

4. 후기 시편 — 자연에서 완성한 자기 긍정과 회귀

조태일의 후기 시편은 『자유가 시인더러』 이후 4년을 주기로 펴낸 『산속에서 꽃속에서』, 『풀꽃은 꺾이지 않는다』, 『혼자 타오르고 있었네』 등 세 권의 시집을 포괄한다. 이 시집들 속에서 시인은 격렬했던 젊은 날의 열정을 많이 누그러뜨리면서, '국토'의 새로운 모습을 발견하고 체험하고 표현하기 시작한다. 다시 말해서 그가 새롭게 읽어내는 '국토'는 민족 현실의 상관물이 아니라, 자연 사물이 하나하나 자신의 모습을 그대로 드러내는 생명성의 장으로 구현된다. 이때 그의 시에서 자연 사물들은 알레고리적 대상에서 벗어나 사물 본연의 생명성을 견지하게 된다.

물론 생명(성)에 대한 집착과 갈망은 그의 초기 시편부터 일관되게 이어져온 것인데, 후기 시편에서 그것은 좀 더 본격화되고 집중화되며 천진한 시선에 의해 포착된다. 그래서 그에게 '생명'이라는 것은 구체적 현실을 은유하는 것이 아니라 다분히 원형적인 것으로 인식된다. 사물들은 한결 근원적이고 사실적인 외관과 속성으로 재현되고 있다. 말하자면 역사적 알레고리로 등장했던 자연 사물들이 우주의 한켠에서 자신들이 차지하고 있던 고유의 영토를 회복하고 있는 것이다. 이를 일러 근

원적 존재 감각을 통하여 자연에서 완성한 '자기 긍정과 회귀'의 시학이
라고 말할 수 있을 것이다.

> 누가 누구를 미워하리
> 어느 것 하나라도 버릴 수 없고
> 어느 모습 하나도 놓칠 수 없는
> 절정에서 취해 취해
> 몸살을 앓는 나는
> 사랑할 수밖에 없는 노릇이어서
>
> 쓰러지고 일어나며
> 두근거리는 가슴 고이 간직
> 나 여기까지 와서 비틀거리는구나
>
> 온통 시샘하는 이것들 속에서
> 향기는 향기끼리 붙어
> 온 세상은 춤으로 출렁이고
> 온갖 자태를 뽐내며
> 꽃잎들은 다투어
> 온 세상을 밝히는구나
>
> 나 여기 기대어
> 순간이 순간을 낳고

틈새는 틈새를 만들어내는

위대한 순간에 기대어

영원 속에 내 말들을 흩뿌리리라

푸른 하늘로 얼굴 가려

춤이나 한껏 추고 나면

이 몸 향내나는

폭죽으로 터질까

꽃 속에 터진 말

하늘까지 사무칠까

—「꽃 속에서」 전문

　꽃에 파묻혀서 시인이 상상적으로 펼치고 있는 풍경은 서정 주체의
자연 사물에의 동화(assimilation)와 몰입이다. 특히 "온통 시샘하는 이것
들 속에서 / 향기는 향기끼리 붙어 / 온 세상은 춤으로 출렁이고 / 온갖
자태를 뽐내며 / 꽃잎들은 다투어 / 온 세상을 밝히는구나"라는 구절에
서 자연 풍경들은 저마다 외따로 떨어져 있는 단자가 아니라 서로 얽히
고 기대고 연관되는 관계망을 형성한다. 그 관계망을 떠받치고 있는 동
력 역시 자연 사물들이 스스로 내뿜는 '향기'와 '춤'이다. 그래서 시인은
"나 여기 기대어 / 순간이 순간을 낳고 / 틈새는 틈새를 만들어내는 / 위
대한 순간에 기대어 / 영원 속에 내 말들을 흩뿌리리라"라고 시인으로
서의 고백을 하게 된다. 결국 이 작품에서 '꽃'으로 상징되는 '국토'의

이미지는 자연의 자연스러움 그 자체를 '숨결'로 복원하려는 시인의 의지를 담고 있는 것이다.

> 풀씨가 날아다니다 멈추는 곳
> 그곳이 나의 고향,
> 그곳에 묻히리.
>
> 햇볕 하염없이 뛰노는 언덕배기면 어떻고
> 소나기 쏜살같이 꽂히는 시냇가면 어떠리.
> 온갖 짐승 제멋에 뛰노는 산속이면 어떻고
> 노오란 미꾸라지 꾸물대는 진흙밭이면 어떠리.
>
> 풀씨가 날아다니다
> 멈출 곳 없어 언제까지나 떠다니는 길목,
> 그곳이면 어떠리.
> 그곳이 나의 고향,
> 그곳에 묻히리.

—「풀씨」 전문

이 작품은 끝없이 정착과 유랑의 욕망을 공존시키면서 흘러온 자신의 생을 갈무리하려는 시인의 천진성이 담긴 시편이다. 이 작품에서 시인은 부정적인 현실을 바꾸려는 열정보다는 원환적 회귀 욕망을 드러내고 있다. 말하자면 고향(유년)에서 타처로 떠났다가 다시 고향(유년)으로 회귀하고자 하는 소망을 내비치고 있는 것이다. 이는 "나의 시는 유년 시절의 고향에서 출발하여 전 국토의 사물들과 어우리다가 마침내 고향으로 돌아오리라는 신념에서 씌어진 시들이다"(「후기」, 『산속에서 꽃속에서』)라는 평소의 지론을 형상화한 것이다.

그래서 조태일 시에는 두 가지 요소가 공존하되, "하나는 끊임없이 당대의 현실에 개입하여 발언하는 일이고, 다른 하나는 그러한 현실의 원천적 터전인 대지와 자연에 천착하여 음영하는 일"[6]이라는 요약이 적실성을 얻게 되는 것이다. 이 작품에서 보이는 "볕 하염없이 뛰노는 언덕배기 / 소나기 쏜살같이 꽂히는 시냇가 / 온갖 짐승 제멋에 뛰노는 산속 / 노오란 미꾸라지 꾸물대는 진흙밭" 등은 한결같이 시인의 이 같은 회귀 의식을 구상화하는 자연 사물들이다.

이러한 천진성의 시학은 그의 후기 시편 가운데서도 거의 마지막 시기의 시편들로 하여금, 동시라고 해도 좋을 정도[7]의 해맑은 서정을 부여한다. 특유의 균형 감각을 채우고 있던 양면성 중 '저항성'은 많이 소거되고 '천진성'이 급격하게 부각되고 있는 것이다.

> 바람들은 천상 세살바기 어린아이다
> 내 바짓가랑이에, 소맷자락에, 머리카락에
> 매달려서 보채며 잡아끌며
> 한시도 가만 있질 못한다.

---

6   이은봉, 「조태일 시의 의식지향」, 『시와 태생적 상상력』, 소명출판, 2000, 266면.
7   유종호, 「소소한 것에 대한 경의」, 『혼자 타오르고 있었네』, 창작과비평사, 1999, 107면.

허리 굽혀 보아라
내 작은 눈길에도 가볍게 떨고 마는
작고 작은 들꽃에게도
바람들은 매달려서 보채며 잡아끌며
한시도 가만 있질 못한다.

둘러보아라
돌멩이들도 거대한 숲도 산도
아 바람과 들꽃들의 향연 앞에서는
속수무책으로 당하고 있는 것을.

—「바람과 들꽃」 전문

　어떤 시인은 그의 시에서 "강렬한 사회 의식과 유년 시절 추억의 교직
(交織)[8]을 읽었거니와, 조태일 후기 시편에서 그 같은 교직은 "사회 의식"
의 구체성보다는 "유년 시절"의 심미성으로 많이 경사되어 있다. 이 같
은 변화에도 불구하고 우리는 조태일 시학에 생명(성)에 대한 근원적인
신뢰와 갈망이 처음부터 후기까지 모습을 달리한 채 일관되게 숨겨져
있었음을 지적할 수 있을 것이다.

　　산들과 잠시나마
　　고요히 지내려고

8　이동순, 「눈물, 그 황홀한 범람의 시학—조태일론」, 『창작과 비평』 91, 1996, 241면.

산에 오르면

산들은 저희들끼리
거대한 그림자를 만들어
한점 티끌도 안보이게
나를 지운다.

—「소멸」 전문

이 작품에 나오는 '산'은 모든 소소한 개체적 존재를 소멸케 하는 궁극의 종지로 표상되고 있다. 이것은 시인 자신의 죽음과도 겹치면서, 곧바로 소멸과 죽음이 자연과 합일되는 하나의 과정임을 보여주는 장면이기도 하다. 죽음의 과정을 통해 자연으로 되돌아가 다른 생명으로 옮아가는 과정은 그 자체로 생태적인 것이며, 자연과의 합일과 죽음이 배타적인 관계가 아니라 자연과 궁극적 합일을 이루는 것임을 보여주고 있는 것이다.

5. '불꽃'의 시학에서 '풀꽃'의 시학으로

결국 조태일의 시적 여정은 저항성과 천진성이 공존하고 길항한 세계라고 할 수 있다. 한 세계에서 한 세계로 옮겨간 단층도 비교적 뚜렷한

편이지만, 그래도 그 저류에는 이 두 가지가 통합되어 있었다고 보는 편이 옳을 것이다. 그래서 그에 대하여 "외적 관심과 내적 관조가 지속적으로 공존하는 가운데 후자가 전자를 압도하고 좀 더 근본적인 충동으로 표면화되는 시인"[9]이라는 지적은 적절한 타당성을 띤다.

이처럼 조태일의 시세계는 '불꽃'(격정, 현실)의 시학에서 '풀꽃'(관조, 자연 사물)의 시학으로 옮겨간 여정을 매혹적으로 보여주고 있고, 그 사이에 인식론적 간극이 없지는 않으나 간극보다는 원초적 생명(성)에 대한 강한 긍정과 복원 의지의 일관성을 보여준 세계라고 말할 수 있을 것이다. 그래서 안으로 오므라드는 내성보다는 시대의 억압에 대한 내성을 두루 갖춘 의연한 주체의 모습과, 자연 사물을 통한 생명성의 본원을 탐구한 복합적인 시적 욕망의 시인으로 그의 모습은 기억될 것이다.

---

9   염무웅, 「자유정신으로 이슬로 벼려진 칼빛 언어」, 『창작과 비평』 106, 1999, 211면.

대지의 향기, 꽃속에서 터진말

조태일론

손택수

대지에 탄력이 있어 널 위로 오르게 하는 거야.

발가락을 땅에 대기만 해도 대지의 아들 안테오스처럼

곧 기운을 얻게 될 거야.

—괴테『파우스트』2부 3막

1

대나무는 온몸이 자다. 대자로 있기 전부터 대자로 살아 있다. 강골은
그렇다. 대나무는 세상을 재기 위해 뻗어 올라간 몸의 마디마디 눈금을

긋는다. 우듬지 끝이 더 이상 올라갈 수 없는 곳, 마지막 마디 하나를 더 뽑아 올린 곳, 아뜩한 그 너머까지 대나무 죽 푸른 금을 긋는다. 죽형 조태일의 시를 읽는 일은 대지에 단단히 뿌리를 내리고 길차게 솟구쳐 오른 한 그루의 곧고 곧은 영혼을 어루만지는 일과 같다. 그것은 또한 시인이 온몸으로 부딪치며 살아온 지난 연대의 질곡을 찬찬히 더듬어보는 일이기도 하다. 그러나 시인의 시는 거기서 머물지 않는다. "서러운 마음들을 깎아 / 곧음을 영원에 세우고"(「대창」) 뜨겁게 치밀어오를 때의 그 드센 기세와 달리 그는 몸속을 텅 비움으로써 옥죈 마디와 마디 사이의 공명통을 통해 서늘한 울림을 만들어내기도 한다. 그 울림은 가혹했던 시대를 살다 간 시인의 아픔을 안팎으로 진동시켜 뽑아낸 것이라 더욱 오랜 여운을 남기고 있다.

　　1941년 9월 대처승의 아들로 태어난 조태일은 1962년 전남일보 신춘문예에 「다시 포도에서」와 1964년 『경향신문』 신춘문예에 「아침 선박」이 당선되면서 본격적인 작품활동을 시작했다. 이후 『아침 선박』, 『식칼론』, 『국토』, 『가거도』, 『자유가 시인더러』, 『산속에서 꽃속에서』, 『풀꽃은 꺾이지 않는다』, 『혼자 타오르고 있었네』까지 모두 여덟 권의 시집을 남겼다. 바지런했던 창작활동의 연장선상에서 이십대엔 벌써 시 전문 월간지 『시인』을 주재하며 김지하, 양성우, 김준태 등 우리 시의 빛나는 첨병들을 발굴하였는가 하면 1974년에는 민족문학작가회의의 전신인 자유실천문인협회의 창설을 주도하기도 했다. 또한 긴급조치 9호 위반과 유신독재 비판으로 인해 투옥과 구속을 거듭하였다. 이처럼 선 굵은 시적 생애를 통해 느낄 수 있는 모습과 달리 시인은 평소에 다감하고 여린 감성의 소유자였던 것으로 알려져 있다. 그런 시인을 가리며 작고 5주기를 맞은 지난해 9월 시선집 『나는 노래가 되었다』(창비)가 나왔다. 9월에 태어나서 "내 유서를 20년쯤 앞당겨 쓸일은 / 1999년 9월 9일 이전"(「간추린 일기」)이라고 했던 자신의 예언대로 눈을 감은 그 9월에 시선집이 태어난 것이다.

참된 시는 매순간을 거듭 새로 태어나는 의미의 공터를 갖고 있다. 굳어진 의미를 빨아들여 새살을 입힌 뒤 다시 내뱉는 블랙홀 같은 것 말이다. 완전히 파악된 시는 이미 시가 아니다. 파악되면서 동시에 파악되길 거부하는 영역을 갖고 있어야 한다. 『나는 노래가 되었다』와 선집에 실리지 못한 여러 작품들을 찾아 읽으며 느낀 바이지만, 조태일의 시는 새롭게 해석될 수 있는 여지를 아직 많이 남겨놓고 있는 것으로 보인다. 그런데 '나는 노래가 되었다'면 그 노래가 타고 있는 음률은 어떤 것인가. 시가 살아있길 원할 때 그 시엔 생명의 율동에 따라 호흡하는 어떤 리듬이 내장되어 있게 마련이다. 조태일의 시를 읽다보면 치렁치렁하게 휘감겨오는 리듬이 먼저 느껴진다. 그 리듬은 세련된 가성보단 분출하는 육성에 더 가까운 것이어서 언뜻 조악해 보이기도 하나 옹졸한 기교를 뛰어넘는 웅혼한 가락의 범람을 통해 즉각적인 몸의 반응을 견인해낸다. 대교약졸이라 했던가. 마감질을 하지 않고 윤곽선 없이 단번에 그어져 내린 몰골 기법을 연상케 하는 그 리듬은 "뿌리를 깊이 내리며 / 천지간에 감기는 리듬"(「송장」)으로서 거대한 대지의 숨결로부터 온다.

밭바닥이 다 닳아 새 살이 돋도록 우리는
우리의 땅을 밟을 수밖에 없는 일이다.

숨결이 다 타올라 새 숨결이 열리도록 우리는
우리의 하늘 밑을 서성일 수밖에 없는 일이다.

야윈 팔다리일망정 한껏 휘저어
슬픔도 기쁨도 한껏 가슴으로 맞대며 우리는
우리의 가락 속을 거닐 수밖에 없는 일이다.

버려진 땅에 돋아난 풀잎 하나에서부터
조용히 발버둥치는 돌맹이 하나에까지
이름도 없이 빈 벌판 빈 하늘에 뿌려진
저 혼에까지 저 숨결에까지 닿도록

우리는 우리의 삶을 불지필 일이다.
우리의 숨결을 보탤 일이다.
일렁이는 피와 다 닳아진 살결과
허연 뼈까지를 통째로 보탤 일이다.

—「국토서시」 전문

    시어 하나 하나가 살아 펄떡거리는 것 같다. 이 시의 생생함은 무엇보
다 활자로 고정되어 있으나 시각을 뛰어넘어 청각을 지향하는 말소리의
진동으로부터 온다. 청자를 염두에 둔 구어체의 반복과 병렬은 독자로
하여금 시인의 목소리를 현장에서 직접 듣고 있다는 상상적 경험을 가
능케 한다. 이 시를 잠자코 눈으로 읽었을 때보다 소리 내어 읽었을 때

더 큰 울림이 오는 것은 그런 맥락에서 이해할 수 있다. 또한 이 같은 형식이 공허하게 들리지 않는 것은 역동적인 이미지들과 실핏줄을 잇고 있는 데서 찾을 수 있다. 즉 4연의 '버려진 땅'과 '빈 벌판 빈 하늘'은 어떤 결핍과 소외의 정서를 환기하는데, '이름도 없이 빈 벌판 빈 하늘에 뿌려진' 혼은 소외감을 더욱 심화시킨다. 이처럼 소외로 얼룩져 황무지화된 국토의 가장 밑바닥에서 화자는 '조용히 발버둥치는 돌멩이'의 저항을 보고 있다. 돌멩이의 저항은 '버려진 땅에 돋아난 풀잎'과 병치됨으로써 그 저항의지가 풀잎의 생명의지와 다른 것이 아님을 보여준다. 대지에 착근한 이 같은 이미지들은 발바닥이 다 닳고, 숨결이 다 타오르는 소멸의 과정을 통해 새 살과 새 숨결을 꿈꾸기에 이른다. 그 숨결은 죽은 자의 혼에까지 스며들 수 있는 숨결, 즉 죽음까지 스며들어 살고 싶은 대지의 의지를 상징한다. 그 중심에 '불'이 있다. 마지막 5연에서 국토에 '일렁이는 피와 다 닳아진 살결과 / 허연 뼈까지를 통째로' 바쳐야 한다는 일종의 희생제의적 진술을 통해 알 수 있듯이 화자는 번제의식을 치름으로써 '빈 하늘'로의 상승을 꿈꾼다. 마치 시인의 발바닥에 있는 소용돌이무늬가 세찬 회오리바람이 되어 육중한 몸을 들어 올릴 수 있기라도 한 것처럼. 그래서 활달한 동사어군(닳다, 타오르다, 돌다, 열리다, 휘젓다, 돋아나다, 발버둥치다, 불 지피다, 일렁이다)이 회오리치는 리듬을 타고 거침없이 육박해 들어올 때 우리는 "우리의 가락 속을 거닐 수밖에 없는 일이다"와 같은 당위를 거부할 수 없게 된다. 실제 숱한 국토순례의 문을 여는 시로 낭독되었을 법한 시이기도 하지만, 「국토서시」는 시가 근육에 호소하는 경지가 어떤 것인가를 여실하게 보여준다.

2

시인은 대지에 경배하는 자이다. 시인에게 그가 몸담고 있는 땅은 한 권의 성서와 같다. 그래서 조태일은 "내가 찾는 땅을 어서 찾아가서 / 무릎 꿇고 긴긴 입맞춤을 하리"(「시인의 방랑」)란 선언을 하고 있다. 그런데 무릎을 꿇고 입을 맞출 만큼 성스러운 땅은 어디에 있는가. 그 땅은 어떤 초월적 지평이나 총체성을 잃지 않고 있던 과거의 유기적 복합체를 향해 있지는 않은가. 당겨 말하자면 조태일의 시는 그러한 차원에서 읽히지 않는다. 시인의 시는 오히려 니체의 이중의지를 닮았다. "나의 의지, 그것은 인간에 매달린다. 그리고 사슬로 내 자신을 인간에게 묶어둔다. 그렇게 하지 않으면 나는 초인을 향해 위쪽으로 낚아채이고 말 것이다. 내게 또다른 의지가 있어 초인을 지향하고 있기 때문이다"라고 했던 짜라투스트라를 떠오르게 한다.

> 서울의 가로수는
> 敗地에 울멍이는 나의 戀歌.
>
> 잎은 地上의 아우성을, 所望을 所重히,
> 무거운 무게로 떨어져
> 地下에서나 울어줄까?
>
> 그 어느만큼서 울다 울다가 목메이면

슬픈 허리띠를 돌아 다시 솟아줄까?

—「서울의 가로수는」 부분

첫 시집 『아침 선박』에 실린 「서울의 가로수는」는 패배만을 안겨준 대도시에서 부르는 시인의 연가다. 패배의 땅에서 울먹이면서도 매연 먼지 속에서 뿌리를 내린 가로수처럼 시인은 이 땅에 대한 사랑을 버리지 못하고 있다. 지상의 아우성과 소망을 떨쳐버릴 수 없기 때문이다. 그 같은 아우성과 소망의 짐으로 하여 가로수 잎은 무거워진다. 그 무게로 하여 낙엽은 가로수의 낙루가 되어 떨어진다. 그리고 울음의 끝에서 낙하의 힘을 통해 대지의 탄력을 반동삼아 솟아오르는 걸 희망하게 된다. 번뇌를 끊지 않고 열반에 들어가야 한다고 했던 게 유마거사였던가. 언제나 상구보리의 비전은 하화중생의 공유를 끝내 잊지 않는다. "티끌이 앓으면 태산이 앓고 / 물방울이 앓으면 바다가 앓"(「산에 올라, 바다에 나가」)는다는 도저한 연민의 정도 같은 선상에서 이해할 수 있다. 이처럼 시인은 초월을 겨냥하되 육중한 지상의 추를 끊어버리지 않은 채 철저히 아래로의 초월을 지향하고 있다. "산들이 조이니깐 하늘은 / 위로만 위로만 치솟는다"(「산에서」)는 역동적인 이미지처럼 시인에게 비상은 육중한 지상의 삶들의 '조임' 속에 있다. 이 같은 시의식은 고통으로 얼룩진 지금 이 순간의 구체적 삶을 끌어안는 쪽으로 나아간다. 그리고 그 구체적 삶 속에서 성스러움을 발견하게 된다. 시인에게 성스러움의 거처는 자신이 몸담고 있는 '지금 여기'의 불모의 땅을 떠나선 그 어디에서도 찾을 수 없는 것이다.

너무 멀고 험해서

오히려 바다 같지 않는

거기

있는지조차

없는지조차 모르던 섬.

쓸 만한 인물들을 역정내며

유배 보내기 즐겼던 그때 높으신 분들도

이곳까지는

차마 생각 못했던,

그러나 우리 한민족 무지렁이들은

가고, 보이니까 가고, 보이니까 또 가서

마침내 살 만한 곳이라고

파도로 성 쌓아

대대로 지켜오며

후박나무 그늘 아래서

하느님 부처님 공자님

당할아버지까지 한식구로 한데 어우러져

보라는 듯이 살아오는 땅.

—「가거도」 부분

너무 멀고 험해서 유배조차 보내지 않던 박토를 찾아가서 시인은 신성을 만나고 있다. 그 신성은 '하느님 부처님 공자님 / 당할아버지까지 한식구르' 어우러진 것으로서 지극히 인간적인 모습을 하고 있다. 그런데 여기서 시인이 만난 신성은 하느님 부처님 공자님 등에 있는 것이 아니라 '가고, 보이니까 가고, 보이니깐 또 가서 / 마침내 살 만한' 땅을 일군 민초의 강인한 생명력에 있는 것으로 보인다. 과연 한민족 무지렁이 민초들의 강인한 생명력이 아니었던들 박토로 버려진 땅에 하느님 부처님 공자님, 심지어 당할아버지까지 함께 거할 수 있었겠는가. 이 같은 민중의 생명력에 대한 경의는 작품 후미의 4·19혁명 희생자를 기리는 비문을 따로 인용하면서("길가는 나그네여! / 사월혁명의 선봉이 되어 / 반민주 반독재와 불의에 항거하여 / 싸우다가 십구일 밤 무참히 떨어진 / 십구세의 대한의 꽃봉오리가 여기 / 누워 있다고 전해다오") 역사적 문맥을 얻게 된다.

물론 조태일의 시에 다소 퇴행적 궤도이탈로 보이는 유년과 고향을 향한 회귀의식이 전혀 나타나지 않는 것은 아니다. "나의 시는 유년시절의 고향에서 출발하여 전국토의 사물들과 어울리다가 마침내 고향으로 돌아오리라는 신념에서 씌어진 시들이다"(『산속에서 꽃속에서』 후기)라는 시인의 말처럼 삶의 원형성이 고스란히 남아 있던 시절로의 이끌림을 시편 여기저기서 찾아볼 수 있다. 이런 면모는 시인의 여러 평문에서 도드라지고 있는데, 언뜻 신동엽의 「시인정신론」을 연상케 하는 면이 있다. 신동엽은 일찍이 원초적인 생명의 세계(원수성 세계)와 반생명적인 세계(차수성 세계)를 대립시킴으로써 왜곡된 근대를 벗어난 삶(귀수성 세계)으로의 귀의를 꿈꾸었다. 시에선 그것이 주로 과거적 삶에 대한 동경 혹은 대지와의 친화적 모습으로 육화된다. 역시 대지의 아들이었던 조태일이 쓴 「신동엽론」(『창작과비평』, 1973년 가을호)의 한 대목을 보자.

그의 대다수의 시편마다 나타나는 과거 역사의 차용은 아무런 필연성이
없이 그저 추상적인 과거에의 회상이나 복귀로 보여지는 오해를 지니고 있
음은 사실이나, 이는 이 시인이 시간과 공간을 마음대로 유영할 수 있는 상
상력의 소산으로서, 현재의 상황을 폭넓은 상상의 힘으로 과거에 밀착시켜
현재를 드러내 보이고, 또한 미래를 표명하기 위한 수단인 것으로 이해하는
것이 타당한 일일 것 같다. 이와 같은 시의 방법은 바로 「이야기하는 쟁기꾼
의 대지」에서, 대지의 귀의성을 주장함으로써 현실의 모든 부조리한 요소들
을 드러내, 보다 활력있는 미래에의 그리움을 나타내려고 한 방법과 동류의
것이라고 볼 수 있다.

신동엽에 대한 시인의 해석은 시인 자신의 시론 성격을 띤다는 점에서
주목을 요한다. 조태일은 신동엽 시의 변모과정을 애정 어린 눈으로 살
피면서 신동엽의 시가 처음부터 내장하고 있던 현실의 맥락이 어떻게 구
체화되어가고 있는가를 살핀다. 즉 초기의 대지가 한반도로, 원초적 생
명력에의 그리움은 민족주체성에의 그리움으로, 막연했던 과거역사에
의 관심은 구체적인 현실상황으로 밀착되고 있음을 밝히고 있는 것이다.
이처럼 같은 기질의 한 시인에 대한 시인의 시론을 통해 확인할 수 있
듯이 조태일은 과거의 원형적인 삶을 그리되 '지금 여기'의 대지에 뿌리
를 내린 자의 중심을 잃지 않는다. 그것은 시인의 고향 체험이 안온했던
추억만으로 구성되어 있지 않기 때문이기도 하다. 시인은 고향인 「곡성
으로 띄우는 편지」에서 여순사건과 같은 역사적 상처로 인해 "살아남기

위해서 새벽 압록강을 건너 / 광주로 피난"을 가야만 했던 탈향의 아픔을 들려주는가 하면, 좌우익의 갈등 속에서 스러져간 「원달리의 아버지」에서는 "눈에 들어오는 것 / 폐허뿐이네 적막뿐이네"와 같은 비감어린 정조에 휩싸이기도 한다. 또한 「친구들」에서는 "산열매로 가득 배를 채우고 / 찔레꽃 개나리꽃으로 입술 물들이며 / 짐승들보다 더 빠르게 / 신나게 뛰던" 고향의 친구들을 그리워하면서도 "어둠속에서 두근거리는 가슴 조이며 / 한밤내 대창 부딪는 소리"에 밤잠을 설쳐야 했던 기억에 사로잡히기도 한다. 유년체험이 시인에겐 끝없이 덧나는 상처로 남아 있는 것이다. 그런 점에서 시인의 귀향은 상처로의 귀향이라고 할 수 있다. 시인은 아물지 않고 덧나는 상처를 바라보며, 이 같은 아픔이 '지금, 여기'의 삶속에서도 여전히 지속되고 있다는 걸 확인한다. 그런 과정을 통해 시인은 다시 현실로 복귀한다. 즉 삶의 원형성과 순결성을 유린하고 파괴하는 파시즘적 사회에 대한 부정과 저항의 목소리를 돋우기 시작하는 것이다. 이런 시편을 대표하는 것이 시집 『식칼론』에 실린 「식칼론」 연작과 「나의 처녀막」 연작이다.

창틈으로 당당히 걸어오는
햇빛으로 달구었어!
가장 타당한 말씀으로 벼리고요.

신라의 허황한 힘보다야 날카롭고
井邑詞의 몇구절보다는 덜 애절한
너그럽기는 무등산 허리에 버금가고

위력은

세계지리부도쯤은 한 칼이지요.

흐르는 피 앞에서는 묵묵하고

숨겨진 영양 앞에서는 날쌔지요.

비장하는 데 신경을 안 세워도 돼,

늘 본관의 심장 가까이 있고

늘 제군의 심장 가까이 있되

밝게만 밝게만 번뜩이면 돼요.

그의 적은

육법전서에 대부분 누워 있고⋯⋯

아니요 아니요

유형무형의 전부요.

—「식칼론 1」전문

　식칼이란 소재부터가 한눈에 보기에도 매우 섬뜩해 보인다. 소재로
하필 식칼을 선택한 것은 요리를 하는 데 써야 할 칼이 제 소임에만 충실
할 수 없도록 만드는 사회의 무시무시한 억압 때문이다. 식칼은 '햇빛'
이라는 원형의 질료로 달구었다. 그것은 '가장 타당한 말씀으로' 벼리었
고 '심장 가까이' 있는 것으로서 진실의 무기이다. 이런 식칼이 적으로
삼고 있는 것은 독재정권의 시녀가 된 '육법전서'다. 아니, 육법전서와
같은 유형무형의 전부다. 그래서 시인은 "맥없이 우는 세월이나 딛고"

지배담론에 봉사하는 "허약한 시인의 턱밑에다가"(「식칼론 2」) 섬뜩한 언어의 칼날을 들이대기도하고, 삼선개헌과 유신선포로 이어지던 독재 정권의 턱밑을 노리기까지 한다(「식칼론 3」, 「식칼론 4」). 그런데 식칼의 위력은 '정읍사의 몇 구절보다는 덜 애절'하다는 표현에서 알 수 있듯이 슬픔의 감정 앞에서만 유일하게 무력한 속성을 갖고 있다. 강자 앞에서는 더욱 강해지지만 약자 앞에서는 그보다 더 약해지는 게 시인이 쥔 식칼이었던 것이다. 식칼의 날카로움은 그래서 '눈물'(「식칼론 2」)과 함께 있다. '눈물'의 둥긂은 칼끝의 날카로움을 껴안으며 우는 '천둥'이 되고, 칼끝은 그 울음 속에서 더욱 번뜩이며 시대의 어둠을 가르는 '번개'가 된다(「식칼론 4」).

제군
연전에 파열된
나의 처녀막을 기억이나 하시는지.

하루에도 몇 번씩 강한 열 손가락으로
나의 어린 유년을 열어젖히고
상한 나의 처녀막 근처에 꿇어앉아
산산히 쪼가리난 흔적의 민주를 자유를
感得이나 하시는지.
통곡이나 하시는지.

쪼가리 쪼가리난 처녀막으로

붉은 세월의 피의 꽃방석 만들어 깔고 앉아

삐리 삐릴리 삐리 삐리 삐릴리

야만의 풀피리를 불고 있네만,

쪼가리 쪼가리난 민주나 자유로

삐리 삐릴리 삐리 삐리 삐릴리

야만의 풀피리를 불고 있네만,

심란해라 심란해라

아이 심란해라.

제군

돌아오는 메아리를 향한 나의 눈을,

나의 눈을 보시기나 하는지,

아직 피마르지 않는 내 육체를

울리며 기어다니는 메아리를 보시기나 하는지.

―「나의 처녀막 2」 부분

과문한 탓인지 모르겠지만 한국시사에서 나는 이처럼 강렬한 색채를
지닌 시를 아직 보지 못했다. 조각조각난 처녀막으로 피의 꽃방석을 깔
고 앉아 불어대는 야만의 풀피리! 그것은 군사 쿠데타 정권에 의해 유린
당한 4·19혁명의 순수성과 민주주의가 어떻게 파괴되었는지를 증언
한다. 그리고 "피묻은 피묻은 처녀막을 나부끼며 / 아프고 피비린 냄새
를 풍기며 / 광화문 네거리 한복판에 / 내가 섰다 내가 섰어. // (…중

략…) / 파열된 처녀막을 가지고 광화문 네거리 한복판에 / 바리케이트를 바리케이트를 칠 일이다. / 자유의 철새 한 마리 명랑한 철새 한 마리 / 날아와 울어주지 않는 여기는 누구의 땅인가"(「나의 처녀막 3」) 같은 원색적인 발언을 통해 야유를 보낸다. 또한 '오줌'과 '기침' 같은 자연스런 생리현상을 참고 있어야만 하는 상황을 전경화 하기도 한다(「나의 처녀막 4」). 육체적인 것에 대한 전통적 혐오가 제도화된 공식문화의 기본입장이라는 것을 생각할 때, 그리고 파시즘 사회에선 위험한 여성상 대신 안전하고 편안한 여성상만이 정치적 영역으로 호출된다는 것을 생각할 때 이 같은 성적 이미지의 반란은 지배이데올로기에 대한 전복의 충동을 함축하고 있는 것이라 할 수 있다. 특히 「나의 처녀막 3」에선 '각하' 혹은 '오월의 제왕'으로 명명된 지배이데올로기와 긴장관계를 형성하면서 동시에 예기치 않은 웃음을 낳기도 하는데, 바흐찐이 민중언어의 특징이라고 말했던 '축제적 웃음' 혹은 '흥겨운 상호의존성'이 발생하는 대목이다.

제국은 야만인을 만들어냄으로써 존속한다. 실제 야만인의 존재 유무와는 상관없이 상상된 야만인이라는 타자를 설정함으로써 제국의 안존을 기획한다. 조태일이 가장 뜨거운 언어들을 폭발시키던 정치적 암흑기에 시인의 시집은 금서목록의 서두를 장식했다. 그의 시편은 '각하'가 듣기엔 지극히 민망한 야만인의 피리소리였다. 시인은 제국에 의해 찍힌 낙인을 받아들였고, 그것을 되받아침으로써 야만의 시대를 증언하고자 했다. 그 저항이 비록 실패로 끝난다 하더라도 저항의 순간만은 자유로울 수 있기 때문이었을 것이다.

3

"대지인가 여성인가. 아니 차라리 대지와 여성이다. 위대한 몽상가는 한가지만을 선택하지 않는다"라고 말했던 건 바슐라르(G. Bachelard)다. 대지의 여신 가이아의 아들 안테오스는 발이 땅에 닿는 한 누구에게도 지지 않는 힘을 가지고 있었다고 한다. 국토에 뿌리를 내린 조태일의 시는 여성성에 대한 원초적 충동과 매혹을 선보이고 있어 이채로움을 띤다. 여기서 시는 언어의 에로티시즘이 되고, 에로티시즘은 육체의 시가 된다. 온통 여성적인 이미지로 짜여진 첫 시집 『아침 선박』에 실린 이 아름다운 한 장면을 펼쳐보라.

> 溪谷을 빠져, 개울물 흐르고
> 나뭇잎, 내 가시내의 허벅지도 흐르고
> 뒷山 열매 익던 소리.
>
> —「밤에 흐느끼는 내 육체를」부분

여인의 허벅지와 계류를 등치시킴으로써 계곡을 여성화하고, 여성의 생산력을 뒤미처 붙은 '뒷山'과 결합시킴으로써 '열매'라는 생명을 잉태하게 되는 과정을 단 세 줄로 밀도 있게 그려내고 있다. 여기서 '溪谷'과 '뒷山'을 굳이 한자로 처리한 것은 이들 한자의 형용 자체가 시각적으로 성적인 뉘앙스를 주기 때문이다. 계곡의 '谷'은 팔다리를 벌리고 드러누워 있는 여체를 상징하고, 뒷산의 '山'은 솟구쳐 오르는 남성을 상징하는

것처럼 보인다. 그 아름다운 합일을 통해 시인은 상처로 얼룩진 시대의
어두운 '밤에 흐느끼는 내 육체를' 치유하고자 하는 마음을 엿보인다.

들꽃들과 바람들이 낮거리하는 들녘으로

순아,
돌아,

이슬처녀 저 혼자 해님 껴안고
불그레 얼굴 붉히는 길섶을 지나
흰 구름 검은 구름 몸 섞으며 떠도는
하늘을 보며

순아,
돌아,

들꽃들과 바람들이 낮거리하는 들판을 지나
붉은 해 산과 신방 차리려
노을이불 펴며 내려오는
허거름 속으로

순아,
돌아,

우리 함께 가자.

들꽃의 몸으로

바람의 몸으로

낮거리하러.

—「황홀」 전문

후기시를 대표하는 작품이다. 후기시에 접어들면서 대지는 현실의 세목이 현저하게 줄어든 채 지수화풍의 원형적인 이미지들이 '낮거리'를 하는 황홀한 에로티시즘의 무대가 된다. 여기서 시인이 차린 '신방'에 구멍을 뚫고 훔쳐볼 만한 것이 있다. 그것은 생명의 황홀경을 보여주는 에로티시즘이 인위적 경계를 무너뜨리는 힘으로 작용하고 있다는 점이다. 이슬처녀는 해님을 껴안고, 해님은 이슬 속에 들어가 몸을 섞는데, 그 뒤에 이슬처녀의 여성성 쪽으로 옮겨간 해님은 자신을 껴안던 이슬처녀처럼 산을 껴안기 위해 노을이불을 편다. 그들을 둘러싼 흰 구름과 검은 구름도 몸을 섞고, 들꽃과 바람도 몸을 섞으며 경계선이 희미해진다. 즉 대지를 중심으로 해서 물(이슬처녀)과 불(해님)과 바람이 마구 뒤섞여 있는 것이다. 그것이 하필이면 해거름을 배경으로 한 것은 해거름이라는 시간대 자체가 낮과 밤의 경계가 뒤섞이는 시간이기 때문이다. 이 같은 차원은 "부산한 낮거리들과 / 부처님 미소가 / 한덩어리로 어우러져 낮거리 한창이다"(「부처님 손바닥에서」)라는 구절이 보여주듯 성속의 경계마저 훌쩍 뛰어넘는 진경으로까지 발전한다. 이 싱싱한 혼돈과 창조적 혼돈은 딱딱하게 굳어져버린 질서를 거부하는 정신으로부터 오는 것이기도 하면서, 참된 생명을 잉태하고자 하는 의지로부터 나오는 것이기도 하다. 그래서 그의 마지막 시 중 하나가 「씨앗」(『창작과비평』, 1999년 겨울호)이었는지도 모른다. 안타깝게 시집에도 선집에도 실려 있지 않은 이 시를 보자.

> 큰 바위 밑
> 응달진 곳
> 한줌도 안되는 흙 위의
>
> 외톨이.
>
> 어디서 날아왔을까
> 저 바위 밀어 굴릴 수 있을까
>
> 눈감고
> 수행하는 이
>
> 수백 수천 미터
> 밑에서 조잘대는
> 물소리 듣고
> 뿌리 내린다
>
> 저
> 전율의

발광체.

—「씨앗」 전문

  큰 바위가 한줌도 안 되는 흙 위에 터를 잡은 씨앗의 여린 생명을 짓누르고 있다. 그 씨앗은 더욱이 '외톨이'다. 도저한 단독자 의식을 한 연으로 처리했기에 임박한 죽음 앞에서 황막한 벌판에 홀로 서 있는 시인의 외로움과 쓸쓸함이 더욱더 처연하게 느껴진다. 그를 짓누르는 바위는 아마도 시인이 온몸으로 부딪히며 살아온 고난의 연대를 상징하는 이미지일 것이다. '어디서 날아왔을까'에서 알 수 있듯이 그를 박토로 몰아간 바람의 시련은 여전히 불어대고 있다. 그런 시련 앞의 삶을 '눈감고 수행하는 이'라고 한 것은 단순한 수사가 아니다. 곡성 태안사 스님의 아들이기도 했던 그는 산문이 아닌 세상으로 출가를 했던 수행자였던 것이다. 수행자로서의 씨앗은 바위를 등에 진 채 까마득한 지하에서 들려오는 희미한 물소리를 듣고 뿌리를 내린다. 그리고 온몸으로 '전율의 발광체'가 된다. 이 떨리는 빛 앞에서 마치 바위도 전율하고 있는 것 같다. 씨앗의 힘에 의해 흔들리고 있는 것 같다.

  시인은 씨앗이 날아다니다 멈추는 곳이면 어디든 자신의 고향을 삼으리라고 했다. 아니, "멈출 곳 없어 언제까지나 떠다니는 길목"(「풀씨」)이라도 좋다고 했다. 길목이라면 안식의 열망과는 무관한 공간이다. 그런데 그런 길목이라도 좋다고 한 것은 고향의 뜻넓이가 물리적 공간에만 한정되지 않는다는 것을 의미한다. 질러 말하자면 시인에게 고향은 씨앗의 생명성이 구현되어 있는 어떤 상태라고 할 수 있다. 고향은 장소가 아니라 생명의 충일감 속에 있었던 것이다. 그래서 시인은 씨앗의 발아를 위해서 자주 '터진다'. 그의 시에 '터지다' '터뜨리다' 같은 확장적 파열음 계열의 술어가 수없이 등장하는 것을 이렇게 이해할 수 있다.

누가 누구를 미워하리
어느 것 하나라도 버릴 수 없고
어느 모습 하나도 놓칠 수 없는
절정에서 취해 취해

몸살을 앓는 나는
사랑할 수밖에 없는 노릇이어서

쓰러지고 일어나며
두근거리는 가슴 고이 간직
나 여기까지 와서 비틀거리는구나

온통 시샘하는 이것들 속에서
향기는 향기끼리 붙어
온 세상은 춤으로 출렁이고
온갖 자태를 뽐내며
꽃잎들은 다투어
온 세상을 밝히는구나

나 여기 기대어

순간이 순간을 낳고
틈새는 틈새를 만들어내는
위대한 순간에 기대어
영원 속에 내 말들을 흩뿌리리라

푸른 하늘로 얼굴 가려
춤이나 한껏 추고 나면
이 몸 향내 나는
폭죽으로 터질까

꽃속에서 터진 말
하늘까지 사무칠까

—「꽃속에서」 전문

시인은 지금 대지가 피워 올린 꽃의 시간을 살고 있다. 그 시간은 숱
하게 쓰러지고 일어나길 거듭하며 온갖 신난고초를 겪은 뒤에 찾아낸
시간대이다. 꽃 속에 든 시인은 이제 절정에 취해서 사랑을 몸살이라고
말한다. 이 뜨거운 몸살 속에서 시인은 어질머리를 앓으며 비틀거리고,
그 비틀거림은 이내 춤동작으로 이어진다. 대지의 절정이 주는 흔들림
위에서 추는 춤! 그것은 무엇보다 순간에 대한 몰입으로부터 온다. 그것
이 '위대한 순간'인 것은 역사적 공간인 대지 위에서 신화적 시간대인
영원까지 닿을 수 있는 시간이기 때문이다. 물리적 시간 개념은 순간을
오직 하나의 추상적 점에 지나지 않는 것으로 치부해버리지만, 직관의

형식으로서 시적 순간은 과거와 미래가 모두 모여 수렴될 수 있는 창조적 시간이 된다. 이 같은 시간은 '틈새'를 만들어낸다. 그리고 숨구멍처럼 뚫린 그 틈은 또 하나의 틈을 낳으면서 조금씩 벌어져간다. 꽉 닫힌 꽃망울 속에 있던 시간이 이내 파열된다. "외로움도, 가난도 / 찬란한 영광으로 터지"(「벌판으로 가자」)고, 돈오적 순간의 절정에 기대어 파열된 존재는 하늘까지 사무치는 말을 꿈꾸다가 종국엔 "깨끗한 / 침묵으로 / 아문다, // 어머니의 / 임종처럼"(「꽃들이 아문다」).

조태일은 어느 시에선가 대지의 침묵을 '살아 있는 침묵'이라고 말한 적이 있다. 시인의 말대로 한 알의 풀씨가 되어 국토로 돌아간 시인의 침묵은 아직도 끝없이 살아 움직인다. "무슨 말인가를 할 듯 할 듯 하다가 / 얼면서 끝내 입을 다문 채" "함성으로 살아 터지는"(「성에」) 꽃, 성에의 결정처럼 입을 다문 채 말을 건네 온다. "피어서 뿜어주고 / 아물어서 침묵"(「꽃사태」)했던 한 시인의 그 서늘하고도 뜨거웠던 꽃사태 아래 나는 오래 서 있을 것이다. 그 꽃사태와 씨앗이 만들어낸 들깻잎 향기에 코를 킁킁거리며, 밤비를 맞고 바다를 잠재우며 깨어나는 대지의 향기를 그리워하며.

돌무더기 주위엔
파도소리 바쁘고.

땅끝은 끝이 없어라
향기 끝은 끝이 없어라.

들깻잎 위에 밤비 내리고

들깻잎 향기 바다를 잠재운다.

—「해남 땅끝의 깻잎 향기」 전문

4

　현기증을 일으킬 만큼 그 어느 때보다 양적 풍요를 구가하고 있는 이 시대 시에서 나는 어떤 공허를 느낀다. 적어도 시의 제작에 있어서 이 시대 시인들은 그 어느 시대 시인들보다 뛰어난 숙련공이 돼버린 것 같다. 우리 주위엔 너무도 흔한 '좋은 시'가 있고, 완성도 높은 시를 쏟아내는 시인이 많다. 그런데 시라는 것이 과연 숙련될 수 있는 성질의 것인가. 숙련되는 순간 시는 멀어지고 만다. 자기 배반과 자기 유배와 공들여 만든 자기 문법의 붕괴야말로 시의 오랜 생명력이다. 시는 스스로 황무지를 찾아가고, '좋은 시'가 되길 거부하며, 자기의 언어로부터 끝없이 탈주한다. 이 시대 시는 지나치게 자신의 언어에 머물러 있지 않은가.

　"시인은 가장 많은 흔들리는 돌들로 음악의 신전을 짓는다." 파란과 곡절이 많았던 조태일의 시를 만나면서 릴케의 「오르페에게 부치는 소네트」 중 한 구절이 떠오른 건 무엇 때문일까. 아마도 나는 정주하길 거부하고 끝없이 살아 있고자 했던 시인의 의지를 엿보았는지 모른다. 시와 그가 몸담고 있던 시대 사이에서, 말과 침묵 사이에서, 꽃망울의 터짐과 움츠림 사이에서 모순을 온몸으로 끌어안은 채 멈추지 않고 흔들리는 진자운동의 동력학을 우리 시대 시의 엔진으로 끌어오고 싶었는지 모른다. "뙤약볕이 내리쬐는 땅 위에서 그래도 끝까지 살아보려고 펄떡펄떡 뛰는 물고기의 그 철저한 움직임이 시인 것이다"(「고여 있는 시와 움직이는 시」, 『창작과비평』, 1970년 여름호)라던 시인의 말을 거듭 되새김질하면서.

갈라진 '국토'의 곳곳, 온몸으로 노래한 통일운동과 민족문학의 순정한 큰 일꾼

김준태

발바닥이 다 닳아 새 살이 돋도록 우리는
우리의 땅을 밟을 수밖에 없는 일이다.

숨결이 다 타올라 새 숨결이 열리도록 우리는
우리의 하늘 밑을 서성일 수밖에 없는 일이다.

야윈 팔다리일망정 한껏 휘저어
슬픔도 기쁨도 한껏 가슴으로 맞대며 우리는
우리의 가락 속을 거닐 수밖에 없는 일이다.

버려진 땅에 돋아난 풀잎 하나에서부터
조용히 발버둥치는 돌멩이 하나에까지

이름도 없이 빈 벌판 빈 하늘에 뿌려진

저 혼에까지 저 숨결에까지 닿도록

우리는 우리의 삶을 불지필 일이다.

우리는 우리의 숨결을 보탤 일이다.

일렁이는 피와 다 닳아진 살결과

허연 뼈까지를 통째로 보탤 일이다.

—「국토서시」 전문

　　남쪽에서는 조태일하면 '국토의 시인'으로 통한다. "발바닥이 다 닳아 새 살이 돋도록 우리는 / 우리의 땅을 밟을 수밖에 없는 일이다"로 시작한 「국토서시」는 그의 대표시집이랄 수 있는 『국토』의 서두를 장식한 절창이다. 그가 살다간 58년의 생애와 시 정신을 함축하면서 환하게 문을 열어주고 있는 통일의 노래이다.

　　조태일은 이 땅의 '참된 세상'을 위하여 시인으로서 일관된 삶을 살다가 이승을 떠난 사람이다. 그 모든 일은 조국이 '새 살과 새 숨결 돋도록' 꿈꾸는 순정한 행동에 다름 아니었다. 별명이 '곰'이기도 했던 그는 고향 태안사의 계곡 물소리만큼이나 거침이 없었다. 옳은 일이라면 머리와 손가락으로 계산하는 사람이 아니었다. 그 어떤 잡스런 것들에도 오염되지 않는 우직한 성품을 가졌던 그는 하는 행동도 그랬지만 시를 노래함에 있어서는 더욱 단순하고 건강한, 소박한 가락을 즐겨 썼다.

　　쉽게 읽혀지지만 그러나 결코 만만치 않은 조태일의 시편들. 그것은 그가 "버려진 땅에 돋아난 풀잎 하나에서부터 / 조용히 발버둥치는 돌멩이 하나에까지 / 이름도 없이 빈 벌판 빈 하늘에 뿌려진 / 저 혼에까지 저 숨결에까지 닿도록" 하기 위해 언제나 "삶을 불지필 일"과 "숨결을 보탤 일"에 부지런했다는 증거이다. 그가 사랑한 국토의 곳곳에 "일렁이는 피와 다 닳아진 살결과 / 허연 뼈까지를 통째로 보탤 일"로 올곧게 삶을 살고자 했던 그는 조국통일을 자나 깨나 염원한 시인이다.

대낮에 아무리 보아도 태양은
하나니까 하나로 보인다.
한밤에 아무리 보아도 달은
하나니깐 하나로 보인다.
교과서에서도 그렇게 배웠거니와
한반도는 끝내 하나인데
동서(東西)에서 보기엔 둘로 보였다.

생각하니 북순(北順)아, 억울해 죽겠다
죽어죽어 생각해도 억울하겠다. 북남(北男)아
억울하다 생각하니 더 억울하다 남남(南男)아

꽹과리 · 징 · 장구 · 소구 · 벅구 들고 나와
모두 보라고 더덩실 더덩덩실 더어더엉실
억울하다 생각하니 살겠다. 춤춘다.
너만 하나냐? 우리도 하나다.

하늘더러 보라고 살빛을 보이고

너만 하나냐? 우리도 하나다.

강물더러 보라고 눈물을 합치고

너만 하나냐? 우리도 하나다

바람더러 보라고 숨결 합치고

너만 하나냐? 우리도 하나다

물더러 보라고 핏줄 출렁이며

모두 보라고 모두 보라고

더덩실 더덩덩실 더어더엉실 춤춘다.

―「너만 하나냐 우리도 하나다―국토 13」 전문

　"대낮에 아무리 보아도 태양은 / 하나니깐 하나로 보인다." 일견 그냥 얻어진 시구인 것 같으나 그가 사물과 사물의 깊숙한 곳에까지 숨어있는 속뜻을 어떻게 바라보고 있는가를 단적으로 드러내준다. "태양은 하나니까 하나로 보인다"라는 아직까지 한국시에서는 읽을 수 없는 그 어떤 진리의 발견이다. 대저 큰 시인들한테서나 읽게 되는 그런 아성의 미학이다. "강물더러 보라고 눈물 합치고" "바람더러 보라고 숨결 합치고" "물더러 보라고 핏줄 출렁이며" 같은 시구 또한 큰 시인들한테서나 얻게 되는 원초적 비유이며 활달한 언어구사이다. 한자어를 교합시켜 호칭해 부르는 "북순(北順)아, 남순(南順)아, 북남(北男)아, 남남(南男)아"만 보더라도 그가 한반도 사람들을 얼마나 순박('순박함'은 우리민족의 최대 지하자원이기도 하다)하게 생각하고 궁극적으로 얼마나 넓게 사랑하고 있는가를 여실하게 보여주는 대목이다.

모든 소리들 죽은 듯 잠든
전남 곡성군 죽곡면 원달 1리.

구산(九山)의 하나인 동리산(桐里山)속
태안사(泰安寺)의 중으로
서른 다섯 나이에 열일곱 나이 처녀를 얻어
깊은 산골의 바람이나 구름
멧돼지나 노루 사슴 곰 따위
혹은 호랑이 이리 날짐승들과 함께

오순도순 놀며 살아라고
칠 남매를 낳으시고

난세를 느꼈는지
산 넘고 물 건너 마을 돌며
젊은이들 모아 야학(夜學)하시느라
처자식을 돌보지 않고

여순사건 때는
죽을 고비 수십 번 넘기시더니
땅뙈기 세간살이 고스란히 놓아둔 채
처자식 주렁주렁 달고
새벽에 고향을 버리시던 아버지.

삼십 년을 떠돌다

고향 찾아드니 아버지 모습이며 음성

동리산에 가득한 듯하나

. 눈에 들어오는 것

폐허뿐이네 적막 뿐이네.

─「원달리의 아버지」 전문

1970년대가 저물어 가던 어느 가을날, 서울에서 30여 년을 살다가 모처럼 고향을 찾아간 느낌을 그대로 옮긴 것이 「원달리의 아버지」라는 시다. 곡성군 죽곡면 원달리라? 이곳은 한반도의 삼신산 중의 하나인 지리산이 뻗어와 전라도라 곡성 땅에서 다시 치켜세운 천하의 불국토가 아니던가. 가지산, 실상산, 봉림산, 성주산, 사자산, 회양산, 수미산, 도굴산과 함께 구산선문의 하나로 가부좌 틀어 앉은 동리산 태안사. 이 사찰은 국운이 기울기 시작한 신라 말, 불경 중심 혹은 귀족 중심의 교종과는 달리 일반 민중 속에 널리 뿌리내리기 시작한 서민 중심의 선종에서 비롯된 사찰이다. 이 구산선문 선종이 오늘날 '대한불교 조계종'의 모태가 되고 등뼈를 이룬다.

그러나 어찌했으랴. 동리산 태안사가 8·15해방공간 중에 터진 '여순사건'과 6·25전쟁의 주요 무대가 되었음을 이 시인 또한 어찌 잊을 수가 있었으랴. 바로 이 태안사가 조태일 시인이 태어난 고향이다. 서기 742년(경덕왕 1년) 신라의 큰스님 혜철선사가 창건하여 1200여 년의 역사를 자랑하는 남녘의 소림이기도 했던 태안사. 시인은 이 절의 주지이며 대처승이었던 옥천 조씨 혈족인 조봉호 스님과 그보다 열여덟 살이나 아래인 어머니 신정임 사이의 7남매 중 넷째로 태어난다.

그래서 그럴까. 그의 시 속에는 늘 불성이 흐르고 윤회사상의 핵심인 연기와 생명을 소중하게 여기는 살생유택의 정신이 흐른다. 앞서 인용한 「원달리의 아버지」에서 "깊은 산골의 바람이나 구름 / 멧돼지나 노루 사슴 곰 따위 / 혹은 호랑이 이리 날짐승들과 함께 / 오순도순 놀며 살아라고 / 칠남매 낳으시고" 하는 구절이 그러한 마음에서 비롯되어 우러나온 것이리라.

그 순결했던 어린 나이에 여순사건과 6·25전쟁을 겪으면서 피의 역사를 체험한 조태일 시인. 이런 외적 내적 체험이 훗날 그의 시 속에 혼재하는 그리고 복합현상을 일으키는 원초적 생명력(고향정신)과 역사의식(혹은 민족의식)의 토대를 이루게 된다. "역사의식을 가질 때에야 시인은 비로소 시인으로서의 눈을 뜨게 된다"(T.S 엘리엇)는 말도 있듯이 그는 보다 더 넓은 민족, 보다 더 깊은 고향을 만나게 된 것이다. 그가 남긴 산문에서 '여순사건' 시절의 한 대목을 옮겨 본다.

1948년에 여순 사건이 일어났다. 태안사가 위치한 동리산은 여순사건의 격전지였다. 낮에는 아군이 밤에는 밤손님(주민들은 공비들을 그렇게 불렀다)이 점령하는 그야말로 처절한 살육의 현장이었다. 자고 나면 이웃집의 누구는 행방불명이었고 이웃마을의 누구는 대창에 꽂혀 죽었다는 소문들이 꼬리에 꼬리를 물었다. 내 부친도 몇 번이나 죽을 고비를 겪는 것을 똑똑히 보았고 지금도 그 광경은 내 뇌리에서 조금도 지워지지 않는다. 이런 극한 상황에서 마침내 아버지와 어머니를 따라 우리 7형제는 광주로 피난길에 올랐다. 물론 피난 당시에는 나의 모교인 동계초등학교 옆 마을로 소개되고 살던 때였다. 그 마을 옆에 흐르는 압록강(북에 있는 강 이름과 한자까지 꼭 같다)을 나룻배로 건너서 갔는데, 그때 아낙네들이 옷고름을 적시며 울어주며 환송하던 모습이 또한 지금까지 지워지지 않는다. 여순사건의 참혹한 현장을 뛰쳐나와 광주 광천동 마을로 피난 온 지 2년 만에 우리 식구들은 6 · 25라는 엄청난 동족상잔을 또 겪게 된다.

이 땅 고통의 세월과 함께 살다간 조태일 시인의 역정은 대략 다음과 같다. 양성우의 시집 『겨울공화국』 사건으로 옥살이, 긴급조치 9호 위반으로 시인 고은 선생과 함께 옥살이를 거듭하게 된다. 잦은 연행과 구금, 옥살이는 계속된다. 유신독재를 비판한 죄목으로 투옥되는 등 곤욕을 치른다. 1980년 5 · 18민중항쟁을 맞이했을 땐 곧바로 계엄포고령 위반으로 육군본부로 끌려간다. 하지만 항쟁의 질적인 승리가 계속되는 과정에서 징역 2년, 집행유예 2년을 선고받은 그는 1982년 3월 3일 "형 언도의 효력을 상실하는 대통령의 명령이 있음으로" 사면장을 받는다.

1964년도에 『경향신문』 신춘문예로 문단에 나온 조태일 시인은 『아침 선박』, 『식칼론』, 『국토』, 『가거도』, 『자유가 시인더러』, 『산속에서 꽃속에서』, 『풀꽃은 꺾이지 않는다』, 『혼자 타오르고 있었네』 등 8권의 시집과 시론집 『고여 있는 시와 움직이는 시』 등을 펴냈는데 그중 『국토』는 계엄포고령 위반으로 판매 금지조치를 당하기도 했다.

한번 옳다고 생각하면 끝까지 밀어붙이는 고집불통의 사나이, 몸집이 그렇듯이 곰 같은 사람, 내유외강의 성격에 "사실은 두 손이 여자 손처럼 부드러운 사람(소설가 이문구 선생 표현)", 약속을 틀림없이 지키고(어린이와의 약속도 어른과의 약속만큼 중요함으로 꼭 제 시간에 지켜야 한다는 것이 그의 생활 신조였다) 원칙을 배반하지 않는 사람, 말보다는 실천을 중요시하는 사람, 대의명분을 생명으로 여긴 사람이었다. 그것을 압축해서 말하면 그는 조지훈의 지조, 김현승의 청교도적 인격주의(다형 김현승은 시와 인격을 같이하려 했다), 김수영의 앙가주망(현실참여 혹은 사회참여) 정신을 순결하게 결합시켜 온몸으로 시를 쓰며 또 그렇게 살았던 시인이다.

한반도의 남녘 땅, 무등산이 보이는 광주 5·18 국립묘지에 잠들어 있는 그를 기리면서 그의 빼어난 아름다운 시 「풀씨」를 소리내어 읽는 것으로 이 글을 끝낸다.

풀씨가 날아다니다 멈추는 곳
그곳이 나의 고향,
그곳에 묻히리.

햇볕 하염없이 뛰노는 언덕배기면 어떻고
소나기 쏜살같이 꽂히는 시냇가면 어떠리.
온갖 짐승 제멋에 뛰노는 산속이면 어떻고
노오란 미꾸라지 꾸물대는 진흙밭이면 어떠리.

풀씨가 날아다니다
멈출 곳 없어 언제까지나 떠다니는 길목,
그곳이면 어떠리.
그곳이 나의 고향,
그곳에 묻히리.

민족과 국토, 그리고 미

조태일의 『국토』의 경우

최현식

1. 한국 근현대시에서 '국토'의 의미

올해 초 독도를 둘러싼 한일 양국간의 첨예한 대립은 단순한 영토분쟁을 넘어선 의미를 가진다. 특히 고은 시인의 "독도의 바위를 깨면 한국인의 피가 흐른다"는 말은, 적어도 한국인에게는 독도가 국가의 영토라는 좁은 의미의 '국토' 개념을 초월하는 어떤 신성성과 초역사성을 거느리면서, '민족'을 대체 또는 상징하는 기원적 민족동일성의 현현체로 숭고화 되고 있음을 보여주는 예라 할 수 있다. 따라서 일본의 '독도'에 대한 침탈 내지 영유권 주장은 단순히 '지금 여기'의 물리적 현실이 아니라 민족사 전체와 민족적 영혼에 대한 그것으로 확장되어 인식될 수밖에 없는 성질의 것이었다.

그렇다면, 독도의 예처럼, 특정한 '국토'가 "하나의 영혼이며 정신적 원리"[1]이자 개별 구성원의 운명공동체로서 '민족(nation)'을 표상하고 상징하는 중요한 요소가 된 것은 언제부터일까. 잘 아는 대로, 그것은 봉건제가 몰락하고 자본주의에 기반한 제주국주의 체재가 출현하는 근대 이후의 일이다. 물론 근대 이후 민족(국민)국가의 발전 경로는, 거칠게 말한다면, 두 가지 양상을 보인다. 하나가 인종, 언어, 지리 등의 천부적 환경적 요인을 중심으로 형성되는 민족국가라면, 둘은 그것들을 부수적 요건으로 하면서 오히려 특정한 국가 이념 아래 결속된 정치적 정신적 공동체를 지향하는 민족국가이다. 영국, 프랑스 같은 선진 자본주의 국가가 대표적이다. 전자의 양상은 독일, 일본과 같은 후발 자본주의 국가와 우리에게서 볼 수 있는바, 이들은 대체로 문화 민족주의의 길로 나아감으로써 구성원들에게 민족정체성을 보존 유지하고 민족의식을 고취하였다.

그런 만큼 이들은 문명, 곧 물질의 진보보다는 문화, 곧 정신의 진보에 더 많은 가치를 두었고, 자기 민족의 우월성을 증명할 수 있는 다양한 기제의 발굴과 고안, 계발에 국가적 노력과 투자를 행한다.[2] 이런 민족적 사업에 가장 적극적으로 참여하는 '국민'은 다름 아닌 문학예술가들인바, 르낭은 '민족성' 창출에 대한 그들의 기여를 다음과 같이 말했다. "민족성이라는 표제, 그것은 '민족의 영광'인 천재들의 어떠어떠한 민족 감정에 독창적 형태를 부여하고, 애정을 가지고 찬양하며 자부심을 가지는 어떤 것, 즉 민족정신의 거대한 원료를 제공하는 것이다."[3]

---

1 E.르낭, 신행선 역, 『민족이란 무엇인가』, 책세상, 2002, 80면.
2 서구에서 문명과 문화의 개념 분화, 번역어로서 문명과 문화의 이입과 성립 과정 등에 대해서는, 니시가와 나오가[西川長夫], 윤대석 역, 『국민이라는 괴물』, 소명출판, 2002 여기 저기 참조.

'민족감정'과 '민족정신', 곧 '우리'라는 공동감각과 동일성, 그리고 자긍심을 배양하고 앙양하는 데 있어 토대가 되는 요소는 문학(국어), 역사, 지리이다. 가령 이것들은 최남선이 주재한 최초의 근대잡지 『소년』에서 민족지의 핵심으로 다룬 세 담론이었으며, 지금도 여전히 초중등 국정교과서의 주요과목들이다. 그중에서도 문학은 사실로서의 역사와 지리를 허구적 상상력을 통해 새롭게 가치화하거나 심미화함으로써 그것들을 '민족정신'의 거대한 원료로 전유하는 것이다.

이는 멀리 갈 것도 없이, 한국 근현대시사에서 '국토'의 심미화와 민족 이념의 상관성을 몇몇 시인의 예를 통해 일별해 보면 별 어려움 없이 드러난다. 우선 이상화이다. 그는, 마치 이광수와 최남선이 그랬던 것처럼, 「금강송가」(『여명』, 1925.6)에서 금강산을 "마음의 눈으로만 읽을 수 있는" "조선의 영대", 다시 말해 민족혼의 기원과 터전으로 신성화 심미화한다. 한편 그의 대표작 「빼앗긴 들에도 봄은 오는가」(『개벽』, 1926.6)는 우리가 일제에 병탄된 '국토' 이미지를 '빼앗긴 들', 다시 말해 '수난 받는 국토'로 각인하는 데 결정적 기여를 한 시편으로 보아 무방하다. 이것이 후대 민중시편의 외세와 권력에 의해 '빼앗기고 짓밟힌 땅'의 이미지로 연겸됨은 물론이다.

그러나 눈여겨 볼 점은, 「빼앗긴 들에도 봄은 오는가」에는 제목 말고는 어디에도 '수난 받는 국토'의 이미지는 보이지 않는다는 사실이다. 오히려 조선 들판의 처녀 같은 건강성과 아름다움, 그것에 신명이 들린 남성자아의 들뜬 기분이 집중적으로 표현되고 있다. 물론 이것은 역설

---

3 E.트낭, 앞의 책, 28면.

이다. 말하자면 자연(들)의 풍요로움이 식민지 현실의 강팍함을 한층 부각시킴과 동시에, 해방에 대한 열망 역시 더욱 두드러지게 하는 것이다. 이는 시의 서두와 말미에 두 번 쓰이는 "지금은 남의 땅"이란 구절이 증명한다.[4]

다음으로 서정주와 신동엽의 경우이다. 이들의 국토의 심미화와 민족 이념의 상관성은 그 이념의 지향성과 미래성에서 보수 대 진보, 친체제 대 반체제의 양상을 보이지만, 역사(과거)의 심미화를 주요한 방법으로 동원하다는 점, 전통의 발굴과 창안에 집중하는 반근대주의적 민족주의의 양상을 보인다는 점에서 서로 닮아 있다. 가령 서정주는 풍류도를 기축으로 백결, 선덕여왕과 같은 신라의 심미적 인간형을 현재로 호출함으로써 6·25 이후 황폐화된 이 땅에 새로운 국민국가를 수립하는 데 적극적으로 호응한다. 이와 반대로, 신동엽은 이른바 그가 '생활의 세계'로 지칭하는 유토피아적 공동체, 이를테면 역사적 기록의 공백으로 남아 있는 원삼국이나 후삼국 등에 대한 상상적 기억과 복원을 통해 근대 문명의 폐해를 고발하는 한편 새로운 미래를 꿈꾼다. 이처럼 두 시인에게 '국토'는 민족의 기원적 동일성을 역사화하고 미래화하는 근본 토대인 것이다.[5]

---

4 1920년대 '국토'의 심미화와 더불어 주목되는 또 다른 현상은 '향토'의 발견과 심미화이다. 그것을 대표하는 정지용 「향수」는 「빼앗긴 들에도 봄은 오는가」보다 불과 7개월 뒤인 1927년 3월 『조선지광』에 발표된다. 가난의 세목들이 그대로 드러나 있기는 하지만, 지용은 그것을 감각적이고 세련된 시어를 통해 이미지화 하고 또한 "그 곳이 참하 꿈엔들 잊힐리야"라고 주술화함으로써 서사시적 시공간으로 재창조해내기에 이른다. 이에 대한 자세한 논의로는, 오성호, 「「향수」와 「고향」, 그리고 향토의 발견」, 김종태 편, 『정지용의 이해』, 태학사, 2002 참조.
5 서정주와 신동엽 시에 나타난 민족과 역사의 심미화에 대한 자세한 논의는, 최현식, 「민족, 전통, 그리고 미─서정주의 중기문학」, 『말 속의 침묵』, 문학과지성사, 2002

'국토'는 말하자면 이들의 심미적 기억과 비전이 구체적으로 펼쳐지고 실현되는 장인 셈이다. 그것 없이는 어떤 기억과 비전도 추상성과 관념성을 면치 못한다. 이 말은 거꾸로 말하면 '국토'를 대상으로 한 시편들이 그만큼 상투화될 위험도 높다는 이야기도 된다. 그런 점에서 '국토'를 개성적으로 시화할 수 있는 능력은 한 시인의 능력을 평가하는 주요한 척도가 될 수 있을지도 모른다.

이 글은 이런 관심의 연장선에서 조태일의 『국토』[6]를 다뤄보고자 한다. 잘 알다시피 그는 의도적으로 유신체제 하의 엄중한 상황 아래서 '국토' 연작을 기획 제작했다. 이런 점 때문에 『국토』는 민중시와 저항시로서의 의미만을 주목받는 경우가 많다. 그러나 이제는 일련의 연작속에서 '국토'가 심미화되는 양상과 방법, 민족과 민중의 전유방식 등에 대한 정밀한 이해가 필요한 시점이다. 비단 이 작업은 발간된 지 벌써 30주년을 맞게 된 『국토』의 현재적 의의와 가치를 밝히는 데만 소용되지 않는다. 궁극적으로, 한국 근현대시사에서 국토의 심미화와 민족 이념의 상관성에서 조태일의 『국토』가 차지하는 위상을 점검하는 일인 동시에, 1970년 이후 한국시에서 그 상관성의 계보학을 작성하는 일의 출발점이 된다.

및 「민족과 전통의 발견술—신동엽 시를 읽는 하나의 관점」, 같은 책 참조.

6 텍스트는 1975년 창작과비평사에서 간행된 『국토』를 사용하며, 이글에 인용되는 『식칼론』(1970) 소재의 시들 역시 『국토』에서 취한다.

2. 자연의 은유와 '국토'의 다층화

조태일은 1964년 「아침 선박」이 당선되어 등단한 후 1965년 첫 시집 『아침 선박』을 1970년 제2시집 『식칼론』을 낼만큼 왕성한 창작력과 뛰어난 시적 재능을 발휘하며 문단의 기대주로 급부상한다. 물론 그의 개성적 시세계는 "60년대 '난해시'의 상투적 수사법에" 깊이 침윤되어 있다고 평가[7]되는 『아침 선박』보다는, 시의 정신과 실천에 있어 "힘과 격력함" "대담한 열정과 원초적 고집"이 관류하고 있다고 얘기되는[8] 『식칼론』으로부터 본격적으로 확보된다.

『식칼론』을 대표하는 시편들은 역시 「나의 처녀막」 연작과 「식칼론」 연작이다. 1960년대 들어 한국 사회는 4·19혁명의 실패와 5·16군사독재의 등장, 위로부터의 근대화에 의한 계급 모순의 본격적 심화 등에 따라, 민주주의의 기본권리로서 자유와 평등에 대한 각성 및 요구가 한층 고조되었다. 조태일은 특히 정치적 부자유의 문제를 '처녀막'의 파열 또는 상실로, 그리고 그에 대한 저항과 극복, 회복 의지를 '식칼'의 울음과 빛 등으로 강렬하게 은유화한다. 그러나 그의 은유는 언어적 세련성을 지향하는 것과는 거의 무관하다. 그보다는 부당한 권력에 대한 저항과 극복 의지를 직설적으로 드러내기 위한 주관적 관념의 분비물이라는 게 옳을 것이다.

---

7   염무웅, 「자유정신으로 이슬로 벼려진 칼빛─언어 조태일의 시를 읽다」, 『창작과비평』 106, 1999, 212면.
8   김화영, 「식칼과 눈물의 시학」, 조태일, 『고여 있는 시와 움직이는 시』, 전예원, 1980, 262면.

아직까지도 처녀막이 파열됐다고 여기지 않는 자들은

다리를 벌리고

한강 다리 위에 서서 수면에 비춰볼 일이요.

파열됐다고 여기는 자들은, 그리하여

한줌의 울분이라도 있다면

파열된 처녀막을 가지고 광화문 네거리 한 복판에

바리게이트를 바리게이트를 칠 일이다.

자유의 철새 한 마리 명랑한 철새 한 마리

날아와 울어주지 않는 여기는 누구의 땅인가.

내가 서 있는 땅

이 망국의 분위기 속에서

나는 결코 피로하지 않다.

— 「나의 처녀막 3」 부분

이 시는 '1966·신춘시'라는 창작시점에 대한 부기(附記)와 '광화문네 거리' '바리게이트' '자유' '망국의 분위기' 등의 시어를 고려할 때 4·19 혁명과 깊이 연관된다.[9] 우선 '파열된 처녀막'은 당대 현실에서 4·19정 신의 순결성이 군사독재("검은 부정의 불의의 빗줄기")에 의해 훼손, 망실되 어 감을 표상한다. 그러나 시적 자아는 그런 불구의 몸을 무기 삼으면서 4·19정신으로 되돌아가 군사독재에 맞서는("무서운 예언처럼 무겁게 / 바 리게이트를 바리게이트를 치자") 현실에의 부정과 저항을 역설한다.

---

[9]   「나의 處女膜」 연작은 모두 4편으로 구성되어 있는데, 1~3은 4·19혁명을, 4는 한국 전쟁 중 벌어진 동족끼리의 양민학살을 소재로 삼고 있다.

이처럼『식칼론』시기 조태일의 비유는 대부분 객관 현실의 풍부한 이해와 표현보다는 부정적 현실에 대한 주체의 열정적 저항을 조직하기 위해 동원된다. 그런 만큼 그가 보여주는 현실의 표정은 매우 단조로우며, 이는 우리의 관심사인 '국토'의 이미지에서도 마찬가지이다. '자유가 통용되지 않는 남의 땅', 이 말로 조태일의 이 당시 '수난 받는 국토'("피흘리며 흩날리는 四季", 「나의 처녀막 2」)에 대한 이미지를 압축할 수 있을 것이다. 이를테면

> 어렸을 적 내 이웃에 살던 영감마님의 얼굴처럼
> 늙은 내 조국, 몇 놈 때문에 보기 싫은 조국이 보이네
>
> —「나의 처녀막 2」부분

> 메마른 땅 위에 누운 나와 너희들의 國家 위에서
>
> —「식칼론 4」부분

같은 구절도 "자유의 철새 한 마리 명랑한 철새 한 마리 / 날아와 울어주지 않는 여기는 누구의 땅인가"와 동일한 의미 맥락을 공유한다.

이런 '국토'의 단성적 이미지는 그가 주요하게 사숙한 선배시인들로 보이는 신동엽이나 김수영의 그것의 새로움과 현실 환기력과 비교할 때 여러모로 부족하다. 김수영은 가장 보잘 것 없는 것들의 진정성에 눈뜸으로써 전통(역사)의 '거대한 뿌리'를 자기화함으로써 「사랑의 변주곡」에 보이는 자유와 해방으로 충만한 미래의 '국토'를 저절로 예견하기에 이른다. 신동엽 역시 주관적 역사의 심미화의 덫을 완전히 피하지는 못

했지만 "낡게만 보이던 과거의 서정을 치밀한 기법과 섬세한 감각으로 현실에 잘 용해시켜 새로운 의미"[10]를 부여함으로써 '국토'를 단순한 민족주의적 저항의 장으로 그치지 않고 "향그러운 흙가슴만 남고 / 그, 모오든 쇠붙이는 가"(「껍데기는 가라」)는 미래의 유토피아로 전화시킨다.

『식칼론』 시기의 대상과 객관을 압도하는 주체의 '대담한 열정과 원초적 고집'은 대개의 연구자들이 동의하는 대로 『국토』 연작을 기획, 창작하는 1970년대에 이르면, 한결 원숙한 사실적 구체성과 경험적 진실성을 획득하게 된다. 이와 같은 시적 진전은 다음과 같은 두 가지의 원인이 개입되어 있는 것으로 보인다.

우선 '유신독재'로 대변되는 1970년대의 정치사황이다. 유신정권에 의한 민주주의의 후퇴와 자본주의 모순의 심화는 1960년대와는 질적으로 다른 민족민주운동의 저항과 성장을 이끌었으나, 또 긴급조치, 계엄령 등 그에 상응하는 각종 탄압을 일상화하는 계기도 되었다. 이것은 문학에도 예외가 아니어서, 문학인들은 문인 간첩단 사건을 필두로 하여 여러 형태의 필화 사건에 휘말려 들었다. 이런 상황은 이른바 1970년대의 참여시로 하여금, 당대 현실에 대한 즉자적 분노와 비판의 표출, 현실을 도외시한 관념적 저항과 미래(혁명)의 주장 같은 사회학적 상상력을 억제하고 유보하는 조건으로 작용했다. 오히려 이것이 조태일, 신경림, 이성부 등의 젊은 참여시인들이 당대 현실을 "하나의 객관적 인식이면서 주관적 표현이 되고, 나의 느낌의 표현이면서 동시에 그것이 외부 사물에 대한 새로운 발견이 되는 상태"[11]의 언어로 표현코자 하는 리얼

---

10 조태일, 「신동엽론」, 『연가』, 나남, 1985, 356면.
11 김우창, 「조태일의 현실적 낭만주의」, 조태일, 『연가』, 나남, 1985, 419면.

리즘 충동으로 자신들의 시의 정신과 육체를 견인해 가는 호기가 되었음은 물론이다.

다음으로는 『식칼론』 시기에는 비교적 옅게 드러났던 유년기의 자연에 대한 원초적 경험의 전면화와 관련된다. 『식칼론』 시기의 그것은 다분히 주체의 '대담한 열정과 원초적 고집'을 증거하고 전경화하기 위한 주관적 경험의 일부로 채용되는 경우가 많다. 그러나 『국토』에 이르면, 자연과 그 원초적 체험은 구체적 현실을 향한 리얼리즘 충동을 구현하기 위한 주요한 원리가 된다. 이 말은 당시의 시대적 조건 및 그의 시의식의 성장이 『국토』에서 정치와 자연의 결합을 자연스럽게 유인했음을 의미한다. 그리고 정치와 자연을 매개하는 은유는 궁극적으로 생에의 의지나 생명력의 확장을 이끌어내는 원리로 작용한다.[12] 그런 만큼, '국토' 역시 단순히 '수난받는 땅'의 이미지에서 벗어나 '원초적 대지'나 '건강한 민중' 등으로 다층화·심미화된다.

따라서 이 시기 조태일의 '국토'의 심미화와, 그것에 게재된 민족·민중 이념과의 상관성은 이런 사실의 의미와 가치에 대한 검토를 중심으로 이루어질 필요가 있다. 이를 통해 우리는 선배 세대와 조태일이 수행한 국토의 심미화의 동일성과 차이성은 물론, 거기에 민족 이데올로기가 습합되는 방법의 그것들에 대한 계보학 역시 그려볼 수 있을 것이다.

---

12 구모룡은 조태일 시학의 핵심을 의지와 행위의 온몸의 시학이라고 보며, 그것을 실현하는 방법적 핵심으로 반(反)의 상상력과 역설 그리고 은유의 수사학에 둔다. 그 가운데 특히 은유를 강조하는데, 은유로써 의지와 행위가 지향하는 의미의 동일성을 견지할 수 있다고 보기 때문이다. 보다 자세한 내용은, 구모룡, 「생명의지와 행위의 은유 조태일론」, 최원식 외 편, 『4월혁명과 한국문학』 창작과비평사, 2002, 172~176면 참조.

물과 물은 소리없이 만나서

흔적없이 섞인다.

차가운 대로 혹은 뜨거운 대로 섞인다.

바람과 바람도 소리없이 만나서

흔적없이 섞인다.

세찬대로 혹은 보드라운대로 섞인다.

빛과 빛도 소리없이 만나서

흔적없이 섞인다.

쏜살같이 혹은 느릿느릿 섞인다.

한핏줄끼리는 그렇게 만나고 섞이는데

한핏줄의 땅을 딛고서도

사람은 사람을 만날 수가 없구나

사람이면서 나는 사람을 만날 수가 없구나.

—「물·바람·빛—국토 11」 전문

    물과 바람, 빛은 가장 심상한, 따라서 가장 원초적 자연을 대표하는 동시에, '국토'를 형성하는 최소 단위이자 그것의 자족성과 충만함을 드러내는 매개체이다. 그것들의 원초성과 충만함은 '소리 없이' 만나서 '흔적 없이' 섞이는 융합력과 확장력, 다시 말해, 인위(人爲)와 무관한

'스스로 그러한'(自然) 생명력에서 확인된다. 이 가운데서 '눈물'과 '바람'은 주관의 측면에서도 주목할 만하다. 그것들이 품고 있는 또 다른 이미지, 이를테면 울음과 슬픔 따위로 표상되는 현실의 제약을 초극하고 반전시키는 역설의 매개체로도 기능하기 때문이다. 가령 "끝내 입을 여는 침묵이었다가 / 끝내 소리치는 말이었다가 // 나의 가장 소중한 생명으로 돌아오는 / 너의 가장 소중한 생명으로 돌아가는"(「눈물―국토 44」)이나 "우리들의 숨결이 그러하듯이 / 바람은 상냥함을 자랑하지만 / 난폭함을 자랑하기도 한다"(「바람―국토 5」)가 그렇다.

사실 이런 '자연'에 대한 두 층위의 은유, 그러니까 원초적 생명력의 표상과 주체의 의지와 행위의 강화를 목적하는 비유는 자칫 전자는 신비주의의 유혹에, 후자는 관념주의와 감상주의의 과잉에 빠져들 위험성이 많다. 그러나 그의 잘된 시들은 김우창의 지적처럼 그런 약점을 가져오기 십상인 비유의 자기탐닉에 떨어지지 않고 현실로 다시 되돌아오게끔 종용되는데,[13] 이는 무엇보다 현실부정의 대담한 열정 뒤에 냉정한 성찰의 눈을 숨겨놓기 때문이다. 예컨대 「물·바람·빛―국토 11」은 자연의 원초성으로 충만한 '국토'가 갖는 복합성과 거기서 우리가 느끼는 경험의 구체를 실감 있게 환기하는 것이다. "사람이면서 나는 사람을 만날 수가 없구나"가 단순히 분단을 향한 비탄의 언어가 아니라, 그것을 뛰어넘는, 통일을 향한 희망의 원리인 까닭이 여기에 있다.

그러나 『국토』에서 자연의 은유가 감각적 복합성을 온전히 구현하는 것만은 아니다. 어떤 경우는 여전히 억압과 수난 받는 국토, 그러니까

---

13 김우창, 앞의 글, 432면.

민족과 민중을 표상하는 알레고리의 차원에 머물기도 한다. 다음 시들은 1970년대 이후 이른바 민족민중문학에서 '빼앗긴 들(땅)'의 고통과 부자유를 표현함에 있어 일종의 규격품 역할을 했을만한 시라 해도 과언은 아닐 것이다.

① 목청을 돋구어 제 命대로 울지 못하는
　저 안타까운 풀잎들이며
　성한 팔다리로써 제대로 울지 못하는
　저 무수한 돌멩이들은

　뙤약볕만이 들끓어 타오르는
　허허벌판의 불바다에서
　그림자를 거느릴 자유마저 잃은 채
　자빠지고, 자빠지고, 자빠지고 있다

— 「풀잎·돌멩이─국토 3」 부분

② 바람 자고 소리 끊겨 고요하기는 해도
　끝간 데 없는 푸른 하늘은 저리 답답하단다.
　푸른 풀들이 흔들리긴 해도
　하늘 밑에 깔린 황토들은 저리 답답하단다.

— 「푸른 하늘과 붉은 황토─국토 34」 부분

두 시는 김수영의 어떤 시를 연상시키는데, ①은 「풀」을, ②는 「풀」과

「푸른 하늘」을 동시에 떠올리게 한다. 그러나 김수영의 '풀'과 '푸른 하늘'이 품은 원초적 자유와 자재의 이미지와 이 시의 그것들은 정반대에 놓여 있다. 물론 이런 '자연'의 고통스런 현실은 또 다른 외부 현실에 의해 초래된 것이라기보다는 주체의 내면에 반영된, 다시 말해 외화된 것이다. 당대의 부자유한 객관 현실과 거기서 주체가 경험하는 제약과 좌절이 자연의 경험에도 그대로 투사되고 있다는 뜻이다. 시인의 이런 동일시는 ①의 "두 줄기의 눈물기둥 세우고 / 일어나라, 일어나라 소리치다. / 내 목청도 별수 없이 타고 마는가"와 ②의 "자유다 평등이다 인권이다 민주다 의무다 국민이다 / 어쩌고 하는 한국적 표준말로부터도 떠나자"에서 뚜렷이 확인된다.

이처럼 『국토』에서 '국토'의 심미화는 자연과 당대 현실의 결함에 의해 매개된다. 그러나 그 심미화를 수행하는 '자연'에 대한 동일화의 원리는 단일하지 않다. 「물·바람·빛―국토 11」 등에서 보았듯이, 원초적 자연 속에 객관 현실을 내포시켜 '국토'의 복합성을 드러낼 때, 그 의미는 보다 다층적이 되며 확장된다. 반면, 주관의 개입이 과잉될 때 자연 사물은 주체의 대리물 역할에 머물고 만다. 「풀잎·돌멩이―국토 3」 등에서 국토의 심미화에 대한 의미 있는 진전보다는 선배 세대의 그림자와 상투성의 혐의를 동시에 느끼게 되는 것은 이 때문이다.

3. 탈식민의 의지와 '국토'의 낭만화

1970년대의 '국토', 다시 말해 민족과 민중의 수난과 고통이 분단 모순과 함께, 위로부터의 근대화가 야기한 계급모순의 격화에 의해 더욱 심화되었음은 주지의 사실이다. 이런 이유로 어떤 논자는 1970년대 민족문학은 '분단 자본주의적 근대'를 비판의 핵심으로 삼았다고 주장하는 한편, 대안적 근대를 향한 다양한 문학적 모색을 벌였다고 그 의의를 설명한다.[14] '대안적 근대'란 분단 극복의 근대와 비자본주의적 발전을 지향하는 근대를 의미하는데, 그러나 지금까지의 민족운동을 되짚어 본다 해도 그 구체상을 짚어내기가 쉽지 않은 게 사실이다.

그럼에도 이런 노력에서 눈여겨볼 것은 그 과정에서 수행되는 분단 극복과 주체적 근대화를 위한 '탈식민'의 노력이다. 상론할 필요도 없이, 분단 체제와 산업화는 식민지 체제의 뿌리 깊은 유산이자 세계체제로의 또 다른 편입에 지나지 않는 것이기 때문이다. 궁극적으로 탈식민의 노력은 현실에 대한 부정적 상상력을 바탕으로 미래를 선취하려는 해방의 기획, 곧 유토피아 충동에 의해 추동되기 마련이다.[15] 물론 이때 중요한 것은 그것이 얼마나 구체적 현실과 단단히 결합되어 있는가, 다시 말해 현실에 굳건히 토대한 '낭만정신'(임화)인가 하는 점이다.

『국토』에는 그러나 급속한 산업화에 따른 계급모순과 인간소외의 심

---

14 하정일, 『분단 자본주의 시대의 민족문학사론』, 소명출판, 2002, 240~265면 참조.
15 이런 탈식민 기획의 대표적인 예로서는, E. said, "Yeats and Decolonization", Terry Eagleton etc, *NATIONALISM, COLONIALISM, AND LITERATURE*, University of Minnesota Press, 1990을 참조.

화 등에 대한 비판과 저항보다는 분단 현실과 정치적 억압에 의한 부자
유 문제에 보다 방점이 찍혀 있는 게 사실이다. 이런 제한은 당연히 탈식
민을 향한 시적 실천과 비전의 제시에도 일정 부분 제약을 가져올 수밖
에 없다. 하지만 '분단 자본주의적 근대' 전체와 씨름해야만 정당한 탈
식민의 실천이 되는 것은 아니다. 오히려 중요한 것은 『국토』에서의 분
단 체제에 대한 탈식민적 저항의 질량을 꼼꼼히 따져보는 한편, 그것이
어떤 방식으로 현상하는가를 검토하는 일이다.

 이미 앞 절에서 본대로, 『국토』에는 수난 받거나 빼앗긴 땅 민족(민중)
의 현실을 그린 시가 다수 존재한다. 이런 시들이 근대 자본주의 체재에
편입된 이래 제국주의의 지배와 영향으로부터 한시도 자유롭지 못했던
한반도에 대한 자화상임은 별 다른 이견이 있을 수 없다. 『국토』에서 식
민의 상태에 놓여 있는 것은 그러나 국토나 각성되지 못한 민중(「모래·
별·바람—국토 39」)[16]만이 아니다. 객관 현실을 냉철하게 인식하고 있는
시인 역시 무언가를 빼앗기고 있는데, 그는 '목소리'를 빼앗기고 있다는
점에서 그들보다 한층 심각한 위기에 처해 있다.

  잃어버린 목소리를
  어디 가면 만날 수 있을까.
  잃어버린 목소리를
  어디 가면 되찾을 수 있을까.

---

16 민중을 은유하는 모래와 별, 바람은 다음과 같이 표상된다. "아직은 모래고 별이고 바
  람일 뿐! / 헤어져 돌아온 줄 모른다. / 돌아앉아 눈감을 줄 모른다. / 돌아와 폭풍이
  될 줄 모른다."

바람들도 만나면 문풍지를 울리고

갈대들도 만나면 몸을 비벼 서걱거리고

돌멩이들도 부딪히면 소리를 지르는데

참말로 이상한 일이다.

우리들은 늘 만나도 소리를 못내니

참말로 이상한 일이다.

(…중략…)

내 五官을 뒤집고 보아도

폼만 보이고 껍데기만 보이고,

목소리를 만날 수가 없구나.

―「목소리―국토 23」 부분

'목소리의 잃어버림'은 진정한 말의 상실 혹은 억압만을 단순히 의미하지 않는다. "우리들은 늘 만나도 소리를 못내니"나 "폼만 보이고 껍데기만 보이고"에서 보듯이, 그것은 주체의 의지와 행위의 동시적 상실을 뜻한다고 보아야 옳다. 실천되지 않는, 다시 말해 행동되지 않는 의지와 말은 가상에 지나지 않는다. 그런 가상에 물든 자기 삶을 냉철하게 꾸짖는 조태일의 성찰적 언어는 그러나 '잃어버린 목소리'를 찾기 위한 역설의 몸짓이다. 인용부의 앞부분이 이미 그것을 말하고 있다.

탈식민적 실천의 첫 걸음은 무엇보다 자신이 처해 있는 식민 현실에 대한 객관적 인식에서 출발한다. 이것은 민족 단위든 그 개별 구성원들에게서든 마찬가지이다. 근대 이후 대개의 민족주의 서사들은 축복의 상태에서 소외라는 특히 현대적인 상황으로 자민족이 추락해 가는 이야기를 다루는[17] 한편, 자기 민족의 찬란했던 과거를 복원하거나 상상적으로 고안함으로써 민족적 동일성을 보존, 유지하려는 기획을 시도하는 경향이 많다. 즉 추락의 서사에 대한 솔직한 고백과 냉엄한 성찰은 이미 그 안에 회복의 서사를 전제하고 있다는 뜻인데, 그 경우 민족의 미래의 모델을 서사시적 과거에 구한다는 말이다. 우리는 한국근현대시사에서 이런 전형적인 예를 두 시인에게서 보는데, 서론에서 민족과 국토, 그리고 역사의 심미화의 상관관계의 상이한 두 모델로 설명한 서정주와 신동엽이 그들이다.

하지만 조태일의 회복의 사사는 이들 선배시인과는 다르다. 물론 '국토의 심미화'를 상수로 하고 있다는 점에서는 동일하지만, 그들이 역사의 심미화를 통해 탈식민을 실천하는 데 비해 조태일은 한결같이 자연에 비유를 통해 그렇게 한다. 그런 점에서 이 지점은 조태일의 고유한 음역으로 자리매김할 수 있는 주요한 대목에 해당한다.

내가 뱉는 숨결이 네 몸에 닿으면
네 몸은 그냥 갈기갈기 찢기는 폭풍이 되고

내가 뿌리는 눈물이 네 몸에 닿으면
네 몸은 그냥 내리꽂는 폭포가 되고

내가 기른 머리털이 네 몸에 닿으면

---

17 Seamus Deane, "introduction", Terry Eagleton etc, NATIONALISM, COLONIALISM AND LITERATURE, University of Minnesota Press, 1990, pp.8~9.

네 몸은 원없이 나부끼는 깃발이 되더라

깃발이 되더라.
깃발을 올라타고 가물거리는 사랑은
사랑을 올라타고 또 떠나는 행동은.

—「깃발이 되더라—국토 14」 부분

이 시는 주체가 '잃어버린 목소리'를 되찾는 방법과 그것이 궁극적으로 의미하는 바를 뚜렷이 드러내고 있다는 점에서 『국토』에서 시인의 탈식민 의지와 실천을 요약, 대변하는 시라 할만하다. 이 시가 김수영과는 또 다른 의미의 '온몸의 시학'을 구현하고 있음은 분명해 보인다. 그것을 가능케 하는 원리는 '나'가 '너'로, 또 너가 '그'(자연사물)로 자연스럽게 확장, 전이되는 방식의 은유이다. 이때 중요한 것은 '나'의 연약한, 그래서 아직은 불확실한 의지는 '너의 몸'과 결합함으로써 그 자체가 '온몸', 다시 말해 의지와 행위의 온전한 결합체인 '폭풍' '폭포' '깃발'로 거듭난다는 사실이다. 특히 시인은 온몸으로 나부끼는 '깃발'을 강조하고 있는데, 이것은 일반적으로도 자유와 저항의 상징으로 널리 쓰인다. 그것의 좀 더 세련된 표현이 "깃발을 올라타고 가물거리는 사랑은 / 사랑을 올라타고 또 떠나는 행동은"일 테다.

이처럼 조태일에게 온몸의 시학은 부정적 현실에 대한 저항의 감각을 구성할 뿐만 아니라, 더 나은 미래를 향한 유토피아 충동으로 작동한다. 따라서 온몸의 시학은 탈식민을 향한 주체의 새로운 지도 그리기에 해당한다 하겠다. 물론 「깃발이 되더라—국토 14」의 경우, 주체의 의지가 타자, 다시 말해 자연 사물에게 강하게 투사되어 있음을 부인하기는 어렵다. 그 때문에 이 시 역시 대상에 대한 "핍진한 묘사보다는 시인의 정열에 의해 떠받쳐져 있는 세계"라는 『국토』의 일반적 한계[18]로부터 자유롭지 못하다는 느낌을 주는 것이다.

  그러나 또 다른 의미의 '온몸의 시학'을 구현하고 있는 「옹기점 풍경」은 이와는 다른 탈식민의 감각을 보여준다는 점에서 각별히 주목된다. 미리 말해, 그것은 자연을 매개로 한 '온몸'의 구현이 주체가 아닌 국토 차원의 사건으로 주어지기 때문에 가능한 것이다.

  韓半島의 모든 바람은 물론
  세계의 모든 바람들도 함께 섞여
  멋모르는 마음들은 마음 놓고
  밤낮 없이 여기 와서 논다.

  어떤 놈은 풀피리, 버들피리를 불고
  어떤 놈은 피리, 통소를 불고
  어떤 놈은 장구, 북을 치면서 논다.
  하, 어떤 놈은
  하모니카, 트럼펫, 색소폰을 분다.

  한반도의 모든 빛은 물론

---

18 유성호, 「조태일 시 연구─저항성과 천진성의 시학」, 청람어문교육학회 편, 『청람어문교육』 29, 2004, 71면.

세계의 모든 빛들도 하께 섞여
멋모르는 마음들은 마음 놓고
밤낮 없이 여기 와서 논다.

어떤 놈은 느릿느릿 양산도 춤을 추고
어떤 놈은 깝죽깝죽 보릿대춤을 추고
어떤 놈은 허리 끊어져라 트위스트를 추고
하, 어떤 놈은
고그춤을 원없이 춘다.

서러운 우리들은 밤낮 없이
黙黙不答인채 아무데나 놓이고
밤낮 없이 저러는 풍경은
日沒이 와도 걷히지 않고
日出이 와도 걷히지 않는가.

—「옹기점 풍경—국토 8」 전문

이 시는 소재와 표현에서 「물·바람·빛—국토 11」과 매우 유사하
다. 하지만 그것에 비해 자연의 은유, 즉 '국토'의 심미화의 목적이 분명
한 형태로 드러나 있다. 바람과 빛으로 대표되는 한반도와 세계의 자연
사물, 그리고 자유롭고 해방된 영혼을 표상하는 '멋모르는 마음들'을 하
나로 잇고 융합하는 것은, 백자도 청자도 놋그릇도 아닌 흙으로 빚은 값
싼 '옹기'들이다. 비록 동일한 성질의 것은 아니지만, 우리는 1960년대

이후 탈식민과 해방의 표상으로, 혹은 민중적 전통의 표상으로 기능하는 인상 깊은 '흙'의 표상 두 가지를 기억한다. 신동엽의 「껍데기는 가라」의 "모오든 쇠붙이"와 대비되는 "향그러운 흙가슴"이 전자라면, 후자는 서정주의 「상가수 소리」와 「소망(똥간)」(『질마재 신화』)에 등장하는 "하늘의 별과 달도 언제나 잘 비치는" '똥오줌 항아리'이다. 조태일의 '옹기'는 우연찮게도 질료와 내용상으로는 신동엽의 것을, 형식상으로는 서정주의 것을 자기 몸의 존재방식으로 취하고 있다.

이런 말은 물론 두 선배시인의 영향을 과장하기 위함이 아니다. 그런 동일성보다 오히려 중요한 것은 지금까지 강조해온바 자연의 원초성을 매개로 한 현실 환기력과 유토피아 충동이다. '자연'의 자유자재함이 구현되는 옹기점 풍경은 실제 현실인 동시에 일종의 상상된 풍경이다. 현실과 상상 여부는 물론 옹기점에서 "마음 놓고 밤낮 없이" 노는 주체가 자연과 그들(마음들)인가 나인가에 따라 분별된다. 주체의 입장에서 전자들에게 그것은 현실로 인정되지만, 자아에게는 여전히 '아직 아닌' 세계("서러운 우리들은 밤낮 없이 / 黙黙不答인채 아무데나 놓이고")이다.

그런 점에서 '자연'이 노는 '옹기점'은 주체가 새롭게 그리고 되찾아야 할 '국토'와 '역사'의 견본에 해당한다. 이 견본은 당연히도 제국주의의 유무형의 지배에 의해 왜곡된 민족 정체성을 바로잡는 동시에, 그 빈틈들을 다시 채워 넣을 수 있는 새로운 땅을 찾아내고, 지도에 그려 넣는데 밑거름 역할을 한다. 어쩌면 이것이야말로 조태일의 『국토』가 1970년대 민족문학에서 국토의 심미화는 물론 탈식민의 실천에서 성취한 가장 큰 몫 가운데 하나일지도 모른다.

하지만 조태일이 그려낸 견본이 단조롭다는 사실은 많은 아쉬움을 남긴다. 그 견본 역시 열도 높은 윤리성과 정신주의가 밑받침된 민족주의의 산물일 테지만, 그것을 본뜬 '국토'의 심미화와 낭만화는 다른 한편으로는 현실의 복합성을 사상함으로써 세계를 단순화하게 된다. 물론 그 안에 담긴 저항과 해방의 비전은 부정적 현실에 맞서 새로운 역사를 쓰려는 주체들을 통합하고 전진시키는 근원적 동력으로 작용한다. 그러나 그 비전이 성찰의 계기 없이 절대화 될 때, 그것은 '나'와 '너'를 가르고 우리로부터 타자를 배제하는 또 다른 폭력이 될 수 있다.[19]

『국토』에서 표면화되지는 않았지만, 이런 우려는 1980년대 민중 문학에서 상당 부분 현실화되었다. 하지만 조태일은 『가거도』 등 이후 시집들에서 "전국토의 사물들과 어울리다 마침내 고향으로 돌아오리라는 신념"[20]을 실천하는 시 쓰기에 충실함으로써 그런 오류로부터 스스로 비껴나간다. 그러나 그 과정은 그 '견본'이 더욱 다층화되고 심화되는 계기로부터의 벗어남이기도 했다.

4. 맺음말

지금까지 우리는 조태일의 『국토』를 중심으로 '국토'의 심미화와 민족 이념, 그리고 탈식민적 실천이 맺는 상관관계를 검토해 왔다. 이 작

---

19 신형기, 「이효석과 발견된 향토」, 『민족 이야기를 넘어서』, 삼인, 2003, 127~131면 참조.
20 조태일, 「후기」, 『산속에서 꽃속에서』, 창작과비평사, 1991.

업은 저 주제에 대해 조태일 개인에서 의미를 규명하는 데 그치지 않고, 한국 근현대시사에서의 의미 규명과 함께 계보학을 작성하는 일이라는 데 참된 의미가 있다. 그 논의 결과를 간단히 요약하면 다음과 같다.

　우선, 『국토』에서 '국토'의 심미화는 대체로 자연과 당대 현실의 결합에 의해 매개된다. 이때 '국토'가 자연에 동일화되는 방식은 두 가지 형식으로 나타난다. 하나는 원초적 자연 속에 객관 현실을 내포시켜 '국토'의 건강성과 생명성을 드러내는 경우이다. 이때 자연의 구성체인 '국토'는 생명의 자유자재한 공동체로 상상됨으로써 부정적 현실을 초극하는 희망의 원리가 된다. 다른 하나는 '수난 받거나 억압받는 땅'으로 상상되는 경우다. 이 자연 사물은 주체의 내면이 투사된 일종의 대리물 역할을 하게 되는데, 이 때문에 자연의 비유는 부정적 현실에 대한 알레고리에서 크게 벗어나지 못하게 된다.

　다음으로, 『국토』의 주요한 주제 가운데 하나는 탈식민의 실천이다. 특히 분단 체제에 대한 저항과 극복이 그것이다. 이 과제는 『국토』에서 두 가지 차원에서 실천된다. 첫째, 주체의 차원이다. 이 경우 , 주요한 역할을 하는 것은 '온몸의 시학'이다. 이를 추동하는 원리는 나가 너(몸)로, 너가 그(자연사물)로, 확장, 전이되는 방식의 은유이다. 시인에게 '온몸'이란 궁극적으로 의지와 행위가 일체됨, 다시 말해 '사랑'과 '행동'이 하나된 실천('깃발')을 뜻한다. 둘째, 국토의 차원이다. 탈식민화된, 다시 말해 해방된 '국토'의 풍경은 한반도의 바람과 빛, '멋모르는 마음'들이 "마음 놓고 노는" '옹기점' 풍경으로 은유된다. 여기서도 자유자재한 원초적 자연의 이미지가 해방된 국토의 미래기획에 원용됨을 다시 한 번 확인한다. 이런 '자연'이 노는 '옹기점'은 주체가 새롭게 그리고 되찾아야 할 '국토'와 '역사'의 견본에 해당한다.

  그럼에도 불구하고, 조태일의 『국토』는 자연과 현실의 즉자적 결합, 그에 따른 주관의 지나친 개입과 현실의 단순화 등 역시 함께 거느림으로써 거관현실의 복잡성을 약화시킨 반면 정신적 윤리주의를 강화시킨 면이 없잖다. 이것은 이후 국토의 심미화와 민족 이념의 상관성에 있어 그 다양성과 의미의 심화를 제약하는 요소로 작용했다는 점에서 많은 아쉬움으로 남는다.

생명의지와 행위의 은유

조태일론

구모룡

1. 상황속의 시인

조태일의 작품들은[1] 대부분 이해되기 이전에 먼저 경험된다. 초기시 (주로 첫 시집 『아침 선박』에 해당하는)와 후기시(6시집 이후)일부를 제외한 그의 시는 많은 경우 현실 상황에 직면한 시적 주체의 구체적 태도를 반영하고 있다. 그의 시에서 경험적 자아와 상황의 표지를 연관시키는 일은 어렵지 않다. 그 또한 첫 시집과 마지막 두 시집을 제외한 모든 시집에

---

[1] 조태일이 남긴 모두 8권이다. 『아침 船舶』(1965), 『식칼論』(1970), 『國土』, 『가거도』(1983), 『자유가 시인더러』(1987), 『산속에서 꽃속에서』(1991), 『풀꽃은 꺾이지 않는다』(1995), 『혼자 타오르고 있었네』(1999). 이 가운데 첫 시집과 7, 8시집을 제외하고 여타의 시집에 실린 작품의 끝엔 발표연도가 기재되어 있다. 앞으로 작품의 본문인용은(1, 32)와 같이 표기하는 바, 앞의 숫자는 1시집임을 말하고 뒤의 숫자는 면수를 나타낸다.

작품의 발표연대를 기재함으로써 상황의 문맥 안에서 자신의 작품을 읽어주기를 바라는 의도를 나타내고 있다. 그래서인지 그는 「앞으로는 필요없을 시」(1985)라는 메타시를 제시하기도 한다. 이와 연관하여 이 시를 읽으면 그가 어떤 상황의 소멸로써 자신의 시작 패턴이 종료될 것임을 암시하고 있음을 알 수 있다. 그것은 이 시의 한 연인 "오오, / 순아 돌아 / 쩽쩽 울리던 / 겨울의 피울음 대신, 마침내 / 꽃향기 가득한 / 우리들 강산이 되려는구나"(5, 120)라는 표현에서 보이듯 유토피아 지향에 다름 아니다. 그의 시는 '피울음'을 벗어날 수 없다. 그러나 그가 처한 상황은 개선의 가능성을 보이지 않는다. 오히려 이러한 '피울음'조차 무로 만들어 버린다. "시를 써서 무엇하랴! / 탁소리 앞에 / 다 무너지는 삶인데……"(6, 12). 이는 또 다른 메타시인 「시를 써서 무엇하랴」(1987)의 한 구절이다. 상황의 극단에서 시 쓰기의 의미는 상실된다. 그만큼 그는 상황의 현실주의에 충실했다. 그의 시가 이해되기 이전에 경험되는 까닭이 여기에 있다.

인격형성기 이후 조태일의 생애와 시작의 역사는 외적 상황과의 부단한 싸움이었다고 요약된다. 그는 스스로 자기에게 시대의 악과 맞서 의롭게 투쟁할 임무를 부과한다. 그리고 그는 이러한 임무를 마땅히 감수하는 것을 시인됨의 징표로 간주한다. 시인으로서 조태일의 이러한 위치 감각은 그를 일군의 참여시인 가운데 한 사람이 되게 한다. 참여시인으로서 조태일의 일관성은 지나치다. 그는 한결같이 상황과의 거리를 만드는 미학을 배격하면서, 상황과의 응전 효과를 높이는 단순화의 전략을 구사한다. 따라서 시적 주체의 태도와 목소리에 집착하는 것(3, 60에서 목소리의 해방을 강조하고 있다)이 당연하다. 그에게 복잡한 시적 장치들은 세계에 대한 우회와 타협으로 비친다. 경우에 따라 응당 필요한 미적 거리조차 창작원리로 채택되지 못한다. 그처럼 철저하게 미학의 보수주의를 배격하고자 한 이도 없을 듯하다. 이러한 점에서 그의 시작역정은 미학적 성취보다 시대와의 불화를 먼저 설명하게 한다. 하지만 이러한 외적 일관성을 가능하게 하는 내적 원리를 찾는 일이 중요하다. 말할 것도 없이 한 시인의 시작 전체를 통일된 원리로 추상하는 것은 무리다. 지속과 변화는 경중의 문제일 뿐 모든 사람의 역사에서 함께 고려되어야 할 사항들이다. 그럼에도 유난히 어느 한쪽으로 경사진 양상을 보이는 이들이 없지 않다. 조태일의 경우가 그렇다. 그에게 지속의 원리는 의식 지향, 세계 인식, 태도와 목소리 등에서 변이 없이 관철된다. 변화를 새로움과 연관시켜 이를 미적 규범으로 받아들이는 입장에서 그의 시학원리는 동어반복으로 비판될 소지도 없지 않다. 하지만 그는 미학보다 삶을 중시한 시인이라는 점에서 새로움의 미학적 척도로 비판할 수 없을 것이다.

조태일을 지속의 관점에서 보는 것은 시작의 전체성에서 가능하다. 이는 의지나 신념의 문제이며 결코 삶의 정체를 의미하지 않는다. 그는 움직임을 중요한 시학적 준거로 삼았는바, 심지어 "움직이는 곳에 진리가 있다"(3, 65)는 명제를 제시하기도 한다. 따라서 그가 보인 지속의 원리는 변화를 강압하는 고착이 아니라 끊임없이 운동하는 활동 가운데 내재한 일관성이다. 그가 표 나게 강조하고 있는 움직임의 미학(4, 43, 57: 5, 87)은 그래서 더욱 의미심장한 국면을 지닌다.[2]

2　이러한 '움직임의 시학'에 대하여 그는 다음처럼 말한다. "시인은 결코 이제까지 완성된 바 없으며, 시 또한 한 번도 완성된 바 없다. 다만 시인이나 시는 완성이 아니라

2. 감각의 활력

시 쓰기의 일차적인 동력은 감각이고 그 다음은 그에 상응하는 언어를 만나는 일이다. 말이 쉽지 이러한 과정은 매우 어렵고 힘들다. 거슬러 감각과 의미는 한 덩어리였을 것이라 짐작된다. 주술이 그러하듯 의미로부터 소외되지 않은 감각의 세계는 원초적인 동일성을 지닌다. 하지만 언어가 바른 지각의 장애가 되어버린 세계에서 이러한 동일성을 추구한다는 것은 어려운 일이다. 그래서 현대시인은 주술과 의미(혹은 개념)의 역장에서 시를 쓴다. 조태일의 시 쓰기도 섬세의 감각에서 출발한다.

    뉘 것일까.
    떼 벗겨진 무덤가에 구름 그림자 붙들고
    바람따라 흐느끼는 머리칼 한올.

    뉘 것일까
    성난 鋪道를 배고 아우성에 귀 기울이는,
    時間따라 흐느끼는 고무신 한짝.

    뉘 것일까.

늘 미완성의 상태로 우리에게 어떠한 질문을 던져 주며 성숙하고 있을 뿐이다. 어떤 고여 있는 장소를 찾는 것이 아니라 항상 움직이며 있는 것이, 그 움직임 자체로 있는 것이 시며 시인인 것이다." 조태일, 『고여 있는 詩』, 전예원, 1980, 123면.

病난 봄房의 한나절, 벽 사이,

누워있는 고요를 굴리는 사나이.

— (1, 83)

인용시는 각 연이 서로 병치되면서 의미가 겹쳐지는 형식을 지니고 있다. '떼 벗겨진 무덤가—머리칼 한올' : '성난 鋪道—고무신 한짝' : '病난 봄房—고요를 굴리는 사나이'. 이들 세 쌍이 지닐 법한 의미 연관을 가정하는 것은 힘들다. 다만 이미지들이 만드는 분위기를 통해 '대낮'의 유기된 무료를 그려내고 있다. 사물을 포착하는 감각의 섬세에 비춰 그 지향은 폐쇄적이다. 이러한 점에서 이 시는 주관적인 모더니즘의 감각과 어법에 다를 바 없다. 확실히 단초의 감각에서 조태일이 전후 모더니즘의 인력에 이끌렸음이 틀림없다. 염무웅은 이를 두고 60년대 '난해시'의 상투적 수사법의 영향이라 지적한다.[3] 초기시에 자주 등장하는 폐색적인 '방'의 이미지를 염탐할 때 그가 주관의 한계를 처음부터 극복하고 시작한 것이 아님을 알 수 있다. 그렇지만 그가 인용시처럼 자기와 거리를 만들거나, 출구를 찾고자 할 때(1, 63 · 73) 이는 주체의 문제로 확대된다. 즉 자기만의 방에서 탈주하여 세계와의 열린 장으로 나가게 되는 것이다. 이러한 점에서 조태일의 가장 처음의 시적 감각은 퇴폐로 기울지 않는다. 오히려 그것은 세계와 마주한 청년의 순결한 감수성이자 세계와의 바른 교섭을 꿈꾸는 자의식을 뜻한다. 그래서 "숲에 기대어 열심히 펄럭이는 下體의 / 아름다운 實感의, 아 能動의 장소에서 / 意志안에

---

3   염무웅, 「자유정신으로 이슬로 버려진 칼빛 언어—조태일의 시를 읽다」, 『창작과비평』 106, 1999, 212면.

솟아난 過誤의 끝을 지나서, / 世界人의 늠름한 이마를 건드리는 / 우울한 內衣 內亂들"(1, 24)과 같은 구절에서 다소 거슬리는 난해 취향이 있다 하더라도 긍정적인 에너지가 느껴지는 것이다. 이 대목에서 섬세의 감각이 의지적 감각으로 전환될 소지가 있음을 알게 된다.

조태일의 시세계에서 의지적 자아는 이미 초기의 대표작 「아침 선박」에서부터 일관된다. 이는 이 시의 결구에서 "우리 젊은, 우울한 船長에 겐 무엇을 바칠까? / 우리의 母國語를, / 우리의 손으로 만들어진 나침반을, / 우리의 눈에 맞는 색깔의, 地平을 향해 / 펄럭일 / 旗를 바쳐야 한다"(1, 30)라고 한 데서 알 수 있다. 말할 것도 없이 이러한 구절에 의지의 구체성이 결여되어 있는 것은 사실이다. 그러나 이러한 단초의 의지는 현실세계와 만나면서 한층 구체화되고 분명해진다. 어떤 점에서 그의 시작을 의지의 우여곡절로 이해해도 될 소지는 충분하다. 그는 주체의 진실된 의지를 바탕으로 세계를 뚫고 나가고자 한다. 육체를 가진 인간이기에 의지의 피로는 피할 수 없는 바, 이에 대한 자기반성(2, 87)이 심한 경우 자조와 자괴(4, 55, 56; 5, 71; 6, 46)도 없지 않다. 하지만 전반적인 시작 과정에서 그는 지속적으로 의지력을 소진하지 않는다. "깃발을 높이 들고 / 별 하나 깜박여주지 않는 밤하늘 이고 / 시인은 터벅터벅 밤길을 간다"(6, 80). 이러한 의지로써 그는 주관을 극복하고 세계를 받아들인다. 그가 지닌 섬세의 감각은 진실의 감각, 의로운 감각으로 변전된다.

  만나지 않는 내 가슴과 너희들의
  벼랑을 건너 뛰는 이 無敵의 칼빛은

나와 너희들의 가슴과 정신을

단 한 번에 꿰뚫어 한 줄로 꿰서 쓰러뜨렸다가

다시 일으키고, 쓰러뜨리고, 다시 일으키고

메마른 땅 위에 누운 나와 너희들의 國家 위에서

아직 오지 않은 미래를 끌어다 놓고

더욱 퍼런 빛을 사방에 쏟으면서

천둥보다 번개보다 더 신나게 운다

독재보다도 더 매웁게 운다.

— (2, 18)

이처럼 시인의 감각은 자기 연단을 거쳐 세계를 향하여 발산하는 '칼
빛'으로 변전한다. 그런데 이러한 변전이 단선적이지 않음은 이 시가 전
언하고 있듯이 의지와 비애가 공존하는 데서 찾아진다. '우는 칼날'이라
는 이미지의 함의는 여럿이다. 그것은 한의 극복이기도 하고 행위의 고
통이 수반하는 비장의 슬픔이기도 하다. 그 어느 것이든 행위주체의
'몸'을 벗어나 있지 않다. 따라서 관념적인 구호와 무관하다. 이처럼 조
태일은 그 시작의 초기부터 세계와 온몸으로 맞선다. 그리고 이러한 반
립의 계기에 '4월혁명'과 김수영이 일정한 영향을 미치고 있음을 알 수
있다. 먼저 4월은 처녀의 순결성(1, 47)으로 비유된다. 이러한 순결성은
의지적 자아와 결합되면서 이후 조태일의 시적 초상으로 변화하지 않는
다. 그는 쿠데타에 의한 4월의 좌절을 이렇게 표현하고 있다. "무덤이
있다면, 당신들의 나의 處女膜이 다시 만들어지는 / 무덤이 있다면 / 나
의 處女膜을 마지막, 無事通過하라 / 저 안타까운 五月의 帝王을 굽어보

라. / 나의 處女膜은 크게 울고 있어라"(1, 47). 이처럼 비록 좌절하였으나 그는 숫처녀의 입장에서 4월을 사랑한 것이다. 그리고 이러한 사랑은 시작의 전체성에서 변함이 없다. 4월이 지닌 순결성 이미지는 거듭 반복되면서 그를 추동한다. "사월이여 들끓어다오 / 무덤이여 들끓어다오 / 다시 나아가다 무덤이 되고 / 다시 돌아오다 무덤이 되고 / 끝내 돌아와 고요한 무덤으로 / 누울지라도 누울지라도"(4, 33). 이리하여 그는 "죽을 때까지 안아도 싫증 안 날 사월"(4, 34)을 간직하게 된다. 여기서 우리는 그가 4월을 온몸으로 받아들이는 사랑의 대상(4, 95)으로 인식하고 있음을 주목하게 된다. 달리 온몸의 시학이라 할 수 있는 이러한 지향은 어떤 의미에서 김수영의 '온몸 시론'을 보다 적극화한 것으로 읽힌다. 제2시집을 위시하여 여기저기서 만나게 되는 어법에서 우리는 김수영과의 영향관계를 짐작할 수 있을 것이다.[4] 가령 "펄펄 살아서 살은 / 내가 밤마다 훔치는 한국어를 노래한다. / 뱀의 혀보다도 더 빨리 노래하며 / 내 온몸에 살아 있다"(2, 25)와 같은 구절에서 김수영 스타일의 일부를 패러디한 것으로 간주하는 것이 무리는 아닐 것이다. 이러한 영향관계는 "'기침을 하자. 젊은 詩人이여 기침을 하자 눈더러 보라고 ……' / 내 몸은 앉으면서 일어나면서 꺼이 꺼이 울고 깃발이 되고"(2, 62)와 "시인 金洙暎은 / 풀은 바람보다 먼저 일어나고 / 바람보다 먼저 눕는다고 노래했는데"(4, 21)에 이르러 보다 명시적이 된다. 그리고 「김수영—국토 73」에서 그는 확연하게 "오늘도 우리와 함께 노래부르는 스승, / 아니 선배 친구 되어 세월과 함께 흐르는 김수영"(6, 93)이라 명명

---

4   그러나 이에 대한 보다 섬세한 고찰은 엄밀한 시문체론으로 가능할 것이다. 지면관계상 이에 대한 자세한 분석은 다음으로 미룬다.

한다. 이처럼 조태일은『식칼론』이래 김수영의 온몸시론을 더욱 적극적으로 발전시켰다. 그의 시는 마음과 한 치도 분리되지 않는 몸의 시인 것이다.

3. 의지와 행위의 은유

조태일이 보인 의지와 행위의 온몸 시학은 반(反)의 상상력과 역설 그리고 은유의 수사학에 기대어 표출된다. 우선 반의 상상력은 일찍이 「아침 선박」에서 보인 거부(1, 29)의 의지에서 그 시발을 볼 수 있는 바 이는 억압적 상황(3, 85)에 대한 의지적 주체의 응전과정에서 필수적이다. 즉 "이 땅위엔 反逆만 파릇파릇"(2, 27) 자라고 있다는 것이다. 그런데 반의 상상력은 거부, 부정, 저항을 일차적으로 의미하지만 나아가서 근본으로의 되돌아감도 의미한다. 이는 낭만주의의 오랜 삼박자처럼 존재-상실-회복의 의식형태와 무관하지 않다. 즉 전장의 슬픈 기억(1, 32)이나 '무너져 내리는 조국'의 경험(1, 52)으로부터 슬픈 부정의 의식이 형성됨과 함께 원초적 세계에 대한 그리움이 내재하게 되는 것이다. 이러한 점에서 조태일의 반의 상상력은 매우 상황적이다. 상황의 반전은 그로 하여금 본래의 터전으로 되돌아가게 한다. 하지만 시작의 전체에서 이러한 과정이 보이는 것은 후반부이다. 많은 기간 동안 그는 세계상실의 원초적 경험과 4월의 좌절된 희망을 근거로 무덤 같은 상황(6, 100)을 깨우치기 위한 노력을 멈추지 않는다. 그야말로 "펜 대신 성난 거친 숨결"(4, 47)이 더욱 절실했던 것이다.

반의 상상력과 역설은 상호 연관된다. 우선 이것은 모순된 의미가 공존하는 어법으로 나타난다. 가령 "가슴 펴고 내가 달리는 남도평야, / 발바닥에 붙는 노동, 풍성한 울음소리, / 고을마다 넘쳐나네"(2, 65)와 같은 구절에서 '풍성한 울음'과 같은 표현을 예로 들 수 있다. 이를 단순한 모순어법으로 볼 수 없는 것은 이에 내재한 시인의 의식지향에 기인한다. 그는 울음, 눈물, 슬픔 등을 감상이나 주정적 서정 혹은 비애주의와 결부시키지 않는다.[5] 오히려 이들을 희망의 원리로 받아들인다. 가령 '눈물'을 표현한 다음과 같은 구절을 보자.

① 참말로 별일이다.
　내 꿈속의 어떤 村落에서는
　헐벗은 눈물과 눈물들이
　소리없이 만나고 쉴새없이 부딪쳐서
　정처 없는 눈물들을 소생시킨다.

　(…중략…)
　오오, 이 황홀한 범람을

5　이동순은 '눈물' 모티프를 중심으로 조태일의 시세계를 논한 바 있다. 그는 조태일의 시가 사회의식과 유년시절의 추억으로 교직되며 두 세계 모두 눈물 이미지로 연결·통합된다고 하였다. 적절한 지적이라고 생각한다. 다만 조태일의 시세계를 사회의식을 다룬 작품과 고향의식을 다룬 작품으로 양분하여 논의한 것은 단순화의 우려가 없지 않다. 이동순, 「눈물, 그 황홀한 범람의 시학—조태일론」, 『창작과비평』 91, 1996.

하염없이 바라만 보아도

내 몸도 거칠게 출렁이는 눈물이 된다.

—(3, 10-11)

② 덩달아 내 영혼과 육신도 운다.

내가 타는 버스도 택시도

어디론가 정처없이 달려가며 운다.

울면서 울면서 해결하자꾸나.

울음은 울음을 낳고 끝끝내는

웃음으로 터지려니.

—(5, 61)

먼저 ①에서 눈물은 '황홀한 범람'으로 반전하고 있다. 이러한 반전은 ②에서 보다 명료해진다. 울음들이 마침내 웃음으로 귀결되리라는 믿음을 보이고 있다. 그렇다면 앞서 말한 '풍성한 울음'도 슬픔을 넘어서 희망으로 가는 낙관주의를 내포하고 있음에 틀림이 없다. 그러나 이러한 역설의 어법이 조태일 시의 구조원리가 되는 것은 아니다. 이는 그가 역설을 구조적 차원에서 사유하는 복잡성(complexity)을 기피하고 있기 때문이다. 의지의 활력에 기초한 그의 시 쓰기는 복잡성을 수용할 미학적 여유를 갖지 않는다. 그래서 그의 시적 취향은 은유에 더욱 의존한다.

우선 그의 시작이 의지와 행위를 은유하고 있음을 주목할 수 있다. 은유로써 의지와 행위가 지향하는 의미의 동일성을 견지할 수 있기 때문이다. 간혹 이러한 동일성이 수사학의 후퇴를 불러와 알레고리로 전화되는—「모래·별·바람—국토 39」(3, 83)처럼 자연을 삶의 알레고리로 활용하는—경우도 없지 않으나 대부분의 경우, 은유는 그의 시에서 융합과 확장을 이끌어내는 원리가 된다. 여기서 융합은 앞서 이용한 ①에서처럼 '몸'을 '출렁이는 눈물'과 연결시키는 방식에서 의미의 증폭을 이끌어내는 경우이다. 대체로 이러한 의미 증폭은 의지나 생명력의 확대로 표출된다. 가령 "우리 함께 가자. / 들꽃의 몸으로 / 바람의 몸으로"(7, 11)와 같은 표현도 이의 적절한 예가 된다. 확장은 은유의 원리인 전이를 의지나 행위 혹은 온몸 시학을 표현하는 데 효과적인 방법으로 활용한 데서 나타난다.

내 몸을 떠난 팔다리일망정
쉬지 않고 늘 파닥거리는 뜻은
미움을 사랑으로 뒤바꾸기 위해서라서
그 행동의 끝을 끝끝내 만나기 위해서라서

길고 캄캄한 굴뚝 속의 한밤중을

맨주먹으로만 활보를 해도
어느덧 全身은 그냥 가득한
발광하는 빛이 되더라.

발광하는 빛이 되더라.
恨많은 휴지들이 끼리끼리 모여서

자기 살결에 오순도순 불을 지피는
이 치열한 靜寂 속을 활보하면
어느덧 전신은 천지간에 가득한
들끓는 가마솥이 되더라.

들끓는 가마솥이 되더라.
내가 날리는 목소리가 네 몸에 닿으면
네 몸은 곳곳을 부딪치는 함성이 되고

내가 뱉는 숨결이 네 몸에 닿으면
네 몸은 그냥 갈기갈기 찢기는 폭풍이 되고
내가 뿌리는 눈물이 네 몸에 닿으면
네 몸은 그냥 내리꽂는 폭포가 되고

내가 기른 머리털이 네 몸에 닿으면
네 몸은 원없이 나부끼는 깃발이 되더라

깃발이 되더라.
깃발을 올라타고 가물거리는 사랑은
사랑을 올라타는 또 떠나는 행동은.

— (3, 32~33)

이 시는 시적 주체의 의지와 행위를 설명하기에 매우 적절하다. 여기서 의지와 행위의 궁극은 합일의 사랑에 있고 그 과정은 은유적 전이에 의해 진전된다. 이 시에서 몸은 ①발광하는 빛 ②들끓는 가마솥 ③곳곳을 부딪치는 함성 ④갈기갈기 찢기는 폭풍 ⑤내리꽂는 폭포 ⑥원없이 나부끼는 깃발 등으로 바뀐다. 변신 모티프(동아시아에서의 변신모티프는 생명원리에 기반하고 있다. 생명의 자유자재함이 변신을 가능하게 하는 것이다)를 연상하게 하는 은유의 수사학은 주체의 의지와 행위를 표현하는 방법으로 적합하게 차용되었다. 그런데 전이에 의한 확장은 개별 의미에 한정되는 것이 아니다. 그것은 생명의 연속성에서 형성되는 전체로 이어진다.

4. 고향 - 왜곡된 근대로부터의 우회

　조태일의 시에서 초기시의 모더니즘적 경사를 극복하는 기제로 작용한 계기로 여기서 더할 수 있는 것은 그의 고향의식이다. 이는 원초적인 경험에 해당하기에 시작 초기엔 무의식적 수준에서 작동한다. 무엇보다 세계상실의 충격적 경험(여순사건과 한국전쟁 등)이 초기시의 경험유형이 되었기 때문이다. 고향에 대한 기억은 "營養이 脫營한 年代"(1, 16)에 의해 억압되었다. 하지만 억압된 기억은 무의식으로 잠복하다 의식으로 부상한다. 스스로 고향이 시적원천임을 확인하는데 이르러 이러한 사실은 다시 확인된다. 그는 6시집 『산속에서 꽃속에서』 「후기」에서 이렇게 말한다. "나의 시는 유년시절의 고향에서 출발하여 전국토의 사물들과 어울리다가 마침내 고향으로 돌아오리라는 신념에서 씌어진 시들이다"(6, 144). 고향은 그에게 시적 원천일 뿐만 아니라 생명의 거처이다. 후기시에서 이러한 고향에 대한 이끌림은 더욱 커진다. "풀씨가 날아다니다 멈추는 곳 / 그곳은 나의 고향, / 그곳에 묻히리"(7, 8). 이러한 구절처럼 그의 시와 생애는 원초적 공간으로 회귀한다. 그리고 "어렸을 적, / 발바닥을 포개며 뛰놀던 / 원달리 동리산 태안사에 / 봄이 딛는 발자국 소리 / 여기까지 들려오네"(7, 13)와 같은 표현에서 시인의 시원의 소리를 듣게 된다. 이러한 고향의 '부름'은 시인에게 중요한 전환의 계기를 제공한다. 왜곡된 근대와의 치열한 싸움에서 놓여나 새로운 우회로를 만들게 되는 것이다. 그런데 이러한 우회의 조짐은 이미 시작의 처음에서 발견된다. 가령 "서울의 街路樹는 / 敗地에 울멍이는 나의 戀歌"(1, 74)라는 구절이 시사하듯 그가 서울-도시-근대를 '패지'로 인식하고 있음을 알 수 있다. 물론 이를 모더니즘의 소외의식으로 받아들여도 무방하나 이로써 식물 혹은 생명에 대한 시적 자아의 편향을 설명하진 못한다. 다시 말해서 "고향을 찾아서 / 홀로 일어서는 秩序. / 風景들은 季節에 기대어 / 부산히 都市를 내왕하면서 / 벙어리가 되는 삐에로가 되는, / 여기는 어디일까"(1, 16)와 같은 구절에서 근대의 도시에 대비되는 고향 혹은 자연에 대한 지향성이 노정되고 있는 것이다. 이 점에서 조태일의 의식 기저가 낭만주의로 설명되는 것이 요긴하다.[6]

실제로 조태일의 시에서 자연 유비의 상상력은 대단히 큰 비중을 이룬다. 자연을 인간사에 대한 척도로 인식하거나 자연과 인간(혹은 문명)을

---

6 김우창, 「趙泰一의 현실적 낭만주의―참여시의 한 양상」, 『조태일 문학선 戀歌』, 나남, 1985.

이분법적인 대립관계로 받아들인다. 가령 "사람의 뜻은 하늘까지 사무치지 않고 / 하늘의 뜻이 땅끝까지 사무치겠다"(5, 44)와 같은 구절에서 천문을 인문 위에 두는 위계의식과 만날 수 있다. 이러한 위계의식에서 이분법적 대립이 뚜렷해지고 이것이 시적 단순화를 초래하기도 하는바, 이는 잘못된 현실에 대한 시인의 강렬한 저항의식의 피할 수 없는 귀결이다. 그래서 "天理"(3, 76)에 대한 기대는 상황의 악화에 따라 비등한다.

　내 키가 아무리 길어도 하늘 밑에 놓이고 내 키가 아무리 짧아도 땅 위에 놓인다. 罪가 다닥다닥 붙어 솔방울 같은 내 머리통 위로는 빼빼 마른 파란 하늘이 쓸데없이 나를 압박하며 출렁이고 무슨 恨이 그리 많아 맨땅이라도 긁는 갈퀴 같은 내 발바닥 밑으로는 역시 물기없는 황토흙이 목마른 숨결을 헉헉 몰아 발바닥을 충동질하며 꿈틀거린다. 그래 나는 이런 언덕 위에 깃발 없이 야윈 깃대 옆에 꼿꼿이 서서 헐벗은 풍경들의 몸주위를 맴돌다가 흔들 깃발이 없어 스스로 슬퍼서 팔랑거리는 바람 앞에서 누더기의 깃발이라도 된다. 바람아, 어서 나를 흔들어라. 내 머리털이 몇 개인지 모르나 바람아, 내 살갗의 숨구멍이 몇 개인지 모르나 바람아, 내 핏줄의 길이가 얼마인지 모르나 바람아, 내 목구멍속에 갇힌 목청이 얼마인지 모르나 바람아, 어서 나를 흔들어라. 저 하늘과 이 땅 사이에서 우리들은 어쩔 수 없는 인연으로 여기 서 있다. 아쉬운대로나마 흔들어라. 나도 슬슬 내 몸을 스스로 흔들마.

― (3, 56)

　이처럼 자연 유비의 상상력은 조태일의 온몸 시학을 구성하는 중요 원리가 된다. 하늘과 땅 사이에 서 있는 나의 '몸'은 '바람'에 나부끼는

'깃발'처럼 움직인다. 자연의 자발성, 역동성을 닮아 온몸으로 생동할 수 있는 것이다. 이러한 점에서 조태일의 시학에서 자연과 몸의 은유는 중요한 성취라 할 수 있다. 이러한 은유원리에서 그의 시대와의 일관된 불화가 당연하다. 억압과 착취가 만연하고 고통으로 신음하는 사람들의 세상은 자연의 이념과 무관한 방향으로 흘러간다. 특히 '광주'는 세계의 악을 가장 첨예하게 증언한다.

조태일에게 '광주'는 한편으로 고향의 의미를 증폭하면서 다른 한편으로 세계에 대한 환멸과 증오를 더한다. 그는 "光州는 내 고향이며 타향이다"(5, 124)고 말한다. 그만큼 그에 대한 죄의식과 부채의식이 크다는 것이다. 또한 그것이 그만의 고향을 의미하는 장소가 아니라는 것이다. '광주'는 한 시대와 세계에 대한 제유적 표상이다. 그래서 그는 말한다. "온통 사랑인 원망인 광주여. / 무수히 새로 거듭 태어나는 광주여. / 대한민국이여. / 광주를 사랑하지 못하는 / 대한민국을 사랑하지 못하는 자들은 / 떠나라. 지상을 떠나라. / 떠나라 어서 어서 / 떠나라 어서 어서"(5, 125). 이처럼 조태일에게 '광주'는 인간의 사람됨과 자연됨을 완전하게 괴멸시킨 세계의 극단적 폭력을 의미한다. 이러한 세계의 폭력은 그에게 두 번에 걸쳐 있다. 그 처음은 유년기에 맞은 여순사건과 한국전쟁이고 그 다음은 광주다. 전자가 유년의 시간을 빼앗고 동시에 증언의 의지를 키우게 했다면(2, 91~93) 후자는 한과 함께 더 큰 사랑을 알게(6, 123)한다. 모두 고향의 일이기에 더욱 절실했던 것이다. 그런데 여기서 강조해야 할 사항은 조태일의 고향의식이 내포하고 있는 이중성이다. 그는 고향에 의해 상실과 환멸을 경험하면서 고향을 통하여 희망과 환상을 찾는다. 이러한 이중성이 시적 진실을 강화한다. 그가 제시하는 희망의 구체성을 담보하기 때문이다. 그리고 이러한 의망의 원리는 근본적으로 기원으로서 고향이 지닌 유기적 공간성과 자연성에 연원한다. 조태일만의 개성적인 낙관주의는 곧 자연주의이다. 이러한 자연주의를 그는 다음처럼 표현한다. "거침없이 흐르고 아무데나 스미는 물, / 상하좌우 가릴 곳 없이 생겨나서 / 아무데나 가서 부딪치며 흔드는 바람, / 어둠속에서는 꼼짝달싹도 못하다가도 / 날만 새면 되살아 무적인 빛, / 결코 되돌아보지 않고 앞만 보면 내닫는 시간, // 이런 것들과 함께 어우러져 친하다가 / 나는 노래가 되었다"(7, 90).

　　싸움의 노래이거나 사랑의 노래이거나 조태일은 그 배후에 자연과 생명의 원리를 전제한다. 그의 시세계를 새삼 되돌아보게 하는 것도 그의 시학의 배후를 구명하는 일과 무관하지 않다. 그의 궁극적인 관심은 사랑이다. 상실을 넘고 증오를 극복하고 어둠을 이겨 마침내 도달할 평안이 사랑에 있음을 그는 강조한다. "무등산, / 무등산, / 그대는 어제도 오늘도 내일도 / 이 세상의 사랑이고 / 이 세상의 어머니임을"(6, 103). 그에게 사랑은 이처럼 자연-모성에 기원한다. 그는 왜곡된 근대와 싸우면서 아름다운 시적 우회로를 만들었다. 끝내 근대 속에 포위되지 않고 더없이 넓은 시적 지평으로 귀환할 수 있었던 것은 그의 이와 같은 고향의식에 기인한다. 고향에 대한 은유적 집중을 통해 그 참혹한 근대의 터널을 벗어날 수 있었던 것이다.

5. 생명에 대한 경배

　인간사와 대비되는 자연이라는 시학적 명제는 후기시에서 자연과 생명에 대한, 더 많은 탐구를 가져온다. 후기시에서 자연에 대한 경배는 더욱 두드러진다. 인간의 탐욕에 대비되는 자연의 사랑을 노래하게 되는 바(7. 33), 그가 인간욕망의 문제를 중요하게 생각하고 이를 해부하고자 한 것이다. 이러한 관심의 이동은 의지인 피로에 기인하는 것이기 보다 시적 근원에 다다르고자 하는 관심의 소산이라 할 수 있다. 실제로 후기시에서도 그의 입장은 달라진 것이 없다. 이는 "황홀하다 춤을 추자 / 신바람나는 일은 너희들 것이고 / 싸워야 하는 일은 나의 일이다"(7. 72)라는 조언에서도 확인된다. 하지만 상황의 구속에서 어느 정도 놓여나 시적 자유가 확장되는 새로운 공간에서 본질적인 탐구가 이루어지는 것은 당연하다. 아울러 생명에 대한 낙관이 시작의 초기부터 일관되었으므로 생명에 대한 탐구의 집중을 시적 전회로 간주할 필요는 없다. 조태일에게 생명과 몸 그리고 이에 연원한 실감과 의지와 욕망에 대한 관심(1. 25)은 오래다. 특히 몸을 통하여 생명을 은유하고자 한 데서 그가 이미 일정한 시적 성취를 유발한 바 있음을 기억하자.

　　그리워 그리워 봄언덕에 올라서
　　아지랑이랑 놀고 온 날 밤엔
　　임의 임의 순결인가 임의 임의 눈빛인가

아지랑이들 아지랑이들 방까지 따라와

어른대며 감기며 혹은 보채며

벌거벗은 몸살로 잠 못 이루게 노니네.

— (4, 36)

이처럼 자연과 몸은 생명의 관계에서 연속성과 동일성을 갖는다. 조태일은 몸을 자연의 활력이 움직이는 장소로 생각하는 관점은 지녔다. 자주 등장하는 알몸의 이미지(5, 19; 7, 76; 8, 87 등) 자연성을 나타내는 객관적 상관물에 해당한다. 몸의 생명력에 대한 신념은 시작의 초기부터 "정의처럼 확실한 내 육신"(2, 58)이라는 표현을 얻고 있는데, 생명의 자유가 정의라는 해석을 가능하게 한다. 그래서 그는 생명의 환희를 혁명적 상황에 견준다. "손에 손에 자식들을 이끌어 / 한형제로 앞서가며 뒤서가며 / 마음을 활짝 열어 / 깨어나는 생명들의 소리를 듣자. // 파고다공원에 내리는 봄볕도 / 수유리 4·19기념탑에 내리는 봄볕도 / 한데 어우러져 / 춤을 추나니, / 춤을 추나니"(4, 98~99). 그는 자유-해방-희열-'황홀'(7, 10)들을 같은 문맥에서 인식한다. 다시 말해서 생명의 희열을 몸의 전신적 기쁨(이 점에서 조태일의 시적 지평은 모성 혹은 여성성에 닿아 있다)으로 연결 짓고 나아가 공동체적 해방으로 확산한다. 저항하는 몸은 미적이다. 미적인 것이 구체적인 실감에서 유발되기 때문이다.

생명에 대한 시적 구현에 있어 조태일이 선호하는 이미지는 바람과 꽃이다. 전자가 역동적인 움직임과 교감을 나타내기에 적합하다면, 후자는 생명의 환희를 집약한다.

바람들은 천상 세 살바기 어린아이다
내 바짓가랑이에, 소맷자락에, 머리카락에
매달려서 보채며 잡아끌며
한시도 가만 있질 못한다.

허리 굽혀 보아라
내 작은 눈길에도 가볍게 떨고 마는
작고 작은 들꽃들에게도
바람들은 매달려서 보채며 잡아끌며
한시도 가만 있질 못한다.

둘러보아라
돌갱이들도 거대한 숲도 산도
이 바람과 들꽃들의 향연 앞에서는
속수무책으로 당하고 있는 것을.

— (8, 54)

이처럼 시인은 바람과 꽃의 '향연'에 주목한다. 그런데 여기서 시적 자아와 대상은 시선의 주체와 객체의 관계로 분리되지 않는다. '내 작은 눈길에도 가볍게 떨고 마는 / 작고 작은 들꽃들'이라는 구절에서 알 수 있듯이 주체는 시선의 특권적 위치에 있지 않고 대상과 교감한다. 이러한 교감은 "마을에서 멀리 떨어진 산속 / 개복숭아꽃 저 혼자 타오르고 있었네. // (…중략…) // 오래도록 내 숨결 / 내 스스로 가빴네 / 내 스스로 황홀했네"라는 표현을 얻는다. 생명의 전일성의 관점에서 인간과 자연은 교감하고 조응하는 관계에 있다. 이러한 관계는, 이성과 언어로 사물을 규정하지 않고 있는 그대로 그것을 느끼고 받아들이는 데서 형성된다. 가령 김춘수를 패러디한 듯한 「꽃」(7, 66)에서 시인은 이렇게 말한다. "너는! / 오로지 피어 있으면 그뿐 / 나는 너의 이름을 짓지 않으련다. / 너는! / 오로지 지면 그뿐 / 나는 너의 이름을 부르지 않으련다." 이러한 데서 시적 주체는 자기만의 언어로 사물의 질서를 만드는 것이 아니라 자신을 사물에 그대로 '내어맡김'으로써 시적인 아름다움을 생성한다.

> 큰키나무 목련에 기대어
> 가만가만 귀기울려본다.
> 나무들 몸 속에서 생의 우물
> 퍼올리는 두레박 소리 들린다 싶더니
>
> 푸른 잎사귀보다 먼저
> 6·25 때 주먹밥 같은
> 흰 꽃송이,
> 흰꽃송이들
> 피워낸다.
>
> 이 주먹밥 몇 덩어리 챙겨들고
> 머나먼 길 떠나는 길손이고 싶다.

—(8, 30)

이처럼 사물에 내어맡긴 시적 자아의 감각은 대상을 향해 열려 있다. 그리고 열림에 의해 이루어진 교감의 언어들이 아름답다. '큰키나무 목련'의 성애는 시적 자아의 생애와 겹쳐지고 그것의 생명은 '나'의 생명으로 교류된다. 또한 시적 자아는 '주먹밥—흰 꽃송이'의 은유가 말하듯 기억을 거름으로 전화하는 신생의 길을 찾게 된다. 이쯤에 이르면 주체 중심의 은유의 문법은 중심의 인력을 해체하고 그 경제들이 느슨해지는 형국으로 변화한다.

이러한 변화를 더 심화시키지 못하고 시인은 스스로 자연이 되어 흙으로 돌아갔다. 하지만 그가 보인 시적 족적은 뚜렷하다. 이 글은 이러한 족적을 조심스럽게 뒤따르고자 한 것에 지나지 않는다.

탈식민주의 관점에서 본 조태일의 시세계

박몽구

1. 서론

1) 문제의 제기

조태일은 이성부와 함께 60년대와 70년대에 걸쳐 열렬한 저항 정신을 바탕으로 민족·민중시의 한 정점을 이룬 시인으로 평가받아 왔다. 그는 이념적 입장, 예컨대 자유, 민주, 자주, 평등, 해방 등에 관심을 갖고 김수영과 신동엽 등 초창기 참여 시인들에 이어, 70년대의 민족·민중시라는 거대한 흐름을 이끈 시인이다. '식칼론'이나 '국토'라는 제목에서 연상되듯 조태일은 강인한 이미지의 민중 시인이었다. 그러나 이러한 이미지는 조태일의 본성이기보다는 어두운 시대가 안긴 짐 때문이었다. 그는 끊임없이 우리 사회에 만연된 스노비즘에 대해 질타하면서, 지식인의 허위의식을 지적하고 있는데 이는 결국 청산되지 못한 식민 반봉건적인 사회에 대한 인식의 일단이다. 등단 이래 대지의 강인한 생명력을 바탕으로 시대의 폭력에 당당히 맞선 조태일은 야성적이고 원초적인 언어로 민중의 삶의 근거인 조국 땅을 향한 질박한 사랑을 노래한다. 그러다가 말년에 이르러서 출간된 『산 속에서 꽃 속에서』와 『풀꽃은 꺾이지 않는다』 등의 시집을 통해서는, 저항 정신에 바탕한 강인한 주제를 택하기보다 유년 시절의 추억과 자연 친화적 서정을 바탕으로 민초들의 보편적 고향으로서의 자연에 대한 애정을 담은 세계로 이르게 된다. 그를 통해 민족 공동체의 중요성을 인식하고 민중적인 삶에 대한 뿌리 깊은 사랑을 담아내고 있음을 살펴볼 수 있다. 이 같은 조태일 시세계의 변모는, 표면적인 시세계 검토만으로는 일관성이 결여되어 있다는 느낌을 준다. 특히 말년에 남긴 시편들은 청록파에 버금가는 자연 예찬과 인간 사랑의 정신으로 충만되어 있어, 엄밀히 말해 '민중시인'이라는 카테고리로 묶기에는 적절치 않다는 판단이 들게 한다.[1]

본고에서는 이 같은 조태일 시세계의 불연속성을 해명하는 방법의 하나로 탈식민주의(de-colonialism) 이론을 채택하여 그의 시들을 새롭게 검토하고자 한다. 탈식민주의는 제3세계를 중심으로 표면적 해방에도 불구하고 식민 잔재가 내면화된 신식민지적 현실이 지속되는 데 대한 비판을 전제로 한다. 원래 탈식민주의 이론은 과거 영국이나 프랑스 식

---

1   시세계의 변모를 중심으로 등단 이후 『식칼론』을 간행한 1970년까지를 초기로, 국토 사랑을 통해 진정한 국권 회복 의지를 형상화한 시편들을 담은 『국토』(1975) 출간에서 『자유가 시인더러』를 펴낸 이후 80년대 후반까지를 중기, 자연 사랑과 민중에의 애정을 담은 『산속에서 꽃 속에서』(1991) 출간 이후의 시기를 후기로 구분하였다.

민 지배하에 있던 나라들이 식민 상태에서 벗어나고도 옛 종주국의 언어를 그대로 사용하여 문학 행위를 하는 경우 자신들의 정체성을 어떻게 찾아갈까 하는 고민에서 탄생되었다. 우리의 경우에도 일본어의 뿌리 깊은 잔재와 영어의 광범위한 침투로 국어가 폄훼되는 경우를 보지만, 그보다는 과거에 대한 청산이 없이 매판 세력이 여전히 민중 위에 군림하거나 민족 문화가 크게 왜곡되는 현실에 대한 반발에서 촉발된 측면이 크다 하겠다.

조태일이 40년 가깝게 시력을 쌓아가는 동안 꾸준하게 반독재 저항의 정신을 유지하는 한편, 인간다운 삶의 회복을 주창해온 데는 그만큼의 굳은 신념과 비판 정신이 바탕에 자리 잡고 있다 하겠다. 그것은 표면적인 해방에도 불구하고 식민 잔재에 기생하는 세력과 매판 세력이 온존하는 신식민지적 현실을 깨치고 민족 자존의 논리에 입각하여 정체성을 확보하고 민중 주체의 문화를 수립하겠다는 열망의 내면화에 다름 아니다. 이 같은 견지에서 본고에서는 그동안 조태일에게 씌워진 저항시인이라는 고정된 이미지를 버리고, 탈식민주의적 관점에서 표면적으로 불연속선을 그리고 있어 보이는 조태일의 시세계에 대하여 내면적으로 연대와 견인 관계를 이루고 있는 양상을 분석하여 일단의 해명을 가하고자 한다.

2) 기존의 평가와 연구 방법 검토

조태일의 시들은 그동안 주로 현실의 비리에 대한 고발과 저항의 정신을 주제로 삼고 있으며, 1970년대에 접어들면서 폭 넓은 민중적 정서의 확대를 가능하게 한 것으로 평가받아 왔다.[2] 즉 김수영과 신동엽이 산업자본주의 발흥기인 1960년대 들어 오염된 자본과 이를 비호하는 매판적 권력에 거부감에서 비롯된 비판의식을 발판으로 한 참여시의 출구를 열었다면, 조태일은 이성부와 함께 그 뒤를 이어서 좀 더 구체적인 계층의식과 민중적 세계관을 바탕으로 참여시를 민중시의 영역으로 끌어올린 것으로 평가받아 왔다.

염무웅에 따르면 1964년 『경향신문』 신춘문예 당선작인 「아침 선박」을 비롯한 조태일의 초기시들은 모더니즘 계열에 드는 시인들과 별반 차이가 없이 풍부한 이미지를 중심으로 한 수사법에 의탁함으로써 현실에의 대응을 회피하다가, 연작 「나의 처녀막」에 이르러 비로소 정치적·사회적 현실의 문제를 자기 시의 중심적 주제로 맞아들이고 그 문제와의 싸움에 최대의 문학적 정열을 바치고 있다고 평가된다.[3] 이렇듯 조태일은 그동안 1970년대 한국 민중시를 연 선두주자로 자리매김되어 왔다. 또한 작고하기 직전 상재한 시집 『혼자 타오르고 있었네』에 이르러서는, 굵고 씩씩한 남성적인 이미지에서 벗어나 현실 지향이나 공적 감정의 경원과 잠정적 유보를 통해서 얻어진 섬세하고 다소곳한 세계 수용과 자연 관조의 정서를 형성화하고 있다는 평가를 받고 있다.[4] 이로써 문명의 폐해에 찌들지 않은 자연에 대한 사랑과 그 땅을 굳건히 지키며 살아가는 민초들에 대한 무한한 애정을 담아내고 있다고 평가된다.

이렇듯 모더니즘에서 출발하였다가 시대의 어둠을 직시하는 데로 앵

---

2   권영민, 『한국현대문학사 : 1945~1990』, 민음사, 1993, 193면 참조.
3   염무웅, 조태일 시집 『국토』 발문, 창작과비평사, 1975, 188~189면 참조.
4   유종호, 「소소한 것에 대한 경의」, 조태일, 『혼자 타오르고 있었네』, 101~108면 참조.

글이 옮겨진 조태일의 시적 언어는 70년대 들어서는 직정적으로 현실의 억압을 시화했다.[5] 그러다 후기 시세계에 이르러서는 굽힘 없는 저항의식이라는 주제에서 벗어나, 자연의 아름다움과 자기 땅을 지키며 살아가는 사람들에 대한 무한한 애정의 형상화 등으로 변모를 보여왔다.

그러나 연구자가 보기에는 조태일의 시적 변모는 서로 연관성을 갖지 않은 불연속성을 긋는 것이 아니라, 내적 연관성을 갖고 진행된 것으로 판단된다. 즉 김수영이 60년대 지식인의 속물주의를 집요하게 추적하고 있듯이, 지식인의 하위 의식에 대한 시적 지적과 함께 미정리된 식민 유산에 대한 청산의 목소리라는 점도 간과할 수 없다고 본다. 이것은 해방된 시공간에서도 여전히 식민지적 억압과 매판자본을 중심으로 한 반동 세력이 온존하고 있음을 질타하면서, 민초들이 온몸으로 지켜온 국토에 대한 방어 의지와 그 땅을 온몸으로 지켜온 사람들에 대한 무한한 애정으로 발전되어 간 것으로 보면 어떨까 한다.

이것은 진정한 해방을 촉구하는 탈식민주의(de-colonialism) 비평 이론과도 그 시각이 일치한다. 즉 표면적으로 식민지적 현실로부터 해방이 되었음에도 불구하고, 여전히 식민 잔재를 안은 채 매판 세력이 조장한 분열과 차별을 고발하고 치유해 가는 과정으로 파악할 수 있다고 본다. 탈식민주의란 이른바 제3세계를 중심으로 제국주의 식민 지배의 굴욕으로부터 해방되어서도 여전히 식민 잔재를 떨쳐 버리지 못했다는 인식에서 출발한다. 이른바 팔레스타인계 미국 학자인 에드워드 사이드가 『오리엔탈리즘』이라는 저서를 통해 제기한 영국이나 미국 등 선진국의

---

5   최동호, 「한국 현대시사」, 『한국문학 50년』, 문학사상, 1995, 69면.

동양에 대한 차별적 시각에 대한 비판과 함께, 열등감을 극복한 글쓰기 제안 등이 우선적으로 이에 해당한다고 할 것이다. 사이드에 따르면 "한쪽에 서양인이 있고, 다른 한쪽에 아랍인-동양인이 있다. 전자는 합리적, 평화적, 자유주의적, 논리적이고, 참된 가치를 발견하는 능력을 가지며, 본능적인 시기심을 갖지 않음에 비하여 후자에게는 그러한 것들이 전부 결여되어 있다"는 인식이 서구사회에 팽배되어 있음은, 서구 열강의 지배에서 벗어난 제3세계 민중에게도 내면화되어 있다는 것이다. 탈식민주의는 이렇듯 표면적인 독립을 이루었음에도 불구하고 아시아, 아프리카, 중동 등 제3세계 국민들에게 내면화된 열등감을 폭로하고 진정한 지적 독립의 중요성을 강조한다. 에드워드 사이드는 서구인이 동양인에 대해 가진 편견을 오리엔탈리즘이라 부른다. 그 편견의 목록은 근대화에 뒤 처진 낙후된 세계, 문명화에 뒤 처진 미개한 세계, 민주주의의 전통 대신에 오래된 아시아적 전제정의 전통이 있는 세계, 합리주의 대신 이른바 '동양적' 신비주의가 지배하는 세계라는 표상들로 가득차 있다. 그는 바로 이런 편견들을 오리엔탈리즘이라고 명명하고, "오리엔탈리즘이란 동양을 지배하고 재구성하며 억압하기 위한 서양의 스타일"이라고 정의한다. 그리고 그것은 알지 못하는 타문명에 대해 가질 수 있는 보통 사람들의 문화적 편견에 그치는 것이 아니라, 오래 전부터 서양의 동양 지배의 프로젝트와 맞물려 치밀하고 체계적으로 만들어진 과학적(?) '표상체계'로 파악한다.[6]

그 일환으로 서구 부르주아 텍스트에 대한 인간주의적, 신비평적 해

---

6   Edward W. Said, 박홍규 역, 『오리엔탈리즘』, 교보문고, 1990, 89~90면 참조.

석으로부터의 단절과, 그러한 텍스트들에 대한 전복적인 글 읽기들이 시도되고 있다. 서구 부르주아의 전형적인 시각에서 오랫동안 벗어나 있던 텍스트들의 역사적 복원도 이루어지고 있다. 서구 문화 생산물에 대한 비판적인 독해들은 최근의 이론 동향과 밀접한 관계를 가지고 있는데, 아마도 그러한 독해를 이론적으로 가장 잘 뒷받침해주는 것이 '탈식민주의(de-colonialism)'적 비평 이론이다. 적잖은 후발 독립국들에게 있어, 식민주의의 청산은 독립 이후 상당한 시간이 지난 오늘날까지도 여전히 실현되지 않은 희망사항으로 남아 있다. 비록 과거 식민 통치의 정치적·행적적 구조는 폐지된 것처럼 보이지만, 경제적 하부구조의 영역에서는 여전히 식민 본국에 의한 간섭과 통제가 남아있다.[7] 문학 부문에 있어 탈식민주의 이론을 통한 탐구는 식민주의뿐 아니라 독립을 한 후에도 계속 남아 파괴적인 영향력을 행사하고 있는 식민지의 잔재를 탐색하여, 그것들의 정체를 밝혀내고 그것들에 대항하자는 인식에 근거하고 있다. 그런 의미에서 탈식민주의는 식민지시대 그 자체보다 오히려 그 이후의 정신적 식민주의 시대의 비가시적 억압구조에 더 많은 관심을 가지고 있다고 할 수 있다.

이 같은 탈식민주의 입장에서 조태일의 시들을 검토할 때, 그것이 지니는 머시지의 의미는 새롭게 해석되며 그 생명력을 담보 받을 수 있으리라 여겨진다. 특히 오늘날처럼 상품 미학의 발달과 지구촌 시대의 개화에 따라 국경의 의미가 희석되고 있는 현실을 탈식민주의 관점에서

---

7 종속이론과 불평등발전론으로 유명한 사미르 아민(Samir Amin)이나 세계체제론으로 유명한 월러스틴의 문제의식도 자본주의의 제국주의적 속성이 탈각되지 않았다는 전제에서 비롯된 것이다.

조망하여, 그 올바른 의미를 해독해 내는 일은 그 의의가 자못 적지 않을
것으로 본다.

2. 본론

1) 모더니즘에서 민족 현실에 대한 자각으로

(1) 모더니즘에 침윤된 초기 시세계

조태일은 1964년 『경향신문』 신춘문예에 「아침 선박」이 당선되어
화려하게 등단하였다. 1950년대를 풍미하던 청록파의 서정주류의 서
정시 대신, '현대시' 동인 등 지적인 태도를 견지하는 시들이 대거 등장
한 1960년대의 지적 풍토에 걸맞게, 그의 초기시들 가운데에는 모더니
즘 계열에 속하는 시들이 적지 않다. 그는 데뷔작에서부터 풍부한 이미
지의 형성에 주력하고 있을뿐더러, 상징적인 시어들을 두루 채용하고
있음을 볼 수 있다. 그는 등단 이듬해에 첫 시집 『아침 선박』을 상재하
는데, 여기 수록된 초기시에 그가 동원하고 있는 상징적인 이미지들은
지극히 개인적인 것들이 대부분이다.

아침 바다는 예지에 번뜩이는 눈을 뜨고

끈기의 저쪽을 달리면서

시대에 지치지 않고, 처절했던 동반의 때에
쓰러진 시간들을 하나씩 깨워 일으키고
저 넘쳐나는 지평의 햇살을 보면
청명한 날에 잠깨는 출항.

서수를 일찍 끝낸 여인들은
탄생을 되풀이한 오랜 진통에
땀배인 내의를 벗어 바다에 던지고
파이프에 남자들은, 두고 온 시대를 열심히
피워 문다.

—「아침 선박」 부분

떨리는 세계를 말하면서
황폐한 식탁의, 무게 밑에 깔리운 지성.
성욕에 찬 새들은 노래를 부르고,
자빠른, 누구나 할 것 없이 따라간 연대를
잔에 따르면서
성난 여인을 마시고 천의 육체를 마시고
누워 버린 사람들.

—「난로회 1」 부분

시집 『아침 선박』에서 골라본 초기시들이다. 1964년 『경향신문』 신
춘문예로 당선된 표제작을 비롯한 이들 시들은 모더니즘 정신에 입각한

세련된 언어 감각과 낭만적 정서가 직조되어 있음을 살펴볼 수 있다. 시의 어조가 단호하고 심각한 데 비하면 무엇이 그처럼 단호하고 심각하게 얘기되고 있는지는 대단히 불분명하다. '흐느끼는 심연', '움직이는 고요', '당황하던 파도' 등의 어휘들은 시인만이 느끼는 어떤 특수한 상황의 시각화이지만 그것이 무엇인지 분명하게 파악하기란 쉽지 않다. 시 속의 퍼소나가 1960년대 들어 급격히 불기 시작한 산업화, 도시화 붐에 편승해 있지 않은가 하는 느낌마저 준다. '아침 바다', '청명', '잠 깨는 출항' 등은 그 같은 이미저리를 형성한다. 이것은 당시 풍미하던 '현대시' 동인 등 일군의 젊은 시인들의 언술과 유사한 발상 위에 놓여 있다.

다음에 든 「난로회 1」의 경우에는 세련된 관념어의 구사와 모더니티에의 경도가 더욱 가파르게 드러나 있다. "떨리는 세계를 말하면서 / 황폐한 식탁의, 무게 밑에 깔리운 지성"이라는 대목을 통해 시인은 높은 엥겔계수를 걱정하는 스노비즘으로 개인적 안위를 지키는 데만 골몰하는 현대인을 비판적으로 바라보는 듯하다. 하지만 굳이 이렇게 억지에 가까운 수사를 동원해야 했는가 하는 느낌을 준다. 그런 점에서 표제로 제시된 '난로회'는 지극히 개인적인 상징이면서, 소재와의 불화를 노린 모더니티한 설정으로 비친다.

(2) 이웃의 발견과 비판적 지성의 회복

조태일의 초기시들은 댄디즘에 가까운 모더니티에 입각한 언어 추구와 우울한 정서에 침윤되어 있으면서, 간간이 구체화되지 않은 시대 의식을 엿보이고 있다. 하지만 초기시들 가운데서도 『아침 선박』에 수록

된 몇 편들과 1970년에 상재한 두 번째 시집『식칼론』속의 시들은 사뭇 다른 모습으로 다가온다. 과장된 언어 유희와 위장된 이미저리들이 가시면서, 젊은 시인다운 패기를 보여주는「나의 처녀막」,「식칼론」연작들이 그것이다.

사월은 젊음 안에서 눈떴다.
가던 시간은 문득, 그들에게 지휘봉을 넘겼다.
골목에서 움츠리던 자유
가장 정적인 곳에서 그들은 오늘을

앞에는 바리케이트, 바리케이트.
뒤따르는 소녀는 아름다웠다.
군인의 손가락에 모이던 조용한 기대
시민들의 발길에 모이던 조용한 응시
책갈피에서 얻어진 너무나 무거웠던 지혜
글쎄, 그들은 눈을 뜨고, 그날을 기억한다.

―「4월의 메모」부분

산 너무 무덤이, 흩어진 연대를 받치며
일제히 일어서고 있을 때 선택되는 과오들,
내실에선 헤일 수 없는 생명이 또한 보류되고
산자락 덮고 이 밤을 채울 풀잎들이 다스리는 고요
헐렁이는 육체들 사이, 빠져 가는 시간들

좀더 가까이서 무엇을 노래할 것인가.

우리는 항상 무덤 위에 떠있다.

—「七行詩草」 부분

첫 시집에 실린 이러한 시편들은 조태일이 초기의 낭만적이면서도 지적인 언어 구사를 넘어 시대상에 대한 묵시를 시작했음을 암시해 주는 징검다리 역할을 해준다. 「七行詩草」를 통해 '우리는 항상 무덤 위에 떠있다'라고 결구하고 있는 것은 퍼소나가 개인을 넘어 공동체 속에 있음을 비로소 인식하고 있음을 보여준다.

이 같은 징검다리를 건너, 조태일이 우리 역사에 대한 바른 인식을 하게 된 계기는 무엇일까. 대학 졸업 후 출판사 편집사원 등으로 전전하던 그는 한 인쇄소 경영자의 도움을 얻어 1969년에 『시인』지를 창간하여 1년여 동안 주재하게 된다. 그는 이 시잡지를 통하여 당시로서는 드물게 제3공화국의 암울한 분위기를 고발하는 시편들을 다수 게재하였고, 김지하, 김준태, 양성우 등 기존의 시단 관문으로는 선보이기 어려운 시인들을 발굴하였다. 이 과정에서 당국의 압력으로 폐간되는 쓰라림을 맛보았다. 이 같은 과정을 통해서 그는 우리 사회의 식민 잔재에 대한 청산과 함께 민중의 의사와 안일에는 아랑곳하지 않고 일당 독재만을 획책하는 매판 세력에 대해 새삼스럽게 인식하였다고 볼 수 있다. 이 같은 고뇌의 과정을 거쳐 새롭게 선보인 시들은 조태일의 면모를 새롭게 하고도 남았다.

나의, 당신의, 상한 처녀막은

혁명으로 파열돼서 부끄러워라

부끄러워라. 당신의 병사의, 시인의 처녀막도

혁명으로 파열돼서 정말 원통해라

아아, 내 작은 한줌의 자유여. 민주여

나의 상한 처녀막 근처에 웅성이는

고달픈 아우성을, 쫓기던 음성을 듣는가

—「나의 처녀막 1」 부분

60년대 말에 씌어진 이 시는 조태일이 개인적 정서에의 침윤을 청산하고 민중언어를 새롭게 발견했음을 잘 보여준다. 과장된 표현이 적지 않았던 모더니즘의 수사가 사라지고, 모호하던 세계관이 민중적 민주주의에 대한 신뢰로 바뀐 모습이 눈에 띤다. '나의, 당신의, 상한 처녀막은 / 혁명으로 파열돼서 부끄러워라'라는 대목에서는 그 전의 시편들에 드러나던 우유부단함과 낭만적인 방관자로서의 시각이 말끔히 가셔져 있음을 볼 수 있다. 여기에 등장하는 '처녀막'은 여성 신체의 일부분을 가리키는 말이 아닌 '4월혁명의 정신'을 상징하는 시어임을 어렵지 않게 유추할 수 있다. 시인은 그 처녀막이 혁명으로 파열되었다고 말하는데, 여기서 말하는 '혁명'은 총칼을 수단으로 자행된 군사 쿠데타를 의미하는 아이러니이다. 이를 통해 시인은 국민의 뜻과 이반된 채 국민 위에 군림하는 독재는 전통성이 없이 야욕으로 오염된 권력이며, '시인의 처녀막'이라는 제유를 통해 그 같은 사태가 초래된 데에는 시인, 즉 지식인의 과오가 크다는 것을 힘주어 말하고 있다.

정치적·사회적 현실의 문제에 맞서 저항의지를 보이고 있는 조태일을 두고 김수영도 "파열되지 않은 처녀막의 순결이 밑바탕에 깔려 있"음을 찾아내고 있다. 여기에서 시적 자아는 "아프고 피비린 냄새를 풍기"는 것은 축적된 감정을 폭발시키는 행위이다. 그렇게 해야만 처녀막을 뭇 남성들로부터 지켜낼 수 있기 때문이다. 미완의 혁명으로 끝날 수밖에 없었던 4·19가 가져온 기대와 좌절은 이후 문학이 진지하게 검토하지 않을 수 없는 문학과 사회의 관계 혹은 자유 이념에 대한 사유의 자리를 마련하게 된다. 이 같은 인식의 전환을 통해, 모더니스트 기질을 보여주던 조태일은 1960년대 후반을 거쳐 1970년대에 이르러서야 시대의 정치적 사회적 현실의 문제를 본격적으로 자기 시의 중심적 주제로 맞아들인다.

결국 모더니스트 조태일에서 리얼리스트 조태일로의 전환에는 탈식민주의적 사고가 한 몫을 단단히 했음을 알 수 있다. 즉 겉으로는 해방을 맞은 지 십수 년이 되는 나라이지만 여전히 식민 잔재가 남아 있으며, 우리 사회를 매판적 지식인이 장악한 채 민중의 의식을 흐리고 국민 경제를 도탄에 빠뜨리는 한 진정한 독립은 멀다는 인식이 그것이라 하겠다. 「나의 처녀막」이 지식인의 허위 의식에 대한 비판이라면, 「식칼론」 연작은 풍자를 통해 허위의 시대를 실천적으로 바로잡고자 하는 열망을 형상화한 시이다.

> 뼉다귀와 살도 없이 혼도 없이
> 너희가 뱉는 천 마디의 말들을
> 단 한방울의 눈물로 쓰러뜨리고
> 앞질러 당당히 걷는 내 얼굴은

굳센 짝사랑으로 얼룩져 있고
미움으로도 얼룩져 있고.

버려진 골목 어귀
허술하게 놓인 휴지의 귀퉁이에서나
맥없이 우는 세월이나 딛고서
파티똥이나 쑤시고 자르는,

너희의 녹슨 여러 칼을
꺾어버리며, 내 단 한 칼은
후회함이 없을 앞선 심장 안에서
말을 갈고 자르고
그것의 땀도 갈고 자르며

늘 뜬눈으로 있다
그 날카로움으로 있다.

—「식칼론 2」 전문

　　위의 시를 통해서 조태일은 매판세력을 청산하고 살아 있는 정신을
회복하는 게 급선무라는 인식을 드러내 보이고 있다. '뼈따귀와 살도 없
이 혼도 없이 / 너희가 뱉는 천 마디의 말들을 / 단 한방울의 눈물로 쓰
러뜨리'겠다는 구절을 통해, 그 같은 신식민지적 현실의 청산을 위해서
는 무엇보다 지식인의 허위 의식이 바로잡혀야 한다는 인식을 드러낸

다. 이것은 프란츠 파농의 인식과 궤를 같이 한다. 파농에 따르면 피식민적 현실이 존재하는 사회에는 세 가지 계층이 존재한다. 즉 인구의 대부분을 차지하는 농민, 아직 미성숙한 상태에 있으며 수적으로 미미한 프롤레타리아, 그리고 자국민 부르조아지가 그것이다. 그런데 이들 자국민 부르조아지들은 때로는 식민 종주국의 지배자들을 대신하여, 자국민을 통제하고 저항을 봉쇄하는 데 앞장을 서는 위치에 선다고 지적한다.[8] 식민 상황에서 지배자와 피지배자 사이의 관계는 열등감의 조작과 의존 콤플렉스로 이해된다. 오염된 자본과 지배 체제는 끝없이 식민지 국민들에게 열등감과 함께, 자신들의 도움 없이는 한 발자국도 앞으로 나아갈 수 없으리라는 불안 국면을 조성한다는 것이다. 여기에 더하여 몇몇 원주민 엘리트들 골라 적당한 직위와 부를 주고 자신들을 대신해 채찍을 들게 함으로써, 피를 묻히지 않고도 질서를 유지한다.

조태일은 '식칼'로 상징되는 병든 지식과 오염된 자본에 대한 정신적 척결 의지를 통해, 매판적 지식과 지식인의 청산을 통해 민족 자존을 회복하고 진정한 독립을 이루고자 하는 염원을 표상하고 있다. 그는 낭만적 기질이 내면화된 모더니즘으로부터 출발하여 차츰 신식민지적 현실을 투시하는 저항 시로 옮겨 갔다. 그렇게 된 데는 여러 가지 이유가 있겠지만 우선 당시의 시단 풍조가 지극히 모더니티한 분위기였다는 점을 우선 들 수 있을 것이다. 거기에 개인의 시대관, 시관의 경우에도 민중 정신으로 무장되었다고는 볼 수 없을 것이다. 하지만 그는 차츰 우리 사회가 식민 잔재 위에 서 있으며, 이른바 혁명마저도 몇몇 개인들의 권력

---

8   Renate Zahar, 최정섭 역, 『프란츠 파농 연구』, 한마당, 1981, 121~124면 참조.

욕과 물욕 위에 서 있음을 인식하면서 시의 방향이 급선회한 것을 발견할 수 있다. 따라서 모더니즘으로부터 출발하여 리얼리즘 시로 발전 되어 가는 방향은 모순되어 있는 것이 아니며, 한 시인이 방관자로부터 자각된 지식인으로 발전되어 가는 과정을 잘 보여주는 예라 할 것이다.

2) 탈식민 의식과 왜곡된 현실에의 저항

(1) 불굴의 의지를 보인 민중시인

조태일이 본격적인 민중시인으로 자리매김한 것은 연작시 「국토」를 통해서였다. 70년대 들어 계간 『창작과 비평』에 연재하기 시작하여, 48편의 연작시를 탈고하여 그는 1975년에 시집으로 상재하게 된다. 이의 출간을 통해 조태일은 민족·민중시인으로 확고하게 자리매김하게 된다. 힘있는 목소리로 사람답게 사는 세상을 노래하고 이를 방해하는 어떤 세력에도 굽힘없이 정면으로 완강하게 맞서는 저항이 초기시의 중심적인 주제의식이다. 시인은 어려운 시대일수록 침묵보다 발언을, 발언보다는 실천을 해야 한다고 주장하였던 부분[9]에서도 조태일의 시작 태도를 엿볼 수 있다. 즉 「국토」 연작은 오염된 자본과 매판 세력에 의하여 자행된 국토의 파괴를 회복하고, 민중들이 제 모습대로 살 수 있는 세상을 염원하는 시편들이라고 볼 수 있다.

---

9   조태일, 「오늘의 나의 문학을 말한다」, 『고여 있는 시와 움직이는 시』, 전예원, 1981, 226면.

버려진 땅에 돋아난 풀잎 하나에서부터

조용히 발버둥치는 돌멩이 하나에까지

이름도 없이 빈 벌판 빈 하늘에 뿌려진

저 혼에까지 저 숨결에까지 닿도록

우리는 우리의 삶을 불지필 일이다.

우리는 우리의 숨결을 보탤 일이다.

—「국토서시」 부분

　　시인에게 국토는 그를 낳고 길러 준 모태이고, 민중의 살림살이를 떠받
들고 있는 소중한 터전이며, 민족과 역사 앞에 바로 서고자 하는 뜻을 세
우게 하는 궁극의 땅이다.[10] 간단명료한 구조, 허세와 허풍이기에는 너무
투명하게 선명한 비유와 의미의 단순성, 반복의 효과, 겉보기에는 거친
우격다짐 같은 이런 경쾌함과 명료함이 발산하는 은은한 자신감과 유쾌
하기조차 한 趙泰一의 시는 어둡고 답답한 70년대의 본질구조의 골격을
단순・선명하게 여러 각도에서 투시한 X광선 사진 같다[11]고 할 수 있다.
그의 시는 힘차게 행동과 체험으로서 발전시켜 나가며 그것이 시의 힘의
원천이 된다. 탈식민주의에서는 언제나 이중구조를 문제 삼고 있듯이,
趙泰一은 겉으로는 국민들에게 주어져 있으면서도 민중의 질곡과 민중
의 합의 없는 개발 따위를 통해 뿌리 깊게 내면화되어 있는 종속의 질서를

10　장석주, 「조태일」, 『20세기 한국문학의 탐험 4—1973~1988』, 시공사, 2000, 134~
　　137면.
11　김영무, 「핵심 껴안기와 꿈 뒤집어 꾸기」, 『시의 언어와 삶의 언어』, 창작과비평사,
　　1990, 169~173면 참조.

묵시하고 있는 것이다. 그는 그 같은 은폐된 종속의 질서를 드러내고 진
정한 해방을 얻어내는 방법으로 실천적 삶의 중요성을 암시하고 있다.

눈보라가 치는 날은 술을 마시자
술을 마시되 체온을 생각해서 마시자
눈보라가 치는 날은 술을 마시자
술을 마시되 약간의 낭만을 위해서

국경선을 떠올리며 마시자.
눈보라가 치는 날은 술을 마시자
술을 마시되 실어증을 염려해서
두근거리는 가슴 열고 홀로라도.
열심히 말을 하며 마시자.

—「눈보라가 치는날 – 국토 21」 부분

매서운 겨울 칼바람에
떨며 조바심하며
바다 가운데
둥 둥 둥 떠 있는
한덩어리 마음들.

저 붉게 붉게 다투어 터지는
동백꽃망울로

뜨거운 소리 만들고

저 부끄럼 없이 하늘로 솟는

시누대로

화살을 만들자.

— 「오동도」 부분

겨우내

떨리는 몸 웅크리며

치렁치렁한 머리칼도 잘리고

얼어붙은 하늘 향해

볼 낯이 없어, 피할 길이 없어

말없이 그저 꼿꼿이 서서

떨며 흔들리리라

— 「꽃나무들」 부분

중기 시세계를 이루는 시집 『국토』와 『가거도』에서 골라본 시편들이
다. 이들 시편들은 조태일이 가혹한 독재가 짓누르던 칠팔십년대를 견
디며 쓴 시들이다. 그는 『시인』지가 강제 폐간된 후 1974년에는 자유실
천문인협의회 결성에 주도적으로 참여하고, 1977년에는 양성우의 시
집 『겨울공화국』 사건으로 시인 고은과 함께 옥고를 치렀다. 1979년 4
월엔 박정희 체제를 비판하는 연설을 했다는 이유로, 1980년 7월엔 자
유실천문인협의회 임시총회를 개최한 혐의로 신경림·구중서 등과 함
께 투옥되기도 한다. 이 같은 일련의 실천적 삶을 통해 '국토'의 순결을

지키고 민중적 의사에 기반한 삶을 꾸려가려고 애쓰게 된다. 이 같은 시대적 공간을 배경으로 한 그의 시들에게는 암울한 시대 상황을 상징하는 시어들이 대거 등장한다. '눈보라', '겨울', '매서운 폭풍', '칼바람' 등의 시어가 그것이다. 그러나 맨 앞에 든 「국토 21」에서 보듯이, 모름지기 제 땅을 지키려면 일상화된 실천을 통해 밀고 나가야 한다고 말한다. 시인은 '눈보라가 치는 날은 술을 마시자 / 술을 마시되 실어증을 염려해서 / 두근거리는 가슴 열고 홀로라도'라는 구절을 통해 고난이 덮친다 하더라도 살아있는 말을 해야 한다고 힘주어 말한다. 그것도 여럿이 아니라 '홀로라도' 말하라고 권면한다. 이것이 곧 무소불위의 힘을 가진 권력과 오염된 자본으로 민중의 이익을 지켜내는 길임을 암시하고 있는 대목이다. 이 같은 일련의 인식을 통해 시인은 반민족적 종속과 반민중적 독종이 일상화된 국토를 지키는 길은 민중 스스로의 자존과 자력갱생의 미덕이라는 인식을 시적으로 형상화하고 있음을 알 수 있다.

(2) 탈식민주의 관점에서 본 국토와 민중 사랑

탈식민주의 이론에서는 제국주의의 식민 지배에서 벗어났음에도 여전히 예속과 열등의 그늘에서 벗어나지 못하고 있는 자국민의 의식 해방과 자존의 확립에 관심을 둔다. 그런가하면 식민지 국가 내부적으로도 식민주의의 청산은 독립 이후 상당한 시간이 지난 오늘날까지도 여전히 실현되지 않은 희망사항으로 남아 있다. 비록 과거 식민 통치의 정치적·행정적 구조는 폐지된 것처럼 보이지만 경제적 하부구조의 영역에서는 여전히 식민 본국에 의한 간섭과 통제가 남아있다.[12] 그러나 식민주의의 영향력이 가장 끈질기고 견고하게 남아 있는 영역은 사고와

의식의 영역이다. 식민주의의 영향력이 사고와 의식의 영역에서 그럴 수 있는 것은 눈에 잘 보이지 않기 때문일 것이다. 식민주의가 정치·경제적 영역에서 끼친 지대한 영향을 목도하기란 어려운 것이 아니지만, 그것이 동시대 민중들의 사고와 인식(틀)에 끼친 일반적인 영향력을 간파하기란 그리 쉬운 일이 아니기 때문이다. 사람은 누구나 눈에 보이는 것만을 본다. 눈에 보이지 않는 것을 보는 사람은 없다. 그래서 눈에 드러나지 않는 문제가 눈에 보이는 문제보다 덜 중요한 것이 아님에도 불구하고, 더 먼저 해결되기란 어렵다.[13]

> 한 핏줄 끼리는 그렇게 만나고 섞이는데
> 한 핏줄의 땅을 딛고서도
>
> 사람은 사람을 만날 수가 없구나.
> 사람이면서 나는 사람을 만날 수가 없구나
>
> —「물·바람·빛—국토 11」 전문

위의 시에서 조태일이 염원하고 있는 세상의 모습을 예감할 수 있다. 물, 바람, 빛들은 소리 없이 만나서 섞이는데, 해방된 땅에서 '사람은 사람을 만날 수가 없구나. / 사람이면서 나는 사람을 만날 수가 없구나'라

---

12 종속이론과 불평등발전론으로 유명한 사미르 아민(Samir Amin)이나 세계체제론으로 유명한 월러스틴의 문제의식도 자본주의의 제국주의적 속성이 탈각되지 않았다는 전제에서 비롯된 것이다.
13 오인영, 「포스트식민주의 이론의 이해와 수용」, 『동양학』 제32집, 단국대 동양학연구소, 2002, 70면.

는 구절을 통해서 여전히 우리 민족의 뜻대로 할 수 없는 국토의 슬픔을 드러내 보이고 있다. 나아가 분단의 상처를 스스로 치유함으로써만 진정한 해방의 의미를 가질 수 있다는 사유의 일단을 내보이고 있다. 나아가 그 같은 인식은 우리 땅이면서, 우리 땅이 아니라는 인식으로 발전한다.

> 내가 딛는 땅은 내 땅이 아니다.
> 내가 읽는 글은 내 글이 아니다.
> 내가 하는 말은 내 말이 아니다.
> 내가 하는 노래는 내 노래가 아니다.
> 내가 눕히는 아내는 내 아내가 아니다.
>
> —「모기를 생각하며—국토 1」 부분

이렇듯 연작시 국토는 반독재의 가열찬 투쟁의 외침이나 의지보다는, 작게는 우리가 회복해야 할 영토에 대한 갈망을 담아내고 있으며, 나아가서는 종속적 의식을 버리고 건강한 지성을 회복할 것을 설득력 있는 목소리로 형상화하고 있다고 보아도 좋을 것이다. 그것은 탈식민주의적 인식과도 통한다.

식민주의는 '주체들과 지식들' 사이의 지속적인 위계를 제도화한다. 다시 말해서 식민주의는 식민 지배자와 식민지인, 서양과 동양, 문명인과 원시인, 과학적인 것과 미신적인 것, 선진과 개발도상국 등의 관계를 '우월과 열등'의 위계 질서로 등식화하고 정당화하는 또 다른 종류의 폭력을 사용한다.[14] 이런 제도화 이후로 식민지인은 식민 지배자의 반대, 혹은 부정의 이미지로 받아들여질 수밖에 없었다. 유럽이 문명적 풍요

로움의 장소로 등장하기 위해서 식민화된 세계는 의미를 박탈당해야만
했던 것이다. 요컨대, 식민주의는 몸만이 아니라 마음도 식민화하며, 그
들의 문화적 우선순위들을 일거에 변경시키기 위해 식민화된 사회들 내
에서 무력을 행사한다. 그리고 그 과정에서 식민주의는 "지리적이고 시
간적인 실체에서부터 심리적 범주에 이르기까지 근대 서구의 개념을 보
편화시키는 데 기여한다. 서구는 이제 어디에나, 서구의 안과 밖에, 구
조들 속에, 그리고 마음속에 있다.[15]

조태일의 시세계는 『국토』에 이르러 그 비판 의식이 「식칼론」을 내놓
을 때와는 달리 얼마간 누그러진 느낌이 있다. 자신이 딛고 선 땅에 대한
사랑과 거기에 부박한 삶을 위탁하고 살아가는 민중들에 대한 애정으로
점철되어 있음을 알 수 있다. 여기에서 발견되는 것은 자연의 원초적 심
상과 여성의 생명력을 기반으로 한 국토 사랑이다. 그의 국토사랑은 대
지의 처녀화, 즉 국토의 순결성을 의미한다. 결국 조태일의 『국토』는 해
방은 되었으되 우리 땅이 아니며, 여전히 신식민주의적 정치환경 속에
서 매판자본이 득세하는 왜곡된 세상을 멀리하고 진정한 해방의 공간과
인적 토대에 대한 갈망의 노래라 할 수 있을 것이다.

(3) 자연 회귀와 고향 회복 의식

조태일의 시세계는 80년대 들어서는, 고향으로의 회귀와 자연 친화
의 목소리를 잔잔하게 내는 것으로 전신을 하게 된다. 이것은 단순히 자

---

14 Prakash Gyan. ed., *After Colonialism : Imperial Histories and Postcolonial Displacement*, Princeton U.P., 1995, p.3.

15 A. Nandy., *The Intimate Enemy : Loss and Recovery of Self Under Colonialism*, Oxford U., xi.

연에로의 회귀보다 인간다운 삶의 회복을 열망하고 있다고 보아도 좋을 것이다. 그 같은 정서를 담고 있는 시집으로는 『가거도』, 『산속에서 꽃속에서』 등을 들 수 있을 것이다.

그러나 우리 한민족 무지렁이들은
가고, 보이니까 가고, 보이니까 또 가서
마침내 살 만한 곳이라고
파도로 성 쌓아
대대로 지켜오며

후박나무 그늘 아래서
하느님 부처님 공자님
당할아버지까지 한 식구로 한데 어우러져
보라는 듯이 살아오는 땅.

—「가거도」 부분

위의 시는 조태일이 1983년도에 상재한 시집 『가거도』의 표제작이다. 그때까지 조태일이 보여준 국토는 빼앗긴 땅이요 잃어버린 것을 회복해야 할 투쟁이 땅이었다면, 이 시를 통해 보여주고 있는 고향은 어머니같이 포근한 땅이다. 욕망으로 점철된 도시가 아니라 상부상조의 정신이 살아 있고, 인간다움이 꽃피는 유토피아로 설정되어 있다. 즉 해방이 땅이지만 무분별한 개발로 마구 파헤쳐지고 살 수 없는 땅으로 급속하게 변모되어 가는 현실에서, 오염된 문명의 폐해로부터 벗어나고 인간다움이 숨 쉬는 공간을 만들어가고 싶은 시인의 열망이 만들어낸 인간다운 삶의 터전인 것이다.

그 같은 정서의 일단은 '그러나 우리 한민족 무지렁이들은 / 가고, 보이니까 가고, 보이니까 또 가서 / 마침내 살만한 곳이라고 / 파도로 성 쌓아 / 대대로 지켜오며 // 후박나무 그늘 아래서 / 하느님 부처님 공자님 / 당할아버지까지 한 식구로 한데 어우러져 / 보라는 듯이 살아오는 땅'이라는 대목에서 실감나게 읽어낼 수 있다.

풀씨가 날아다니다 멈추는 곳
그곳이 나의 고향,
그곳에 묻히리.

햇볕 하염없이 뛰 노는 언덕배기면 어떻고
소나기 쏜살같이 꽂히는 시냇가면 어떠리.
온갖 짐승 제멋에 뛰노는 산 속이면 어떻고
노오란 미꾸라지 꾸물대는 진흙밭이면 어떠리.

풀씨가 날아다니다
멈출 곳 없어 언제까지나 떠다니는 길목,
그곳이면 어떠리.
그 곳이 나의 고향,
그곳에 묻히리.

—「풀씨」 전문

타계 5년 전인 1995년에 출간된『풀꽃은 꺾이지 않는다』에 수록된 시이다. 마치 종생을 의식하고 쓴 절명시 같은 느낌을 주는 시이다. 바람에 날아다니는 풀씨에 빗대어 자신의 심경을 훌륭하게 그려내고 있다. 방랑의 흐름 위에 있지만 퍽 안정된 심적 여유를 느끼게 한다. 이것은 마치 1920년대의 방랑시인 공초 오상순이 노래했던 "흐름 우에 보금자리친 / 흐름 우에 보금자리친 / 나의 혼"(「放浪의 魂」)에서의 아늑한 방랑의식을 문헌사적으로 계승하고 있는 작품으로 볼 수 있을 듯하다. 이러한 시인의 방랑의식은 한번 떠나서 다시는 돌아오지 않는 방랑이 아니요, 오히려 정착과 안돈을 위한 방랑이며, 동시에 정착은 새로운 방랑을 예비하는 정착이다. 조태일 시인의 시세계에 나타난 방랑과 정착의 이러한 관계는 우주의 생성 및 그 원리와도 같다. 무엇이 시인으로 하여금 현실적 초조와 긴장을 벗어나서 그러한 여유와 배포를 갖도록 한 것일까? 그것은 아마도 수십 년 만의 귀향이 가져다준 감격 때문일 것이다.[16]

조태일은 "이 천지간에는 큰 것보다는 작은 것들이, 인위적인 것보다는 자연스런 것들이, 보이는 것들보다는 안 보이는 것들이 더 많이 존재함을 다시 한 번 확인했다"[17]고 밝히고 있다. 그가 낙향하여 광주대학교 몸담은 지 얼마 안 되는 시점에서 씌어진 이 시를 통해, 시인은 '풀씨'로 상징되는 민중적인 삶의 위대함에 대한 자각을 담아내고 있어 보인다. 우리는 여기서 조태일이 염원한 것을 잊고 지냈던 고향에의 귀향으로 치부하는 단순성에서 벗어날 필요가 있다. 이들 일련의 자연 회귀적인 정서를 지닌 시들을 통해 조태일이 열망하는 것은 오염된 자본과 매판

---

16 이동순, 「눈물의 시인, 조태일」, cafe.daum.net/penpia 참조.
17 조태일, 「후기」,『풀꽃은 꺾이지 않는다』, 창작과비평사, 1995, 131면.

세력의 농간으로 파괴되어 버린 민족 공동체의 회복이라고 본다. 조태일의 자연에의 회귀와 고향 사랑은 복고적인 의미를 떠나, 식민지적 현실로 인해 파괴된 공동체와 인간다움의 회복을 위한 한 도정임을 알 수 있다. 그것은 탈식민주의론자들이 노력해 마지않던 정체성 회복의 노력과도 궤를 같이 하는 것이다.

간밤에 큰비가 오면
어머니는 잠을 못 이뤘다
간밤에 큰눈이 오면
어머니는 몸을 뒤척였다

우리 칠남매의 꽁보리밥을
한 숟갈씩 공평하게 퍼서 아침이면
광천동 다리 밑의 그 거지를 찾았다

수족을 잘 쓰지 못한 채
빼꼼한 눈만을 껌벅이는 그 왕자를
누가 버렸나 우리의 땅에서

생사공장에서 귀가할 때마다
누이동생 업고 마중가다가
나는 보았다

어렵사리 들고 나온 번데기 한움큼

그 왕자에게 주는 것을

걱정 많아 보이는 어머니의 전체를.

— 「다리 밑의 왕자―국토 56」 전문

 이 시를 통해 시인은 일상적으로 대하는 '달'에게조차 어머니의 모습을 발견하여 모성적 본질을 꿰뚫는다. 그것은 사회현실로부터 겪은 체험을 우주 공간에서 시상을 전개시키고 있는 것이다. 조태일은 '광천동 다리 밑의 그 거지를 찾았다 / 수족을 잘 쓰지 못한 채 / 빼꼼한 눈만을 껌벅이는 그 왕자를 / 누가 버렸나 우리의 땅에서'라고 물음으로써, 산업자본의 번영 못지않게 함께 이 땅을 지켜온 사람들을 낙오시켜서 안 되며 따스한 사람으로 감싸야 한다고 힘주어 말하고 있다. 나아가 버려진 사람들을 감싸는 일을 부자나 높은 자리의 위정자들이 아닌 '어머니'가 도맡아 왔음을 넌지시 비친다. 결국 지식이 아닌 온몸으로 살아낸 민중만이 민중의 숨은 살림살이를 안다는 깨달음을 비치고 있다. 그럼으로써 짧은 지식이나 혀로 휘두르는 허위의식을 넘어 이타적인 사랑을 베풀어야 한다고 말하고 있다.

 그런 점에서 조태일의 어머니는 단순히 한 가족 내에서 사랑을 베푸는 어머니가 아니라, 널리 가난하고 사랑이 부족한 이웃을 껴안고 나아가 민족의 자존을 일깨워 어두운 밤을 넘어 새벽으로 나아가게 하는 존재이다. 그것은 식민 잔재를 청산하고, 오염된 자본과 매판 세력으로부터 도탄에 빠진 민중을 구제하여 광명 세상으로 나아가고자 하는 탈식민주의의 철학과도 일치하는 것이다.

3. 결론

이상의 논의를 통해서 우리는 조태일의 초기시들은 독재와 반민주적 횡포에 맞선 저항 정신을 담은 시들이 대부분인 반면, 장년기 이후의 시들에서는 고향으로의 회귀와 자연 사랑을 담은 시들이 주조를 이루고 있음을 알 수 있다. 그는 역사적 체험을 새로운 인식으로 전환하여 현실 비판의 시로 형상화였으며 관심의 영역을 사회에서 자연으로 확대시켜 나갔다. 표면적으로는 두 시세계 사이에 분명한 불연속선이 개재되어 있음을 알 수 있다.

그러나 탈식민주의이론을 택하여 면밀하게 검토한 결과, 조태일의 초기 시세계는 신식민적 현실에서 식민지 잔재의 청산과 매판 세력 척결이라는 주제로 집약될 수 있으며, 시집 『국토』로 집약되는 중기의 시세계를 통해서는 겉으로는 해방되었으면서도 여전히 진정한 주인들에게 돌아오지 못하고 있는 땅에 대한 회복 의지와 묵묵히 그 땅을 지켜온 민중에의 애정을 노래하고 있다. 또한 90년대 이후 후기시 시세계에서는 오염된 자본과 매판 세력의 횡포로 잃어버린 고향을 회복하려는 의지와 인간다운 삶에 대한 복원의 열망을 형상화하고 있음을 알 수 있었다.

이처럼 각 시기 사이에 불연속선이 개재되어 보이지만, 탈식민주의 이론의 관점에서 보면 겉으로는 해방이 되어 있으면서도 낡은 체제와 매판 세력이 엄존하는 현실을 깨치고 진정한 해방을 완성하고자 하는 노력의 소산이라는 점에서 긴밀한 연관관계를 읽어낼 수 있다. 즉 조태일의 시생애는 참다운 민족 국가, 민족 문화 건설에의 욕망, 외세와 왜곡된 자본의 개입 없는 인간다운 삶에의 열망을 형상화하는 데 바쳐지고 있음을 알 수 있었다.

특히 장년기 이후의 시편들에서 자연 사랑과 인간 회복의 메시지를 줄기차게 외쳐온 끝에 저항정신이 퇴색하지는 않았나 하는 의구심을 갖게 만들기도 하지만, 표면적인 저항만이 아닌 인간 자존의 확립을 통한 스노비즘의 청산 의지마저 보임으로써 민족시의 지평을 넓히는 데 크게 기여한 것으로 평가된다. 앞으로 개별 시편들에 대해 보다 심도 있는 연구가 이루어지도록 노력할 것을 약속하면서, 작은 논의를 마친다.

노래가 된 시, 노래가 된 시인

조태일의 시세계

김수이

1. '노래'의 조건들

이제는 다시 언급하기도 새삼스러운, 지난 시대의 뇌관에 별처럼 박혀 있던 역사·철학적이며 미학적인 강령하나. 우주의 운행과 인간의 운명을 잇는 루카치(G. Lukács)의 신화적 비전은 오늘의 시대에는 다음과 같은 덧붙이는 말을 필요로 한다. "별이 빛나는 창공을 보며, 갈 수 있고 또 가야만 하는 길의 지도를 읽을 수 있던 시대는 얼마나 행복했던가"라고 순정하게 '노래'할 수 있던 시대, 경험하지도 않은 먼 과거를 열렬히 기리고 '추억'할 수 있던 시대는 얼마나 행복했던가.

이념과 신념이 '노래'가 될 수 있던 시대, 신화의 세계가 현재의 시공간에 들어와 '추억'이 될 수 있던 시대는 행복했다는 진술은, 말할 것도 없이 지금 이 시대의 시선으로 편집되고 굴절된 것이다. 그렇다면, 무어라 이름붙이든 우리시대의 시적 기율이 지닌 특징은 순정하고 행복한 '노래 / 기억'과의 거리로써 설명될 수 있겠다. 가령 최근 시에서 고전적 의미의 '노래'가 잦아들고 정체성의 내용물인 '기억'이 현실의 의미체계에서 탈각된 무정형의 형태로 그려지는 것은 전 시대와 차별되는 한 예가 된다. 작고 10주기를 맞은 조태일의 시가 떠올리는 문학사적 문제 역시 우리 시의 '변화'와 긴밀하게 맞물려 있다. 조태일의 시를 읽는 일은 세기의 전환과 함께 우리 문학에 발생한 시차(時差 / 視差)를 한꺼번에 체감하는 일과 통한다. 그의 시는 한국시의 근과거와 현재를 함께 목도하게 하는 거울이자 일종의 충격장치인 것이다.

짐작하겠지만, 그 강도는 사실 낮은 수준은 아니다. 최근 10여 년간 우리 문학에 발생한 적지 않은 시차는 두 가지 변화를 바탕으로 한다. 첫째는 시인-개인의 진정성과 양심 등의 윤리적 덕목이 문학의 동력이 된 1970, 80년대와, 시인 / 개인에게 부과된 윤리를 해체하고 재구성함으로써 문학의 새로운 윤리와 돌파구를 찾는 2000년대 사이의 간극이다. 시인-개인-사회-역사의 방향성이 고결한 윤리의 아우라 속에서 합치될 수 있었고, 현실의 올바른 변화에 대한 엇비슷한 신념과 상상이 문학의 추동력이 되었던 시대란, 그 자체로(무거운) 축복이자 사건이었다고 할 수 있다. 역사의 종말과 문학의 종말에 관한 담론은 이 사건을 정리하는 리포트의 키워드였고, 이 '종말'의 사태 혹은 소동을 거친 2000년대 문학의 시야로 보면, 조태일의 시로 예시되는 종전의 문학은 순정하고 치열하지만 어딘가 평면적인 단순성을 지닌 것이 된다. 가장 큰 이유는 시인 자신과 분리되지 않는 시적 주체와 현실 사이의 저 많은 균열과 거리를 민족과 국가, 자유와 평등의 이념이 메우고 있다는 데 있다. 그러나 아이러니하게도 이 이념들이 개인을 넘어 공동체의 운명을 성찰하는 '윤리의식'의 발원이 된 점은 종종 간과 되고 있다. 2000년대 문학이 전 시대 문학의 발생 토대나 사회·역사적 기반을 부정하는 것은 아니지만, 이념과 윤리의 양면적인 관계에 대해서는 무관심한 듯하다. 문제의 핵심은 2000년대 문학이 이전의 문학적 추진력인 사회·역사적 문제의식과 상상력, 공동체의 행복에 관한 윤리적 문제를 더 이상 적극적으로 끌어안지 않는다는 점에 있다. 개인과 사회·역사의 현재와 미래에 관해 고뇌하고 모색하는 일은 이제 공동의 움직임을 형성하지 못하고 작가 개인의 선택으로 돌려지고 있다. 전 시대의 문학이 견지한 사회현실에 대한 윤리적 태도는 어느새 '재미없는 낡은 유산' 쯤으로 여겨지고 있는 것이다. 민중시의 대표자 가운데 한 사람인 조태일의 시 역시 이 같은 '낡은' 유산을 자양분으로 삼고 있다. 그러나 오늘의 시점에서 다시 읽는 조태일의 시는, 활발한 미학적·인식론적 모험을 감행한 2000년대 시들과는 확연히 다른 입지에서, 이후의 시들에서 만나기 어려울지도 모를 절박하고 육중한 울림을 전해준다. 문학의 역사적 소명과 시인-개인의 윤리적 삶의 방식을 모태로 한 그 울림은 지난 연대의 시와 오늘의 시의 시차(時差 / 視差)만큼이나 이질적인 느낌을 자아내는 것이기도 하다.

지난 20여 년간 우리 문학에 발생한 시차의 두 번째 양상 — 첫 번째와 밀접하게 관련된 — 은 시의 입장과 정치적 입장이 유기적으로 밀착된 시대의 퇴조에 따른 것이다. 민족, 민주, 자유, 평등 등의 정치적 이념이 빠져나간 자리에는 사회·역사·민족의식의 동의어로서의 윤리의식도 함께 쓰러졌다. 시와 정치를 함께 사유하고 실천했던 관습은 시에서 정치를 분리하고 축출하는 것으로 변화했다. 즉 지난 연대의 특정한 정치의식의 몰락은 보편적인 문제로 확대해석되면서 문학에서 정치의식 자체를 억압하는 결과를 가져왔다. 공적 담론공간으로서 2000년대 문학의 영토는 '정치(적 공동체)'를 '감각(의 공동체)'으로 대체하면서 넓어진 만큼 다시 좁아졌다고 할 수 있다. 많은 외압이 수반되었지만, 1970, 80년대에 문학은 권력과 제도가 용인하지 않는 정치적 사유와 주장을 펼칠 수 있는 진보적인 도시에 거의 유일한 개인적·사회적 담론공간이었다. 1990년대의 '애도기'를 거쳐 2000년대의 문학은 현실 정치에 대해 개입하고 발언하는 일에 관심을 갖지 않거나 소극적이 되었다(그동안 논의 되어왔듯이 이러한 배경에는 현실사회주의의 몰락과 한국사회의 '표면적인' 민주화가 자리 잡고 있다. 더불어, 이전까지 한국사회에서 문학이 해온 정치적 담론공간의 역할을 인터넷이 대대적으로 수행하고 있는 점도 하나의 요인이 되었다는 가설을 생각해볼 수 있다). 시의 경우, 우리시대의 현실에 관한 정치적 입장은 대체로 개별화되고 미시적이며 간접화된 양상으로 드러난다. 특히 젊은 시인들의 시에서, 세계의 은폐된 구조와 배후에 대한 직관 및 감각적 인식들이 활성화되는 가운데 문학과 정치, 문학과 현실의 구체적이고 직접적인 대응관계는 희미해졌다. 이 관계가 현실적인 기표들을 얻기 위해서는 여러 맥락을 거쳐 재구성되는 과정을 필요로 한다. 언어가 그 물적 토대인 사회·역사적 의미체계로 환원되는 것을 저지하는 시적 전략이 도달한 자연스러운 귀결이라고 할 것이다. 사유와 감각의 근원을 해부하는 태도 역시 문학과 정치가 연동되는 유효한 방식들 가운데 하나임은 분명하다. 그러나 문학과 정치의 너무 근본적이어서 느슨해 보이는 구도는 오히려 이에 대한 직접적인 논의를 촉발하고 있기도 하다. 최근 여러 문학잡지들이 앞다투어 '정치'를 주제로 특집을 꾸리는 것은 오늘의 문학에 부족한 정치적 사유에 대한 문제의식의 소산으로 볼 수 있다. 텍스트의 틈새를 우선 논의와 이론으로 방어하고자 하는 시도는 2000년대 문학에 대한 반성과 보강을 겨냥하고 있다.(『세계의 문학』 2009년 봄호 특집 '회구하는 감옥들', 『문학들』 2009년 여름호 특집 '예술과 정치, 그리고 미학적 모험', 『문학과사회』 2008년 여름호 특집 '마르크스의 귀환?' 등을 예로 들 수 있다.) 조태일의 시가 현재적 운동성을 가질 수 있고, 가져야만 하는 이유도 이에 맞닿아 있다.

　공동체의 행복과 사회·역사적 책임의식을 골자로 하는 윤리가 문학의 동력이 되는 세계, 시 쓰기가 현실에 대한 시인-개인의 정직한 윤리적 / 정치적 실천을 의미하는 세계, 이 세계들이 조태일의 시를 통해 다시 우리 앞에 귀환한다. 그간 우리 시에서 낡은 의미의 윤리의식과 정치의식의 약화가 함께 진행되면서 적잖은 시차가 형성된 데는 시대적 변화가 일차적인 원인으로 작용했다. 그 변화가 어떤 단절을 가져온 지금, 조태일의 시는 다른 세계에서 온, 현재의 문학에 대한 타자처럼 보이기까지 한다. 그러나 이 익숙하고도 낯선 타자는 환대받아야 마땅한데, 그가 바로 오늘의 문학의 전사(前史)이자 기원의 하나이기 때문이다.

2. '연가'와 '찬가 / 비가'의 사이

조태일의 시는 민족, 독재, 분단 등 현실의 문제를 다루지만, 그 현장을 구체적이고 사실적으로 그려내기보다는 정서와 풍경, 메시지로 변환하는 경향이 강하다. 그의 시에서 당대의 정치·사회적 정황을 유추 할수는 있으나 재구성해내기 쉽지 않은 것은 이런 연유에서다. '자연'의 풍경을 전면화하는 후기시로 올수록 변환의 강도는 높아지는데, 조태일이 등단 이듬해인 1965년에 스물다섯 살 대학생의 신분으로 펴낸 첫 시집『아침 선박』에서부터 이러한 특징은 뚜렷이 나타난다.

이 시집은 청년 시인 조태일이 진한 비관주의와 낭만적 우울, 치기어린 현란한 표현을 뒤섞어 그려낸 암울한 시대의 음화(陰畵)다. '흔들리다' '아프다' 등 자주 등장하는 감정 형용어들은 젊은 시인의 고통에 찬 내면을, 비장한 어조와 단호한 명사형의 서술부 등은 부정적인 현실에 대한 단절과 투쟁의 의지를 감지하게 한다. 절망과 패기가 혼재된 가운데 조태일은 자신의 내면과 조국의 산하를 '낭만적인 연가'와 '의지적인 찬가'의 두가지 풍으로 노래한다. "나는 내 방을 슬프게 장악하는 兵丁. / 내시간이 흔들리면, 처량하게 흔들리면, / 계절의 밑둥이에 앉아 있는 우울"(「연습 1」), "서울의 가로수는 / 敗地에 울멍이는 나의 戀歌"(「서울의 가로수는」)는 전자에, "아침 바다는 叡智에 번뜩이는 눈을 뜨고 / 끈기의 저쪽을 달리면서 // 시대에 지치지 않고, 처절했던 同伴의 때에 / 쓰러진 시간들을 하나씩 깨워 일으키고. / 저, 넘쳐나는 지평의 햇살을 보면 / 청명한 날에 잠 깨는 출항"(「아침 선박」)은 후자에 속하는 예이다.

'낭만적인 연가'와 '의지적인 찬가'는 조태일 시의 두 축을 이루는 시적 스타일이자 화법이며, 세계에 대한 태도이다. 낭만적인 연가의 풍은 그가 현실 속에서 고뇌하는 자신의 내면을 노래할 때 주로 동원되며, 의지적인 찬가의 풍은 민족과 역사의 문제에 관해 각성하고 발언할 때 대체로 활용된다. 이 중 찬가는 찬가의 대상인 민족과 역사가 처한 비극적인 상황으로 인해 많은 경우 '비가'로 변주된다. '비가'는 그 초점이 노래하는 주체의 내적 상태와 정서에 있기 때문에 다시 '연가'와 깊은 친연성을 보이면서 조태일의 시에 전체적인 일관성을 부여한다. 도식적으로 말하면, 조태일의 시세계는 자연인으로서 시인-개인이 부르는 연가와, 민족의 일원이자 역사의 주체로서 시인-공동체의 일원이 부르는 찬가 / 비가 사이에서 진동하면서, 이 둘이 화음을 달리하며 공존하고 통합되는 형태로 전개된다. "나는 곧잘 내 개인 의식이나 감정을 '우리'와 '역사'의 것으로 비약시켜 보는 데 흥미를 갖고 있습니다"(『오늘의 나의 문학을 말한다』)라는 조태일의 진술은 '연가'와 '찬가 / 비가'의 융합이 일어나게 된 근거를 확인 시켜준다(기질적으로 조태일은 '연가'쪽에 더 큰 애정과 친화력을 가졌던 것으로 보인다. 확고한 시적 전략을 갖추기 전인 초기시에서 그는 특히 '연가'라는 제목과 시어를 많이 사용하며, 1985년에 묶은 자신의 문학선집의 제목을 '연가'로 정하기도 했다. 조태일이 1990년대에 쓴 시들이 다시 연가풍으로 회귀하며, 이 시기 그의 시가 미학적으로 높은 완성도를 보이는 것도 그의 기질적인 면과 무관하지 않을 것으로 생각된다).

　낭만적인 연가풍이 주류를 이루는 초기시(특히 첫 시집 『아침 선박』과 두 번째 시집 『식칼론』)에서 조태일은 자신의 시와 삶의 공간을 '산하'로 명시한다. 서울의 거리, 전라도, 바다 등이 산하의 현상적 모습이라면, '나'

의 어둡고 좁은 방은 산하의 내면과 이면의 풍경에 해당하는 것이다. 전
남 곡성의 산사에서 대처승의 아들로 태어나 일제치하를 거쳐 여덟살
때 여순사건을, 열 살 때 한국전쟁을 겪은 조태일에게 '산하'는 폭력적
인 역사가 부과한 참혹한 삶의 체험, "아픈 기억"이 "펄럭이"는 "찢어진
地表"의 집합체를 의미했다. 유년기부터 그에게 삶은 민족의 역사와 뗄
수 없는 관계에 있었으며, 그에게 민족의 이념은 체험에 의해 자연스럽
게 내면화된 측면이 컸다.

> 불꺼진 시간 위에서 이제 아픈 기억을 쓰다듬는 나의 산하.
> 수목들은 이파리에,
> 찢어진 地表를 펄럭이고 있지만,
> 피비린 골짜기마다, 젖어 있는 시간은 뒹굴고 있지만
> 선언을 다한 지상의, 彈雨가 내리던
> 나의 조그만 산하여.
>
> ─「다시 산하에게」 부분

　　"나의 산하"가 "조그만" 것은 오랫동안 학살과 전쟁에 짓밟혀 상처투
성이가 된 까닭이다. 조태일은 비극적 낭만성에 사로잡혀 조국의 산하
를 뜨겁게 애도하고 예찬한다. 조태일의 시에서 찬가와 비가가 하나로
결합된 예를 여기에서 볼 수 있다. 이후 조태일의 시는 첫 시집의 감정
과잉을 덜어내고, '산하'에 대한 사랑의 방법과 자세에 관해 고뇌하면서
진전의 시간을 맞이한다. '산하'는 시집 『국토』 이후에는 민족의 삶과
역사의 총체를 의미하는 '국토'로 재명명된다. 이와 함께 이와 함께 조

태일의 시는 '의지적인 찬가 / 비가'의 형식을 전면에 두면서 보다 투철한 민족정신과 역사의식을 확보해간다. 조태일의 시사적 업적으로 꼽히는 「식칼론」과 「국토」 연작은 '찬가 / 비가'의 형식과 세계관으로 '연가'를 포괄하면서 시와 정치적 상상력을 견고하게 결합해 얻은 산물이다. 「식칼른」이 독재의 현실에 대응하는 시와 삶의 자세에 관한 방법론적 탐구라면, 「국토」는 민족의 오랜 삶의 터전에 축적된 역사를 복원하고 증언하는 기록의 성격을 지닌다. 「식칼른」이 '사랑'의 정치적·윤리적인 실천으로서 현실의 모순에 끝까지 맞서 싸우겠다는 투쟁의 결의문인 반면, 「국토」는 사랑의 존재론이자 삶의 방식 자체로서 민족의 운명에 '나'의 운명을 일치시키는 투쟁의 기록이다. "왜 나는 너희를" "땅속 깊이 아우성으로 흐르는 눈물 / 저 눈물 같은 물줄기가 / 물줄기를 만나는 끈기처럼 / 만나지 못하고 왜 사랑하지 못하는가"(「식칼론 5」)에서 보듯, 「식칼른」은 불의의 현실을 근본적으로 변혁할 수 있는 궁극의 방법을 '사랑에서 찾는다. 적대적인 관계를 '사랑'으로 끌어안기는 쉽지 않은 일이지만, 조태일은 '사랑'을 언제나 자신의 현실인식과 실천방식의 가장 밑바탕에 둔다. 조태일이 1970년대에서 90년대에 걸쳐 쓴 「국토」 연작은 그 사랑의 현실적 증거물일 터이다. 이 연작은 국토와 민족에 대한 진정한 사랑이 없이는 씌어질 수 없는 역사적이며 시사적인 차원의 역작이다. "타고난 자질에 끈덕진 노력이 따름으로써만 가능해진 성과"(백낙청)인 것이다. 연작의 출발점인, "발바닥이 다 닳아 새살이 돋도록 우리는 / 우리의 땅을 밟을 수밖에 없"(「국토서시」)다는 운명론 역시 국토에 대한 깊은 사랑을 알맹이로 한다. 조태일이 굳게 믿은 바에 따르면, "민족은 시인의 근원"이며, "따라서 시인은 그 시대의 증인이요, 그

민족의 증인으로서 어느 누구보다도 감수성이 예민하고 어느 누구 보다
도 생명력이 강해서 그 시대의 핵심을 노래하고 그 민족을 한없이 노래
해도 싫증나지 않는 법이다"(「시인의 삶과 민족」). 이 믿음을 조태일은 끊
임없이 즐겁게 실행에 옮겼다.

> 낮과 밤을 동시에 동등하게 울고
> 과거와 현재와 까마득한 미래까지를
> 단 한번에 울고 칼끝이 된다.
> 만나지 않는 내 가슴과 너희들의
> 벼랑을 건너뛰는 이 무적의 칼빛은
> 나와 너희들의 가슴과 정신을
> 단 한번에 꿰뚫어 한 줄로 꿰서 쓰러뜨렸다가
> 다시 일으키고, 쓰러뜨리고, 다시 일으키고
> 메마른 땅 위에 누운 나와 너희들은 國家 위에서
> 오직 오지 않는 미래를 끌어다놓고
> 더욱 퍼런 빛을 사방에 쏟으면서
> 천둥보다 번개보다 더 신나게 운다
> 독재보다도 더 매웁게 운다.
>
> ─「식칼론 4」 부분

> 발바닥이 다 닳아 새살이 돋도록 우리는
> 우리의 땅을 밟을 수밖에 없는 일이다.
> (…중략…)

버려진 땅에 돋아난 풀잎 하나에서부터
조용히 발버둥치는 돌멩이 하나에까지
이름도 없이 빈 벌판 빈 하늘에 뿌려진
저 혼에까지 저 숨결에까지 닿도록

우리는 우리의 삶을 불지필 일이다.
우리는 우리의 숨결을 보탤 일이다.

일렁이는 피와 다 닳아진 살결과
허연 뼈까지를 통째로 보탤 일이다.

—「국토서시」 부분

조태일이 투쟁의 도구이자 방법론으로 택한 '식칼'의 상징성은 독특할 뿐 아니라 문제적이다. 식칼은 생계와 사투, 일상과 투쟁, 평화와 전쟁을 넘나드는 삶의 도구이자 죽음의 무기로서 이중의 의미를 갖는다. 본래 삶과 사랑을 위해 쓰이는 식칼은 위기의 상황에서는 죽음을 위한 폭력의 무기로 돌변한다. 모순에 찬 불합리한 현실 앞에서 식칼은 가난하고 힘없는 사람들의 필사적인 저항의 무기로 화하는 것이다. 「식칼론」은 '식칼'의 두 가지 효용, 즉 삶과 죽음, 포용과 대결, 화해로운 사랑과 적대적인 저항 사이의 가파른 긴장을 유지하며 시적 주체의 갈등과 의지를 형상화한다. 이 다섯 편의 연작에는 싸움의 대상에 대한 '나'의 상반된 태도가 수시로 교차한다. "만나지 않는 내 가슴과 너희들의 / 벼랑을 건너뛰는 이 무적의 칼빛"에서는 폭력을 감싸 안는 사랑을 갈망하고, "너희의 녹슨 여러 칼을 / 꺾어버리며" "늘 뜬눈으로 있"고 "날카로움으로 있"는 "내 단 한칼"(「식칼론 2 — 허약한 시인의 턱 밑에다가」)에서는 적에 대한 궤멸의 의지를 다짐하는 식이다. 사랑과 저항의 가능성을 함께 내포한 '식칼'의 이중성은, "무적의 칼빛"이 "나와 너희들의 가슴과 정신을 / 단 한번에 꿰뚫어 한 줄로 꿰서 쓰러뜨렸다가 / 다시 일으키"는 행위를 되풀이하는 장면에서 절정에 달한다. 그러나 「식칼론」의 중심은 "독재보다도 더 매웁게 우"는 저항의지를 폭발적으로 충전하는 쪽에 좀 더 기울어 있다. 조태일이 당대의 현실을 '화해'보다는 '저항'을 요구하는 것으로 파악한 데 따른 선택일 것이다.

대표작인 「국토」 연작은 '나'의 싸움을 '우리'의 역사적 문제로 넓히면서 서사적 스케일을 확보한다. 국토에 속한 사람과 자연물, 사건을 다양하게 노래하면서 '우리'를 역사의 주체로 호명하고 독려하는 것이 연작의 중심 의도이다. 국토의 현실에 관해 제재와 시공간을 자유로이 확장하는 이 연작은 1990년에 발표된 「청산이 울거든」에서 총 80편으로 완성된다. 48~80편의 후반부는 시집 『산속에서 꽃속에서』에 실려 있는데, 『가거도』와 『자유가 시인더라』의 시편들도 넓은 의미에서는 「국토」 연작으로 보아도 무리가 없을 듯하다. 이 시들에는 공통적으로 폭압의 현실에 대한 저항과 개혁의지, 민족과 역사의 올 바른 방향성에 대한 열망과 실천, '우리'의 자유롭고 행복한 삶에 대한 갈망, '사랑'의 "쉴새 없는" 이행으로서 치열한 시 쓰기에 대한 집념이 내장되어 있다.

너만 하나냐? 우리도 하나다
바람더러 보라고 숨결 합치고

너만 하나냐? 우리도 하나다
물더러 보라고 핏줄 출렁이며
도두 보라고 모두 보라고
더덩실 더덩덩실 더어더엉실 춤춘다.

—「너만 하나냐 우리도 하나다—국토 13」 부분

다시 사랑을 말한다.
이 넉넉한 마음과 튼튼한 육체에서
끊임없이 솟아 넘쳤으나
우리들은 슬프게도 마음이 죽어
끝내 거절했던
우리들의 사랑을 말한다.

다시
너는 번쩍이는 펜이 되고
너는 뜨거운 심장이 되고
다시
너는 폭포의 사랑이 되고
너는 쉴새없는 시가 되어라.

—「다시 펜을 든다」 부분

어쩐 일로
헐벗은 우리의 사랑은 이리 더디 올꼬?

어쩐 일로 검은 먹구름은

한 세대를 저리 어둡게 할꼬?

(…중략…)

타는 가슴으로 문지르면

어느덧 그들도 봄을 피워대누나.

사랑아, 모든 이의 사랑아,

타는 그리움아, 타는 그리움아.

—「타는 가슴으로」 부분

　그의 싯구를 빌리면, 조태일의 시적 목표는 '우리'가 하나 되어 "숨결 합치고" "핏줄 출렁이며" 신명나게 화합하는 세상, 어떠한 사랑도 소외되지 않으며 "모든 이의 사랑"이 만개하는 세상을 만드는 데 있다. 이러한 이념적 지향에 정당성을 부여하는 근본적이며 역사적인 근거가 바로 '국토'이다. 조태일의 '국토'는 민족 구성원 전체의 자유와 행복이 실현될 수 있고 실현되어야 하는, 민족사적 희망과 당위가 서린 삶의 터전이다. '국토'는 '우리'가 사랑하고 가꾸어야 할 대상이자 생명의 근간으로서 '우리'의 존재와 주체성을 일부 대행하기도 한다. 이처럼 분명한 목표 아래 조태일은, 시인의 '진실'과 세계의 '현실'이 사회·역사적 책무와 역사의식의 좌표 아래 만나는 지점들을 찾아 시로 빚는다. "시인과 현실의 최선의 거리는 유리가 아니라 밀착"이며, "내 시의 진실은 바로 현실입니다. 현실 속에 모든 시의 싹이 움트고 있습니다"(「오늘의 나의 문학을 말한다」)라는 조태일의 진술은 이를 뒷받침한다. 같은 메시지를 조태일은 시에서는 이렇게 표현한다. "산과 하늘이 마주 닿는 / 저 파아란

地平의 저 넘치는 뜨락에는 / 마음놓고 뿌릴 수 있는 品種이란 / 내 혼의 씨앗이어라"(「내가 뿌리는 씨앗은—국토 42」).

내가 『국토』를 쓸 전후의 내 마음속을 잠시도 떠나지 않았던 핵심적인 관심들은 자유·민주·헌법·노동·민중·언론 등등 실로 내 못난 능력으로는 감당하기 어려운 말이었고, 그 말들이 빚어내는 참담한 정서들이었습니다. (…중략…) 내 '개인'을 지키는 일도 중요하지만 개인을 서로 연결하여 '우리'를 확인해보는 것도 시인에게 있어서는 중요한 임무입니다. 이 '우리'는 바로 역사의 실체이며 주체이며 문학의 주체이기 때문입니다.

— 「오늘의 나의 문학을 말한다」 부분

폭력적인 상황에 내몰린 "개인을 서로 연결하여 '우리'를 확인"하고, '우리'가 "역사의 실체이며 주체이며 문학의 주체"임을 선포하는 것. 마땅히 지켜져야 할 인간적이며 민주적인 가치들이 말살되는 현실에서 조태일에게 시 쓰기란 역사가 내리는 윤리적 정언명령을 듣고 실천하는 일이며, '우리'의 손과 발이 되어 황폐한 현실에 "혼의 씨앗"을 뿌리는 일을 의미했다. "우리의 길 우리가 걸어 / 불타는 가슴 가슴 멀리 비추면 / 이 꽃 저 꽃도 함께 한껏 피어서 / 열매를 맺을지니 형제들이여 / 이것이 우리의 할 일 아니더냐"(「우리들의 노래—국토 53」). 더 나은 삶과 세계의 비전을 제시하고 그를 선도하는 역할은 시련의 현대사 속에서 한국시와 시인이 희생을 감수하며 자발적으로 감당해온 바로 그 윤리적 몫이기도 하다.

3. '노래'가 된 시인, '더 나은 다른 것'에 대한 꿈

어떤 어려움 속에서도 신념을 꺾지 않는 "강골의 시인이자 반골의 시인"(염무웅) 조태일은 90년대에는 "서정적 진실의 일품"(유종호)을 이룩했다는 평가를 받기에 이른다. 시집 『풀꽃은 꺾이지 않는다』와 『혼자 타오르고 있었네』가 이러한 평가의 근거가 된다. '강골과 반골'의 '신념'이 '서정적 진실의 일품'으로 화하기까지 조태일이 겪은 내면의 경로는 90년대 초입에 많은 시인들의 경험했던 것과 대체로 흡사한 양상을 보인다. 자성, 회한, 상실감, 현실의 결여를 대체하는 유년시절에 대한 기억 등이 그것이다. 이 과정에서 「국토」 연작의 후반부는 조태일이 유년기에 체험한 비극적인 가족사에 대한 기억, 고뇌에 휩싸인 자신의 내면을 토로하는 일에 집중된다. "개 짖는 소리도 얼어붙은 골목길을 거쳐 / 저녁내 쌓인 눈을 밟으며 / 나는 어디로 가는가"(「새벽녘─국토 70」) 이렇듯 길을 잃은 조태일은 "국토"에서 민족의 이념을 후경화하고 '자연'의 생명력을 전경화함으로써 활로를 마련한다. 조태일이 변화를 모색하고 이행한 장소 역시 '국토'라는 점은 시사적이다. 공간의 이동이 아닌 시간의 변화를 통해 조태일은 변함없이 '국토'에 거주하면서 '국토'에서 살아가는 법을 탐색한다.

이때 다시 도드라지는 시적 주체는 '나'인데, 이 '나'는 자연으로서의 국토와 거리감 없이 합일하는 존재로 상정된다. "나는 쓰러지는 법을 잊어버렸다. / 나는 사라지는 법을 잊어버렸다. // 높푸른 하늘 속으로 빨려가는 새. / 물가에 어른거리는 꿈 // 나는 모든 것을 잊어버렸다"(「가을 앞에서」). "마을에서 멀리 떨어진 산속 / 개복숭아꽃 저 혼자 타오르고 있었네"(「연등」). 이 부분에서 조태일에게 '자연'은 관념적인 대상이 아니라, 그의 존재와 삶의 근원을 이루는 실체라는 점을 살펴둘 필요가 있다. "보이는 것이란 대나무숲을 포함한 수림이며, 그곳엔 원없이 날고 뛰는 날짐승 산짐승이며 하늘뿐이고, 들리는 소리란 밤낮으로 울부짖는 짐승소리며 흐르는 계곡 물소리"뿐인 "그야말로 첩첩산골"(「버들개지 밑으로 물이 흐르면」)에서 태어나고 자란 그에게 '자연'은 삶의 위기를 해결할 힘과 존재적 안정감을 공급해주는 실체를 뜻했다. 무엇보다 90년대 조태일의 시에 기입된 '자연'의 의미와 지위는 그의 이전 시들, 특히 「국토」 연작이 구축해온 역사적이며 현실적인 맥락에 의해 지지된다. 하지만 이 시기 조태일의 시에서 현실에 대한 세분화된 문제의식과 정치적 상상력이 약화되어 있는 것은 분명 아쉬운 점이다.

'국토 / 자연'과 '나'가 거리감 없이 합일하는 자리에서 조태일이 도달한 것은 "나는 노래가 되었다"(「노래가 되었다」)는 시적이며 존재론적인 선언이다. 시 「노래가 되었다」는 조태일의 90년대 이전과 이후의 시 세계를 잇는 역할을 하면서 조태일 시의 정수이자 궁극의 귀결점을 펼쳐 보인다. 이 시에 형상화된 '국토'는 인위적인 이념과 "거침없이 흐르고 아무데나 스미는" 자유자재한 자연 사이의 거리를 최소화하고 있다.

거침없이 흐르고 아무데나 스미는 물,

(…중략…)

이런 것들과 함께 어우러져 친하다가

나는 노래가 되었다.

마른 강을 적셔주고

박힌 바위, 엎드린 돌멩이들 흔들어주고

어둠이 더욱 어둠이게 하고,

달이 더욱 달이게 하고,

별들이 더욱 별들이게 하고,

전국토의 아스팔트를 뚫고 샘물 솟도록,

너와 나, 우리들 사이를 좁히는 음계가 되도록,

토라져 누운 국토 바로 눕도록,

남녘과 북녘을 동시에 울리도록,

굳을 대로 굳은 역사 풀리도록,

오오, 이승과 저승의 거리를 좁혀주는

노래가 되었다.

— 「노래가 되었다」 부분

　순정하고 열렬한 '노래'로서 시가 도달할 수 있는 최상의 극점, 사회·역사를 위한 윤리의식과 신념이 노래가 될 수 있는 시대의 귀결점(혹은 소실점)은 시인 자신이 "노래가 되"는 경지일 것이다. '노래가 되었다'는 간결한 문장은 수사적 차원을 넘어 '존재 전환'의 상태를 그대로 지시하면서 조태일이 거쳐 온 시와 삶의 궤적을 수렴한다. 시 「노래가 되었다」는 현실과 문학, 신념과 실천, 시와 시인이 한몸을 이루고 있(다고 믿었)던 시대에 바치는 조태일의, 혹은 조태일을 통해 발화된 그 이후의 시대의 헌시이자 조시(弔詩)인 것이다(이 점에서 조태일 타계 5주기에 신경림과 이시영의 엄선한 시선집의 제목이 '나는 노래가 되었다'가 된 것은 적절한 동시에 필연적인 일이었다). 조태일의 시가 스스로를 갱신하는 위기의 지점에서 높은 미학적 완성도에 이르고 있는 것은 그의 시세계의 아이러니이자 우리 시사의 아이러니라고 할 수 있다. 시와 문학이 본질적으로 위기를 통해 성장하는 아이러니의 양식이라고 할 때, 현실의 위기보다는 시 자체의 위기가 훨씬 강도 높은 추진력이 됨을 알 수 있는 대목이다.

한마디로 말하면, 조태일의 시는 민족과 국토의 이념이 노래가 될 수 있었고 그 이념을 시인의 존재 자체로 육화할 수 있었던 마지막 시대의 산물에 속한다. 불과 한 세대 만에 우리 시는 그로부터 멀어져 조금 혹은 전혀 다른 것을 상상하고 이야기하고 있다. 앞으로 우리 문학이 그 시대와 동일한 신념과 상상의 체계로 되돌아갈 가능성은 별로 없어 보인다. 귀환이 이루어지더라도 그것은 다른 형태와 방식이 될 것이다. 그런데 차이란 단순히 '다른' 영역을 가리킬 때보다는 '더 나은 다른' 세계를 열어보일 때 가치를 갖는다는 점을 기억할 필요가 있다. 다른 말로 하면, 정치, 현실, 민주, 분단, 자유 등이 우리시대 문학의 타자가 되는 일은 정당한가. "그 시대에 있어서 양질의 시대의식과 양질의 민중의식이 다른 시대에까지 의미를 부여하는 문학이라야 진짜 문학"(「민중과 70년대 시의 한 주류」)이라고 조태일은 말한 바 있다. 당연히 조태일과는 다른 화법으로, 앞으로 우리 시는 더 나은 다른 것을 상상하고 실현해야 할 소임을 갖고 있다. 조태일의 시에 대한 논의의 결론을 우리 시의 미래와 함께 여전히, 계속 열어두어야 할 이유 또한 여기에 있다. 정치와 윤리를 다른, 더 나은 방식으로 사유하고 상상하는 문학을 기다리면서.

조태일 시에 나타난 '태안사'의 의미화 양상

이동순

1. 들어가는 말

조태일은 1964년부터 1999년까지 35년 동안 8권의 시집을 내고 현대사를 온몸으로 살다 간 시인이다. 그에게 시를 쓰는 일은 불합리한 현실을 전복하는 것이었으며 소소한 것에 대한 관심과 사랑을 실천하는 것이었다. 삶은 시였고 시는 곧 삶이었다. 이와 같은 삶과 시의 일치는 자신에게 냉정하고 시대를 거스르지 않는 올곧은 정신의 토대위에서 형성될 수 있었다.

그가 웅온한 남성적 목소리로 시대와 맞섰던 전복적 상상력의 출발은 온 국토를 떠돌다 풀씨가 되어 흙으로 돌아가는 대지적 상상력의 토대위에서 형성된 것이다. 또한 부조리한 현실을 외면하지 않고 대항할 수 있는 대항담론의 토대도, 흉내 낼 수 없는 조태일 만의 아우라를 형성하게 한 것도 고향이 주는 원초적 생명력이 있었기 때문이다.

작가에게 고향은 특별한 의미를 가진 매개항이다. 작가의 상상력은 그의 고향 체험과 내적 필연성을 지니고 있다. 고향은 숱한 사연과 추억들을 담지하고 있어 작가의 정신세계와 작품을 이해하는데 단초를 제공한다. 따라서 문학작품을 잘 읽어내기 위해서는 문학적 공간에 주목할 필요가 있다. 작품속의 공간에 주목한다면 그 공간이 함의하는 의미들은 생명성을 띠게 된다.

문학의 공간과 떼어 놓을 수 없는 것이 시간이다. 공간과 시간은 인간의 의식구조와 활동영역에 있어서 가장 원초적인 차원의 것이기 때문이다. 이런 점에서 조태일의 문학공간의 한 축을 차지하고 있는 고향 '태안사'[1]가 작품 속에서 어떻게 의미화 되고 있는지를 살피는 일은 중요하다. 그의 시에 나타난 태안사는 우리들이 경험할 수 있는 실제적인 장소이면서도 이미지와 상상력의 작동을 통해서만이 규명될 수 있는 상징적 공간이다. 따라서 본고에서는 조태일이 태안사를 "내 시의 출발점"이라

---

1   태안사는 전남 곡성군 죽곡면 원달리 20번지에 있는 사찰이다. 이 태안사는 구산선문 중의 하나로 통일신라 경덕왕 원년(742)에 스님 세 분이 세웠다고 전한다. 고려시대에는 송광사와 화엄사 등을 말사로 거느렸던 사찰이지만 조선시대 척불숭유정책으로 쇠락의 길을 걷게 되고 여순사건과 한국전쟁을 거치면서 많은 피해를 입었다. 현재 있는 대부분의 건물들은 복원한 것이고 혜철선사 부도를 비롯하여 보물 5점이 보존되고 있다. 조태일 시인의 부친 조봉호는 태안사의 주지였다. 조태일을 비롯하여 7남매는 그 태안사에서 태어났다.
구산선문이란 신라가 삼국을 통일한 뒤부터 불교가 융성할 때 큰 스님들이 중국에 가서 달마선법을 받아가지고 와서 仙風을 일으킨 곳을 가리킨다. 구산선문에는 지리산 실상사(남원), 동리산 태안사(곡성), 가지산 보림사(장흥), 성주산 성주사(보령), 사굴산 굴산사(명주), 사자산 흥령사(영월), 봉림산 봉림사(창원), 수미산 광조사(해주) 등이 있다(문화재청, 곡성군청 홈페이지 참조).

고 했다는 점에 착안하여 시에 나타난 '태안사'의 의미화 양상을 밝혀보
고자 한다. 다만 본고에서 '태안사'라는 사찰이 가지고 있는 실제적이고
문화적인 장소의 가치에 관한 논의는 생략하기로 한다. 시 속의 공간으
로 한정하여 '태안사'의 의미화 양상을 밝힘으로써 그의 정신적 원형을
밝힐 수 있을 것이며, 왜 태안사가 조태일 시의 출발점이었는지를 확인
할 수 있을 것이다.

2. 트라우마 표상으로서의 '눈물'[2]

시인이란 "뚜렷하게 심미지향적인 발화를 창조하는 사람"[3]으로, 삶은
시를 통해서 발화되고 시는 삶의 거울 같은 역할을 함으로써 서로 영향
을 주고받는다. 그런 점에서 태어나고 자란 장소에서의 경험은 어떤 형
태로든지 시에 영향을 미치게 되고 의미창조와 의미생성의 공간이 될
수밖에 없다.

---

2   조태일의 시어를 분석하면 '눈물'은 총 103회(초기50회, 중기34회, 후기19회), '울
음'(울다의 변형 포함)은 284회(초기110, 중기146, 후기28)의 빈도를 보인다. 물론
'눈물'의 의미는 시대별 차이를 보이고 있다. 그러나 후기시로 갈수록 '눈물'과 '울음'
의 빈도가 줄어드는 것으로 보아 시 전체 맥락을 가늠해 볼 수 있다. 또한 '웃음'과 '미
소'가 초기, 중기에는 낮은 빈도를 보이고 있으나 후기에는 높은 빈도를 보이고 있어
시의 변모를 예측하게 한다. 이동순, 「조태일 시 연구」, 전남대 박사논문, 2008 참조.
3   얀 무카로프스키, 박인기 역, 「시인이란 무엇인가」, 『현대시의 이론』, 지식산업사,
1989, 19면.

동일한 장소에서 같은 체험과 경험을 했다 할지라도 각자가 인식하는 공간의 의미는 다르게 나타난다. 평화롭고 아름다운 곳으로 인식하는 사람에게는 그곳이 평화로운 공간이자 돌아가고 싶은 공간이지만, 고통의 공간으로 인식한 사람에게 그곳은 회피하고 벗어나고 싶은 공간이다. 따라서 개인적인 공간은 각기 다른 층위에서 분석되고 해석될 수밖에 없으며 대상 공간에 대해 깨우친 의미를 주관적인 이미지로 드러낼 수밖에 없다. 조태일에게 '태안사'는 단순한 고향이 아닌 다층적인 의미의 공간이다. 다음의 시는 그 첫 번째 양상을 살피기에 적절하다.

> 누가 알어?
> 일상을 사로잡는 肉重한 가난에
> 던져진 눈물을,
> 눈물에 스민 內亂, 방정맞게 기어오는 고향을.
>
> ─「밤에 흐느끼는 내 肉體를」 부분

　　'누가 알어?'로 나타나는 무의식의 지향은 일상의 '가난'과 '눈물에 스민 내란'으로 표출되면서 방정맞은 '눈물'은 고향을 소환한다. 의식이 무의식의 지배를 받게 되는 순간의 감정이 '눈물'로 표출되고 있는 것으로 보인다.

> 울어라 울어라 울어라
> 나는 나를 던져 나무와 門風紙가 춤추면
> 열리는 하이얀 音色의 차라리 슬픈 장소에

'나를 던져나는 울어라.

'내 가슴 한복판을 지나서

'내 핏줄을 따라온 시간,

—「문풍지와 나무와 나와」 부분

고향은 '가슴 한 복판'을 가로질러 '핏줄'을 따라온 시간, 곧 살아오는 내내 시인의 가슴에 멍울로 남아 '차라리 슬픈 장소'로 소환됨으로써 일반적인 향수와는 다른 층위에 놓인다. 위 시에서 고향은 '차라리 슬픈 장소'로 기억된다. '나'를 던져 우는 것은 '핏줄을 따라온 시간'이 그곳에 있기 때문이다. 상실되고 훼손된 원형으로 인한 상처는 "不寢番의 대검 끝에 걸려있는 고향은 / 내슬픔"(「여름군대」)이 되고 '눈물의 시인'[4]이 되는 근원이 된다.

그런데 참 모를 일은 말이다.

내 다시 깨진 물동이를 내려다 보았는데

그말을 들리지 아니하고 말이다,

하늘 그림자만 넘쳐 흐르고

아까보다 더 많은 것이 고였는데 말이다

아베 눈물인가 어메 눈물인가 내 눈물인가

정말 정말 몰라.

—「물동이 幻想」 부분

---

4   김화영, 「식칼과 눈물의 시학」, 『서울평론』, 1975.6; 이동순, 「눈물, 그 황홀한 범람의 시학」, 『창작과비평』 91, 1996.

위 시에서 '물동이'는 잠재된 무의식이 투사되어 빚어내는 환상적인 공간이다. '물동이'에 투영된 것은 '눈물'이다. 결핍은 욕망을 불러 의식과 무의식이 혼재한 몽상으로 드러나고 '깨진 물동이'가 결핍된 욕망의 매개항의 역할을 함으로써 '눈물'은 이전의 시간으로 회귀하고자 하는 욕망이 '아베눈물' '어메눈물' '내눈물'로 표출된다. "내 꿈속의 어떤 村落에서는 / 헐벗은 눈물과 눈물들이 / 소리없이 만나고 쉴새없이 부딪쳐서 / 정처없는 눈물들을 소생"(「꿈속에서 보는 눈물―국토 2」)시키는 것도, 더 큰 눈물을 소생시킴으로써 고향을 향한 흐름이 멈추지 않음을 보여준다. 그래서 꿈속에서도 '촌락'은 눈물이다. 그 '눈물'이 '또 다른 눈물'을 소생시키는 것도 역시 고향이다. 그렇다면 왜 고향이 '눈물'일 수밖에 없는지 근원을 밝히려면 다음의 시를 주목할 필요가 있다.

어둠 속에서 두근거리는 가슴 조이며
한밤내 대창 부딪는 소리 들으며
친구들 생각에 밤잠 설치고
서로 무사했는지 새벽에 일어나
고함지르며 골목골목 뛰며
아침 안부를 나누던 친구들

—「친구들」부분

한 밤의 '대창 부딪는 소리'를 통해서 심상찮은 일이 있었음을 유추할 수 있다. 그것은 밤잠을 설치게 하는 것이었고, 무사함을 확인하게 하는 것이었고, 아침 안부를 물어야 하는 것이었다는 점에서 어떤 사건을 암시받을 수 있다. '고함'을 지르며 '뛰며' 생과 사를 확인해야 하는 절박한 상황은 존재가 밖으로 내던져지는 사건이었다고 할 수 있다.[5] 조태일 시의 단초는 존재를 흔드는 고향 상실의 경험에 있다. 한마디로 그의 어린 시절 체험은 한 사람의 삶에 역사가 어떻게 투영될 수 있는지를 보여준다. 이미 잘 알려진 것처럼 어린 시절의 체험은 다양한 심리적 굴절을 일으키게 된다. 강렬하고 파괴적인 힘을 내장한 전쟁 같은 체험일수록 연약하고 수동적인 어린이에게는 도피하고자 하게 한다. 하지만 조태일에게 그 사건은 도피가 아닌 적극적인 시적 행동의 거점 역할을 하게 했다고 할 수 있다.[6] 상처를 극복하고 내화하기까지 힘들고 긴 고뇌의 터널을 지나 안으로 멍울을 삭이는 시간 후에 발화된 '눈물'을 밟고 강한 저항정신을 키웠기 때문이다.

태안사에서의 역사적 체험들은 "핏빛 향수의 길을 / 가슴으로 다듬으며 // 떠날줄 모르는 기억"[7]으로 남았다. 태안사 내부의 존재였던 그는 밖으로 내쫓김으로써 '안'과 '밖'의 경계를 긋게 되고 원초적 삶의 장소 상실이 가져온 상처 또한 치유 불가능한 것이 되고 만다. 왜냐하면 시나 산문을 통해서 드러나는 것처럼 상실되기 이전의 유년은 이상적인 공간

---

5 태안사의 주지였던 조태일의 부친은 태안사가 여순사건으로 인해 좌우익의 격전장이 되자 광주로 광천동으로 피난했다. 피난해서 살던 중 6·25한국전쟁이 일어났고 부친은 화병으로 사망했다. 조태일 시인 혼자서 부친의 임종을 지켰는데 유언으로 30년이 지나면 고향을 찾으라는 당부였다. 조태일, 「침묵과 염불, 아버지와 나」, 「유년시절의 체험으로 국토를 껴안고」 등 참고.

6 그의 어린 시절의 역사체험은 조태일에게 강인한 인간 정신과 전사적인 이미지를 제공했을 것으로도 추정된다.

7 조태일, 「백록담에서만 살아가는 하늘과 나」, 『광고』 11, 1962. 이 시는 조태일의 첫 작품으로 필자가 발굴해 낸 단 한 편의 시조이다. 원시성을 간직한 한라산 백록담에 올라 백록담의 풍경과 맑은 하늘을 보며 고향에 대한 향수를 노래하고 있다(이동순, 앞의 글 참조).

으로 머물러 있는 반면 이후의 시간은 고통으로 묘사되고 있기 때문이다.

> 나의 눈물 속에는
> 동리산 태안사 밑에 붙어있던
> 초가집들이 어른거립니다
>
> 나의 눈물 속에는
> 뽕나무밭 가에서 나부끼던
> 누나의 옷고름도 나부낍니다.
>
> 초가집도 죽창도 옛 친구들의 허벅다리도
> 아아, 누나의 옷고름도
> 소리내어 울고 있습니다.
> 울음소리 서로 부딪혀서
> 한도 많은 남쪽을 향해
> 뚝뚝 떨어집니다.

—「나의 눈물 속에는」 전문

위 시에서도 여전히 '태안사'는 '눈물'이고 '한'이다. '한'으로 남아있는 표상들인 '초가집'과 '누나의 옷고름'과 '친구들'이 소리 내어 울고 있다는 것에서 상처가 여전히 현재진행형임을 보여준다. 사람은 자신들의 고향을 세계의 중심으로 간주하는 경향이 있기 때문에 누구나 고향에 대한 애착이 강할 수밖에 없지만, 특히 조태일에게 '태안사'는 역사

적 사건에 의해 개인사에 변화를 가져온 장소인 까닭에 더욱 자의식의
중심에 위치시키고 있다고 볼 수 있다. 따라서 '태안사'는 조태일 시의
공간체계의 중심이고 원형 상실에 따른 트라우마는 '눈물'과 '울음'을
자연스럽게 동반할 수밖에 없는 것이다. 트라우마로 각인된 장소가 작
품 속에서는 트라우마적 공간으로 표출되어 비극적이면서도 이상적인
"어떤 과거 사건의 잠재력을 유지하는데 이는 사라지지 않고 또 어떤 시
간적 거리를 만들지도 않는 곳"[8]이 되고 있다. 결국 역사적 사건이 개인
사와 닿물리면서 내쫓기는 순간부터 태안사는 트라우마였고 그것이 '눈
물'로 표출된 것이라고 할 수 있다.

3. 기억과 욕망의 거처로서의 '집'

　누구에게나 고향 공간은 단순한 삶의 거처만을 의미하지는 않는다.
몸과 마음의 안락을 제공하는 안식처이기도 하지만 때로는 폭풍우 몰아
치는 삶의 현장이 되기도 한다. 방황과 고난의 역경을 만났을 때 머리를
돌리는 곳이 고향인 것은 따뜻함이 머물러 있기 때문이다. 겨울에 더 친
밀한 느낌을 주는 것도 겨울의 취약함을 막아주는 안식처 역할을 하기
때문이다.[9] 그런 점에서 조태일에게 '겨울'은 세상살이의 어려움과 정

8　알라이다 아스만, 변학수 외역, 『기억의 공간』, 경북대 출판부, 2003, 432면.
9　'겨울'은 32회의 빈도수를 보이고 있다는 점에서도 확인할 수 있다. 특히 '겨울'은 시

신의 고통과 독재를 살아가는 민중들의 애환까지를 포괄하는 개념이라고 할 수 있다. 그에게 고향이 아닌 공간은 모두 '겨울'이었다. 그의 '겨울'은 시간적인 의미만이 아니라 시대적인 상황까지 의미한다고 볼 때 '겨울' 속에 살고 있는 주체도 끊임없이 안식의 공간을 찾고 있음을 알 수 있다. 즉 겨울의 취약함, 험난한 시간에서 벗어나 쉬고 싶은 영혼의 안식처로서의 공간 지향으로 나타난다. 태어나 처음 접한 첫 경험의 장소가 태안사라는 점에서 그곳은 '집'과 같은 의미망 속에 놓인다고 할 수 있다.

그에게 고향과 유년에 대한 추억과 원초적 체험들은 떠도는 자의 비애를 이겨내게 하는 원동력이었다. "세계 안의 구석이었으며 최초의 세계였고 그것은 또한 우주"[10]였기 때문이다. 최초의 유대를 맺었기 때문에 주체를 보호해 주는 공간인 것이고 "잠자리를 찾는 모든 것들 곁에다 / 나도 노래하는 오두막집을 짓는"(「오두막집」) 것은 그곳을 회복하고자 하는 의지의 표출이다. 따라서 '태안사'는 삶의 중심이자 우주의 중심에 위치한다. 광주로 피난해 살다가 서울에서 30년 가까이 살았지만 그가 지향하는 곳은 언제나 태안사였다는 점에서 더욱 그렇다.

> 죽곡면 원달리 동리산 태안사에서 태어나
> 광주를 거쳐 풀씨처럼 떠돌다
> 서울의 한 귀퉁이에서
> 옥천 조가 조태일은 이 글월을 올립니다

대적인 의미도 함의하고 있다(이동순, 앞의 글 참조).
10　바슐라르, 『공간의 시학』, 동문선, 2003, 77면.

일제하 5년을 겪고 여순사건을 겪으면서도

태안사에서 동계국민학교까지 걸어다니던 시절이

오늘까지 한시도 잊혀지지 않습니다.

그 많던 산짐승들도 다 무사한지 궁금하고요.

살아 남기 위해서 새벽 압록강을 건너

광주로 피난하던 시절

뒤를 돌아보며 곡성의 산천을 모두

눈 속에 가슴 속에 담았었죠.

—「곡성으로 띄우는 편지」 부분

고향은 이미 지나버린 시공간에 속하는 세계다. 그곳은 현재의 주체
와 단절된 곳이므로 기억이 매개되어야만 재구성될 수 있다. 과거 경험
들이 현재의 주체에 의해 재구성되고 현재적 의미를 중심으로 해석된다
는 점에서 과거는 이미 현재화된 것이다. 현재화된 과거의 공간은 시의
주체에게 직접적 경험이 불가능한 공간이다. 그것은 이미 형성된 원체
험에 의해 구성되어 있는 곳이며 시의 주체가 위치한 물리적 현실과는
다른 공간에 놓여 있다. '태안사'는 현재도 존재하는 구체적인 장소이지
만 현실의 지배하에 있으므로 기억 속의 고향과는 다르다. 현재의 고향
이 선형적인 시간 선상에 놓여 있다면 현재화된 고향은 자신에게 선행
하는 시공간의 차원으로 이행하려는 상상력의 공간이다.

공공의 역사나 개인의 기억 속에 존재하는 과거는 전체의 총화가 아
니라 부분적이며 주관적인 과거이다.[11] 과거의 공간을 복원하고자 하는
욕망은 현존의 의미가 과거 속에서 분명해지기 때문이다. 현재적 과거

인 고향에의 몰입은 현실 주체의 부재를 가져온다는 점에서 고향은 현실의 결핍을 확인시켜준다. 그리고 기억은 과거와 현재의 단절을 복원하여 존재들의 의미를 밝힌다는 점에서 현존재의 원형을 확인시켜준다고 할 수 있다.

작품 곳곳에서 발견되는 '태안사'에서의 추억을 소환하는 주체 자신은 이미 그곳에 가 있으면서 근본적인 것들을 양육해 주는 곳으로 표상한다. 그것은 떠돌이 의식을 멈추게 하여 이전의 상태를 유지하고자 하는 욕망에 다름 아니다. 그러므로 태안사는 창조가 시작된 '집'이라고 할 수 있으며 세계의 중심이라고 할 수 있다. 기억을 통해 과거는 현재와 다른 시간에 속하게 되면서 "상상적 표상"으로서의 기억은 "과거에 대한 지시 또는 재현"으로서의 기억과 상보적 관계를 갖는다.[12] 기억의 공간으로 돌아가고자 하는 욕망은 때로 '무등산'으로 치환되어 나타나기도 한다.

고향을 떠나본 사람은 알리라.
고향을 떠나 떠도는 사람은 알리라.

세상살이 아무리 고달플지라도
도무지 앞이 안보여 캄캄 내일일지라도
눈감으면 둥둥 떠오르는
저 우람하고 찬란한 사랑을.

---

11 콜링우드, 문학과사회연구소 역, 『역사철학론』, 청하, 1986, 191면.
12 전진성, 『역사가 기억을 말하다』, 휴머니스트, 2005, 47면.

천년 만년이고 온갖 시름 삭여

빛고을 오늘까지 지켜서

세상만사 열어주는 침묵을.

착한 사람 더욱 착하게 하고

용맹한 사람 더욱 용맹케 하고

부끄런 사람 더욱 부끄럽게 하는

어머니 같은 어머니 같은

저 무등을 바라보면

고향을 떠나본 사람은 알리라.

—「무등산—국토 78」 부분

    '무등산'은 실재로 조태일이 나무를 하러 다녔던 곳이기도 하지만 광주를 떠난 뒤에는 태안사처럼 그리운 공간으로 침윤된다. 곧 '태안사'와 '무등산'은 서로 다른 장소성을 지니면서도 같은 공간의 의미를 가진다. 태안사를 상실한 후 광주에 정착함으로써 세계의 중심이 광주로 옮겨졌음을 의미하는 것이기도 하다. 광주가 세계의 중심이 됨으로써 '무등산'도 기억의 저장고이며 영감을 주는 곳이 되고 '어머니 같은' 곳이 되는 것이다. "서울의 하늘과 포개져 / 광주의 하늘은 보인다"(「광주의 하늘」)는 것에서 고향공간은 광주와 완전한 의미의 등가를 형성하게 된다. 그에게 고향은 삶과 정신의 이정표이고 "삼천대천세계"(「비 그친 뒤」)이며 지난 시간을 회복하게 하는 평안의 공간이다.

내가 맡기고 온 고향
니가 잘 보살피고 있겠지.

나의 허물까지를 약점까지를
니 수염 쓰다듬듯이
그렇게 잘 쓰다듬고 있겠지.

—「친구에게」 부분

　위 시에서도 고향을 잊지 못하고 그곳을 향해서 끊임없이 문을 두드리고 있음이 확인된다. 친구에게 '보살피'고 '쓰다듬'으로 하는 것에서 언젠가는 돌아갈 곳으로 인식하고 있음을 알 수 있다.

긴긴 해를 산짐승 날짐승이랑 함께
가파른 산을 뛰어 오르며
가시덤불에 살이 찢겨 흐르는
피를 문질러가며,

산열매로 가득 배를 채우고
찔레꽃 개나리꽃으로 입술 물들이며
짐승들보다 더 빠르게
신나게 뛰던 친구들.

—「친구들」 부분

유년의 추억과 기억의 소환은 인습과 이해관계에서 먼 어린 시절이었기 때문에 "'태고의 과거'처럼 '변함없는 어린 시절'의 왕국"[13]으로 돌아가게 한다. 어린 시절 추억 자체가 이처럼 빈번하고 강렬하게 기억되고 있는 것은 어린 시절의 감동을 포함하고 있기 때문이다. 기억과 상상은 분리되지 않고 서로를 심화시켜 소환된 기억 속의 공간을 돌아가야 할 곳으로 지정하게 한다. '태안사'를 귀소공간으로 인식하고 있다는 것은 "얼마나 감격적이었는지 바위 하나, 나무 하나, 집 하나, 논배미 하나까지 모두 기억된다고 손으로 가리키며 지껄이고 온갖 너스레를 떨었"[14]다는 것에서도 확인된다.

그래서 태안사는 변함없는 어린 시절을 '그의 품안에' 안고 '산짐승'들과 '친구들'을 불러내면서 신나게 뛰어 놀았던 어린 시절로 돌아가게 한다. 어린 시절 속에 '짐승'들과 '친구들' '산열매'들이 고스란히 살아 숨 쉬고 있는 것도 다 그 때문이다. 기억 속에서 인물들의 특성과 역할과 행동들을 동영상 보듯 재현할 수 있는 것은 기록물보관소[15]가 유년의 시간을 압축해 간직하고 있기 때문이다. 그래서 어린 시절 친구들을 통해서 행복과 기쁨이 상기되면서 잊었던 과거가 한꺼번에 되살아난다.

깊은 산골의 바람이나 구름

멧돼지나 노루 사슴 곰 따위

---

13 바슐라르, 앞의 책, 79면.
14 박석무, 「곰과 죽형인 태일이」, 『자유가 시이더러』 발문, 창작과비평사, 1987, 166면.
15 "기록물보관소는 과거의 기록들을 보존하는 장소일 뿐만 아니라 과거가 구성되고 만들어지는 장소이다." 알라이다 아스만, 앞의 책, 25면. 아스만에 견해에 따르자면 태안사는 과거의 기록뿐만 아니라 과거의 경험이 재구성되고 기억을 소환한다는 점에서 기록물보관소가 되는 것이다.

혹은 호랑이 이리 날짐승들과 함께

오순도순 놀며 살아라고

칠남매를 낳으시고

—「원달리 아버지」 부분

유년시절의 티 없는 체험들이 낙원으로 표상되면서 존재의 근원에 대한 응답과 함께 체험의 장소들이 복원되고 귀소본능은 더욱 강화되고 있다. 추억과 꿈을 한데 모으는 원형적 공간은 유년시절 짐승들과 함께 했던 순간을 소환하고 기억은 생생한 체험을 통해서 개별적인 양태로 존재하는 것처럼 보였던 것들을 결국은 '태안사'로 통합함으로써 육체와 영혼과 존재가 맞은 최초의 세계인 요람으로 자리매김 된다. 그 요람 속에서의 삶은 포근하고 따뜻하고 보호되어지면서 "나의 시는 내가 태어난 태안사"[16]라고 말한 것처럼 생의 출발과 시의 출발점이 된 것이다. 태안사는 기억을 되살릴 뿐만 아니라 기억의 장소로 돌아가고자 하는 욕망의 공간으로 상정되면서 기억의 저편에 숨겨져 억압된 것을 귀환시킨다.

삼십년을 떠돌다가

광주에 들러

친구 錫武를 차고

고향 찾아가는 길.

(…중략…)

---

16 조태일, 「유년시절의 체험으로 국토를 껴안고」, 『시인은 밤에도 잠들지 못한다』, 나남, 1996, 61면.

착한 짐승 거느리듯

친구 석무를 뒤에 거느리고

어른을 버리고,

아장걸음으로 고향길 걷는다.

―「同行」 부분

위 시에서 고향은 어른이 아닌 '아장걸음'의 유아로 퇴행시킨다. 세계
의 중심이었던 '태안사'에 대한 욕망이 수년을 뛰어넘어 과거로 회귀하
게 함으로써 시를 통해 즉자적으로 반응하는 어린이 같은 눈으로 세상
을 바라보게 한 것이다. 후기시에서 동시적인 성향이 강화된 것도 다 이
때문이다. 현재와 대립하는 과거 속의 어린이의 세계는 자기 충족의 세
계이다. 그것은 자아와 대상이 분리되거나 갈등을 겪는 것이 아니라 하
나로 결합된 행복한 상태를 유지하여 상처가 회복되게 한다. 경계의
'안'인 '태안사'가 주체의 내부 안에서 세계의 중심으로 남게 된 것도 내
면의 자양분 역할을 하고 있는 것도 '집'의 따뜻함 때문이다. 조태일의
시어 중에 '집'[17]이 끊임없이 반복되고 있는 것도 그곳을 향한 욕망이 끊
임없이 내재되어 있음을 증명한다. 30년 만의 고향 방문은 그의 시적 변
화를 가져온 일대의 전환점이 되었다. 방문 이전에는 눈물이었던 태안
사가 이후에는 역사적 사건 이전의 유년기를 완전히 소환해내고 있기
때문이다. 사물 하나까지 소환함으로써 사건 이전의 기억이 복원되고

---

17 '집'은 초기시부터 후기시까지 총 29회의 빈도를 보인다. '오두막' '주택' 등의 시어도
    각각 4회, 12회의 빈도수를 보이는데 이는 '집'의 변형으로 '집'에 대한 애착을 상징한
    다고 볼 수 있다.

회복되면서 고향은 유토피아적 공간으로 표출된다.

'태안사'는 삶의 거처일 수도 있고 어떤 욕망 공간의 상징일 수도 있지만 삶의 거처이든 욕망의 공간이든 "낙원 같던 나의 고향"[18]은 삶의 안식처요 정신의 원형인 '집'이다. '집'은 깊이 잠재해 있지만 친숙함과 편안함, 오랫동안 축적된 편안함과 즐거움 등이 중첩되어 정체감을 형성하고 있다. 조태일은 과거의 시간을 현재화 하고자 하는 곳으로 '태안사'라고 하는 장소를 상정하여 그곳이 자연스럽게 '집'과 동일성을 이루게 한다. 따라서 '태안사'에 대한 애착이 결국 귀착점으로서의 '집'에 머물고 싶은 욕망으로 의미화 되었다고 하겠다.

4. 우주론적 근원으로서의 '어머니'

조태일 시에 나타난 태안사의 이미지는 어머니의 실재성과 우주론적 기능을 드러내는 다가성을 지니고 있다. 태안사에 대한 애착은 장소가 지칭하는 것 이상의 자기를 회복하려는 욕구이자 원초적인 것에 대한 향수일지도 모른다. 항상 "세계의 중심, 실재의 한가운데 있고자"[19] 하는 인간의 이상향에 대한 욕망은 거주공간뿐만 아니라 정신세계를 그곳으로 이끌기 때문이다.

---

18 조태일, 「유년시절의 체험으로 국토를 껴안고」, 앞의 책, 60면.
19 마르치스 엘리아데, 앞의 책, 63면.

그는 자신의 역사적 순간을 초월하고 원형을 되살리고픈 욕망을 터뜨리면서 자신의 운명과 의미에 대한 총체적 인식의 출발을 태안사에서 찾고 있다. '태안사'는 그의 꿈들의 집적체이자 시의 무대이고 추억과 상상력이 작동하는 곳이기 때문이다. "우리 칠남매의 꽁보리밥을 / 한 숟갈씩 공평하게 퍼서 아침이면 / 광천동 다리 밑의 그 거지를 찾았다"(「다리밑의 왕자」)처럼 다리 밑의 거지를 걱정하는 어머니의 자비도 태안사에서부터 출발한다고 할 수 있다.

어머니의 자비로운 삶은 그에게도 지대한 영향을 미친 것으로 추정되는데 어머니의 모습과 똑같은 모습들이 발견될 뿐만 아니라 어머니가 돌아가신 후에도 용돈을 계속 보냈다는 사실들에서도 확인할 수 있다.[20] 이는 어머니와 태안사가 그의 정신적인 원형임을 예증하는 매개항으로써 "이승의 사람들 잠깐 멀리하고 / 저승의 사람들과 만나는 일 즐거운 일"(「산일」)이었던 어머니처럼 조태일도 '이승'은 현실의 세계이면서 타향의 공간으로, '저승'은 죽어서 가는 세계이면서 본향의 공간으로 인식하고 있다. 그러므로 유년의 기억을 통해 끊임없이 지향하였던 '태안사'와 '집'의 상징적인 동일시는 육체적, 정신적 귀소를 포함한 어머니의 품을 의미한다.

어린 짐승새끼

어미잃고 집 잃어 밤새 울어쌀 때

동리산 품 같은 어머니 가슴 파고들며

---

20 신경림, 「크고 다감한 시, 남성적이면서 섬세한 조태일」, 『시인을 찾아서』 2, 우리교육, 2002; 김준태, 「구산선문 동리산의 품성을 닮은 시인」, 『문예중앙』, 1999 가을.

속으로 꺼이꺼이 울며

나도 밤을 샜다.

—「동리산에서」 부분

그에게 태안사는 생명의 소중함이 간직된, 더불어 사는 즐거움이 있는 곳이다. 자연과 인간의 조화가 이루어진 곳이 바로 그가 지향하는 공간이기 때문이다. '어미 잃은 어린 짐승 새끼'가 울면 같이 울면서 밤을 지새면서 '어머니의 품'을 '동리산의 품'과 동일시하는 현상은 앞장에서 다룬 기억의 현상학에서 벗어난 시적 전회를 보여주는 것이다. 어린 시절 체득했던 경험의 토대 위에서 형성된 인간과 자연의 동일화는 태안사를 '어머니'로 인식한 토대이다. 비단 이 시에서 뿐만 아니라 '씨앗'에 관한 시들과 '달'에 관한 시 등을 통해서도 확인할 수 있다. 모든 사물들 속에 편재해 있거나 바람과 향기 속에서도 깃들어 있는 생명성 있는 시들에서 담보되는 것이 인간 본래적인 모성에서 출발한다. 그렇기 때문에 어머니인 대자연 앞에서는 '여린 것', '작아서 아름다운', '작고 작은' 등의 시적 표현들이 자주 등장할 수밖에 없다. "어머니는 세상의 모든 아들들을 유년으로 돌려놓는 막강한 권력"[21]을 가지고 있기 때문에 남성적인 이미지와 저항시인으로 인식되어온 조태일도 대자연 앞에서는 작은 존재가 되고 마는 것이다. 그것은 불교정신과 맞닿아 있기도 하다.

대낮이다.

---

21 유종호, 『혼자 타오르고 있었네』 발문. 창작과비평사, 1999, 106면.

동리산 태안사 대웅전
부처님 손바닥.

빛과 그림자
한숨결로 낯거리 한창이다.

둔 틈새로 날아든
산바람은 고요와
뒤엉켜 낯거리 한창이다.

염불소리
도탁소리
한소리로 낯거리 한창이다.

이승과 저승이,
극락과 지옥이,
엎치락뒤치락 낯거리 한창이다.

아하,
부처님도 만족스러운가
손바닥
오무렸다 폈다
부산한 낯거리들과

부처님 미소가

한덩어리로 어우러져 낯거리 한창이다.

— 「부처님 손바닥에서」 전문

　세상의 모든 것은 하나라는 인식의 결정체가 바로 이 시이다. 이 시에
서는 조태일의 정신적 모태인 불교정신이 '부처님의 손바닥'을 통해 극
명하게 드러난다. 부처님의 손바닥 안에서는 '빛'과 '그림자', '바람'과
'고요', '염불'과 '목탁소리', '이승'과 '저승', '극락'과 '지옥'이 '한덩어
리'이다. 양 극단이 이분법적으로 대립하는 것이 아니라 양극이 하나라
는 역설은 그의 정신적 지향과 일치를 이룬다. 우주를 향한 열림은 지상
의 것들을 '한덩어리'로 묶을 수 있는 일체유심조에 바탕한 정신적 지향
의 표출이며 불교정신을 매개로 삶의 질곡을 극복, 초월하고자 하는 우
주적 상상력으로의 확장이기도 하다. 우주론적 동일시는 인간이 자신의
역사적 순간을 초월하여 원형을 되살리고 자신을 실현하고자 하는 것과
일맥상통한다. "내 눈에 들어 살다가 무덤까지 따르리 / 저승길 밝히
리"(「탱자나무의 뜻」)[22]라고 하는 것도 생과 사를 하나로 보고 있는 일원론
적 인식의 소산이다.

　고요함의 극치지만

　미소들이 풀풀풀 날아다니다 멈추는 곳

　내 유년의 발걸음들도 멈추는 곳,

22　조태일, 「탱자나무의 뜻」, 『시세계』, 1999 여름. 『혼자 타오르고 있었네』 이후에 발표
된 시는 총 15편이다. 시집에 실리지 않은 시는 서지를 밝히기로 한다.

이곳에 내리는 눈도 미소다

이곳에 내리는 비도 미소다

이곳에 내리는 햇살도 미소다

―「고개 숙인 부처」 부분

이 시에 이르면 고요함과 유년의 발걸음들이 멈춰있던 그곳은 '눈'도 '비'도 '햇살'도 다 미소로 승화되고 부처로 습합되면서 '눈물'이었던 태안사가 '미소'로 의미화 되기에 이른다. 그것은 고향 상실의 비애를 극복했음과 '비' '바람'[23]의 시대적 고통에서 벗어났음을 의미한다. 또 한편으로는 원형 회복을 의미하기도 한다. 그가 발표한 일련의 동시 「눈길」, 「눈사람이랑」을 통해서도 확인되는 것처럼 어린이와 같은 눈으로 세상을 바라볼 수 있게 된 데는 그 중심에 '어머니'가 있기 때문이다. 자아와 대상이 하나로 결합된 어린이 같은 시선은 불교정신을 바탕으로 한 초월적 우주론의 반영이다.

어쩔 것인가, 밤이면

저 나무들, 풀들, 숲들의 그림자들

제 주인 몸속으로 들어가

한몸 된다.

23　시어의 유형을 밝히면서 분류했던 시어의 빈도는 '비' 133회, '바람' 203회를 보이고 있는데 후기시에서는 초중기와는 다른 의미를 갖는다. 초중기의 비와 바람은 시대적 상황을 의미하였다면 후기에는 자연의 조화를 의미하는 것으로 분석되었다. 이동순, 앞의 글 참조.

어쩔 것인가, 밤이면

모든 빛들도

지상에서는 그림자이더니

승천하여 제 몸 파고들어

한몸 된다.

어쩔 것인가, 밤이면

낮이면 몸종으로 늘 따라다니던 놈,

이불 뒤집어쓰니

몸속 파고들어

한몸 되어 함께 숨쉬는 것을

어쩔 것인가, 밤이면

시 밖에서

장돌뱅이로 떠돌던 이론들도

이제는 돌아와

문밖에서 서성이는 것을

—「몸과 그림자」[24] 전문

'밤'이라고 하는 시간은 흔히 어둠과 절망, 고통의 시간으로 간주된
다. 그러나 이 시에서는 '밤'이 고통의 시간이 아니라 모든 것이 일체화

---

24 조태일, 「몸과 그림자」, 『창작과비평』, 1999 여름.

되는 시간으로 상정된다. 곧 밤이면 '나무' '풀' '숲'이 '주인'의 몸과 '한 몸'이 되고 '빛'도 '한 몸'이 된다. 이것은 다시 말하면 분열이나 불평등이 아니라 화합과 평등이라고 하는 자연의 섭리와 대지의 모성을 형상화한 것이다. 자신의 존재를 온전히 내어줌으로써 가능한 타자와의 관계 속에서 주체는 더 이상 주체가 아닌 완전한 타자가 되었음을 의미한다. '몸'과 몸의 형상인 '그림자'를 결국 둘이 아닌 함께 숨 쉬는 하나의 존재로 인정하는 것에서 대자연과 그 자연의 형상인 인간을 관계 짓는 일원론적 우주관을 엿볼 수 있다. 일원론적 우주관의 추구는 현실을 초월하고자 하는, 어머니의 품으로 돌아가고자 하는 욕망의 다른 이름이다. 그 욕망의 대상은 현실을 극복하고 돌아가야 하는 우주의 근원이다.

가만가만
둘러 보아라
사방천지가
돋빛을
짜내는
찬란한
젖꼭지다.

저 젖꼭지들의
수작 앞에서
그 누가
감히

어른일 수 있으랴.

—「아이가 되는 봄」 전문

대자연 사방천지를 '어머니'로 형상화한 이 시는 어미가 행하는 가장
충만한 사랑의 실천인 '젖'을 매개로 하여 어미의 젖 앞에서는 누구도
어른일 수 없는 작은 존재일 뿐임을 보여준다. 대자연을 인간의 생명의
젖줄인 '어머니'로 표상하는 것은 어머니가 자식을 위해 그렇듯이 대자
연 역시 인간에게 '어머니'이기 때문이다. 생명을 잉태하여 자궁에 품고
낳아서 기르며 살찌우는 존재가 대지인 어머니다. '어머니'는 대지이며
우주이며 최초이자 마지막의 삶을 마련해주는 안식처이다. 그래서 모든
것들에게 '찬란한 젖꼭지'를 물릴 수 있는 것이다. 특히 '봄'을 삼라만상
을 품에 안아 잠재우고 먹여주는 '어머니'로 인식하고 있는데 이는 생명
에 대한 사랑과 경외의 다른 이름이다. 조태일이 그의 시에서 생명력이
자 생태학적 상상력을 추동한 것은 생명이 생명 그 자체로 존중받아야
할 가치를 지니고 있다고 보았기 때문이다.

조태일은 그의 후기시를 통해서 우주론적 세계관을 구현하고 "시를
파고들어가는 자는 죽는 자"이고 "자신의 죽음과 해후하는 자"[25]임을 확
인시킨다. 이는 그가 시와 만나 깊이 파고들어 갈 때 모든 것과 결별했기
때문이다.[26] 우주만물의 일치가 가져오는 순간을 "통째로 빨며 / 통째로

25 모리스 블랑쇼, 박혜영 역, 『문학의 공간』, 책세상, 1990, 44면.
26 이것을 확인시켜 주는 시어로 '이승'과 '저승'을 들 수 있다. 초 중기까지의 '이승'과
   '저승'은 삶과 죽음을 분간하기 어려운 시대를 상징하고 있다. 그러나 후기시에서는
   '이승'과 '저승'이 하나라는 인식에 도달함으로써 깨달음의 경지에 이른 선시적인 개
   념으로 쓰이고 있다.

빨리는 / 완벽한 / 희열"(「희열」)로 승화시킬 수 있는 것도, 대자연을 어머니의 자궁으로 인식하는 것도 태안사가 안겨준 원초적인 생명성 때문일 것이다. 즉 안식처인 '태안사'로 돌아온 순간이 '어머니'를 만나는 순간이며, 시인의 어머니이자 자연, 곧 우주만물과 하나되는 순간이다. 따라서 터안사에서 출발했던 그의 시도 '어머니'인 태안사로 귀착된다고 하겠다.

5. 나오는 말

　　문학적 공간은 이미지와 상상력과 체험의 소산임에 틀림없다. 문학작품에서 공간은 작가와 작품을 이해하는데 단초를 제공할 뿐만 아니라 작가와 내적 필연성을 지니고 있다. 이에 조태일 시의 문학적 공간인 '태안사'에 나타난 의미화 양상을 밝혀보았다.

　　첫째, 조태일에게 태안사는 '눈물'로 의미화 된다. 역사적 사건으로 인해 원초적 경험의 공간이었던 태안사를 상실한 비애는 트라우마로 각인 되었다. 트라우마로 각인된 장소가 시에서는 트라우마적 공간으로 표출되어 비극적이면서도 이상적인 곳이 되고 있다. 결국 역사적 사건이 개인사와 맞물리면서 내쫓기는 순간부터 태안사는 트라우마였고 그것이 '눈물'로 표출된 것이라고 할 수 있다.

　　둘째, 태안사는 '집'으로 의미화 된다. 태안사에서 내쫓겨진 후에 '안'

과 '밖'의 경계가 분명해지면서 끊임없이 기억속의 원형 공간으로 돌아가고자 한다. 태안사는 그에게 최초의 세계이자 우주였고 정신의 안식처이자 삶의 안식처였다. 조태일은 과거의 시간을 현재화 하고자 하는 곳으로 '태안사'라고 하는 장소를 상정하여 그곳이 자연스럽게 '집'과 동일성을 이루게 한다. 따라서 '태안사'에 대한 애착이 결국 귀착점으로서의 '집'에 머물고 싶은 욕망으로 의미화 되고 있다고 하겠다.

셋째, 태안사는 '어머니'로 의미화 된다. 그곳은 불교정신을 바탕으로 현실을 극복하고 초월을 꿈꾸었던 부처의 세계이자 우주적 공간으로 끊임없이 추구한 모태회귀의 평온함과 영원한 안식을 의미하는 것이었다. 즉 안식처인 '태안사'로 돌아온 순간이 '어머니'를 만나는 순간이며, 시인의 어머니이자 자연, 곧 우주만물과 하나되는 순간이다. 따라서 태안사에서 출발했던 그의 시는 '어머니'인 태안사로 귀착된다고 하겠다.

이로써 조태일 시에 나타난 '태안사'의 의미화 양상은 밝혀졌으며 정신의 원형, 시의 출발점도 '태안사'임이 확인된 셈이다.

초출일람

흙의 웃음과 고집불통의 시인
　이문구, 『가거도』, 창작과비평사, 1983.

조태일의 현실적 낭만주의—참여시의 한 양상
　김우창, 『연가』, 나남, 1985.

곰과 죽형인 태일이—긴긴 만남과 동행의 이야기
　박석무, 『자유가 시인더러』, 창작과비평사, 1987.

눈물, 그 황홀한 범람의 시학—조태일론
　이동순, 『창작과비평』 91, 1996.

넘을 수 없는 거대한 산같은—조태일 시인을 찾아서
　임동확, 『실천문학』 41, 1996.

소소한 것에 대한 경의
　유종호, 『혼자 타오르고 있었네』, 창작과비평사, 1999.

자유정신으로 이슬로 벼려진 칼빛 언어—조태일의 시를 읽다
　염무웅, 『창작과비평』 106, 1999.

국토에서 나서 국토로 치솟고 국토로 스며들고
　박덕규, 『시와 반시』 30, 1999.

조태일 시의 의식지향―현실에의 개입과 대지에의 천착
　　이은봉, 『시와 생태적 상상력』, 소명출판, 2000.

'눈물'로 벼린 참여적 서정의 세계―『국토』, 『가거도』를 중심으로
　　오태호, 『시인』 1, 시인사, 2003.

크고도 다감한 시, 남성적이면서 섬세한
　　신경림, 『신경림의 시인을 찾아서』, 우리교육, 2004.

조태일 시 연구―저항성과 친진성의 시학
　　유성호, 『청람어문교육』 29, 청람어문교육학회, 2004.

대지의 향기, 꽃속에서 터진말―조태일론
　　손택수, 『창작과비평』 127, 2005.

갈라진 '국토'의 곳곳, 온몸으로 노래한 통일운동과 민족문학의 순정한 큰 일꾼
　　김준태, 『민족21』, 2005.

민족과 국토, 그리고 미―조태일의 『국토』의 경우
　　최현식, 『한국문학이론과비평』 28, 한국문학이론과비평학회, 2005.

생명의지와 행위의 은유―조태일론
　　구모룡, 『시의 옹호』, 천년의시작, 2006.

탈식민주의 관점에서 본 조태일의 시세계
　　박몽구, 『현대문학이론연구』 29, 현대문학이론학회, 2006.

노래가 된 시, 노래가 된 시인―조태일의 시세계
　　김수이, 『창작과비평』 145, 2009.

조태일의 시에 나타난 '태안사'의 의미화 양상
　　이동순, 『현대문학이론연구』 36, 현대문학이론학회, 2009.